Ana Woods

Rosefield Academy of Arts – The Promises We Make

W0400917

ANA WOODS

ROSEFIELD ACADEMY OF ARTS

2

THE PROMISES WE MAKE

everlove
by PIPER

Mehr über unsere Autorinnen, Autoren und Bücher:
www.everlove-verlag.de

Wenn dir dieser Roman gefallen hat, schreib uns unter Nennung des Titels »Rosefield Academy of Arts – The Promises We Make« an *empfehlungen@piper.de*, und wir empfehlen dir gerne vergleichbare Bücher.

Von Ana Woods liegen im Piper Verlag vor:
Make-a-Difference:
Band 1: Finding Paradise – Weil ich dir vertraue
Band 2: Finding Home – Weil du alles für mich bist

Rosefield Academy of Arts:
Band 1: Rosefield Academy of Arts – The Secrets we keep
Band 2: Rosefield Academy of Arts – The Promises we make

Inhalte fremder Webseiten, auf die in diesem Buch (etwa durch Links) hingewiesen wird, macht sich der Verlag nicht zu eigen. Eine Haftung dafür übernimmt der Verlag nicht. Wir behalten uns eine Nutzung des Werks für Text und Data-Mining im Sinne von § 44b UrhG vor.

Unser Versprechen für mehr Nachhaltigkeit
• Klimaneutrales Produkt
• FSC®-zertifiziertes Papier
• Hergestellt in Europa

FSC www.fsc.org
MIX
Papier | Fördert gute Waldnutzung
FSC® C083411

ISBN 978-3-492-06448-4
© everlove, ein Imprint der Piper Verlag GmbH, München 2024
Redaktion: Michelle Stöger
Satz: psb, Berlin
Gesetzt aus der Adobe Caslon Pro
Druck und Bindung: CPI Books GmbH, Leck
Printed in the EU

Für Ivonne
Danke, dass du mich schon seit dem ersten Buch
begleitest und meine Book Boys anleckst,
lange bevor die anderen es tun können.

Playlist

Hinder – Better than me
Placebo – Every you every me
3 doors down – Here without you
Aerosmith – I don't want to miss a thing
Death Cab for Cutie – I will follow you into the dark
Forest Blakk – If you love her
Edwin McCain – I'll be
Alexander Stewart – Knowing you exist
Switchfoot – Learning to breathe
Sam Smith – Make it to me
Rend Collective – My lighthouse
Muse – Neutron star collison (Love is forever)
Florence + the Machine – Never let me go
The Rasmus, Anette Olzon – October & April
Rival, Kadmium, Harley Bird – Seasons
Trading Yesterday – She is the sunlight
The Mitch Hansen Band – Stay with me
Bon Jovi, LeAnn Rimes – Till we ain't strangers anymore

1

Charlotte

Kreativität ist die wichtigste Ressource der Menschheit, denn ohne sie gäbe es keinen Fortschritt.

Das war einer der Sprüche, die mein Onkel Rupert an der Wand im Flur seines Hauses hängen hatte. Sobald man durch die Tür trat, wurde man von den gerahmten Bildern förmlich erschlagen. Er hatte stets gesagt, er wollte seine Gäste damit motivieren und inspirieren, ihnen die Dinge vor Augen führen, die im Leben wirklich wichtig waren.

Als er und meine Tante Elodie in einem Jahr die Wand umdekoriert und zahlreiche Zitate von Coco Chanel zu Ehren ihres 125. Geburtstages aufgehängt hatten, war es um mich geschehen. Ich hatte jedes Wort aufgesogen und verinnerlicht. Jeden Satz Hunderte Male durchgelesen. Von ihrer raffinierten und zugleich provokanten Art war ich sofort fasziniert.

Nachdem ich mich viele Jahre kreativ ausgetobt und unzählige unterschiedliche Dinge ausprobiert hatte – von Bügelperlen über das Basteln von Dekoration bis hin zu Häkeln –, war es schließlich die Mode gewesen, die mein Herz im Sturm erobert hatte. Es hatte damit begonnen, dass ich Kleidung selbst bemalt, Stoffbeutel mit meinen liebsten Zitaten versehen und bunte Schnürsenkel in meine Schuhe eingefädelt hatte. Seit ich das erste Mal selbst etwas genäht hatte, befand ich mich in einem niemals endenden Rausch. Lange war ich verunsichert gewesen, ob ich daraus wirklich etwas machen konnte, aber es war Onkel Rupert, der mich darin bestärkt hatte, dass ich mit meinem Talent Großes erreichen konnte. Seine Worte hatten mir den entscheidenden Schubs verpasst, der mich hierhergeführt hatte: an die renommierte Rosefield Academy of Arts.

Wie gebannt lauschte ich den Worten von Mr Slater. Er war in diesem Semester mein bisher liebster Dozent, der das Vertiefungsmodul *Designwettbewerb* unterrichtete. Zwar waren seine Seminare hart, Fehler duldete er nur in Ausnahmefällen, aber er schaffte es durch seine liebenswerte Strenge, das Beste aus jedem Einzelnen von uns herauszukitzeln.

Als wir uns für die Kurse hatten eintragen müssen, wäre ich beinahe zu spät gewesen. Im vierten Semester waren wir verpflichtet, uns für eines von drei Vertiefungsmodulen zu entscheiden. Da an der Rosefield Academy of Arts die Devise galt *»wer zuerst kommt, mahlt zuerst«*, musste man schnell sein, wenn man seinen Wunschkurs erhalten wollte. Seit ich mir vor zwei Jahren bereits die unterschiedlichen Module des Fachbereichs Fashion Design angesehen hatte, war für mich klar, dass dieses hier *mein* Vertiefungsmodul sein würde. Dass ich um jeden Preis einen Platz ergattern musste.

Am Tag der Kurszuweisungen hatte mich allerdings das Pech verfolgt. Erst hatte das Schloss unserer Badezimmertür geklemmt, sodass ich nicht rausgekommen war. Aufgrund meiner Klaustrophobie war ich panisch geworden, mein Herz hatte mir bis zum Hals geschlagen, und für einen Moment war ich den Tränen nahe gewesen. Erst dank der besänftigenden Worte von Mila und Hazel, meinen beiden Mitbewohnerinnen, konnte ich die nahende Panikattacke in den Griff bekommen, bevor sie mich überwältigte. Während Mila weiter mit mir gesprochen hatte, war Hazel zu Hausmeister Rowan gerannt, dem es schließlich gelungen war, das Schloss zu öffnen und mich zu befreien. Es hatte einige Minuten gedauert, ehe ich mich insoweit beruhigt hatte, dass meine Beine nicht mehr zitterten und ich mich auf den Weg zur Anmeldung begeben konnte.

Doch der Raum war aufgrund eines Rohrbruchs gesperrt worden, sodass die Kursanmeldung kurzfristig in einen der Hörsäle am anderen Ende des Geländes verlegt wurde. Ich hatte rennen müssen, um rechtzeitig anzukommen. Als wäre das nicht schon schlimm genug, war ich nur die Nummer einundzwanzig auf der Liste gewesen, zwanzig Studenten war jedoch die Obergrenze für einen Kurs an der Rosefield, damit das Potenzial jedes Einzelnen voll ausgeschöpft werden konnte.

Doch meine Pechsträhne fand ihr jähes Ende, als Delilahs Platz frei wurde und ich nachrückte. Sie hatte einen Kurs im dritten Semester nicht bestanden, weshalb sie das Vertiefungsmodul nicht belegen durfte. So hatte ich doch noch meinen Wunschkurs ergattert.

»Ich habe noch eine ganz besondere Überraschung für Sie«, verkündete Mr Slater kurz vor Ende der Stunde. »Wie Sie alle wissen, wird einer von Ihnen einen begehrten Praktikumsplatz erhalten und seine Kollektion für die Abschlussarbeit bei einer Modenschau präsentieren dürfen.«

Aus diesem Grund hatte ich unbedingt in diesen Kurs gewollt. Ich hatte viele Jahre hart gearbeitet, um meine Mode eines Tages mit der ganzen Welt zu teilen. Dieser Praktikumsplatz würde mich der Erfüllung meines Traums ein großes Stück näher bringen. Ich musste als Kursbeste abschließen, damit dieser Platz mir gehörte.

Mr Slater schaute uns nacheinander lächelnd an, seine graublauen Augen schimmerten wie Stahl. »In diesem Jahr handhaben wir das etwas anders. Normalerweise hätten Sie in den kommenden Wochen erfahren, bei wem das Praktikum stattfinden wird. Doch wir haben uns etwas Besonderes überlegt. Es handelt sich um einen weltbekannten Designer, der sich dazu entschieden hat, an der Rosefield vorstellig zu werden und Sie persönlich zu begrüßen. Er wird Ihnen Tipps und Tricks und eine erste Einschätzung zu Ihren Kollektionen geben.«

Bei jedem Wort, das Mr Slater sprach, wurde ich hibbeliger. Meine Sitznachbarin Alana schaute mich mit weit aufgerissenen Augen grinsend an. Sie war ebenso aufgeregt wie ich. Ein weltbekannter Designer? Und dann wollte er auch noch hierherkommen? Das waren unglaubliche Nachrichten!

»Wann wird es so weit sein?«, fragte Jessiah, der auf der anderen Seite des Raumes saß. Er hielt nicht sonderlich viel von der Regel *»erst melden, dann sprechen«*. Stattdessen störte er gern, indem er einfach reinrief.

Dieses Mal schalt Mr Slater ihn dafür allerdings nicht. »Im Laufe des Semesters. Ein genaues Datum werde ich Ihnen an dieser Stelle nicht nennen. Seien Sie zu jeder Zeit bereit, Ihre bisherigen Entwürfe präsentieren zu können.«

Ein Raunen ging durch das Atelier. Das bedeutete, dass man die Arbeit nicht schleifen lassen durfte. Aber das hatte ich ohnehin nicht vorgehabt. Ich hatte bereits zahlreiche Skizzen angefertigt, mir unterschiedliche Kollektionen überlegt. Es musste etwas sein, das hervorstach. Die Aufgabe bestand darin, aus der Komfortzone auszubrechen und etwas Neues zu kreieren. Eine Herausforderung, die mir im ersten Moment schwergefallen war, da ich am liebsten Kleider und Röcke designte.

Doch die Kollektion sollte aus drei zusammenhängenden Outfits bestehen, für Mann, Frau und Kind. Daher blieb mir gar nichts anderes übrig, als in Sachen Design neue Wege zu gehen. Womöglich konnte ich Mila und Hazel um Rat fragen. Die beiden waren zu engen Freundinnen geworden, besonders seit Hazel vor einem Semester in unser freies Zimmer gezogen war. Sie hatte frischen Wind in unsere Wohnung gebracht, und wir hatten binnen kürzester Zeit so vieles erlebt, das uns zusammengeschweißt hatte. Wenn ich mit jemandem über alles sprechen konnte, dann mit den beiden, was sie auch immer wieder betonten. Zwar fiel es mir noch schwer, mich wirklich zu öffnen, aber ich wurde langsam besser darin. Und vermutlich konnten sie mir aus einem ganz anderen Blickwinkel dabei helfen, die beste Kollektion auszuwählen.

»Wenn Sie sonst keine Fragen haben, würde ich die Stunde für beendet erklären.« Mr Slater ließ den Blick schweifen, doch niemand zeigte auf. »Dann wünsche ich Ihnen einen schönen Abend. Nutzen Sie die Extraminuten doch, um sich schon mal ein paar Gedanken bezüglich Ihrer Entwürfe zu machen.«

Meine Kommilitonen lachten leise, während sie ihre Sachen zusammenpackten.

»Ist das nicht aufregend?«, fragte Alana und legte sich die Jacke um. »Was denkst du, wer ist der mysteriöse Designer, von dem Mr Slater gesprochen hat?«

»Ich weiß es nicht«, gestand ich.

»Vielleicht Emma Hampton oder Julien Dubois«, überlegte sie weiter. »Hach, es wäre so cool, wäre es Julien Dubois. Schau mal, die Jacke, die ist aus seiner Herbstkollektion vom vorletzten Jahr.« Alana drehte sich mit ausgestreckten Armen um ihre Achse und präsentierte mir das Kleidungsstück. Auf den ersten Blick handelte es sich dabei um einen relativ schlichten Trenchcoat, doch er bestach durch zahlreiche aufgestickte Bilder.

»Sind das Unikate?«, fragte ich sie, als ich die Stickereien näher betrachtete und eine von ihnen vorsichtig mit den Fingern nachzeichnete. Mein Blick fiel auf einen kleinen Schmetterling auf Schulterhöhe. Instinktiv lächelte ich, denn dabei handelte es sich um meine Lieblingstiere neben Marienkäfern.

Alana nickte, wobei ihre braunen Locken hin und her schwangen. Ein Funkeln lag in ihren blauen Augen, als sie breit grinste. »Genau. Jede Jacke hat andere Stickereien, was sie einzigartig macht. Meine Eltern haben sie mir zu Weihnachten geschenkt.«

»Das ist aber ein sehr schönes Geschenk«, sagte ich lächelnd. »Vielleicht hast du ja Glück, und es wird tatsächlich Julien Dubois.« Aber ich glaubte nicht wirklich daran. Ich hatte mir angesehen, bei wem die vergangenen Praktika angeboten wurden, und es waren jedes Jahr italienische Designer gewesen. Daher vermutete ich, dass es dieses Mal nicht anders sein würde. Doch die Auswahl war so groß, dass ich keine konkrete Vermutung hatte, was es noch spannender machte.

»Hoffentlich«, sagte Alana. »Nun muss ich aber schnell los. Wir sehen uns am Donnerstag.«

Ich winkte zum Abschied und packte meine Sachen ordentlich in meine beige Vintage-Umhängetasche, mit der ich mich zum Studienbeginn selbst beschenkt hatte. Als ich den Kursraum verlassen wollte, warf ich einen letzten Blick über meine Schulter, um sicherzugehen, nichts vergessen zu haben. Doch als ich mich umdrehte, stand Benedict vor mir.

Seit Wochen versuchte er mich nach dem Unterricht abzufangen. Ein *Nein* akzeptierte er genauso wenig wie meine Grenzen. Wir waren zusammen zum Winterball gegangen, aber er hatte kein ehrliches Interesse an mir, sondern bloß mit seinen Freunden gewettet, ob er mich ins Bett kriegen konnte. Ich war wütend und verletzt, weshalb ich nicht mit ihm sprechen wollte, aber das war ihm egal, denn er versuchte es trotzdem immer wieder.

»Charlotte, können wir reden?« Seine Stimme klang zwar freundlich, aber darauf fiel ich kein zweites Mal herein. Daher schüttelte ich den Kopf und trat zurück.

»Nein, ich muss los«, entgegnete ich so ruhig wie möglich und wollte zur Tür raus. Aber Benedict griff so unverhofft nach meinem Handgelenk und drehte mich wieder zu sich, dass mein Puls in die Höhe schoss. Aus Reflex stieß ich ihm mit der freien Hand gegen die Brust, um mich aus seinem Griff zu lösen. Benedict taumelte einige Schritte zurück, seine Freunde hinter ihm lachten leise.

Entsetzt und verärgert zugleich schaute er mich an. Das Blau seiner Augen wirkte dadurch wie bedrohlich funkelnde Eisgeschosse. »Was soll das? Ich wollte doch nur mit dir reden!« Der herbe Geruch seines überteuerten Aftershaves stieg mir in die Nase.

»Und ich habe *Nein* gesagt. Du kannst mich nicht einfach so grob packen, Benedict!« Wann immer ich aufgeregt war, klang meine Stimme eine Oktave höher, so auch jetzt.

Die Jungs hinter Benedict prusteten weiterhin. Es handelte sich um eine eingeschworene Gruppe, bestehend aus Jessiah, Calvin und Kieran. Mit ihnen hatte er die Wette abgeschlossen, was ich nur dadurch erfahren hatte, weil sie – wie auch jetzt gerade – über ihn gelacht hatten, als ich ihn in jener Nacht von mir gestoßen hatte. Mit anderen Worten handelte es sich bei ihnen um Menschen, mit denen ich nichts zu tun haben wollte. Wer andere so abschätzig behandelte, gehörte nicht in mein Leben.

Benedicts Wangen nahmen eine dunkelrote Farbe an. Er war nicht nur wütend, sondern es war ihm sichtlich unangenehm, bloßgestellt worden zu sein. Normalerweise hätte das mein Mitgefühl geweckt, aber ich stand immer noch unter Schock, rieb mir über das leicht schmerzende Handgelenk. Alles, was ich wollte, war, die Flucht zu ergreifen.

»Schönen Abend noch«, sagte ich daher, drehte mich um und verschwand mit angezogenem Tempo aus dem Gebäude. Je weiter ich ging, desto mehr beruhigte sich mein schneller Herzschlag.

Solche Situationen mochte ich nicht. Normalerweise versuchte ich, mit jedem auszukommen, Streitigkeiten aus dem Weg zu gehen und anderen auf Augenhöhe zu begegnen. Ich war als Streitschlichterin bekannt und nicht als jemand, die provozierte. Viele hielten mich deshalb für eine Spaßbremse. Aber ich wusste nicht, was so verkehrt daran sein sollte, Frieden Auseinandersetzungen vorzuziehen.

Ich atmete tief durch und folgte dem Pfad Richtung Wohnheim. Es war selbst für Ende Februar kalt, eine hauchdünne Schneedecke verhüllte die Erde. Bei jedem Schritt knirschte es unter den Sohlen meiner dunkelbraunen Stiefel. Trotz der Kälte lächelte ich. Ich liebte Schnee, leider schneite es in England viel zu selten, und ich war bisher nur einmal mit einigen Freunden aus der Sekundarstufe in den Urlaub nach Finnland geflogen. Die atemberaubenden Landschaften würde ich nie vergessen. Wie die Sonne auf die schneebedeckten Felder fiel, sie zum Glitzern brachte wie Abertausende Diamanten. Es war ein Anblick, der sich mir ins Gedächtnis gebrannt hatte und eine der schönsten Erinnerungen der letzten Jahre war. Vielleicht würde ich mir nach meinem Abschluss eine kleine Auszeit gönnen? Ein wenig reisen, bevor ich ins Berufsleben startete. Doch erst musste ich mein Studium beenden, und das möglichst als Jahrgangsbeste. Angefangen mit dem Kurs bei Mr Slater.

Als meine Gedanken zurück zu meinen denkbaren Kollektionen drifteten, zog ich das Tempo weiter an. Ich konnte es kaum erwarten, endlich wieder an meinen Skizzen zu arbeiten und Mr Slater und den Designer vollends von meinem Können und Talent zu überzeugen.

Ich trat durch die Tür ins Wohnheim B. Wie eine wärmende Decke legte sich die angenehme Luft des Inneren über mich. Unsere Wohneinheit befand sich in der zweiten Etage. Kaum hatte ich die Tür geöffnet, hörte ich Mila und Hazel bereits grölen. Sicherlich saßen sie im Wohnzimmer und zockten ein Videospiel.

Anfangs, als ich nach Rosefield gekommen war, hätte ich wohl nie damit gerechnet, mich für Videospiele begeistern zu können. Das war nichts, was ich in der Vergangenheit ausprobiert hatte. Aber Mila war ein großer Fan von unterschiedlichen Konsolen, die sie alle mit an die Uni gebracht hatte. Es hatte sie zwar einiges an Überzeugungskraft gekostet, schlussendlich war es ihr aber gelungen, mich ebenfalls zum Zocken zu bringen. Und es hatte mir sogar so viel Spaß gemacht, dass ich unsere Spieleabende mittlerweile kaum erwarten konnte. Aber jetzt im vierten Semester des Studiums fehlte aufgrund des immensen Arbeitspensums oft die Zeit dafür.

Ich hing den Mantel an die Garderobe und strich mein hochtailliertes lila Kleid glatt. Es war eines der ersten, die ich selbst entworfen hatte. Ich war unfassbar stolz auf diese Arbeit, wenngleich ich sie heute etwas anders angehen würde. Ungeachtet dessen handelte es sich um eines meiner Lieblingskleider, das ich auf ewig in Ehren halten würde.

»Du hast doch geschummelt!«, rief Mila und warf eine Handvoll Popcorn in Hazels Richtung, die es nicht schaffte, rechtzeitig auszuweichen.

Mit einem angewiderten Gesichtsausdruck, bei dem sie die Nase krauszog, zupfte sie sich die Krümel aus den schulterlangen braunen Haaren. »Du solltest vielleicht einfach einsehen, dass du nicht in jedem Spiel die Beste bist.«

»Blödsinn!« Mila warf eine weitere Handvoll.

Seufzend verschränkte ich die Arme vor der Brust und blieb im Türrahmen zum Wohnzimmer stehen. »Ich hoffe sehr, dass du vorhast, nachher selbst aufzuräumen.«

Mila verdrehte die Augen. »Jaha«, sagte sie lang gezogen und lehnte sich im Couchkissen zurück. Ich hatte nichts dagegen, unser Apartment auf Vordermann zu bringen. Beim

Erledigen des Haushalts konnte ich über vieles nachdenken, gedanklich meine To-dos durchgehen und mir Pläne erstellen. Trotzdem mochte ich es nicht, wenn absichtlich Unordnung veranstaltet und anschließend nicht aufgeräumt wurde. Und Mila war nicht unbedingt von der ordentlichsten Sorte.

»Gut. Was spielt ihr?« Ich trat ins Wohnzimmer und setzte mich einen Moment auf die Couchlehne. Meine Tasche stellte ich auf den Boden.

»*Street Fighter*. Und wieder kommt Mila nicht damit klar, dass ich sie besiegt habe«, sagte Hazel neckisch, während sie sich noch ein paar Popcornstückchen aus den Haaren zog.

»Weil du schummelst«, wiederholte Mila.

Stöhnend schüttelte Hazel den Kopf. Ich kam nicht umhin zu lächeln. Es machte mich glücklich, die beiden als Mitbewohnerinnen zu haben. Sie brachten Leben in die Wohnung. Etwas, von dem ich nie gewusst hatte, dass es mir gefehlt hatte.

»Wie wär's, wenn Charlotte dir zeigt, wo der Hammer hängt? Dann weißt du mit Sicherheit, dass du einfach nur schlecht bist.« Hazel grinste breit, dann wackelte sie mit den Augenbrauen und hielt mir den Controller vor die Nase.

»Ich habe noch zu tun«, sagte ich und presste entschuldigend die Lippen aufeinander.

Mila schnappte empört auf. »Es ist nach 20 Uhr. Gönn dir doch mal eine Pause.«

Im Grunde wusste ich, dass sie recht hatte. Es war das erste Semester, in dem es überhaupt einen so späten Kurs gab. Normalerweise ging der Unterricht bis höchstens 18 Uhr, aber das Vertiefungsmodul *Designwettbewerb* bestand aus zehn Semesterwochenstunden, weshalb es keine andere Möglichkeit gab, um Kursüberschneidungen zu vermeiden.

Hazel schob schmollend die Unterlippe vor und klimperte mit den Wimpern. Dabei riss sie die grünbraunen Kulleraugen so weit wie möglich auf. »Bitte.«

Ich holte tief Luft und seufze. »Überredet. Aber lasst mich zuerst auspacken.«

»Alles klar. In der Zwischenzeit beweise ich dir, dass du schummelst«, sagte Mila an Hazel gewandt.

Ich stützte mich von der Couchlehne ab und steuerte mein Zimmer an, da waren die beiden schon in der nächsten Runde *Street Fighter* vertieft.

Ich stellte die Tasche auf den Stuhl vor meinem Sekretär und öffnete sie. Dabei glitt mein Blick einen Moment über mein Handgelenk, an dem Benedict mich eben noch gepackt hatte. Er hatte mir damit einen ziemlichen Schrecken eingejagt. Bisher war es nur dabei geblieben, dass er mich nach dem Unterricht sprechen wollte. Heute war das erste Mal, dass er nach mir gegriffen hatte, und es gefiel mir nicht. Ein mulmiges Gefühl machte sich in meiner Magengegend breit, doch ich schluckte es hinunter. Wenn ich an eines jetzt nicht denken wollte, dann an Benedict.

Also lenkte ich den Fokus zurück auf meine Tasche. Das Innere bestand aus mehreren Fächern, in die ich unterschiedliche Arbeitsmittel verstaute. Im hintersten befanden sich meine fein säuberlich beschrifteten Ordner, in das mittlere Fach sortierte ich Stoffproben und Skizzen und ganz vorne neben meiner Trinkflasche noch die Schneider-Utensilien.

Nacheinander holte ich alles heraus und legte es an seinen Platz. Als ich meine Stoffproben aus der Tasche holen und verräumen wollte, hielt ich inne. Stirnrunzelnd schaute ich hinein.

»Das kann doch nicht sein«, murmelte ich zu mir selbst. Es befanden sich lediglich meine Skizzen darin. Von den Proben, die ich vorhin mit in den Kurs genommen hatte, fehlte jede Spur.

Um auf Nummer sicher zu gehen, schaute ich noch mal in den anderen beiden Fächern nach und warf ebenfalls einen Blick in die Schublade, aber nein. Die Proben waren weg. Es sah mir nicht ähnlich, meine Arbeitsmittel zu verlegen. Ich achtete penibel darauf, dass alles stets an seinem Platz war, damit ich nie lange nach etwas suchen musste.

Gedanklich ging ich jeden Schritt durch, den ich heute getan hatte. Nachdem Mr Slater uns von der Überraschung erzählt hatte, hatte ich alles eingepackt. Oder war ich von Alana doch zu abgelenkt gewesen? Ich hatte noch mal nachsehen wollen, ob ich nichts vergessen hatte, aber in dem Moment wurde ich von Benedict aufgehalten. Womöglich war ich heute doch bloß etwas neben der Spur. Um diese Uhrzeit waren die Kursräume abgeschlossen, also konnte ich jetzt nicht nachsehen gehen. Gleich morgen früh würde ich das in Angriff nehmen.

Aber nun würde ich den Abend erst mal mit meinen Freundinnen ausklingen lassen.

2

Drew

Die Brauen meines Vaters waren zusammengezogen. Er war schon oft wütend auf mich gewesen. Dieses Mal hatte ich den Bogen aber endgültig überspannt, wie er mir in den letzten Wochen mehrfach mitgeteilt hatte.

»Das hier wird dein Zimmer«, sagte er und schloss eine Tür im Keller des Hauptgebäudes auf. Eigentlich dachte ich, er wollte mir hier eine Kammer zeigen, in der Putzkram aufbewahrt wurde, aber Fehlanzeige. Zum Vorschein kam ein Raum, der an eine Gefängniszelle erinnerte. Ein kleines Metallbett, Schreibtisch, Schrank und ein winziges Bad. Wobei Bad zu viel des Guten war. Es war nichts weiter als eine Dusche direkt neben einer Toilette, über der ein Waschbecken befestigt war.

»Ich hoffe, du willst mich verarschen?!«

»Nicht in diesem Ton!«, entgegnete mein Vater wütend.

»Ich scheiß auf meinen Ton. Du kannst mich doch nicht in so eine Zelle sperren. Auch wenn es dir nicht passt, ich bin immer noch dein Sohn!«

»Und ich dein Vater. Ich kann und ich werde dich hier einquartieren. Oder was glaubst du? Dass ich deinen luxuriösen Lebensstil weiter finanziere? Oder dass du nach der Aktion bei uns wohnen und deinen Bruder auch noch verkorksen kannst?

Mehr als einen von deiner Sorte brauchen wir nicht in unserer Familie.«

Ich ballte die Hände zu Fäusten und biss die Zähne fest zusammen. Ich musste mich selbst ermahnen, tief durchzuatmen und die Fassung zu wahren. Würde ich jetzt explodieren, irgendeinen Fehler begehen, würde ich ihm nur beweisen, dass er recht hatte.

Nichtsdestotrotz waren seine Worte messerscharf. Niemals würde ich Cody etwas antun. Ich liebte meinen kleinen Bruder. Er war der einzige Mensch in dieser beschissenen Familie, der mich nicht wie Abschaum behandelte. Nein, stattdessen sah er zu mir auf. Dass Dad so von mir dachte, war ätzend. Aber was erwartete ich schon? Er hatte mich noch nie anders behandelt und würde jetzt sicher nicht damit anfangen. Vor allem nicht, nachdem er meinen Arsch aus dem Gefängnis geholt hatte.

Anstatt etwas zu erwidern, nickte ich bloß und entspannte meine Haltung. Dann warf ich meine Umhängetasche auf das sogenannte Bett und lehnte mich gegen den Schreibtisch.

»Morgen wird Rowan dich weiter herumführen und dich mit deinen Aufgaben vertraut machen. Tu mir den Gefallen und diskutiere nicht mit ihm, sondern mach einfach ausnahmsweise das, was man dir sagt. Mittwochs ist dein freier Tag, es sei denn, Rowan und du trefft eine andere Vereinbarung. Du kannst in der Kantine essen. Nachtruhe beginnt um zehn. Alkohol ist strengstens verboten.« Er fing meinen Blick auf. »Hast du mich verstanden?«

»Ja«, entgegnete ich zähneknirschend.

Dad nickte. »Gut. Dann lass ich dich jetzt erst einmal ankommen.« Er drehte sich um und trat aus der Tür, die er lautstark hinter sich zuzog.

Ich wartete einen Moment, dann schlug ich mit all meiner Kraft in das Kissen, aus dem sofort einige Federn rieselten. Fuck!

Ich hasste diesen Ort. Ich hasste diese Academy. Ich hasste dieses Drecksloch von Zimmer, in das man mich gesperrt hatte.

Es machte mich verdammt wütend, hier sein zu müssen. Und das nur, damit Dad ein Auge auf mich haben konnte. Damit er sichergehen konnte, dass ich keinen Blödsinn machte, wie er es nannte. Nein, eigentlich hatte er es anders genannt.

Damit ich sichergehen kann, dass du den guten Ruf unserer Familie nicht weiter mit Füßen trittst. Das waren seine Worte gewesen. Heute früh, als er mich zur Academy gefahren hatte.

Eigentlich sollte es mich verletzen, dass mein eigener Vater in mir nichts weiter als eine Enttäuschung sah. Aber unser Verhältnis zueinander war absolut beschissen. Wann immer wir uns sahen, schlugen wir uns nur die Köpfe ein. Jedes Gespräch, das wir zu führen versuchten, eskalierte zu einem Streit. Dad und ich hatten nichts gemeinsam. Das Einzige, das wir teilten, war die Hälfte unserer DNA. Und das hatte ich mir nicht ausgesucht.

Ich warf mich auf die Matratze. Die alten Federn bohrten sich in meinen Rücken. Die Rosefield Academy of Arts war eine scheißteure Eliteuni, und ich wurde in dieses Loch verfrachtet. Na, schönen Dank! Aber was hatte ich auch anderes erwartet?

Am liebsten hätte ich einen Abflug gemacht, wären da nicht diese verdammten Sozialstunden, die mir der Haftrichter aufgebrummt hatte. Die ich wohlgemerkt lieber abgeleistet hätte, indem ich mit bloßen Händen Müll von der Straße sammelte. Aber nein, ich war hier und sollte irgendwelchen elitären Fuzzis hinterherräumen. Fehlte nur, dass ich ihnen auch noch den Arsch abwischen sollte. Und so wie ich Dad kannte …

Ich verschränkte die Arme hinter dem Kopf und starrte an die Decke, von der die Farbe bereits abplatzte. Die Luft hier drin war stickig, es roch muffig, und lediglich ein schmales

Fenster direkt zwischen oberer Wand und Decke ließ ein wenig spärliches Tageslicht hinein. Womit hatte ich das verdient?

Dad behandelte mich wie einen Schwerverbrecher. Ja, ich war kurzzeitig in Haft gewesen. Aber nur wegen Vandalismus. Ich hatte mit ein paar Kumpels ein Denkmal beschmiert, war erwischt und aufs Revier gebracht worden. Nun, nicht ohne zu rebellieren und einem Beamten versehentlich den Ellenbogen in die Rippen zu rammen, aber ich war nun mal sturzbesoffen gewesen. Das konnte er mir nicht zum Vorwurf machen. Wobei, dass ich hier war, war der lebende Beweis dafür, dass er es doch konnte. Denn es war Dad gewesen, der seine Verbindungen hatte spielen lassen, damit ich meine Sozialstunden an der Academy ableisten konnte. Nein, *sollte.* Dreihundert Stunden in zwölfeinhalb Wochen. Mich einfach in den Knast zu werfen, wäre gnädiger gewesen.

Ich holte mein Handy aus der Hosentasche und warf einen Blick darauf. Kein Empfang. Echt jetzt? Nicht nur zwang Dad mich, an diesem beschissenen Ort zu sein, jetzt hatte er mich ernsthaft in einer Vorhölle ohne Handyempfang einquartiert? Ich war mir sicher, dass das pure Absicht war.

Ich mochte mich wiederholen, aber ich hasste es hier. Und zwar alles daran.

Kein Plan, wie ich es die nächsten Wochen und Monate in einem Keller ohne Handyempfang aushalten sollte, an einem Ort voller Snobs und einer Arbeit, auf die ich keinen Bock hatte. Selbst an die Uni wäre ich gerade lieber gegangen, aber zum Leidwesen meines Dads hatte mein kleiner Ausflug in den Knast dafür gesorgt, dass ich umgehend exmatrikuliert wurde. Mir war das ziemlich egal, da ich ohnehin nie studieren wollte. Dad war allerdings in die Luft gegangen und hatte mir eine seiner berühmten Moralpredigten gehalten, die ich nur mit halbem Ohr über mich hatte ergehen lassen.

Nun, da ich gezwungenermaßen hier an der Rosefield war,

musste ich mir irgendetwas suchen, das mir meinen Aufenthalt angenehmer machte. Etwas, für das sich das Aufstehen lohnte. Nur was das war, würde sich erst noch zeigen müssen. Ich brauchte Action, eine Herausforderung. Darüber würde ich mir in den nächsten Tagen Gedanken machen.

Natürlich hätte ich auch meine Siebensachen packen und einfach abhauen können. Ich war dreiundzwanzig, Dad konnte mir nichts mehr vorschreiben. Aber er hatte mir ziemlich unmissverständlich klargemacht, welche Konsequenzen es haben würde, sollte ich mich vom Acker machen.

Denn Dad konnte *mich* zwar nicht herumkommandieren, aber er konnte mir den Umgang mit Cody verbieten, und davor würde er nicht zurückschrecken, das war mir klar. Aber der Kleine war alles für mich. Für ihn musste ich mich hier durchboxen, ob ich Bock darauf hatte oder nicht.

Die Sozialstunden ableisten, mir nichts zuschulden kommen lassen. Das waren die Bedingungen, damit ich Cody weiterhin sehen durfte. Ganz schön hart. Aber mir blieb keine Wahl. Wollte ich meinen kleinen Bruder nicht verlieren, musste ich dieses eine gottverdammte Mal auf Dad hören.

Seufzend schwang ich die Beine wieder aus dem Bett und widmete mich der Sporttasche, in der sich mein Zeug befand.

Ich stopfte meine Sachen in den Schrank, schloss die Powerbank an den Strom und schlüpfte aus den Klamotten. In dem kleinen Bad konnte ich mich kaum um meine eigene Achse drehen. Der Vorleger hatte schon bessere Tage gesehen, und generell waren die Sanitäranlagen nicht unbedingt im besten Zustand.

Allmählich hatte ich das Gefühl, dass Dad es *wirklich* darauf angelegt hatte, mir den Aufenthalt hier so ungemütlich wie möglich zu machen. Ja, natürlich. Mir kamen seine Worte von eben wieder in den Sinn. Von wegen, dass er nicht vorhatte, mir weiterhin meinen luxuriösen Lebensstil zu finanzieren. Keine Ahnung, was er dachte, wofür ich Geld aus dem Fenster warf, Luxus sah definitiv anders aus.

Bis vor Kurzem hatte ich noch im Wohnheim auf dem Campus der Aston University in Birmingham gelebt, mir die Bude mit vier Chaoten geteilt, die den ganzen Tag Gras geraucht und gefeiert hatten. In Dads Vorstellung war ich vermutlich genauso drauf, aber ich hatte die meiste meiner freien Zeit damit verbracht, an meinem Motorrad herumzuschrauben. Warum ich so fixiert auf meine Maschine war, hatte Dad nie verstanden. So wie so vieles aus meinem Leben nicht.

Der einzige Grund, aus dem ich mich überhaupt für Wirtschaftswissenschaften eingeschrieben hatte, war der, dass Mum es sich für mich gewünscht hatte. Sie wollte, dass ich etwas aus mir machte. In erster Linie hatte sie gewollt, dass ich glücklich war, aber der Zug war längst abgefahren.

Kopfschüttelnd sprang ich unter die Dusche. Es war ein langer Tag gewesen, und dieser Rowan würde mich um sechs aus dem Bett scheuchen. Viel zu früh – er würde also definitiv keinen Spaß mit mir haben, aber darum ging es auch gar nicht. *Die Sozialstunden ableisten, sich nichts zuschulden kommen lassen*, diesen Ort schleunigst wieder verlassen.

An nichts anderes dachte ich, als ich mich wenig später wieder auf die beschissene Matratze warf und versuchte, zur Ruhe zu kommen.

3

Charlotte

»Wie war deine Probe?«, fragte ich interessiert.

Seufzend lehnte Hazel sich auf ihrem Stuhl zurück. »Das ist irgendwie nichts für mich. Ich arbeite einfach am besten allein.«

»Oder mit mir.« Tristan legte ihr einen Arm um die Schultern, zog sie an sich und gab ihr einen Kuss auf die Wange. Hazel verdrehte die Augen und schüttelte den Kopf. Die beiden waren ein tolles Paar. Ich war froh, dass sie nach all den Schwierigkeiten doch noch zueinandergefunden hatten.

Sie hatten sich im vergangenen Semester im Kompositionskurs kennengelernt und gemeinsam die Machenschaften der geheimen Studentenverbindung *Prophets* aufgedeckt. Hazel war an die Rosefield gekommen, um den Tod ihrer Schwester aufzuklären, die vor vier Jahren bei einem mysteriösen Unfall ums Leben gekommen war. Es hatte sich herausgestellt, dass die Aufnahmeprüfung dieser Verbindung schiefgelaufen war und ihren Tod zu verantworten hatte. In jener unheilvollen Nacht war auch Tristans Cousine Lynn dabei gewesen und hatte ihre Fähigkeit zu gehen verloren.

Gemeinsam hatten Tristan und Hazel die Verbindung auffliegen lassen. Ihre Beziehung hatte zwar weiterhin einige Hürden zu überwinden, aber diese Ereignisse hatten sie zusammengeschweißt und sie stärker gemacht.

Es gab Momente, in denen ich mir wünschte, so etwas auch zu haben. Ich war zwar gern für mich, vor allem, weil ich ohnehin viel zu tun hatte, doch eine Schulter zum Anlehnen stellte ich mir schön vor. Meine letzten beiden Beziehungen lagen bereits einige Jahre zurück und hatten nur wenige Monate gehalten. Ich hatte die Zeit genossen, aber Grayson und Noah waren beide ungeduldige Menschen gewesen. Nicht im körperlichen Sinn, doch sie konnten nicht akzeptieren, dass ich nicht alles von mir preisgab. Ich brauchte länger, um mich einer Person vollkommen zu öffnen. Und wer das nicht respektieren konnte, war der falsche Partner für mich. Vor allem dann, wenn man mich weiter bedrängte und respektlos wurde, wenn ich nicht klein beigab.

»Vielleicht gewöhnst du dich noch daran«, entgegnete ich und konzentrierte mich wieder auf Hazel und Tristan. »Die wievielte Probe war es?«

»Die dritte.«

»Dann wirst du sicher in ein paar Wochen ganz anderer Meinung sein, davon bin ich überzeugt«, sprach ich Hazel Mut zu. Sie war eine fantastische Pianistin. Das Stück, das Tristan und sie für die Abschlussprüfung komponiert hatten, war unglaublich bewegend gewesen.

»Vielleicht hast du recht«, sagte sie und schob sich eine der Pommes von ihrem Teller in den Mund.

»Wollen wir uns nachher noch einen Film ansehen?«, fragte Tristan nach einer Weile. »Du bist natürlich auch herzlich eingeladen«, wandte er sich dann lächelnd an mich. Die kleinen Grübchen in seinen Wangen ließen ihn jünger aussehen, als er war.

Ich schüttelte den Kopf. »Das ist lieb, aber ich habe noch Unterricht und ein paar Hausaufgaben zu erledigen.«

»Schade, aber klar. Vielleicht ein anderes Mal.«

Kurz darauf waren Hazel und Tristan wieder in einer angeregten Unterhaltung vertieft. Währenddessen aß ich die letzten Bissen der Portion Fish and Chips und packte meine Sachen zusammen. Gleich hatte ich Modefotografie, einen der Kurse meines Vertiefungsmoduls. Da wir noch keine fertigen Kollektionen entwickelt hatten, beschränkte sich das Seminar aktuell auf den theoretischen Teil. Momentan lernten wir die Grundlagen zum Thema Differenzierung zwischen Fotografieren im Studio oder einer Location und welche Unterschiede man bei Print- und Online-Medien beachten musste. Ein trockenes Thema, das viele meiner Kommilitonen gähnend langweilig fanden, ich aber nicht.

Im Grunde liebte ich alles an dem Studium. Es war zwar hart und die Konkurrenz enorm, aber ich hätte nie damit gerechnet, mir so viel neues Wissen anzueignen und über mich hinauszuwachsen. Ich hatte in den letzten Semestern gelernt, Kleider zu designen, die ich nie für möglich gehalten hatte. Schon allein dafür war ich dankbar. Dass ich jetzt noch Kleidung in eine komplett andere Richtung entwerfen sollte, indem ich aus meiner Komfortzone ausbrach, war ein großer Schritt, auf den ich mich schon sehr freute.

Würde ich jetzt als Jahrgangsbeste den Kurs abschließen und meine Kollektion präsentieren dürfen, hätte ich fast alles erreicht, was ich mir jemals erträumt hatte. Deshalb musste ich mich unbedingt in den Kurs hineinknien und härter arbeiten als je zuvor. Denn ich war nicht die Einzige, die es sich fest vorgenommen hatte, die Beste zu sein.

Im vierten Semester lag kaum noch jemand auf der faulen Haut. Gerade in diesem Modul wollte es jeder von uns zu etwas bringen. So viel Konkurrenz hatte ich selten gehabt, trotzdem war ich optimistisch, dass ich es schaffen konnte.

»Ich gehe schon mal los, damit ich nicht zu spät zum Unterricht komme.«

»Alles klar. Wir sehen uns heute Abend«, entgegnete Hazel, sie und Tristan winkten zum Abschied.

Normalerweise hätte auch Mila mit uns gegessen, aber sie lag mit einer verschnupften Nase im Bett. Nach meinem Kurs wollte ich ihr eine köstliche Gemüsesuppe zubereiten. Ich liebte Mila, aber bereits ein leichter Schnupfen verwandelte sie in ein weinerliches Häufchen Elend. Daher war es zwingend notwendig, dass sie schnell wieder gesund wurde.

Da ich doch früher dran war als gedacht, schlenderte ich über den Vorplatz der Universität. Zu dieser Jahreszeit waren die Springbrunnen noch abgeschaltet, die den Mittelweg rechts und links flankierten. Auch waren nur wenige Studenten draußen unterwegs. Die meisten saßen in der Kantine oder suchten woanders Schutz vor der Kälte. Ich aber genoss gerade die frische Luft, außerdem lag der Frühling nicht mehr in allzu weiter Ferne, es würde also schon bald wärmer werden.

Anschließend lief ich einen der zahlreichen verschlungenen Pfade zwischen den Gebäuden entlang. Das weitläufige Gelände der Rosefield Academy of Arts war einer der Gründe, warum ich unbedingt hier studieren wollte. Natürlich handelte es sich ebenfalls um eine der renommiertesten Akademien der Künste, aber davon gab es einige, nicht nur in Großbritannien, sondern überall auf der Welt. Doch Rosefield verströmte seinen ganz eigenen Charme. Die barocke und gotische Architektur war atemberaubend schön und lud dazu ein, jeden Millimeter des Gebäudes erkunden zu wollen. Die unterschiedlichen, ineinander übergehenden Gärten, die nicht nur heimische, sondern Pflanzen aus aller Welt beherbergten, hatten schon oft dafür gesorgt, dass ich den Kopf nach einigen stressigen Prüfungswochen freibekommen hatte. Und dann war da noch die Lage inmitten der Lincolnshire Wolds – eine Hügellandschaft mit tiefeingeschnittenen Tälern, plätschernden Bächen und einem kleinen Wald, der an die Academy grenzte. Es war die optimale Lernatmosphäre.

Viele andere Universitäten lagen direkt in der Stadt, wodurch sie zwar eine gute Verkehrsanbindung hatten, aber zu viele Menschen waren für mich eine Ablenkung. Ich benötigte Ruhe. Und dafür war die Rosefield einfach der perfekte Kandidat. Meine Eltern hätten mich zwar lieber in den USA an einem der Ivy League Colleges gesehen, aber das war nicht meine Welt. Und es war mir auch egal, was sie wollten. Ich lebte mein Leben nach meinen eigenen Vorstellungen.

Außerdem hing mein Herz an England, und nirgendwo sonst hätte ich so wundervolle Freundinnen wie Mila und Hazel gefunden. Wir kannten uns zwar noch nicht lange, aber die beiden waren schnell zu einem wichtigen Bestandteil meines Lebens geworden. Ich hatte keine Ahnung, was ich ohne sie tun würde, und hoffte, dass unsere Freundschaft auch nach Ende des Studiums Bestand hatte.

Natürlich war mir bewusst, dass es eine Herausforderung war, Freundschaften zu pflegen, wenn man getrennte Wege ging. Die Sekundarschule und Sixth Form waren der Beweis dafür gewesen. In den ersten Wochen hatten meine Freundinnen und ich noch versucht, uns regelmäßig zu treffen. Aber dieser Kontakt war schnell abgeflacht, wurde weniger, bis er schlussendlich ganz aufgehört hatte. Das wollte ich mit Mila und Hazel nicht noch mal durchmachen.

Als ich schließlich wieder mein Gebäude ansteuerte, stieg mir ein ekliger Geruch in die Nase. Hustend wedelte ich vor meinem Gesicht herum. Ich war mitten in eine Rauchwolke gelaufen. Um die Ecke sah ich einen Jungen gegen die Wand gelehnt dastehen. In der Hand eine Zigarette, von der er gerade einen kräftigen Zug nahm. Den Rauch versuchte er in kleinen Kringeln auszupusten, aber sie wurden sofort vom Wind davon – und genau in meine Richtung getragen. Erneut bekam ich einen Hustenanfall, woraufhin der Junge den Kopf hob und mich anschaute.

»Willst du auch eine?«, fragte er lässig.

Es dauerte einen Moment, ehe ich verstand, dass er damit eine Zigarette meinte. Vehement schüttelte ich den Kopf. »Rauchen ist auf dem Universitätsgelände verboten.«

»Das war nicht die Frage.« Ein verschmitztes Lächeln zeichnete sich auf seinem markanten Gesicht ab, das ich nun näher betrachtete. Seine dunklen Haare waren kurz, gerade lang genug, um mit den Fingern hindurchzufahren. Seine grünen Augen blitzten auf eine gefährliche, raubtierhafte Weise auf. Die freie Hand hatte er in der Hosentasche seiner Jeans vergraben.

Eigentlich hatte ich geglaubt, jedes Gesicht an der Rosefield zumindest vom Sehen her zu kennen. Das Gelände war überschaubar, genauso wie die Anzahl der Studenten. Aber mein Gegenüber hatte ich hier definitiv noch nie gesehen.

»Nein, ich möchte keine Zigarette und würde dich bitten, deine auszumachen«, beantwortete ich schließlich seine Frage.

Überraschenderweise fing der Junge an zu lachen. Dann stieß er sich von dem Gebäude ab und kam auf mich zu. Er überragte mich um einige Zentimeter, weshalb ich den Kopf in den Nacken legen musste, um den Blickkontakt aufrechtzuerhalten. Einen halben Meter vor mir blieb er stehen. »Sonst was?«

Seine Frage irritierte mich. »Was?«

Er hob den rechten Mundwinkel und schnaubte. »Was tust du, wenn ich sie weiterrauche?«

Irgendetwas an seiner Erscheinung schüchterte mich ein. Trotzdem musste ich mir eingestehen, dass er sehr attraktiv war. Attraktiv, doch genau der Typ, von dem man sich besser fernhielt, wollte man keinen Ärger riskieren. »Ich werde es melden«, sagte ich mit fester Stimme.

Erneut fing er an zu lachen, schüttelte den Kopf und nahm provokant einen weiteren Zug von seiner Zigarette. Ich verstand nicht, wie man seine Gesundheit freiwillig aufs Spiel setzen konnte, indem man Chemie inhalierte.

»Was ist daran so witzig?«

Er pustete den Rauch in meine Richtung. Ich musste mich zwingen, mein Husten zu unterdrücken.

»Wie heißt du?« Der Junge musterte mich von oben bis unten auf eine beinahe anzügliche Weise. Instinktiv verschränkte ich die Arme vor der Brust, um mich weiter zu bedecken, obgleich er durch meinen Mantel ohnehin nichts sehen konnte.

»Charlotte«, sagte ich. »Charlotte Barton.«

Er nickte. »Andrew«, stellte auch er sich vor. »Andrew Cavanaugh.«

»Oh«, entfuhr es mir, woraufhin er grinste. Andrew war der Sohn des Rektors der Rosefield Academy, um den sich einige Gerüchte rankten. Was wirklich an ihnen dran war, wusste ich nicht. Vor einigen Monaten hatte ich gehört, dass er im Gefängnis war, und nun, da er vor mir stand, konnte ich mir das sehr gut vorstellen. Er wirkte rebellisch und leicht bedrohlich, fast wie die Bad Boys in den Liebesfilmen, die ich mir gern anschaute. Nur dass das hier kein Film war, sondern das echte Leben. Und im echten Leben konnten solche Typen nicht einfach so bekehrt werden.

»Also, Lotti, du darfst gern zu meinem Dad rennen, wenn du dich dann besser fühlst. Oder du kümmerst dich einfach um deinen eigenen Scheiß, wie wär's?«

»Ich heiße Charlotte.«

Andrew grinste. »Lotti gefällt mir aber besser.«

Ich holte tief Luft und verengte die Augen. »Es ist mir egal, was dir besser gefällt. Mein Name ist Charlotte Barton, also nenn mich auch so.« Wenn ich eines nicht mochte, dann, nicht ernst genommen zu werden. Und Andrew nahm mich ganz offensichtlich nicht ernst.

Er zog noch ein letztes Mal an seiner Zigarette, ehe er sie auf den Boden warf und mit der Spitze seiner schwarzen Boots ausdrückte. Dann richtete er den Kragen seiner Lederjacke, ohne den Blick von mir abzuwenden.

»Vor dem Eingang des Gebäudes befindet sich ein Mülleimer.« Ich schaute zwischen Andrew und dem Zigarettenstummel hin und her, aber er machte keinerlei Anstalten, ihn aufzuheben und wegzuwerfen. Nicht nur schienen ihm Regeln egal zu sein, es war ihm auch egal, dass er das wunderschöne Gelände der Rosefield verschmutzte.

»Wir sehen uns sicher bald wieder, Lotti«, war alles, was Andrew zum Abschied sagte. Er lief an mir vorbei, aber nicht, ohne mir noch einmal zuzuzwinkern. Erst dann verschwand er um die Ecke und aus meinem Sichtfeld.

Ich schaute ihm nach. Das war also Andrew, Rektor Cavanaughs berühmt-berüchtigter Sohn. Na bravo!

Kopfschüttelnd bückte ich mich nach dem Zigarettenstummel, um ihn in den Müll zu werfen. Natürlich hätte ich ihn für den Regelverstoß trotzdem anschwärzen können, aber was hätte das gebracht? Vermutlich nicht sonderlich viel. Und ich war mir auch nicht sicher, ob Rektor Cavanaugh es gutheißen würde, wenn andere seinen Sohn verpfiffen. Im schlimmsten Fall hätte das seinen Eindruck von mir geschmälert.

Aber ich fragte mich, warum Andrew überhaupt hier war. Ich wusste, dass er eine andere Universität besuchte und seinen Abschluss noch nicht gemacht hatte. Es war mitten im Semester, also musste er aus einem bestimmten Grund hier sein. Und da er eben gesagt hatte, dass wir uns sicher bald wiedersahen, würde er wohl noch eine Weile bleiben.

Mein Herz klopfte schneller bei dem Gedanken. Das sah mir nicht ähnlich. Ich legte nicht viel Wert auf Äußerlichkeiten. Das Attraktivitätslevel sagte rein gar nichts über die inneren Werte eines Menschen aus, und die waren es doch, worauf es ankam. Ja, Andrew war nett anzusehen, aber er war ganz eindeutig ein Blödmann! Ich legte es also in keinem Fall darauf an, ihm jemals wieder über den Weg zu laufen.

Ich vertrieb jeden Gedanken an ihn und ging zum Haupteingang, wo ich erst mal den Zigarettenstummel in den Mülleimer warf und mir anschließend die Hände wusch. Kaum fasste man eine Zigarette an, roch man wie ein Aschenbecher. Dazu noch die Rauchwolke, die er mir ins Gesicht gepustet hatte. Großartig!

Im Kursraum setzte ich mich auf den freien Platz neben Alana. Das Lächeln, das sie mir zuwarf, verschwand, und stattdessen legte sie die Stirn in Falten. Ich spürte, wie meine Wangen glühten.

»Ich hätte nicht damit gerechnet, dass du rauchst«, sagte Alana überrascht. Ihre Lippen kräuselten sich amüsiert.

»Tu ich nicht, es hat nur jemand Rauch in meine Richtung gepustet.«

Alana hob die Hände. »Du musst dich nicht rechtfertigen. Wir alle haben unsere Wege, mit Stress umzugehen.«

»Nein, wirklich. Ich würde nie rauchen.«

»Okay, wenn du das sagst.« Es war offensichtlich, dass sie mir nicht glaubte. Eigentlich sollte es mir egal sein. Ich sollte der Meinung anderer nicht einen so hohen Stellenwert zuschreiben, aber trotzdem. Wir kannten uns seit eineinhalb Jahren. Sie müsste mich besser einschätzen können.

Das war alles Andrews Schuld! Ich hätte einfach an ihm vorbeigehen sollen. Dann hätten wir uns nie getroffen, und ich hätte den Schlamassel jetzt nicht. Ich musste Alana nach dem Unterricht dringend abfangen und sie bitten, mit niemandem über ihren Verdacht zu sprechen. Denn an der Rosefield wurde gern getratscht, und ich wollte nicht im Mittelpunkt der Lästereien stehen. Es war immer besser, sich aus allem herauszuhalten und keine Aufmerksamkeit zu erregen.

Wenig später betrat Mr Slater den Kursraum und eröffnete die Stunde. So gern ich seinen Worten auch folgen wollte, konnte ich mich kaum konzentrieren, denn der Geruch von Zigaretten haftete mir an und kribbelte in meiner Nase. Was dazu führte, dass ich wieder an die Begegnung von eben denken musste, obwohl ich doch keinen Gedanken mehr an ihn verschwenden wollte.

Ja, ich wünschte, ich hätte Andrew Cavanaugh nie getroffen.

4

Charlotte

Während die anderen bereits aus dem Kursraum stürmten, packte ich noch meine Tasche und reinigte meinen Arbeitsplatz. Da ich perfektionistisch veranlagt war, war ich bis zum Schluss nicht zufrieden mit meiner Skizze gewesen. Alle paar Minuten hatte ich die Striche wieder wegradiert und dadurch eine unglaubliche Sauerei veranstaltet. So konnte ich meinen Platz beim besten Willen nicht hinterlassen. Natürlich gab es an der Rosefield Unmengen an Reinigungspersonal, aber ich wollte anderen nicht unnötige Mehrarbeit aufbrummen. Nicht, solange es vermeidbar war.

Nachdem mein Tisch sauber war, lief ich ein letztes Mal durch den Raum. Dann nahm ich meinen Mantel von einem der Kleiderhaken, zog ihn an und ging zurück zum Platz. Ein Blick in meine Tasche ließ mich stutzig werden.

»Sie war doch eben noch hier«, sagte ich zu mir selbst und schob mir meine blonden Strähnen hinter die Ohren, in denen heute ein Paar meiner selbst gemachten Anhänger in Form von Schmetterlingen steckten. Ihre Flügel waren mit zahlreichen kleinen Strasssteinen besetzt, wofür ich ewig gebraucht hatte, da es eine unglaublich kleinteilige Arbeit war.

Ich öffnete die Umhängetasche etwas weiter. Die Ordner waren in ihrem Fach, genau wie die Schreibutensilien. Auch meine Stoffproben waren dieses Mal an ihrem Platz. Doch dort, wo sich meine Schere befinden sollte, war sie nicht.

Ich atmete tief durch, schloss einen Moment die Lider und zählte von drei runter. Nur nicht in Panik verfallen, sie war hier sicher irgendwo. Noch einmal ging ich durch den Raum, lief jeden Fleck ab, an dem ich nicht nur während, sondern auch nach dem Unterricht gestanden hatte, suchte unter Tischen und Stühlen, konnte aber die Schere trotzdem nicht finden. Logischerweise hatte ich Ersatz in meinem Zimmer, für alle Fälle. Doch hierbei handelte es sich um meine liebste Schneiderschere, die zu einem gravierten Set gehörte, das Onkel Rupert mir zum Schulabschluss geschenkt hatte. Es war eines der schönsten und durchdachtesten Geschenke gewesen, die ich jemals erhalten hatte. Seitdem hatte ich das Set gehütet wie meinen Augapfel und es nur mit höchster Vorsicht verwendet und gereinigt. Ich war nicht der Mensch, dem solche Dinge passierten. Alles hatte seinen festen Platz. Etwas verlegen oder gar verlieren? Unmöglich! Und doch war es geschehen … zum zweiten Mal innerhalb kürzester Zeit.

Womöglich hatten Jeffrey oder Alana, die rechts und links von mir saßen, sie versehentlich eingesteckt? Ja, so musste es sein. Zwar war in geschwungener Schrift *Charlotte Barton* eingraviert, aber vielleicht hatten sie nicht darauf geachtet. Ich sollte mir den Kopf nicht weiter darüber zerbrechen.

Seltsam erschien mir die Angelegenheit dennoch. Erst meine Stoffproben, jetzt meine Schere. Eigentlich war ein Zufall ausgeschlossen. Doch ich war niemand, der an das Schlechte in Menschen glaubte. Ich dachte so lange gut von jemandem, bis mir das Gegenteil bewiesen wurde. Daher wäre es falsch von mir, Mutmaßungen anzustellen und einen Sündenbock zu suchen, wenn vermutlich gar keine böswillige Absicht dahintersteckte.

Allmählich vermutete ich, dass Hazels Verschwörungstheorien ihre Spuren hinterlassen hatten.

»Was ist los, Lotti?«

Erschrocken drehte ich mich zur Tür, in der Andrew stand und mich verschmitzt lächelnd beobachtete. Seine Lederjacke hatte er heute gegen einen schwarzen Pulli getauscht, der um seine Arme herum spannte, als wäre er ihm eine Nummer zu klein.

»Mein Name ist immer noch Charlotte«, fauchte ich, als ich meine Stimme wiederfand. Das Lächeln auf Andrews Gesicht wurde breiter. Ich bemerkte den Müllsack vor ihm am Boden und den Besen, der neben ihm im Türrahmen lehnte. Stirnrunzelnd legte ich den Kopf schief. »Was machst du hier?«

Er zuckte die Achseln. »Darf ich nicht hier sein?«

»Doch, natürlich. Ich dachte nur, dass du vielleicht jetzt hier studierst, aber in diesem Gebäude habe ich dich noch nie gesehen.«

»Hier studieren?« Andrew schnaubte. »Ganz sicher nicht.«

»Aber …«

Er ließ mich nicht zu Wort kommen. »Also, was ist los, Lotti? Du guckst so betrübt. Hat wieder jemand etwas Verbotenes getan und dich damit geärgert?«

Es hatte vermutlich keinen Sinn, ihn ein weiteres Mal darauf hinzuweisen, wie mein Name lautete. Er würde es ohnehin ignorieren. Den zweiten Teil seiner Aussage ignorierte ich ebenfalls, genau wie den abschätzigen Tonfall, den er an den Tag legte. »Ich suche nur meine Schere.«

Er prustete. »Deine Schere ist weg? Ist das hier ein Kindergarten, oder was?«

»Falls es dich interessiert, ich studiere Fashion Design. Meine Schneiderschere ist wichtig. Ich möchte nämlich gern etwas erreichen, im Gegensatz zu dir!« Der Seitenhieb tat mir sofort leid, und ich war kurz davor, mich bei ihm dafür zu entschuldigen, aber Andrew schien sich daran nicht zu stören. Ganz im Gegenteil sogar.

»Oh, das kleine Hauskätzchen kann ja richtig die Krallen ausfahren. Gefällt mir.« Das verschmitzte Lächeln auf seinen Lippen kehrte zurück, und er zog eine seiner dichten dunklen Augenbrauen in die Höhe.

Ich verdrehte die Augen, spürte aber, wie meine Wangen heiß wurden. Es war besser, schleunigst zu gehen. Alana hatte zwar Wort gehalten und niemandem von ihrer Vermutung erzählt, dass ich rauchte, aber deshalb brauchte ich es nicht auf die Probe zu stellen und noch länger mit Andrew in einem Raum sein. Er würde es sicher schaffen, mir wieder mit irgendetwas Schwierigkeiten zu bereiten.

Ich legte mir die Tasche über die Schulter und steuerte den Ausgang an. »Ich muss los. Einen schönen Abend noch.«

Kurz dachte ich, Andrew würde absichtlich in der Tür stehen bleiben, doch er hob den Mundwinkel und trat zur Seite. »Bis bald, Lotti. Ich freu mich schon auf unser Wiedersehen«, sagte er mit rauer Stimme, die dafür sorgte, dass sich mir die Nackenhaare aufstellten.

Ohne ein weiteres Wort verließ ich zügig das Design-Gebäude. Die kalte Abendluft kitzelte meine Haut, ließ meine Wangen erneut brennen. Womöglich lag das aber eher daran, dass Andrews Worte weiterhin in meinen Gedanken herumgeisterten.

Wie hatte er es gemeint, dass er sich freute? Wieso sollte er? Und wieso interessierte es mich überhaupt? Ich war von mir selbst genervt. Es wäre besser, meine Zeit nicht damit zu verschwenden, über ihn nachzudenken. Er war ein ungehobelter Rüpel, ein Raucher und vor allem ein Verbrecher, wenngleich ich nicht wusste, was genau zu seiner Inhaftierung geführt hatte. Trotzdem sollte ich mich lieber von ihm fernhalten.

Die Betonung lag auf *sollte*, denn ich konnte meine Gedanken nicht davon abhalten, weiter an ihn zu denken. Was er wohl eben in meinem Kursraum gewollt hatte? Der Müllsack und Besen legten die Vermutung nahe, dass er zum Putzen gekommen war. Aber ich konnte mir beim besten Willen nicht vorstellen, wieso der Sohn des Rektors dafür eingesetzt wurde.

Ich schüttelte den Kopf und konzentrierte mich stattdessen wieder auf das Verschwinden meiner Schere. Noch einmal überlegte ich, wo sie sein konnte, doch mir wollte partout nichts einfallen.

Als ich im Apartment ankam, saßen Mila und Hazel wieder zusammen im Wohnzimmer. Wobei Hazel möglichst weit entfernt von Mila Platz genommen hatte, da diese noch immer erkältet war und gern hustete, ohne sich die Hand vor den Mund zu halten.

»Na, wie war der Kurs?«, fragte Hazel, kaum hatte ich das Zimmer betreten.

Ich setzte mich auf die Lehne des Sessels, auf dem sie saß. »Ganz in Ordnung. Ich habe noch ein paar Skizzen für meine Kollektion angefertigt. Wirklich zufrieden bin ich bisher nicht, daher muss ich noch etwas daran feilen.«

Hazel legte den Kopf schief. »Ich kenne diesen Tonfall. Da ist noch etwas. Du weißt, du kannst mit uns reden. Vollkommen egal, worum es geht.«

Ich lächelte wie von selbst. Wie oft Hazel das gesagt hatte, seit sie letztes Semester hier eingezogen war, konnte ich schon gar nicht mehr zählen. Nun schaute auch Mila von ihrer Teetasse hoch, die sie fest mit beiden Händen umklammert hielt. »Was ist los?« Ihre Heiserkeit war noch vorhanden, aber schon deutlich besser als vorige Woche. Zum Glück hatte ich genug Suppe auf Vorrat gekocht.

»Heute ist meine Schneiderschere plötzlich verschwunden«, sagte ich. Dass mir das immer noch durch den Kopf ging, hatte ich nicht mal gewusst, bis Hazel nachgehakt hatte. Sie hatte einen sechsten Sinn für solche Dinge. »Womöglich hat Alana sie versehentlich eingesteckt. Ich werde sie in der nächsten Stunde mal fragen.«

»Oder jemand versucht dich absichtlich aus dem Konzept zu bringen. Oder schlimmer noch, deine Arbeit zu sabotieren.«

»Ich stimme Hazel zu.« Mila nickte. »Erst deine Stoffproben, jetzt die Schere? Das kann kein Zufall mehr sein! Bestimmt war es dieselbe Person.«

Ich nickte langsam. »Vielleicht war es gar keine Absicht«, sagte ich, weil ich noch immer an das Gute glauben wollte. Allerdings wusste ich, wie es an der Rosefield zugehen konnte. Intrigen und Rivalitäten standen an der Tagesordnung. Ich war nur so lange verschont geblieben, weil ich unscheinbar war und mich selten in die Angelegenheiten anderer einmischte. Eigentlich hatte ich geglaubt, solange ich mich bedeckt hielt, würde sich daran auch nichts ändern.

»Ich denke schon, dass dich jemand damit aus dem Verkehr ziehen möchte. Schließlich geht es in deinem Kurs doch um einen wichtigen Praktikumsplatz. Ich kann mir vorstellen, dass es mehr als eine Person gibt, die sich von dir bedroht fühlt.« Hazel schein sich ihrer Sache sicher zu sein.

Ich jedoch war nicht überzeugt. »Wieso sollte sich jemand von mir bedroht fühlen?«

»Ist das dein Ernst? Du bist Jahrgangsbeste, niemand kann dir das Wasser reichen. Nur durch Sabotage kann man dir den Praktikumsplatz streitig machen, und das weiß vermutlich jeder aus deinem Kurs!«

»Ich stimme Mila in jedem Punkt zu! Wir sollten einen Schlachtplan aufstellen und versuchen, den Täter auf frischer Tat zu ertappen.« Hazel wackelte verschwörerisch mit den Brauen. Ihre grünbraunen Augen funkelten voller Tatendrang. Sie konnte es bestimmt kaum erwarten, einem neuen Mysterium auf die Schliche zu kommen. Ich war mir sicher, dass in ihr ein Detektiv-Gen schlummerte.

»Da wäre ich dabei«, stimmte Mila zu. »Wir könnten kleine Kameras installieren und …«

»Nein«, schnitt ich ihr das Wort ab und schaute sie entsetzt an. »Das ist illegal.«

Sie stöhnte theatralisch, verlor sich aber kurz darauf in einen Hustenfall, bei dem Hazel und ich angewidert den Mund verzogen. »Und wenn du deswegen durch den Kurs fällst? Siehst du das dann immer noch so gelassen?«, fragte Mila, als sie ihre Stimme wiedergefunden hatte.

»Ich werde sicher nicht durchfallen, weil jemand meine Schere klaut. Ich habe Ersatz.« Ich verschränkte die Arme vor der Brust.

»Und wenn es nächstes Mal nicht nur die Schere ist?«

»Du musst immer vom Schlimmsten ausgehen.« Ich versuchte, meine Stimme fest klingen zu lassen, aber ich befürchtete, dass Mila recht haben könnte. Doch daran wollte ich gar nicht erst denken.

»Ich spreche nächste Woche mit Alana«, sagte ich entschlossen. »Und wenn sie unschuldig ist, dann können wir weiter überlegen. Vielleicht ist sie mir auch runtergefallen und unter einen der kleinen Schränke im Kursraum gerutscht.«

Den Blicken auf ihren Gesichtern nach zu urteilen, glaubten weder Mila noch Hazel daran, aber sie beließen es dabei.

»Okay«, sagte Hazel stattdessen. »Aber vergiss nicht …«

»Ihr seid immer für mich da, ich weiß. Danke.« Ich lächelte. Zwar wusste ich, dass sie es so meinten, trotzdem fiel es mir in vielen Lebenslagen schwer, mich ihnen völlig zu öffnen. Es lag nicht daran, dass ich ihnen nicht vertraute. Aber mir wurde mein Leben lang eingetrichtert, selbstständig zu sein. Selbst mit meinen Problemen fertigzuwerden, mich nicht auf andere zu verlassen. Ich hatte gelernt, für meine Ziele hart zu arbeiten, mir dabei aber niemals die Finger schmutzig zu machen und nur mit fairen Mitteln zu kämpfen.

Manchmal wünschte ich mir, dieses Verhalten zumindest teilweise ablegen zu können, mehr aus mir herauszukommen. Weniger die kleine Ms Perfect zu sein, wie Mila mich gern nannte. Sie meinte es liebevoll, trotzdem versetzte es mir jedes Mal einen Stich. Denn ich war so viel mehr als das, auch wenn ich es oft nicht zeigen konnte.

Doch vielleicht würde es mir irgendwann gelingen.

Wir blieben noch eine Weile sitzen und tauschten uns aus. Während Hazel von Tristan schwärmte, regte Mila sich über dessen Mitbewohner Josh auf. Die beiden hatten fast jeden Kurs ihres Musical- und Show-Studiums zusammen und führten seit Anfang an eine Fehde. Beim Winterball hatten sie sich aber geküsst und seitdem …

Da ich ruhig und anpassungsfähig war, hatte ich mir antrainiert, meine Umgebung und meine Mitmenschen zu beobachten. Daher war mir nicht entgangen, dass jener Abend etwas in Mila verändert hatte. Sie regte sich zwar weiterhin über Josh auf, aber es wirkte seither gekünstelt. Sie konnte in vielerlei Hinsicht stur sein, daher würde sie nie zugeben, dass sie Josh womöglich nicht mehr mit so viel Abneigung begegnete wie noch vor drei Monaten. Ich hoffte einfach, dass es ihr gelingen würde, sich ihre Gefühle einzugestehen. Mila verdiente es, ihr Glück zu finden.

Für einen Moment flackerte das Bild von Andrew vor meinem geistigen Auge auf. Wie er mich verschmitzt angrinste und mich Lotti nannte, obwohl ich diesen Spitznamen verabscheute. Hatte ich schon immer. Und wenngleich ich wusste, dass ich mich von ihm fernhalten sollte, gab es in mir doch einen kleinen Teil, der wissen wollte, ob die Dinge stimmten, die man ihm nachsagte.

Normalerweise gab ich nicht viel auf das Gerede anderer,

doch Andrew Cavanaugh war bis vor wenigen Tagen noch ein Geist gewesen, der nun leibhaftig hier an der Rosefield war und … ich wusste nicht, warum. Aber ich war mir sicher, dass ich es erfahren würde.

5

Charlotte

Es waren schon immer die kleinen Dinge gewesen, die mir eine ganz besondere Freude bereitet hatten. Sei es ein schöner Sonnenaufgang am Horizont, ein angenehmer Sommerregen oder die Tatsache, jemandem ein Lächeln aufs Gesicht gezaubert zu haben. Ich war der Meinung, dass wir uns stets vor Augen führen sollten, was im Leben wirklich wichtig war, anstatt uns an Nebensächlichkeiten aufzuhängen, die wir ohnehin nicht ändern konnten. Auf das Positive konzentrieren, anstatt sich vom Negativen die Laune vermiesen zu lassen.

Ein ebenso wundervolles Gefühl weckte das Radfahren in mir. Vor einigen Jahren hatte ich mir ein weißes Damenrad mit großen roten Tupfern auf dem Rahmen gekauft. Vorne war ein Korb angebracht, an dem eine im passenden Farbton gehaltene Schleife befestigt war. Das Rad hatte mir schon oft gute Dienste erwiesen. Egal wann ich mich auf den Sattel schwang und in die Pedale trat, konnte ich fast alles um mich herum vergessen. Dann genoss ich einfach, wie der Wind mir durch die Haare blies und meine Haut kitzelte und die Luft meine Lunge füllte.

Dass sich die Rosefield Academy in den Lincolnshire Wolds befand, war ein weiterer Pluspunkt, denn die Landschaft war atemberaubend. Ich fuhr den wenige Meter breiten

Weg entlang, der die Hauptstraße bildete. Viel Verkehr gab es hier nicht, weshalb mir keine Autos entgegenkamen.

Es war Freitagnachmittag. Der Tag, an dem ich regelmäßig ins nahe gelegene Setham fuhr, um einige Einkäufe zu erledigen. Anfangs hatten Mila und Hazel mir öfter angeboten, an meiner Stelle zu fahren oder mich zu begleiten. Nachdem ich oft genug abgelehnt hatte, mussten sie erkannt haben, dass es für mich keine Arbeit war, sondern mich entspannte. Es war der einzige feste Tag der Woche, an dem ich das Unigelände verließ und etwas anderes zu Gesicht bekam.

Ich liebte es an der Rosefield, das stand völlig außer Frage. Aber jeder Mensch benötigte hin und wieder eine Auszeit. Und sei es nur für einen schnellen Einkauf im Nachbarort. Heute allerdings stand noch etwas anderes auf dem Plan.

Nach einer halben Stunde bog ich auf eine etwas schmalere Straße ab, die eher einem holperigen Schotterweg glich. Die links und rechts verlaufenden Felder, waren noch kahl, aber in wenigen Wochen würde es schon ganz anders aussehen, wenn sich die blauen Glockenblumen, auch Bluebells genannt, meterweit wie ein dichter Teppich erstreckten und ihren himmlischen Duft verströmten.

Der Frühling in den Lincolnshire Wolds war unvergleichlich. Durch das wechselnde Landschaftsbild gab es unzählige Dinge zu entdecken. Von weitläufigen Feldern über kleine Bilderbuchdörfer über plätschernde Flüsse und Seen bis hin zu dichten Laubwäldern, in dessen Baumkronen unterschiedliche Vogelarten saßen, die ihre Lieder zwitscherten und so den Wanderern ein unverwechselbares Konzert boten.

Heute allerdings war von alldem noch kaum etwas zu sehen. Stattdessen lag ein geisterhafter Nebel über den Feldern und verschluckte jeden noch so kümmerlichen Grashalm. Die unheimliche Atmosphäre wurde von den tiefgrauen Wolken am Himmel verstärkt. Gedanklich nannte ich dieses Wetter

Hazel-Wetter, denn sie liebte alles, was schaurig war und vor dem andere sich möglicherweise fürchteten.

Ich überquerte die kleine Brücke, die über den Bach nach Setham führte. Auf der anderen Uferseite stieg ich vom Rad und schob es den restlichen Weg. Bei Setham handelte es sich um eine kleine Siedlung südwestlich von Binbrook mit nur wenigen hundert Einwohnern. Trotzdem war Setham aufgrund der zentralen Lage in den Lincolnshire Wolds ein gutbesuchter Touristenmagnet. Es gab zahlreiche niedliche Bed and Breakfasts in bunten Backsteinhäusern mit geziegelten Dächern, und auch einige der Bewohner boten freie Zimmer in ihren Häusern für Übernachtungen an. Ein gastfreundlicher Ort durch und durch, weshalb ich mich bei jedem Aufenthalt hier wohlfühlte.

Im Vorbeigehen begrüßte ich einige Menschen, die ich in den letzten Monaten hier kennengelernt hatte. Zwar hatten wir meist bloß oberflächliche Gespräche geführt, begegneten uns dennoch mit Freundlichkeit und Respekt. Der Bäcker Carl winkte mir durch die geöffnete Tür aus dem Inneren der Backstube, nachdem er sich die mehlbestäubten Hände an einem Handtuch sauber gewischt hatte. Lächelnd erwiderte ich den Gruß und setzte es auf meine mentale Einkaufsliste, nachher noch ein paar frische Brötchen bei ihm zu holen.

Langsam lief ich über den Marktplatz, auf dem heute keine Stände aufgebaut waren. Erst morgen in der Früh würden die Händler wieder ihre Waren um den zentral gelegenen Springbrunnen anbieten.

Je näher ich meinem Ziel kam, desto mehr klopfte mein Herz in freudiger Erwartung. Denn heute stattete ich meinem Lieblingsgeschäft des Ortes einen Besuch ab. Vor dem Eingang befand sich ein kleiner Fahrradständer, an den ich mein Rad schloss. Dann holte ich meine Handtasche aus dem Korb und legte sie mir um die Schultern.

Ein kleines Glöckchen kündigte mein Eintreten an, als ich die Tür von *Thousand and One Fabrics and Wools* öffnete. Sofort strömte mir der angenehme und vertraute Duft von Rosen in die Nase, den ich mit diesem Laden verband, seit ich ihn zum ersten Mal betreten hatte.

»Ich bin gleich für Sie da!«, ertönte die Stimme von Stephanie, der Inhaberin, die das Geschäft vor einigen Jahren von ihrer Großmutter übernommen hatte. Wir hatten nie darüber gesprochen, aber ich schätzte, dass sie lediglich wenige Jahre älter als ich sein durfte.

Während ich wartete, schlenderte ich durch die engen Gänge des Geschäfts. Trotz seiner überschaubaren Größe gab es hier alles, was das Fashion-Design-Herz begehrte. Und sollte irgendetwas nicht auf Lager sein, war Stephanie die beste Beraterin, die man sich vorstellen konnte. Sie wusste immer, wo sie anrufen und eine Bestellung aufgeben musste, die wenige Tage später hier im Laden abgeholt werden konnte.

»Was kann ich …« Stephanie trat aus dem Hinterzimmer an den schmalen Tresen. »Charlotte, hi, wie schön, dich zu sehen.« Ihr strahlendes Lächeln war nicht nur ansteckend, sondern ließ ihre Augen leuchten wie kräftige Smaragde. Das in Kombination mit ihren roten Haaren sorgte dafür, dass sie eine gewisse Ähnlichkeit mit Mila aufwies. Nur weniger aufbrausend.

»Hallo, Stephanie, freut mich auch. Geht es dir gut? Hat Snoopy seinen Eingriff gut überstanden?« Das letzte Mal, als ich hier gewesen war, hatte sie mir erzählt, dass ihrem Dalmatiner eine kleine Operation bevorstand.

Sie nickte. »Zum Glück gab es keine Komplikationen. Er ist noch etwas schwach auf den Beinen, aber bald ist es überstanden.«

»Das freut mich zu hören.« Mir fiel ein Stein vom Herzen. Ich erinnerte mich noch gut daran, wie schlecht es mir damals gegangen war, als unser Familienhund erkrankte. Blizzard war ein schwarzbrauner Mischling aus dem europäischen Ausland gewesen, in den meine Mutter und ich uns gleichermaßen auf einem Foto im Internet verliebt hatten. Uns war nichts anderes übrig geblieben, als ihn zu uns zu holen und ihm ein paar schöne Jahre zu geben. Da es sich bei ihm um einen achtjährigen Hund gehandelt hatte, wollte ihn sonst niemand, da die meisten Menschen lieber einen Welpen oder Junghund adoptierten. Ich war allerdings schon immer der Meinung gewesen, dass auch ältere Tiere es verdienten, dass man ihnen ein Zuhause gab, und sie mit so viel Liebe überschüttete, wie man konnte. Und trotz der schlechten Prognosen war Blizzard vierzehn Jahre alt geworden. Noch heute vermisste ich ihn schmerzlich, schließlich war er ein Teil unserer Familie gewesen.

»Bist du heute zum Einkaufen gekommen, oder wolltest du nur Hallo sagen?« Mit diesen Worten riss Stephanie mich aus den trüben Gedanken.

»Beides.« Ein Lächeln stahl sich auf meine Lippen. »Erinnerst du dich an die Stoffproben, die ich letztes Mal geholt habe?«

Stephanie legte den Kopf schief und dachte einen Moment darüber nach. Dann erhellte sich ihr Gesicht, und sie nickte. »Ja, das waren die pastellfarbenen Proben der neuen Lieferung, oder?«

»Genau. Ich würde gern noch ein Set mitnehmen und schauen, was es sonst so gibt.«

Überrascht schaute Stephanie mich an. »Genau das gleiche Set noch mal?« Ich nickte. »Was ist mit dem anderen passiert?«

Seufzend schob ich mir die Haare hinter die Ohren. »Ich weiß es nicht. Entweder habe ich es verlegt, oder es wurde mir entwendet. Sicher bin ich nicht.«

»Ich kenne keinen organisierteren Menschen als dich. Es

sähe dir nicht ähnlich, die Proben zu verlieren. Hast du mal mit jemandem darüber gesprochen?«

»Ja, habe ich. Und auch im Kurs habe ich gefragt, ob meine Sitznachbarin sie vielleicht hat, aber sie hat verneint.« Ich zuckte mit den Schultern. Alana hatte nicht den Anschein erweckt, mir Lügen aufzutischen. Und im Grunde wüsste ich auch nicht, was es ihr brächte, meine Sachen zu stehlen. Nichtsdestotrotz wusste ich nicht mehr, was ich glauben sollte. Es war einfach auffällig, dass meine Arbeitsmittel immer dann verschwanden, wenn wir einen gemeinsamen Kurs hatten. Das konnte doch kein Zufall mehr sein, oder? Auch wenn sie darauf bestand, nichts mit allem zu tun zu haben. »Sei's drum, ich hole einfach ein weiteres Set, und damit hat sich die Sache dann erübrigt.« Ich versuchte mich an einem ehrlichen Lächeln.

»In Ordnung«, sagte Stephanie schließlich und nickte. »Die neue Lieferung habe ich rechts neben dem Schaufenster aufgestellt. Sieh dich solange um, während ich dir die Proben vorbereite.«

»Danke«, entgegnete ich. Kurz darauf machte Stephanie sich bereits an die Arbeit.

Ich schlenderte langsam durch die Gänge und betrachtete alles. Obwohl ich das Geschäft bereits sehr oft besucht hatte, war es doch jedes Mal ein aufregendes Gefühl, hier zu sein. Das Sortiment wechselte zwar nur unregelmäßig, trotzdem war das *Thousand and One Fabrics and Wools* eine Inspirationsquelle für mich. Wann immer ich durch die Gänge streifte, überkamen mich unzählige Ideen zu neuen Kleidern, neuen Kombinationen, neuem Schmuck. Man sollte meinen, dass mir irgendwann die Ideen ausgehen müssten, aber meine Kreativität kannte keine Grenzen. Das war ein weiterer Grund, weshalb ich heute herkommen wollte. Ich hatte die Hoffnung, dass ich einen Geistesblitz bezüglich der Kollektion für den Kurs bekommen würde. Ideen hatte ich viele, aber bisher fehlte mir noch das Besondere.

Vorsichtig strich ich über einen azurblauen Samtstoff, der sich weich an meiner Haut anfühlte. Wie eine warme Decke, in die man sich im kalten Winter am liebsten einkuscheln wollte. Aber der Stoff löste sonst nichts in mir aus. Da war kein *Klick,* weshalb ich weiterlief. Doch auch die nächsten Stoffe riefen kein bestimmtes Gefühl in mir hervor.

Die neue Lieferung bestand überwiegend aus Metallic, ähnlich dem Oberstoff, den ich für Hazels Winterballkleid verwendet hatte, um sie wie Nebel aussehen zu lassen. Der Gedanke an das Kleid ließ mich lächeln. Es war eine meiner bisher besten Arbeiten gewesen. Leider hatte es den Abend nicht überlebt, aber ich hatte vor, es demnächst zu reparieren. Dafür musste ich allerdings die Lagen trennen und separat erneuern, was etwas Zeit benötigte, die ich momentan nicht hatte. Daher musste ich das auf die Semesterferien verschieben … es sei denn, ich bekam das Praktikum. Dann wäre ich den Sommer über nicht hier.

Die Glocke ertönte, und die Tür zum Geschäft wurde so ruckartig aufgestoßen, dass nicht mal der Türstopper das laute Scheppern abdämpfen konnte. Zahlreiche gackernde Mädchen traten ein und unterhielten die gesamte – wenn auch rar gesäte – Kundschaft. Das schien sie aber nicht zu interessieren, denn sie redeten weiter lautstark, ohne Rücksicht auf andere.

Kopfschüttelnd versuchte ich, die Stimmen auszublenden und mich stattdessen wieder voll und ganz auf die Stoffe zu konzentrieren. Für einen Moment gelang es mir auch, bis ich von hinten angerempelt wurde.

»Wie wäre es mit einer Entschuldigung?«, sagte ich, während ich mich langsam umdrehte.

Das brünette Mädchen schnaubte und verdrehte die Augen. Dann lehnte sie sich zu einer ihrer Freundinnen rüber, um ihr etwas ins Ohr zu flüstern. Sie fingen an zu kichern, betrachteten mich dann wieder. Erst da fiel mir auf, dass es sich um Mona und ihre Clique handelte. Zwei von ihnen studierten ebenfalls Fashion Design, besuchten aber andere Kurse als ich, weshalb ich ihre Namen nicht kannte. Mona allerdings hatte ebenfalls den Designwettbewerbskurs belegt und war eine der Anwärterinnen auf den Praktikumsplatz. Außerdem war sie die Ex-Freundin von Benedict. Sie waren nur wenige Monate miteinander ausgegangen, und er hatte behauptet, es wäre nichts Ernstes gewesen. Aber mittlerweile wusste ich nicht mehr, ob ich überhaupt etwas von dem glauben konnte, was er mir gesagt hatte.

»Wie wäre es, wenn du nicht so im Weg rumstehen würdest? Es wollen vielleicht auch noch andere Leute hier einkaufen?«, entgegnete Mona provokant, verschränkte die Arme vor der Brust und verzog die rotbemalten Lippen zu einem verzerrten Lächeln. Sie schien die Anführerin der Gruppe zu sein, denn ihre Freundinnen standen hinter ihr und ahmten ihre Pose nach wie einstudiert.

Da ich keine Lust auf eine Diskussion hatte, lächelte ich. »Tut mir leid.«

»Der hast du's aber gegeben«, sagte eines der Mädchen und kicherte in seine Hand.

Ich holte tief Luft und drehte mich wieder von ihnen weg. Aber ihr Getuschel hörte ich trotzdem noch. Als ich den Namen Benedict hörte, wusste ich genau, worüber sie sprachen. Meine Augen brannten, und ich spürte, wie sich mir langsam die Kehle zuschnürte. Ich sollte das nicht so nah an mich heranlassen. Es war egal, was andere über mich sagten.

Dennoch entfernte ich mich von ihnen und steuerte einen der Gänge am anderen Ende des Geschäfts an. Erst als ich die Stimmen nicht mehr hören konnte, atmete ich erleichtert auf.

In diesem Gang befanden sich Materialien zur Schmuckherstellung, unterschiedliche Nähnadeln und Garne in allen möglichen Farben. Ich betrachtete die kleinen Perlen und Steine, nahm einige von ihnen zwischen die Finger und wog sie in der Hand. Manche Steine bestanden lediglich aus Plastik und kamen für meine Zwecke nicht infrage, aber die aus Glas hatten es mir direkt angetan.

Am Ende des Gangs fielen mir ein paar glitzernde Gegenstände ins Auge, bei denen ich sicher war, sie letztes Mal noch nicht hier gesehen zu haben. Ich trat näher heran und stellte fest, dass es sich um mit Glitzerpartikeln besetzte Knöpfe in unterschiedlichen Größen handelte.

»Ah, stimmt. Die sind auch neu reingekommen«, sagte Stephanie plötzlich hinter mir. Ich erschrak, wodurch mir der buntglitzernde Knopf aus der Hand glitt, zu Boden fiel und unter einen Schrank rollte.

»Das tut mir schrecklich leid«, entgegnete ich und hockte mich hin.

Stephanie lachte und griff nach meinem Arm. »Wage es jetzt bloß nicht, im Dreck herumzukrabbeln. Ich finde ihn schon später, alles gut.«

Meine Wangen wurden heiß, aber ich gehorchte und stand wieder auf. »Danke.«

Stephanie winkte ab und reichte mir ein neues Set der Stoffproben. Dankbar nahm ich es entgegen und schaute es noch einmal durch. Einige der Farben passten hervorragend zu den Glitzerknöpfen, bemerkte ich.

Am anderen Ende des Ladens ertönte ein Rumpeln, gefolgt von einem lauten Scheppern und einem dumpfen Laut, der wie umkippende Stoffrollen klang.

»Diese Gruppe wird mich noch umbringen«, nuschelte Stephanie und rieb sich die Schläfen. Mit zusammengepressten Lippen schaute sie mich kopfschüttelnd an. »Tut mir leid, aber ich muss noch mal nachsehen, was da los ist. Du findest mich dann am Tresen.«

»Viel Erfolg«, sagte ich aufmunternd, woraufhin sie wieder verschwand.

Noch einmal betrachtete ich die glitzernden Knöpfe und entschied mich, erst mal von jeder Farbe und Größe einen mitzunehmen. Sobald ich mich schlussendlich auf eine Kollektion festgelegt hatte, konnte ich wiederkommen und die passenden kaufen.

Mit meiner Ware gewappnet lief ich zum Tresen, auf den ich alles legte und wartete. Ich hörte Stephanie mit den Mädchen von meiner Uni schimpfen. Diese kicherten aber lediglich und verschwanden wieder aus der Tür. Ich vermutete, dass sie alles so liegen gelassen hatten, wie es umgefallen war, und nun Stephanie all die Arbeit allein erledigen musste. Es tat mir leid, dass sie sich mit solchen Chaoten herumschlagen musste. Aber das war wohl der Preis dafür, Inhaberin eines solchen Geschäfts zu sein.

Ein paar murmelnde Worte, dann schlurfende Schritte, ehe Stephanie wieder am Tresen war.

»Alles in Ordnung? Kann ich dir irgendwie behilflich sein?«, wollte ich wissen.

Doch Stephanie schüttelte den Kopf. »Nein, aber lieb, dass du fragst.« Dann tippte sie nach und nach einige Zahlen in die alte Kasse ein. Es musste eines der ältesten Modelle sein. Jeder Tastenton klang wie der einer Schreibmaschine, und am Ende des Vorgangs ertönte das nur allzu bekannte *Katsching*, bei dem ich schmunzeln musste. »Eine für dich untypische Ausbeute«, sagte Stephanie und nahm einen fast faustgroßen grünen Glitzerknopf in die Hand.

»Wir müssen dieses Semester eine Kollektion entwickeln, die außerhalb unserer Komfortzone liegt«, erklärte ich, während ich nach und nach alles in eine Papiertüte sortierte.

»Verstehe. Das wirst du hiermit bestimmt schaffen.« Sie lächelte und gab mir den finalen Preis durch.

Ich holte einige Pfundnoten aus der Geldbörse und schob sie über den Tresen. »Der Rest ist für dich.«

»Du bist die Beste, Charlotte. Ich danke dir.«

Wir verabschiedeten uns voneinander, und ich versprach, bald wieder vorbeizukommen. Als ich meine Sachen nahm und den Ausgang ansteuerte, fiel mein Blick in den Gang, in dem Mona und ihre Freundinnen das Chaos veranstaltet hatten. Zahlreiche Stoffrollen lagen auf dem Boden, ebenso wie Dutzende Wollknäuel, die aussahen, als hätten sie damit Fußball gespielt.

Kopfschüttelnd atmete ich tief durch. Ich konnte nicht verstehen, wie man so rücksichtslos mit dem Eigentum anderer umgehen konnte. An Stephanies Stelle hätte ich ihnen das alles in Rechnung gestellt, aber dafür hatte sie ein viel zu großes Herz.

Bei meinem nächsten Besuch würde ich ihr ein paar Flap Jacks backen – ihre liebsten Haferflockenkekse. Damit konnte ich ihr vielleicht für einen Moment ein Lächeln aufs Gesicht zaubern. Noch einmal drehte ich mich um und winkte zum Abschied, ehe ich die Tür aufzog und das Lebensmittelgeschäft auf der anderen Seite des Marktplatzes ansteuerte.

6

Drew

Die Arbeit hier war noch weitaus ätzender, als ich sie mir vorgestellt hatte. Rowan scheuchte mich quer über das Gelände und zwang mich zu den schlimmsten und nervigsten Aufgaben überhaupt. Von irgendwelchen Gärtnerarbeiten über Böden wischen und Teppiche ausklopfen war alles dabei. Er nutzte es schamlos aus, dass ich keine Widerworte abgeben konnte, ohne dass Dad davon Wind bekam und mir womöglich die Hölle heiß machen würde. Wobei es auch nicht so abwegig wäre, zu glauben, dass Dad Rowan extra darauf angesetzt hatte, mir das Leben so schwer wie möglich zu machen.

An sich schien Rowan nämlich halbwegs korrekt zu sein. Ein Mann, schätzungsweise Mitte vierzig, dessen zehnjähriger Sohn wohl ein paar Probleme mit dem Mathe- und Biologieunterricht hatte. Rowan hatte mir ein Bild gezeigt. Der Kleine sah Cody ziemlich ähnlich, weshalb ich versucht hatte, meine Wut gegen Rowan ein wenig im Zaum zu halten.

Trotzdem wäre ich lieber irgendwo anders gewesen, statt in diesem beschissenen Designgebäude andauernd die Werkstätten und Ateliers fegen zu müssen. Wozu hatte die Rosefield Academy denn bitte Reinigungspersonal angestellt, wenn *ich* den Mist im Endeffekt erledigen musste?

»Leider hatte Ken einen Unfall«, sagte Rowan mit zusammengepressten Lippen. Er schaute mich so betrübt aus graublauen Augen an, dass mir klar war, worauf das hinauslaufen würde. Ich hatte zwar keinen Schimmer, wer Ken war, aber sein Tonfall klang nach noch mehr Arbeit.

»Sag einfach, was du sagen möchtest.«

Rowan seufzte. »Ken ist der Auszubildende des Gärtners. Wir werden ihm also einige der leichteren Aufgaben abnehmen.«

Wie ich geahnt hatte. »Klar, hier ist ja auch nicht schon genug zu tun.«

»Ich weiß, dass du nicht gern hier bist, Andrew. Aber machen wir das Beste aus der Situation, ja?«

»Was auch sonst.« Ich zuckte die Achseln. Eine Wahl hatte ich ohnehin nicht.

»Gut. Würdest du dann gleich mit dem Fegen anfangen? Du weißt ja, wo alles ist. Hast du die Schlüssel?« Rowan hatte mich das schon Dutzende Male gefragt. Keine Ahnung, was er dachte, wie verpeilt ich war.

»Hab ich.«

»Danke, Andrew. Ich muss los, Jonah zum Karate fahren. Wenn was ist, ruf an. Ansonsten hat Edith heute Spätschicht. Du findest sie …«

»… in der Kantine.«

Rowan lächelte schief, fuhr sich dann durch die kurzen blonden Haare und nickte. »Alles klar. Bis morgen.« Er hob die Hand zum Abschied, hielt dann aber doch noch einen Moment inne. »Eine Sache noch. Solltest du intakte Glasflaschen finden, lege sie bitte vorsichtig in einen Sack, den du einfach in die Kammer stellen kannst. Machst du das?«

»Klar.«

»Danke, nun muss ich aber wirklich los.« Rowan machte auf dem Absatz kehrt und verschwand aus meinem Sichtfeld. Er konnte lange davon träumen, dass ich noch mehr Zusatzkram erledigte. Daher löschte ich seine letzte Bitte direkt wieder aus meinem Hirn.

Erleichtert atmete ich auf, als ich endlich wieder allein war. Die meisten Studenten waren gerade im Unterricht, weshalb kaum jemand auf dem Gelände unterwegs war. Und diejenigen, die es waren, ignorierten mich weitestgehend. Natürlich entgingen mir die Blicke nicht, besonders nicht die der Mädels, aber mein Interesse weckten sie nicht. Ich hatte keinen Bock, mich mit Snobs zu befassen, und das waren die meisten hier ganz eindeutig.

Bevor ich mich an die Arbeit machte, holte ich eine Zigarette aus meinem Zimmer. Es nervte mich, dass ich sie nicht bei mir tragen konnte, aber Dad würde mich umbringen, sollte er mich mit einer Schachtel erwischen. Nicht, dass es ihn interessierte, ob ich mir die Lunge wegqualmte und daran krepierte, nein. Aber es ging schließlich um den Ruf der Academy. Und dieser bedeutete ihm mehr als seine Familie.

Seine Arbeit hatte schon immer an erster Stelle gestanden. Es war ihm völlig gleichgültig, was in Mums und meinem Leben los war. Ich hatte einen Wissenschaftspreis gewonnen? Egal. Das Siegtor in einem wichtigen Fußballspiel geschossen? Dad war nicht da gewesen, um es zu sehen. Mein erstes Motocrossrennen gewonnen? Für ihn nichts weiter als Zeitverschwendung. Irgendwann hatte ich aufgehört, um seine Aufmerksamkeit zu buhlen. Er interessierte sich nicht für mich? Schön. Dann halt nicht. Doch Mum hatte es nicht verdient, so behandelt zu werden. Vor allem nicht, als sie schwer krank geworden war. Aber auch dann noch hatte er auf uns geschissen, auf *sie* geschissen. An jedem verdammten Tag.

Fuck, ich hatte gar keinen Bock, jetzt darüber nachzudenken. Aber der lausige Handyempfang und der fehlende Fernseher in meiner Kammer sorgten dafür, dass ich viel zu viel Zeit hatte, über Dinge nachzudenken, an die ich Jahre nicht gedacht hatte. Dann noch die Tatsache, dass ich Dad regelmäßig auf den Fluren begegnete und er alle zwei Tage nachsah, ob ich mich benahm … das machte das alles verflucht noch mal nicht wirklich besser.

Ich rauchte meine Zigarette zu Ende, ehe ich sie auf dem Boden ausdrückte. Gerade als ich mich zum Gehen umwenden wollte, kam mir das blonde Mädchen in den Sinn. *Lotti.* Eigentlich Charlotte, aber es war zum Schießen, wie sie aussah, wenn ich sie Lotti nannte. Ihre aufgeplusterten Wangen nahmen dann eine tiefrote Farbe an, während ein wütendes Funkeln in ihren riesigen hellbraunen Augen lag. Sie war irgendwie süß, unschuldig wie ein Rehkitz. Im Gegensatz zu vielen anderen hier an der Rosefield wirkte sie auch nicht arrogant und versnobt, sondern eher wie eine typische Streberin. Nun, nicht ganz so typisch, denn das Mädchen war ziemlich heiß. Heiß, aber eine Spaßbremse, die jeden verpfiff, der sich nicht an Regeln hielt, und das war ein ziemlicher Abturner.

Trotzdem tat ich ihr den Gefallen, nahm meine zertretene Zigarette und warf sie in den nächsten Mülleimer.

Es war halb vier, als ich wieder ins Gebäude kam. Die Arbeit teilte sich in Früh- und Spätdienst auf. Mittags konnte ich tun und lassen, was ich wollte. Aber die Rosefield befand sich mitten in der Pampa, hier gab es keine Aktivitäten, denen man nachgehen konnte, der Bus fuhr nur alle zwei Stunden, sodass ich nicht mal Zeit hätte, um in die nächste Stadt zu fahren. Ein Auto hatte ich nicht – wobei es der näheren Umgebung eh an Parkplätzen mangelte –, mein Bike stand momentan bei meinem besten Freund Floyd, und ein Uber konnte ich mir nicht leisten, da Dad mir den Geldhahn vorerst zugedreht hatte.

An sich störte mich das nicht, ich hatte es ohnehin nur zum Studieren genutzt und sonst für mein eigenes Geld gesorgt. Aber ich war noch nie sonderlich sparsam gewesen. Alles, was ich verdient hatte, war direkt ins Motocross geflossen oder in Partys mit den Jungs. Hin und wieder in Dates, aber nie was Ernstes und nie mehr als eine Nacht. Nicht, dass ich ein Herzensbrecher oder dergleichen war. Jede von ihnen wusste von vornherein, woran sie bei mir war. Daraus hatte ich nie ein Geheimnis gemacht, damit niemand auf die Idee kam, mir weiter auf die Pelle zu rücken oder mich mit Liebesschwüren vollzusülzen. Ich war einfach nicht der Typ, mit dem man eine Beziehung einging. Und das war auch gut so.

Wie dem auch sei, daher stand ich jetzt etwas blöd da, konnte mir nichts leisten, sondern musste einfach abwarten, bis ich die Stunden abgeleistet hatte. Leider zählte die mehrstündige tägliche Pause nicht als Arbeitszeit, weshalb sich der Mist noch eine Weile hinziehen würde.

Als der letzte Kurs des Tages zu Ende war, rannten zahlreiche Studenten förmlich aus ihren Räumen, um das Wochenende zu genießen. Ich hatte mittlerweile mitbekommen, dass freitags der letzte Kurs um 16 Uhr endete, damit die Studenten den letzten Bus nehmen konnten, um ihre Familien oder Freunde zu besuchen.

Tja, mir war dieser Luxus nicht vergönnt, denn ich musste um 16 Uhr mit dem Fegen anfangen. Immerhin war der Anbau für die Designstudenten relativ übersichtlich, und ich musste mich nur um die Werkstätten und Ateliers im Erdgeschoss kümmern. Diese waren schnell gemacht, und ich würde auch nicht behaupten, der Arbeit wirklich gewissenhaft nachzugehen, aber wen interessierte das schon? Nach dem Wochenende würde es hier eh wieder wie Sau aussehen.

Ich wartete einen Moment in der Kammer, bis der Studentenstrom verschwunden war. Dann nahm ich mir einen der Müllsäcke und den Besen und steuerte den Raum am hintersten Ende des Flurs an. Die Tür stand offen, und ich hörte leises Gemurmelaus dem Inneren kommen. Als ich mich in den

Rahmen lehnte, sah ich ein blondes Mädchen, das sich über seine Tasche beugte und vor sich hin redete.

Ihr zierlicher Körper steckte in einem roten Kleid, das um ihren Oberkörper eng anliegend war und ab der Taille weiter wurde. Sie musste sich mir nicht zuwenden, ich wusste auch so, um wen es sich handelte. Schweigend beobachtete ich sie noch einen Moment. Was wohl heute ihr Problem war?

Plötzlich richtete sie sich auf und stampfte mit dem Fuß auf den Boden. Dabei stieß sie einen wütenden Laut aus, der mich dazu veranlasste, zu lachen und damit ihre Aufmerksamkeit auf mich zu ziehen.

Sie drehte sich zu mir um und verdrehte die Augen. »Du schon wieder.«

»Dir auch einen schönen Tag, Lotti.«

Kurz glaubte ich, sie würde mich erneut darauf hinweisen, dass das nicht ihr Name war, doch dieses Mal ging sie nicht auf meine Sticheleien ein. Schade.

»Ich habe dafür heute keine Zeit«, sagte sie leicht genervt. Sie war wirklich niedlich, wenn sie gestresst war.

»Hast du wieder deine Schere verlegt?«

Sie stöhnte. »Nein, habe ich nicht.« Das waren zwar ihre Worte, trotzdem suchte sie augenscheinlich nach etwas. Ihr Kopf verschwand in ihrer Tasche, wieder murmelte sie vor sich hin. Ich fragte mich, ob ihr bewusst war, dass sie laut redete. »So ein Mist«, hörte ich irgendwann.

Ich grinste. »Küsst du deine Mutter auch mit diesem Mund?«

»Was willst du von mir, Andrew?« Wutentbrannt wandte sie sich um, die kleinen Hände zu Fäusten geballt, die Wangen wieder dunkelrot.

Ich wollte nicht lachen, konnte mich aber nicht zurückhalten. Wie sollte ich sie ernst nehmen, wenn sie aussah wie ein wütendes Pummeluff?

»Warst du das?«, rief sie plötzlich aus. »Jedes Mal, wenn du in der Nähe bist, verschwinden meine Sachen. Findest du das witzig? Erlaubst du dir einen schlechten Scherz mit mir? Wenn ja, dann lass es. Hier geht es um meine Zukunft, und es ist nicht witzig!«

Wow, sie konnte wirklich ganz schön aus der Haut fahren! Überrascht hob ich die Brauen und betrachtete sie leicht anerkennend.

Sie holte tief Luft und rieb sich den Nasenrücken. Als sie mich wieder ansah, war die Wut von eben wie aus ihrem Gesicht geblasen. »Tut mir leid, ich wollte nicht laut werden. Es ist nur …«

»Ich habe deine Sachen nicht. Was sollte es mir bringen, sie zu nehmen?«, fragte ich und hob abwehrend die Hände.

»Was bringt es dir, mich Lotti zu nennen?«

Mein Mundwinkel hob sich. »Es macht Spaß?«

»Siehst du. Vielleicht macht Diebstahl dir ja auch Spaß? Du warst sicher nicht ohne Grund …« Sie beendete den Satz nicht. Stattdessen riss sie ihre Augen schockgeweitet auf. Im Gegensatz dazu, wenn sie wütend war, nahmen ihre Wangen jetzt einen rosigen Ton an.

»Sag ruhig, was du zu sagen hast.« Ich verschränkte die Arme vor der Brust, schaute sie herausfordernd an.

Sie schüttelte den Kopf. »Nein, tut mir leid. Vergiss es, ich wollte nur …«

Ich wartete ab, ob sie ihren Satz dieses Mal zu Ende sprechen würde, aber sie tat es nicht. Vermutlich war sie viel zu gut erzogen. »Du willst wissen, ob ich wegen Diebstahl im Gefängnis war. Das ist es doch, oder nicht?«

Sie zog den Kopf ein, sagte aber nichts. Stattdessen drehte sie sich zu ihrer Tasche und schloss sie. »Nein, es geht mich nichts an.«

»Und trotzdem bist du neugierig. Möchtest wissen, was an

all den Gerüchten dran ist, die über mich kursieren.« Eigentlich hatte ich nicht damit gerechnet, dass sie zu den Tratschtanten gehörte, die sich in die Angelegenheiten anderer einmischte. Dennoch wusste sie über mich Bescheid. Ein wenig schmeichelhaft war das schon. Ich trat in den Raum und ging auf sie zu. Je näher ich kam, desto mehr versteifte sie am Körper, als wäre meine Nähe ihr unangenehm. »Hast du Angst vor mir?«, fragte ich amüsiert.

Nun hob sie das Kinn, fing meinen Blick auf und zog die Stirn kraus. »Sollte ich?« Ihre Stimme klang zwar fest, aber eine Gänsehaut hatte sich über ihre Arme gelegt.

»Vielleicht ein wenig«, sagte ich und zwinkerte.

Die Vene an ihrem Hals pochte schnell. Sie befeuchtete ihre Lippen und schluckte. »Dann muss ich dich leider enttäuschen. Du machst mir keine Angst.«

Ich beugte mich zu ihr rüber, sodass meine Lippen beinahe ihr Ohr berührten. »Die Hauptsache ist, du glaubst das.« Als ich mich von ihr zurückzog, war sie kreidebleich. Kurz hatte ich ein schlechtes Gewissen, dass ich sie so auf den Arm nahm. Aber wenn ich schon gezwungenermaßen an der Rosefield hocken musste, dann wollte ich wenigstens meinen Spaß haben. Und dieses Mädchen sorgte definitiv dafür, dass meine Zeit hier nicht mehr ganz so ätzend war.

Ich wollte, dass sie aus sich herauskam, ihre Schale ablegte und offenbarte, was darunterlag. Denn irgendwie bezweifelte ich, dass sie wirklich so unschuldig war, wie sie tat.

Sie räusperte sich und nahm ihre Tasche. Dann legte sie sich den schwarzen Mantel um und strich ihre Haare hinter die Ohren, in denen Perlen steckten. Ihr ganzer Aufzug ließ sie wie das anständige Mädchen von nebenan wirken, aber da war etwas in ihrem Blick, das mich anderes vermuten ließ. Dazu die Art, wie sie aus der Haut gefahren war und sich selbst direkt ermahnen musste, ruhig zu bleiben und sich zu entschuldigen. Ich kannte solche Menschen zur Genüge. Menschen, die sich aus den unterschiedlichsten Gründen hinter einer Fassade versteckten. Eindeutig versuchte sie, irgendetwas vor der Außenwelt zu verbergen.

»Ich hoffe, du hast meine Sachen wirklich nicht gestohlen«, sagte sie und legte sich die beige Tasche über die Schultern. »Sollte ich das Gegenteil herausfinden, wird das ernsthafte Konsequenzen nach sich ziehen.« Sie schaute mich aus zusammengekniffenen Augen an.

Meine Mundwinkel zuckten. »Süß, wie du versuchst, wütend zu sein.«

Ihre Gesichtszüge entgleisten ihr einen Moment, doch sie fing sich relativ schnell wieder. »Freut mich, dass mein Frust dich amüsiert. Schönen Abend.« Ohne sich noch einmal umzudrehen, lief sie an mir vorbei und verschwand aus der Tür.

Dieses Mädchen hatte etwas an sich. Ich war entschlossen, meine Zeit hier zu nutzen, um sie aus der Reserve zu locken. Und ich wusste auch schon ganz genau, wie ich das anstellen würde.

7

Charlotte

Die letzten Tage waren anstrengend gewesen. Neben den Aufgaben, die ich für meine Kurse zu erledigen hatte, hatte ich ein wenig an privaten Projekten gearbeitet und am Sonntag Jonah, Hausmeister Rowans Sohn, zwei Stunden Online-Nachhilfe gegeben.

Vor rund einem Jahr hatten wir die Vereinbarung getroffen, dass ich seinem Sohn helfen und Rowan für mich im Gegenzug zu verarbeitende Materialien vom Universitätsgelände sammeln würde, die sonst im Abfall landeten. Da ich meine Freizeit gern mit Upcycling und Schmuckherstellung verbrachte, war das ein sehr guter Deal. Dadurch, dass Rowan mir die Sachen brachte, sparte ich mir die Zeit, danach zu suchen. So hatte ich im vergangenen Jahr zahlreiche Schmuckstücke aus Glasflaschen hergestellt, die einige Studenten bei einer ihrer illegalen Partys mal wieder zwischen die Büsche geworfen hatten. Ich hielt zwar nichts von Umweltverschmutzung und konnte nicht nachvollziehen, weshalb man seinen Müll nicht in die Tonnen warf, aber immerhin war das für mich von Vorteil.

An manchen Tagen gestattete Rektor Cavanaugh mir, eine der Werkstätten für die Herstellung meiner Schmuckstücke zu nutzen. Ich war ihm sehr dankbar für diese Möglichkeit, die er mir einräumte, weil er wusste, dass ich gewissenhaft mit den Gerätschaften umging und meine Noten nicht darunter leiden würden. Die Zimmer in den Wohneinheiten boten zwar relativ viel Platz, aber für meinen Studiengang benötigte man einiges an Materialien.

Wir konnten an der Academy zwar Schließfächer nutzen, um unsere Arbeitsmittel nicht in unseren Zimmern lagern zu müssen, aber ich war ein wenig paranoid. Vor allem, nachdem bereits einige meiner Sachen offenkundig gestohlen wurden, worauf ich mir noch immer keinen Reim bilden konnte. Andrew hatte zwar gesagt, er wäre es nicht gewesen, aber ich traute ihm absolut nicht über den Weg. Und schließlich war in dem Jahr davor auch nichts passiert. Wieso also gerade jetzt, da er sich an der Rosefield aufhielt?

Natürlich war es weiterhin möglich, dass jemand aus dem Kurs schuld war. Dass sich die Gemüter aufgrund des Praktikums erhitzt hatten und nun zu unfairen Mitteln gegriffen wurde. Aber ich konnte mir nicht vorstellen, dass jemand von meinen Kommilitonen so weit gehen würde.

»Ms Barton?« Ich hob den Kopf und sah in Mr Hartleys verwirrt wirkendes Gesicht. In den vergangenen Minuten war ich mit den Gedanken nicht bei der Sache gewesen, weshalb ich nicht mitbekommen hatte, dass er mir wohl eine Frage gestellt hatte.

Leise räusperte ich mich. Meine Wangen glühten. Es sah mir nicht ähnlich, mich ablenken zu lassen. »Entschuldigung. Könnten Sie Ihre Frage wiederholen?«

»Ich habe Sie darauf hingewiesen, dass der Unterricht beendet ist«, sagte er. Dieses Mal erkannte ich neben Verwirrung auch einen Anflug von Belustigung in seiner Stimme.

Ruckartig hob ich den Kopf. Die Schamesröte erhitzte meine Wangen etwas mehr. »Tut mir leid«, murmelte ich, stand auf und packte meine Sachen schnell zusammen.

Mr Hartley trat an meinen Tisch, seine dunklen Haare waren kurz geschnitten. »Ist alles in Ordnung bei Ihnen?«, fragte er mit dem fürsorglichen Ton, den ich so sehr an ihm mochte. Er war einer der freundlichsten Dozenten an der Rosefield Academy. Sobald einer der Studenten Probleme hatte, hatte er ein offenes Ohr. In seinem Unterricht hatte man nicht das Gefühl, einfach abgefertigt zu werden, sondern er begegnete uns mit Respekt.

»Ja, danke der Nachfrage«, entgegnete ich lächelnd. »Ich war nur in Gedanken. Es kommt nicht wieder vor, versprochen.«

»Sollten Sie doch etwas auf dem Herzen haben, meine Tür steht Ihnen jederzeit offen.« Ein ehrliches Lächeln lag auf seinen Lippen.

»Danke schön, das weiß ich zu schätzen.«

Bevor Mr Hartley aus der Tür trat, drehte er sich noch einmal zu mir um. »Sie sind eine der besten Studentinnen, die ich je unterrichten durfte. Machen Sie sich also nicht zu viele Gedanken.«

Mein Herz klopfte vor Freude, denn es bedeutete mir viel, das zu hören. Ich wusste, dass ich gut war. Natürlich war ich das. Ich investierte mehr Zeit in mein Studium als die meisten. Auch meine freie Zeit nutzte ich, um mich weiterzubilden und noch besser zu werden in dem, was ich tat. Dennoch hatten Mr Hartleys Worte mich beflügelt.

Nachdem ich meine Sachen gepackt hatte, verließ ich als Letzte das Gebäude. Ich schrieb eine kurze Nachricht in den Gruppenchat, den Mila, Hazel und ich hatten, und sagte ihnen, dass ich mich etwas verspätete. Dienstags war der einzige Tag in der Woche, an dem wir gemeinsam in der Kantine mittagessen konnten. Ansonsten überschnitten sich in diesem Semester die meisten unserer Kurse, was schade war.

Ich zog das Tempo an und ging auf das Hauptgebäude zu.

Die meisten Studenten waren vermutlich schon auf dem Weg in ihren nächsten Kurs oder ebenfalls in die Kantine, weshalb ich nur wenigen begegnete. Das Wetter tat vermutlich sein Übriges, denn heute herrschte eine ungewöhnlich beißende Kälte wie schon lange nicht mehr Anfang März. Dennoch fror ich nicht, da ich eine dicke Thermostrumpfhose unter meinem Kleid trug. Diese würde mich selbst vor der sibirischen Kälte schützen.

Gerade als ich die Tür zum Hauptgebäude öffnen wollte, legte sich eine Hand von hinten auf meine Schulter. Alles in mir zog sich zusammen. Doch es gelang mir, tief durchzuatmen und mich langsam umzudrehen. »Ich habe dir schon einmal gesagt …« Ich hielt inne, als ich Andrew vor mir sah. Eigentlich hatte ich mit Benedict gerechnet.

»Überrascht?«, fragte er amüsiert. Seine Stimme war angenehm, beinahe geschmeidig wie Honig und doch tief und dunkel. Er würde einen sehr guten Hörbuchsprecher abgeben.

»Wie kann ich dir helfen?«, fragte ich und schüttelte seine Hand ab. Ich wusste nicht, was ich von Andrew halten sollte. Er schien mich aus unerklärlichen Gründen zu verfolgen, und das bereitete mir ein wenig Sorge. Es war nicht so, dass ich wirklich Angst vor ihm hatte, auch wenn er ein Straftäter war. Trotzdem war da etwas an ihm, das mir Unbehagen bereitete.

Seine Mundwinkel zuckten. »Heute so höflich? Wo ist die kratzbürstige Lotti von voriger Woche geblieben?« Er verschränkte die Arme vor der Brust. Auch heute trug er wieder seine dunkle Lederjacke, die etliche Gebrauchsspuren aufwies. Einige Verschmutzungen, ausgeblichene Farbe, Schrammen. So als erzählte die Jacke ihre ganz eigene Geschichte.

»Ich habe es eilig. Wenn du also nichts Bestimmtes möchtest, würde ich jetzt …«

»Ich weiß, wer deine Sachen hat«, unterbrach er mich.

»Was? Woher? Wer hat sie?«, fragte ich schnell. Meine Stimme überschlug sich vor Aufregung. Ich hatte zwar seit dem Verlust meiner Schere einfach mit einer anderen gearbeitet, aber jeder Designer hatte seine Lieblingsarbeitsmittel, mit denen man am besten klarkam.

Andrew lehnte sich neben die Tür gegen die Wand. Mit der rechten Hand fuhr er sich durch die dunklen Haare. »Das wüsstest du wohl gerne.«

»Ähm, ja?« Was war denn das für eine Frage!

Er fixierte mich, wendete den Blick auch nach mehreren Sekunden nicht ab. Ein Schauder kroch meine Wirbelsäule hinab. »Ich sage es dir aber nicht.«

Empört schnappte ich nach Luft. »Wie bitte? Bist du nur hierhergekommen, um dir schon wieder einen deiner schlechten Scherze mit mir zu erlauben?« Allmählich wurde ich ganz schön wütend. Normalerweise war ich ruhig, besonnen. Aber Andrew schaffte es nun zum wiederholten Mal, dass ich beinahe aus der Haut fuhr.

»Ich sage es dir nicht einfach so …« Er machte eine überdramatische Pause, für die ich ihn am liebsten angeschnauzt hätte. »Die Informationen sind an eine Bedingung geknüpft.«

Ich schnaubte. »Wie wäre es mit *Nein*?«

»Dann wirst du nie erfahren, wer der Täter ist.« Er zuckte gelangweilt die Schultern. »Deine Entscheidung.«

Es machte ihm offenbar Spaß, mich zu quälen. Ich wollte doch nichts weiter, als in Ruhe gelassen zu werden und mein Studium mit guten Noten zu absolvieren. Wieso legte man mir absichtlich Steine in den Weg?

Andrew machte keine Anstalten, es sich doch noch anders zu überlegen. Stattdessen grinste er mich überheblich an. Er wusste, dass er mich in der Hand hatte.

»Also, wie lauten deine Bedingungen?«, fragte ich daher.

Das Grinsen auf seinem Gesicht wurde breiter. Dann

stützte er sich mit dem Fuß von der Wand ab und kam näher. Als er bemerkte, dass ich verkrampfte, blieb er in sicherer Entfernung stehen. »Du und ich werden ein bisschen Zeit miteinander verbringen. Du musst mal etwas aus dir rauskommen, Lotti.«

»Was meinst du damit?« Ich hatte das Gefühl, mich im falschen Film zu befinden, denn ich hatte tatsächlich verstanden, dass Andrew Cavanaugh mit mir ausgehen wollte. Und das konnte nicht sein. Er war ein Rebell, unfassbar attraktiv, sodass er wohl fast jede Frau mit einem Fingerschnippen kriegen konnte. Ich musste ihn also definitiv falsch verstanden haben. Trotzdem klopfte mein Herz bei dem Gedanken schneller, was ich mir nicht erklären konnte. Die sogenannten *Bad Boys* hatten außerhalb von Filmen noch nie mein Interesse geweckt.

»Ich zeige dir, wie schön das Leben sein kann, wenn man sich nicht an jede noch so kleine Regel hält«, sagte er fast schon feierlich. »Fünf Verabredungen, mehr nicht. Dann sage ich dir, an wem du dich rächen musst.«

Ich schaute ihn an, suchte in seinem Gesicht nach irgendeinem Anzeichen dafür, dass er mich schon wieder auf den Arm nahm. Aber dort war nichts. »Machst du Witze?«

Andrew schüttelte lachend den Kopf. »Absolut nicht.«

»Nein«, sagte ich entschlossen. »Tut mir leid, aber da mache ich nicht mit.«

»Das ist meine Bedingung. Wenn du nicht willst, ist das okay. Aber dann werde ich dir auch nicht verraten, wer es war.« Er kam einen Schritt näher. »Und ich weiß genau, wie sehr es dich ärgert, es nicht zu wissen. Vor allem, da du nicht weißt, was sonst noch alles passieren könnte.«

»Du hast recht. Es ärgert mich. Trotzdem lasse ich mich nicht auf deine Erpressungsversuche ein. Außerdem sind die Regeln an der Rosefield streng. Ich habe sicher nicht vor, in deine kriminellen Fußstapfen zu treten und meine Zukunft aufs Spiel zu setzen wegen ein paar fehlender Arbeitsmittel.«

Ein dunkles, lautes Lachen drang aus Andrews Kehle. Einige Studenten, die über den Hof gingen, drehten sich einen Moment zu uns um, liefen allerdings weiter. »Ich bin kein Arschloch, Lotti. Zumindest nicht gänzlich und nicht immer. Überleg es dir also einfach.«

»Wieso?«

»Was, wieso?«

»Wieso sagst du es mir nicht einfach? Was hast du davon?«, hakte ich nach.

Er legte sich Zeigefinger und Daumen ans Kinn. »Hmm, das hatten wir doch schon. Es macht mir einfach wahnsinnigen Spaß.«

Eigentlich hätte ich mit dieser Reaktion rechnen müssen, dennoch versetzten seine Worte mir einen Stich. Für ihn war ich also nichts weiter als ein Objekt, das ihn entertainte. So viel dazu, dass er kein Arschloch war.

»Ich weiß nicht, was bei dir falschläuft. Aber ich bin nicht dein Zeitvertreib, Andrew.«

»Drew. Nenn mich einfach Drew.«

Ich schnaubte und schüttelte den Kopf. »Mach's gut, *Andrew.*« Er war verrückt, wenn er glaubte, dass ich mich auf seine Spielchen einließ. Für so einen Kindergarten hatte ich keine Zeit. Wenn er mir nicht sagen wollte, wer mich bestahl, dann halt nicht.

Ich zog die Tür auf und trat ins Gebäude. Dieses Mal hielt er mich nicht auf.

In der Kantine warteten Hazel und Mila bereits auf mich. Netterweise hatten sie mir schon etwas zu essen geholt. Einen Teller Spinat-Käse-Lasagne, die ich besonders gern aß, und als Nachspeise ein Stück Käsekuchen.

»Danke«, sagte ich, strich mir das Kleid glatt und setzte mich.

Mila schaute mich fragend an. »Wo warst du so lange? Du hast schon vor zehn Minuten geschrieben, dass du gleich da bist.«

»Wir haben uns Sorgen gemacht«, pflichtete Hazel ihr bei und schob sich eine Traube in den Mund.

Leise räusperte ich mich und lächelte meine Freundinnen an. Einen Moment überlegte ich, ob ich ihnen von Andrew und seinen Erpressungen erzählen sollte. Schließlich wusste ich, dass ich mit den beiden über alles reden konnte. Doch ich entschied mich dagegen. »Tut mir leid, ich musste noch mal zurück.«

»Wieso? Ist wieder etwas weggekommen?« Mila beugte sich nach vorn und stützte die Ellenbogen auf dem Tisch ab.

Ich schüttelte den Kopf. »Nein, nichts dergleichen. Ich habe nur etwas liegen gelassen.« Sofort fühlte ich mich schlecht, dass ich meine Freundinnen anlog, gleichzeitig hatte ich selbst keine Erklärung dafür, weshalb es mir so schwerfiel, offen und ehrlich mit ihnen oder sonst jemandem zu sein.

Mila und Hazel tauschten einen besorgten Blick aus.

»Es ist alles in Ordnung, wirklich«, beharrte ich lächelnd. »Ich denke nur so viel über meine Kollektion für den Kurs nach. Da bin ich etwas abgelenkt im Moment.« Zumindest dieser Teil entsprach der Wahrheit. Ich hatte noch weitere Skizzen angefertigt, und nun war es allmählich an der Zeit, sich für eine Kollektion zu entscheiden. Sie alle waren sehr unterschiedlich, weshalb es mir schwerfiel, auszusortieren. Doch ich musste bald mit der Anfertigung der Stücke beginnen.

»Wie wäre es, wenn wir am Wochenende nach Lincoln fahren?«, schlug Hazel vor. Ich wollte bereits zu einer Erwiderung ansetzen, da hob sie die Hand und brachte mich so zum Schweigen. »Ich weiß, du hast viel zu tun. Das haben wir aber alle. Es nützt nur niemandem etwas, wenn wir uns überarbeiten. Jeder Mensch braucht mal eine Pause, sogar du.«

Mila nickte, wobei die Bänder in ihren Haaren hin- und herschwangen. Heute waren sie in unterschiedlichen Grüntönen gehalten, was sehr gut zu dem Rot ihrer Haare passte und ihre Augen betonte.

Seufzend lehnte ich mich im Stuhl zurück. »Na gut, aber am Abend muss ich etwas lernen.«

Hazel und Mila quietschten aufgeregt, was mich lächeln ließ. Sie hatten recht. Ich benötigte dringend eine Pause. Zwar hatte ich meine Akkus in der vorlesungsfreien Zeit aufgeladen, aber diese lag auch schon wieder einige Wochen zurück. Ein bisschen Entspannung tat mir sicher gut, und dann würde ich mich wieder voller Elan in meine Kollektion stürzen können.

8

Charlotte

Ich spielte nervös am Saum meines Kleides. Eine Angewohnheit, die ich einfach nicht loswurde, egal, wie sehr ich es auch versuchte. Mein Blick schweifte zur kleinen Uhr auf unserem Wohnzimmertisch. Hazel und Mila waren spät dran, doch sie mussten jeden Moment aus dem Unterricht kommen.

In den letzten Tagen hatte ich mit mir gerungen. Permanent hatte ich überlegt, ob ich ihnen womöglich doch von Andrew erzählen sollte. Da ich ihn aber seit fast einer Woche nicht mehr gesehen hatte und auch nichts weiter weggekommen war, hatte sich meine Vermutung gefestigt, dass er hinter dem Verschwinden meiner Sachen gesteckt hatte.

Nun war ich mir aber nicht mehr so sicher, ob dem wirklich so war. Als ich während des Unterrichts auf der Toilette war, waren danach zwei meiner Skizzen für meine Kollektion verschwunden. Beinahe schon panisch hatte ich danach gesucht, sodass selbst Mr Slater auf mein Verhalten aufmerksam geworden war. Aber was hätte ich ihm sagen sollen? Die Wahrheit?

Jeder wusste zwar, dass es Intrigen und Rivalitäten an der Rosefield gab, doch ohne handfeste Beweise wurde nichts unternommen. Vor allem nicht bei denjenigen, die aus wohlhabenden Familien stammten, die der Universität viel Geld spendeten. Ich gehörte nicht zu ihnen. Ich hatte mir meinen

Platz erkämpft, hart dafür gearbeitet, um ein Vollstipendium zu erhalten. Meine Eltern hatten zwar das Geld, mich an eine renommierte Eliteuniversität zu schicken, aber sie waren mit meiner Berufswahl nicht zufrieden gewesen. Hatten mir mehr als einmal an den Kopf geworfen, ich würde mein Leben damit verschwenden und alles, was sie mir ermöglicht hatten, mit Füßen treten. Die Erinnerung an ihre Worte tat weh, aber ich verbannte den Schmerz zurück in die Tiefen meines Unterbewusstseins. Dort, wo er die letzten Jahre gewesen war und auch in Zukunft bleiben sollte. Denn mit diesem Teil meines Lebens hatte ich abgeschlossen.

Zumindest war ich mit meiner Berufswahl mehr als zufrieden. Ich glaubte daran, dass auch Mode ihre Daseinsberechtigung hatte und den Menschen ein Lächeln aufs Gesicht zaubern konnte. Ich liebte es, mich kreativ auszutoben. Wenn ich nur daran dachte, wie glücklich Hazel und Mila gewesen waren, als sie ihre Kleider für den Winterball zum ersten Mal gesehen hatten, ging mir das Herz auf. Wenn ich mit meiner Arbeit eine solche Wirkung erzielen konnte, war das alles, was ich im Leben brauchte.

Dass mich nun jemand sabotieren wollte, verletzte mich und stimmte mich traurig. Vor allem hatte ich mittlerweile Angst davor, dass der Dieb womöglich meine Kollektion kopieren wollte. Ich hatte geglaubt, während des Unterrichts wären meine Sachen sicher, aber ich hatte mich allem Anschein nach getäuscht. Mir blieb keine Wahl. Ich musste herausfinden, wer dahintersteckte, und diese Person konfrontieren.

Aber dafür benötigte ich die Hilfe meiner Freundinnen. Vielleicht hatten sie eine Idee – eine andere, als Kameras zu installieren –, wie wir dem Täter auf die Schliche kommen konnten. Gerade Hazel war sehr kreativ, wenn es darum ging, ein Geheimnis aufzudecken. Ihr würde mit Sicherheit etwas einfallen. Und falls nicht, hätten sie gegebenenfalls einen Rat für mich, ob ich mich nicht doch auf Andrews Angebot einlassen sollte.

Allein der Gedanke daran sorgte dafür, dass sich mir die Nackenhaare aufstellten. Ich wollte meine Zeit nicht mit ihm verschwenden und mich schon gar nicht auf illegale Aktivitäten einlassen.

Ich bin kein Arschloch, Lotti. Zumindest nicht gänzlich und nicht immer. Seine Worte gingen mir durch den Kopf, aber ich wusste nicht wirklich, wie er sie gemeint hatte.

Die Tür schwang auf. »Ich hasse diesen Kerl einfach so sehr!«, sagte Mila wutentbrannt, warf ihre Tasche in die Diele und stapfte ins Wohnzimmer.

Hazel war ihr dicht auf den Fersen. »Das verstehe ich gut. Was haben die beiden sich nur dabei gedacht?« Sie stöhnte und verdrehte die Augen.

Ich ließ vom Saum meines Kleides ab und schaute zu ihnen. »Was ist passiert?« Die beiden klangen alles andere als fröhlich.

Mila setzte sich auf die Couch, während Hazel in unsere offene Küche ging und eine Flasche Wasser aus dem Kühlschrank holte.

»Josh.« Ein Knurren lag in Milas Stimme. Wie es nur allzu oft der Fall war, wenn sie über ihn sprach. »Er hat mir heute schon wieder einen seiner bescheuerten Streiche gespielt.«

»Oh, das tut mir leid. Was hat er denn getan?«, fragte ich nach. Es war so schade, dass die beiden selbst nach ihrem Kuss ihre Streitigkeiten fortsetzten, obwohl ich sicher war, dass sich in dieser Nacht etwas zwischen ihnen geändert hatte.

»Er hat Flüssigkleber in die Innenseite ihres Kostüms geschmiert«, sagte Hazel und seufzte. Dann setzte sie sich mit der Wasserflasche ebenfalls auf die Couch und rieb sich über das Gesicht. Als sie den Kopf hob und meinen Blick auffing, flackerte Wut in ihren Augen auf. »Und Tristan hat schallend angefangen zu lachen, als ich ihm erzählt habe, dass wir fast eine halbe Stunde gebraucht haben, Mila aus ihrem Kostüm zu kriegen, ohne es zu zerstören. Er ist an seinem Lachen fast erstickt.«

»Wo man hinsieht, nur Idioten.« Mila lehnte sich im Kissen zurück und verschränkte die Arme vor der Brust. »Drei Kreuze, wenn das Studium endlich vorbei ist. Ich ertrage diesen Kerl einfach nicht mehr.«

»Ich hoffe, dein Tag lief besser?«, fragte Hazel an mich gewandt, aber weiterhin sichtlich genervt.

Ich zwang mich zu einem Lächeln. Bis vor wenigen Augenblicken war ich noch sicher gewesen, mit ihr und Mila über die Dinge zu sprechen, die mich belasteten. Nun hatten die beiden aber ihre eigenen Sorgen. Daher nickte ich lediglich. »Ja, mein Tag war okay, danke. Tut mir leid, dass es bei euch so schlecht lief.«

Mila verlor sich in einem ihrer Wutanfälle, bei denen Hazel hin und wieder stöhnte und ihr zustimmte. Ich hingegen sagte nichts, sondern hörte ihnen bloß zu. Nein, wenn es den beiden so mies ging, dann konnte und wollte ich mich jetzt nicht in den Mittelpunkt drängen. Ich war durchaus in der Lage, allein mit meinen Problemen fertigzuwerden.

Aber ohne die Hilfe von Hazel und Mila fehlten mir Ideen, wie ich herausfinden sollte, wer hinter alledem steckte. Ich war nicht mit dem Detektiv-Gen gesegnet, ich konnte nicht um mehrere Ecken denken oder mögliche Gedankengänge eines Täters nachvollziehen. Darin war Hazel eine Meisterin.

Doch als ich den Blick hob und dem Gespräch der beiden wieder folgte, wurde mir klar, dass sie ihren Frust so bald nicht überwinden würden. Und noch eine weitere Sache wurde mir bewusst: Wollte ich Antworten, musste ich mich auf Andrews Deal einlassen. Ob es mir gefiel oder nicht.

Im Grunde wäre nichts dabei, mich fünfmal mit ihm zu treffen. Die Zeit würde vermutlich wie im Flug vergehen, und anschließend konnten wir wieder getrennter Wege gehen.

Dennoch hatte ich Sorge vor dem, was er geplant haben könnte. Ich hatte zu viel in dieses Studium investiert, als dass ich es leichtfertig aufs Spiel setzen wollte.

»Findest du nicht auch?« Mila schaute mich fragend an. Ich hatte nicht mitbekommen, wovon sie eben gesprochen hatte, aber ihrem Gesichtsausdruck nach zu urteilen, wetterten sie noch gegen Tristan und Josh.

Ich nickte. »Ganz deiner Meinung.«

»Und was willst du tun?«, fragte Hazel. Meine Antwort schien also den Nagel auf den Kopf getroffen zu haben.

»Ich werde mich an ihm rächen. Ich weiß noch nicht, wann, und auch nicht, wie. Aber die Rache wird mein sein.« Milas Augen blitzten gefährlich, und das Grinsen auf ihrem Gesicht war schaurig.

»Pass auf dich auf«, sagte ich aus Angst, sie würde etwas Dummes anstellen.

Mila seufzte. »Ja, ja, und an alle Regeln halten, ich weiß. Das sagst du mir schon seit bald zwei Jahren.«

»Ich meine es nur gut.«

»Ich weiß. Aber manchmal bleibt einem nichts anderes übrig, als die Regeln zu brechen.« Mila zuckte mit den Schultern. »Verstehst du?«

Langsam nickte ich. Dieses Mal war es keine Lüge. »Ja, tue ich.«

»Schön, dann hätten wir das geklärt. Wer hat Hunger?« Hazel sprang von der Couch auf und steuerte die Küche an. Als sie den Kühlschrank aufzog, murmelte sie leise vor sich hin. Dann hob sie den Kopf. »Oder wollen wir etwas bestellen?«

»Das klingt gut«, entgegnete ich und stand auf. »Bestellt ihr mir einfach etwas mit? Ich würde mir gern noch ein wenig die Beine vertreten.«

Hazel schaute einen Moment etwas verwirrt, dann hob sie die Schultern. »Klar. Das Übliche?«

»Gern.« Ich nickte. »Trinkgeld liegt noch auf der Kommode in der Diele.« Bevor die beiden etwas erwidern konnten, hatte ich schon meinen Mantel übergeworfen und war aus der Tür raus.

Ich musste nicht zwangsläufig heute mit Andrew sprechen, zumal ich nicht mal recht wusste, wo ich ihn finden konnte. Seit einigen Tagen hatte ich ihn schon nicht gesehen. Vielleicht war er also gar nicht mehr hier. Oder vielleicht sollte ich genau deshalb jetzt schon mit meiner Suche beginnen.

Es war später Nachmittag, das Wetter ausgesprochen mild. Trotzdem schob ich die Hände tief in die Manteltaschen und atmete die angenehme Luft ein. Die etwas kühlere Brise wirbelte meine Haare aus dem Zopf, den ich heute ausnahmsweise trug, da ich vorhin noch etwas Yoga gemacht hatte.

Ich zog das Tempo an, dabei hielt ich nach Andrew Ausschau. Aber ich begegnete kaum jemandem. Lediglich von Weitem sah ich Benedict mit seinen Freunden an einem der ausgeschalteten Springbrunnen im Vorgarten stehen. Ich wechselte die Richtung, da ich auf ein Aufeinandertreffen mit ihm gut verzichten konnte.

Seit unserem Zusammenstoß vor zwei Wochen hatte er nicht noch einmal versucht, mit mir zu sprechen. Er tat oberflächlich freundlich, aber wann immer sich unsere Blicke begegneten, erkannte ich in seinen Augen nichts weiter als eisige Kälte. Benedict war wütend, worauf ich mir allerdings keinen Reim bilden konnte. Er hatte keinen Grund dazu. Schließlich war er derjenige, der meine Gefühle verletzt und mit mir gespielt hatte.

Als ich um den Ostflügel Richtung Konzerthaus bog, sah ich unseren Hausmeister gerade die Gärten ansteuern.

»Rowan!«, rief ich und joggte die letzten Meter zu ihm.

Er hielt in seiner Bewegung inne und drehte sich zu mir um. Als er mich erkannte, hoben sich seine Mundwinkel zu einem Lächeln. »Charlotte, wie schön, dich zu sehen. Geht es dir gut?«

»Ja. Dir hoffentlich auch? Weißt du schon, wie Jonahs Test lief?« Nach unserer letzten Nachhilfestunde hatte er den Anschein erweckt, das meiste verstanden zu haben, weshalb ich hoffte, dass er eine gute Note bekommen hatte.

Rowan nickte. »Ja, er hat ein *B* bekommen. Und das alles nur dank dir.«

Meine Wangen röteten sich. »Das war doch keine große Sache. Du hilfst mir doch auch, wo du nur kannst.«

»Trotzdem. Du tust so viel für meinen Sohn und das, obwohl du selbst in deiner Arbeit erstickst.« Er lächelte mitfühlend.

»Das mache ich gerne, wirklich.«

Jedes Mal, wenn Rowan lächelte, bildeten sich einige Fältchen um seine Augenwinkel. Ich mochte das, denn dadurch entstand der Eindruck, er würde mit dem gesamten Gesicht lächeln.

»Ich möchte dich auch gar nicht weiter aufhalten«, sagte ich leise und sah zu der Heckenschere in seiner Hand. »Eigentlich wollte ich nur fragen, ob du weißt, ob Andrew Cavanaugh auf dem Gelände lebt.«

Rowan nickte, dabei musterte er mich argwöhnisch. »Ja, er wird noch einige Wochen hier sein. Was hat er jetzt schon wieder angestellt? Soll ich mit ihm sprechen?«

»Oh, nein, nein.« Ich hob abwehrend die Hände und schüttelte den Kopf. »Wir haben uns nur letztens kennengelernt, und ich wollte mit ihm sprechen. Kannst du mir sagen, wo ich ihn finde?« Kurz überlegte ich, Rowan zu fragen, warum genau Andrew überhaupt hier war. Doch ich entschied mich dagegen, da es vermutlich zu viel des Guten wäre.

»Es geht mich ja nichts an …« Unbeholfen trat Rowan von einem Fuß auf den anderen und fuhr sich durch die Haare. »… pass einfach auf dich auf, ja?«

Erneut stieg mir die Hitze ins Gesicht. Ich wollte mir gar nicht vorstellen, was Rowan von mir denken musste. »Mach ich.« Meine Stimme war kaum mehr als ein Fiepen.

»In Ordnung. Kennst du die alten Arbeiterzimmer im Hauptgebäude?« Als ich nickte, fuhr er fort: »Die Chancen stehen gut, dass du ihn dort findest.«

»Vielen Dank«, entgegnete ich wahrheitsgemäß. Dann hob ich die Hand zum Abschied. »Bis dann!«

»Mach's gut, Charlotte.« Rowan festigte den Griff um die Heckenschere, ehe er sich von mir abwandte und in den Gärten verschwand.

Ich öffnete meinen Zopf, strich mir die Haare hinter die Ohren und den Mantel glatt, bevor auch ich den Weg zum Hauptgebäude antrat. Bei jedem Schritt hatte ich das Gefühl, dass mein Herz immer schneller schlug. Vermutlich war es eine schlechte Idee, mich auf Andrews Deal einzulassen, doch ich wusste mir nicht anders zu helfen. Ich *musste* herausfinden, wer hinter den Diebstählen steckte.

Die meisten Studenten befanden sich im Unterricht oder in ihren Zimmern, weshalb die Flure der Rosefield überwiegend leer waren. Da die Sonne heute von einem dichten Wolkendach verdeckt war, wirkte das Innere des Gebäudes, als wäre es Abend. Ein wenig gespenstisch, was zu dem Nebel passte, der sich nahezu täglich zwischen den Bäumen des umliegenden Waldes entlangschlängelte.

Ich freute mich schon auf den Frühling und den Sommer, wenn die Sonne wieder schien, die Blumen sprossen und ihren himmlischen Duft verströmten und ich nicht mehr auf die Strumpfhosen angewiesen war. Sie waren nicht sehr bequem, doch ohne war es noch zu kalt.

Zügig lief ich an der Universitätsbibliothek vorbei und steuerte am Ende des Flurs eine dunkle Holztür an. Die verschnörkelte Klinke war kalt, als ich sie hinunterdrückte. Quietschend öffnete sich die Tür. Ich trat auf die breiten Steinstufen, die in das Untergeschoss der Academy führten. Es kam mir seltsam vor, dass Rektor Cavanaugh seinen eigenen Sohn hier unten einquartiert hatte, anstatt ihm eines der freien Apartments in den Wohnheimen zur Verfügung zu stellen.

Womöglich hätte ich Rowan doch fragen sollen, weshalb Andrew hier war, denn allem Anschein nach kannte er den Grund. Dann hätte ich mich mental besser darauf vorbereiten können. So war ich mir nicht sicher, was mich erwartete.

Dafür, dass sich hier unten auch der Heizungskeller befand, war es erstaunlich frisch. Ich verlangsamte mein Tempo und lauschte in den kahlen Gang. Normalerweise war dies kein Ort, an dem ich mich aufhielt. Immerhin gab es hier nichts von Interesse. Neben dem Heizungskeller waren hier unten lediglich ein paar Kammern mit unterschiedlichen Werkzeugen und Utensilien, das Aktenarchiv und die alten Arbeiterzimmer, von denen die meisten allerdings mittlerweile umgebaut waren und keinen bestimmten Zweck mehr erfüllten.

Ich wischte mir die schweißnassen Hände an meinem Kleid ab. Die Nervosität war allmählich dabei, Besitz von mir zu ergreifen. Allein die Vorstellung, mehrere Tage allein mit Andrew zu verbringen, sorgte dafür, dass ich … ja, was eigentlich? Aufgeregt war? Ängstlich? Es waren gemischte Gefühle, die ich selbst weder zuordnen konnte noch verstand.

Hinter einer der Türen hörte ich leise Musik. Entgegen der sonst in Rosefield vorherrschenden Klassik war das hier Reggae. Ich mochte es.

Ich ballte die Hand zur Faust und klopfte schnell an, ehe ich es mir doch anders überlegen konnte. Langsam zählte ich von fünf runter, aber weder wurde die Musik leiser, noch ertönten Schritte. Ich nahm all meinen Mut zusammen, um ein weiteres Mal zu klopfen, diesmal lauter.

Einen Moment später wurde die Tür geöffnet. Überrascht

schaute Andrew mich aus diesen unglaublich grünen Augen an. Mein Blick glitt an ihm hinunter. Er trug ein enges Shirt, das keinen Spielraum für Fantasien ließ. Seine Muskeln zeichneten sich unter dem Stoff ab, und seine Schulterpartie war so markant und akkurat, als wäre er in Stein gemeißelt.

»Bist du nur zum Glotzen hergekommen?«, fragte er amüsiert.

»Ich, ähm.« Ruckartig hob ich den Kopf und schaute ihm wieder in die Augen. Ich fühlte mich seltsam ertappt. »Nein, natürlich nicht. Sorry.«

Peinlich, peinlich, peinlich. Ich verschränkte die Arme hinter dem Rücken und streckte ihn durch. Dann atmete ich tief durch die Nase ein und durch den Mund wieder aus. Dass mein Herz wie wild hämmerte, sollte offensichtlich sein, aber ich gab mein Bestes, um mir die Aufregung nicht anmerken zu lassen.

Andrew öffnete die Tür ein Stück weiter und trat zur Seite. »Willst du reinkommen?«

Ich schaute an ihm vorbei in das Innere des Zimmers. Es war nicht sonderlich groß, hatte nur ein schmales Fenster zwischen Decke und Wand. Auf dem darunterliegenden Schreibtisch stand eine kleine Bluetooth-Box, aus der nun leisere Musik drang. Einen Stuhl sah ich nicht, weshalb das Bett die einzige Sitzmöglichkeit bot. Schlagartig wurde mir heiß. Der Gedanke, neben Andrew auf der Matratze zu sitzen, ließ Bilder vor meinem geistigen Auge entstehen, die ich normalerweise nicht hatte.

»Nein, danke, ich bleibe lieber hier stehen«, sagte ich daher möglichst gelassen.

Andrew grinste. »Was? Hast du Angst, dass ich dich verführen könnte?« Ich hatte mich eigentlich für einen nicht leicht zu lesenden Menschen gehalten, doch er schien direkt in meine Gedanken blicken zu können, was das Ganze hier noch weitaus unangenehmer machte.

»So ein Blödsinn!« Ich verschränkte die Arme vor der Brust. »Ich hatte nur nicht vor, lange zu bleiben. Meine Mitbewohnerinnen haben Essen bestellt, also muss ich gleich wieder gehen.«

Er lachte leise und spiegelte meine Pose, indem auch er die Arme vor der Brust verschränkte. Dabei spannten sich seine Muskeln an, weshalb ich mich davon abhalten musste, erneut zu starren. »Okay, was gibt's?«

»Wenn du mir versprichst, dass du nichts geplant hast, weswegen ich augenblicklich der Uni verwiesen werde, willige ich ein, mich mit dir zu treffen«, sagte ich geradeheraus.

Andrew lehnte sich gegen den Türrahmen und schaute mich mit einer Mischung aus Anerkennung und Überraschung an. »Woher der plötzliche Sinneswandel?«

Ich seufzte. »Mir wurde wieder etwas gestohlen, und ich gehe davon aus, dass du noch immer nicht freiwillig vorhast, mir zu sagen, wer der Dieb ist, oder?«

Erwartungsvoll schaute ich ihn an, doch Andrew schüttelte den Kopf. »Nein, da hast du recht.«

Zwar war das die Antwort, mit der ich bereits gerechnet hatte, allerdings hatte ich die Hoffnung gehabt, dass sich irgendwo tief im Inneren seiner harten Schale vielleicht doch ein weicher Kern befand und er sich meiner erbarmen wollte. So konnte man sich täuschen. »Also, kannst du mir das versprechen?«

Er presste die Lippen aufeinander und betrachtete mich argwöhnisch. Das konnte nichts Gutes verheißen. »Sagen wir so, ich habe nichts vor, wo ich dich nicht im Zweifelsfall rausboxen könnte.«

Das klang zwar alles andere als beruhigend, aber hatte ich eine Wahl? Gedanklich ging ich einige Szenarien durch. Ich hielt nichts vom Lügen, aber sollte ich bei etwas erwischt werden, könnte ich mir vielleicht eine kleine Notlüge zurechtlegen.

Nichts Schlimmes natürlich. Aber dafür kam es darauf an, was genau Andrews Pläne waren.

»Zum Beispiel?«

»Hast du schon mal einen Kurs geschwänzt?«

»Was? Nein, selbstverständlich nicht!«, schnappte ich empört.

Andrew lachte. »Hast du nicht zwischendurch auch mal einen schlechten Tag, an dem einfach alles scheiße ist und du keinen Bock hast, dein Zimmer zu verlassen?«

»Ich …« Einen Moment hielt ich inne. Ich war kurz davor, Nein zu sagen, aber das entsprach nicht der Wahrheit. Solche Tage kannte ich zur Genüge. Nachdem ich von Benedicts Wette beim Winterball erfahren hatte, hätte ich mich am liebsten eine Woche mit Eiscreme im Zimmer eingesperrt. Aber nur weil jemand gemein zu mir war und meine Gefühle verletzt hatte, konnte ich nicht einfach dem Unterricht fernbleiben. »Doch, auch ich habe ab und zu einen weniger guten Tag. Aber ich studiere gern, und außerdem ist die Rosefield kein Zuckerschlecken. Den Stoff nachzuholen, den ich versäumen würde, wäre viel schlimmer, als sich einfach durchzubeißen.«

»Ich kann dir die Prüfungsergebnisse auch einfach besorgen.« Andrew zuckte mit den Schultern.

Mein Herzschlag beschleunigte sich. Aber dieses Mal war ich wütend. Er konnte doch nicht wirklich denken, ich würde mich an so etwas beteiligen! »Du bist doch verrückt!«, rief ich aus. »Betrügen? Ist das wirklich dein Ernst? Es tut mir leid, aber so etwas tu ich nicht. Ich werde eine andere Möglichkeit finden, den Dieb ausfindig zu machen.«

Ich wandte mich zum Gehen um, aber eine warme Hand legte sich in meine und drehte mich wieder um. Die Bewegung kam so plötzlich, dass ich gegen Andrews Oberkörper stieß. Doch er griff um meine Schultern und bewahrte mich so vor einem Sturz. Ich legte die Hände an seine trainierte Brust. Dabei musste ich mich dazu zwingen, seine einzelnen Muskeln nicht nachzuzeichnen.

»So meinte ich das nicht, Lotti«, sagte er ruhig. Sein Atem streifte meine Haut. Ein angenehmer Schauder legte sich über mich. Eigentlich hatte ich vermutet, er würde nach Aschenbecher stinken, aber das tat er nicht. Stattdessen haftete ihm eine holzige und zugleich süßliche Note an, die es mir schwer machte, die Nase nicht in seine Halsbeuge zu vergraben. »Es war nur ein Angebot. Ich habe nicht vor, dich zum Betrügen anzustiften. Vertrau mir.«

»Wie soll ich dir vertrauen? Wir kennen uns doch gar nicht«, entgegnete ich erstaunlich gefasst.

»Das wird sich bald ändern.« Andrew schluckte, wobei sein Adamsapfel leicht hervortrat. Unter meinen Händen spürte ich das Schlagen seines Herzens und fragte mich instinktiv, ob es wohl in meiner Gegenwart auch schneller schlug. Was für ein bescheuerter Gedanke! Natürlich tat es das nicht. Wieso sollte es auch? Andrew war gut aussehend, gewissermaßen charmant, wenngleich auch etwas nervig, und vor allem gehörte er zu den *Coolen*. Seinesgleichen und meinesgleichen passten nicht zusammen.

Ganz langsam senkte ich meine Arme und trat einen Schritt zurück, sodass auch er von mir ablassen musste. »Wann können wir es hinter uns bringen?«

»Da hat es aber jemand eilig, Zeit mit mir zu verbringen«, entgegnete er und lächelte verschmitzt.

Ich verdrehte die Augen. »Ja, damit ich schneller wieder an meine Sachen komme.«

»Rede dir ruhig ein, dass das der einzige Grund ist.« Andrew zwinkerte.

Hatte ich eben noch geglaubt, er wäre sehr attraktiv, hatte er es nun mit wenigen Worten geschafft, absolut unattraktiv zu werden. Was vermutlich gar nicht so verkehrt war, so kam ich wenigstens nicht auf falsche Gedanken.

»Also?«

»Donnerstag warte ich um 23 Uhr vor dem Wohnheim auf dich.«

»23 Uhr? Da ist Nachtruhe.«

Andrew nickte. »Ich weiß.« Dann ging er zurück in sein Zimmer. Bevor er die Tür schloss, zwinkerte er mir ein weiteres Mal zu und sagte: »Zieh dir etwas Schickes an.« Kurz darauf wurde die Musik im Inneren wieder lauter.

Ich hatte noch nie gegen die Nachtruhe verstoßen. Manchmal saß ich noch bis nachts an meiner Nähmaschine, aber die war nicht so laut, dass das Geräusch in eines der anderen Apartments drang. Was, wenn man mich erwischte und ich eine Abmahnung von Rektor Cavanaugh erhielt? Ich malte mir seinen enttäuschten Gesichtsausdruck aus. Oder wenn er mich gleich von der Uni warf? Er hasste nichts mehr als Regelverstöße. Wobei er auch bei Tristan ein Auge zugedrückt hatte, als der eine Akte gestohlen hatte, um die Studentenverbindung auffliegen zu lassen. Aber das war eine Ausnahme gewesen, denn Tristan und Hazel hatten gemeinsam für einen guten Zweck gehandelt, und das wusste Rektor Cavanaugh.

Mein Puls ging immer schneller, während ich unterschiedliche Schreckensszenarien durchspielte. Erst das Vibrieren meines Handys schaffte es, mich wieder in die Realität zurückzuholen. Ein Blick aufs Display vertrieb die düsteren Gedanken. Das Essen wurde gerade geliefert.

Ich versuchte, nicht weiter über das Treffen mit Andrew nachzudenken. Stattdessen ging ich wieder hoch und steuerte den Ausgang an. Es war höchste Zeit, denn mein Magen fing erschreckend laut an zu knurren.

9

Charlotte

In den nächsten Tagen konnte ich nicht schlafen. Immer und immer wieder hatten Albträume mich hochschrecken lassen. Schweißgebadet war ich aufgewacht. Es war ein sich wiederholender Traum gewesen. Zwischendrin hatte es kleine Abweichungen gegeben, aber das Ende war stets dasselbe gewesen: Ich war der Uni verwiesen worden und musste meinen Traum, eine erfolgreiche Fashion-Designerin zu werden, an den Nagel hängen.

Nun lag ich in sauberer Kleidung mit schwitzenden Handflächen und rasendem Herzen auf dem Bett und starrte an die Decke. Ab und zu drehte ich mich zu dem Wecker auf meinem Nachttisch in der Hoffnung, dass es bald 23 Uhr sein würde, aber die Zeit schien mich heute verhöhnen zu wollen.

Hazel und Mila hatte ich gesagt, dass ich Kopfschmerzen hatte und mich deshalb früher hinlegen wollte. Jedes Wort dieser Lüge hatte mir einen Stich versetzt. Ich hasste es, nicht ehrlich mit meinen Freundinnen sein zu können, aber ich wusste, dass sie sich unnötig Sorgen um mich machen würden. Ich würde ihnen schon noch die Wahrheit erzählen. Irgendwann …

Ich hatte befürchtet, dass die beiden noch wach sein würden, wenn Andrew mich abholen wollte, aber vor wenigen Minuten hatte ich durch meine lediglich angelehnte Zimmertür gehört, wie auch sie ins Bett gegangen waren. Daher hoffte ich, dass sie mein Herausschleichen nicht bemerken würden.

Ein weiterer Blick auf den Wecker verriet, dass es Viertel vor elf war. Ich schwang die Beine aus dem Bett und stand auf. Vor dem Spiegel, den ich an meinem Kleiderschrank befestigt hatte, blieb ich stehen und betrachtete mich. Meine Haare waren ein wenig zerzaust, weshalb ich sie noch einmal glatt bürstete und hinter die Ohren strich. Eine der Angewohnheiten, die ich hatte, um meine Nervosität zu verbergen. Denn wenn meine Hände beschäftigt waren, fiel ihr Zittern nicht so auf.

Ich hatte mich für einen knöchellangen gemusterten Rock entschieden, den ich aus einer weiten Vintagehose vom Flohmarkt geschneidert hatte. Darüber trug ich ein eng anliegendes dunkelrotes Longsleeve mit V-Ausschnitt. Durch den breiten Taillengürtel, an den ich eine alte Schmetterlingsbrosche genäht hatte, wirkte es, als würde ich einen Einteiler tragen.

Ich schüttelte über mich selbst den Kopf. Andrew hatte gesagt, ich sollte mich schick anziehen, und ich gehorchte natürlich, anstatt ihn zum Teufel zu wünschen. Was war nur los mit mir? Ich atmete tief durch und ließ den Blick durch das Zimmer schweifen. Eines meiner Kleider aus dem letzten Semester hing an meiner Schneiderpuppe vor dem Fenster. Was auch immer ich heute tun würde, tat ich für das hier. Für meine Zukunft. An diesen Gedanken musste ich mich klammern.

Nachdem ich mein Handy in eine kleine Umhängetasche gesteckt hatte, öffnete ich vorsichtig meine Zimmertür. Als sie ein leises Quietschen von sich gab, hielt ich die Luft an und presste die Lider fest aufeinander. Dabei zählte ich von fünf runter, aber nichts geschah. Hazel und Mila hatten mich nicht gehört.

Auf Zehenspitzen schlich ich durch das Wohnzimmer in die Diele, streifte meinen schwarzen Mantel über und griff leise nach meinem Schlüssel. Erst als ich die Tür des Apartments hinter mir zugezogen hatte, konnte ich aufatmen.

Mein ganzer Körper zitterte. Das hier war nicht richtig. Das war nicht ich. Sich nachts herauszuschleichen, erschien mir nicht nur grundlegend falsch, sondern es verstieß gegen die Regeln der Rosefield Academy. Erneut gingen mir unzählige Szenarien durch den Kopf. Was-wäre-wenns.

Noch konnte ich umdrehen, wieder den Schutz meiner eigenen vier Wände suchen. Morgen würde ich direkt zu Rektor Cavanaugh gehen und von dem Diebstahl erzählen können. Er würde eine Versammlung einberufen und davon berichten, wie enttäuscht er von uns allen war. Und dann … nichts. Alles würde nur noch schlimmer werden. Denn solange ich nicht wusste, wer es war, würde auch Rektor Cavanaugh nichts ausrichten können.

Völlig gleich, welche Möglichkeiten ich durchging, alles führte mich zurück zu Andrew, wollte ich nicht, völlig auf mich allein gestellt, den Täter ausfindig machen.

Ich schluckte meinen Frust hinunter und steuerte das Treppenhaus an. Unten angekommen, ging ich noch einmal sicher, dass der Nachtwächter nicht da war, dann öffnete ich die Tür und trat hinaus.

Für März war es eine relativ milde Nacht. Frisch, aber nicht so eisig, dass meine Zähne aufeinanderklapperten. Trotzdem zog ich den Mantel fester um meinen Körper und blickte mich um.

Eine Weile sah ich nichts, außer ein paar Studenten, die in der Ferne herumwuselten und vermutlich hofften, von niemandem erwischt zu werden. Je mehr Zeit verstrich, desto nervöser wurde ich. Hatte Andrew mich versetzt? War es Teil seines Plans, dass ich hier so lange stand, bis der Nachtwächter zurückkam, mich beim Rektor meldete und ich eine Abmahnung erhielt?

Krieg dich wieder ein, Charlotte, ermahnte ich mich in Gedanken. Immerhin waren erst zwei oder drei Minuten vergangen. Sie kamen mir lediglich so lang vor, weil ich etwas Verbotenes tat.

»Psst«, hörte ich es plötzlich leise, aber laut genug, dass ich vor Schreck zusammenzuckte und mich panisch im Kreis drehte, auf der Suche nach der Herkunft des Geräuschs, das die Nacht durchbrochen hatte.

Ein dunkles Lachen ertönte, gefolgt von einem »Hier drüben«.

Als ich mich ein weiteres Mal drehte, erkannte ich Andrew am Ende des Wohnheims. Ich war zugleich erleichtert und aufgeregt, spürte das Adrenalin durch meinen Körper rauschen. Noch ein letzter Blick über meine Schulter, dann lief ich zügig auf ihn zu.

Sein Gesicht wurde bloß von den Lampen beschienen, die außerhalb der Gebäude angebracht waren, um wilde Tiere zu vertreiben. Zwar verirrte sich nur selten eines auf das Gelände, aber die Academy wollte damit auf Nummer sicher gehen. Sollte einem ihrer Studenten etwas geschehen, würden deren Eltern ihnen die Hölle heiß machen.

Die dunklen Schatten, die der Kegel auf Andrews Gesicht warf, ließ seine Augen gefährlich aufblitzen. Ein Schauder durchfuhr mich, doch ich schüttelte ihn ab.

»Wo warst du so lange? Und was soll das alles überhaupt? Wieso bin ich hier?« Zwar flüsterte ich, trotzdem kam mir meine Stimme unglaublich laut vor.

Er hob die Mundwinkel zu einem angedeuteten Lächeln. »Es ist zwei nach elf, mach dir nicht ins Kleidchen.«

Mehr sagte er nicht. Stattdessen drehte er sich um und lief schnurstracks Richtung Wald. Mir gefror das Blut in den Adern. »Machst du Witze? Ich gehe mit dir doch nicht nachts in den Wald!«

»Doch, wirst du«, entgegnete er lässig und hob die Schultern. »Das war der Deal, Lotti.«

Ich verkniff mir ein Aufstöhnen und seufzte stattdessen. Alles in mir sträubte sich dagegen, dieser Aufforderung nachzukommen. Nicht nur, weil es stockduster war, sondern weil ich Andrew nicht kannte. Er hatte mich zwar dazu aufgefordert, ihm zu vertrauen, aber wie sollte das gehen? Schließlich wusste ich noch immer nicht, weshalb er im Gefängnis war. Womöglich hatte er jemanden in den Wald verschleppt und … Ich wagte es nicht, den Gedanken zu Ende zu bringen.

Aber das wäre ohnehin zu absurd. Nicht mal Rektor Cavanaugh hätte ihn in einem solchen Fall aus dem Gefängnis holen können. Das war nur bei einem kleinen Delikt möglich. Ich hatte eindeutig zu viel Zeit mit Hazel verbracht, wenn mein Kopf auch schon mit diesen Hirngespinsten anfing.

»Du brauchst keine Angst zu haben, ehrlich nicht. Ich habe nicht vor, dir etwas zu tun.« Andrew blieb so abrupt stehen, dass ich beinahe in ihn hineinlief. Dann drehte er sich zu mir und fing meinen Blick auf. »Hätte ich das gewollt, hätte es schon viele andere Möglichkeiten gegeben.«

»Was?«, entfuhr es mir heiser.

Erst geschah nichts weiter, als dass er mich mit ernster Miene betrachtete, dann fing er schallend an zu lachen. »Du müsstest mal deinen Blick sehen, Lotti.«

»Das ist nicht witzig!«, stieß ich hervor.

»Für dich nicht, ich habe meinen Spaß. Und jetzt komm.« Er deutete auf den Wald, der sich direkt vor uns erstreckte. Unsicher schaute ich zwischen Andrew und den Bäumen hin und her. Er seufzte und rieb sich den Nasenrücken. »Wir gehen zu einer Party. Kommst du jetzt, oder soll ich dich über meine Schulter werfen und tragen?«

Ich riss die Augen entsetzt auf. »Das wagst du nicht.« Grinsend trat Andrew auf mich zu und streckte die Hand nach mir aus. Ich machte einen Schritt zur Seite. »Okay, schon verstanden. Dann lass es uns schnell hinter uns bringen.«

»That's what she said.« Ein freches Grinsen legte sich auf sein Gesicht.

Kopfschüttelnd lief ich an ihm vorbei und zwischen die Bäume. Nun, da Andrew mir gesagt hatte, wohin wir gingen, hörte ich es auch. Leise Musik, das Lachen mehrerer Menschen in der Ferne. Es musste sich um eine der geheimen und illegalen Partys handeln, die meistens in den Gärten stattfanden. Vermutlich wurden diese mittlerweile wegen der Standpauken von Rektor Cavanaugh verlegt. Ich erinnerte mich nicht daran, je gehört zu haben, dass die Nachtwächter auch im Wald ihre Runden drehten, weshalb das wohl der perfekte Ort zum Feiern war.

Zwar erleichterte mich die Tatsache ein wenig, dass wir nur auf eine Party gehen wollten, dennoch sträubte sich alles in mir dagegen.

»Wovor hast du Angst?«, fragte Andrew, der zu mir aufgeschlossen hatte und neben mir herlief. Ausnahmsweise war kein Spott in seiner Stimme zu hören, sondern nichts weiter als ehrliches Interesse.

»Wie gesagt, ich möchte einfach keinen Ärger«, sagte ich daher. »Dieses Studium ist alles, was ich mir je erträumt habe. Mein ganzes Leben habe ich darauf hingearbeitet. Sollte ich von der Rosefield verwiesen werden, wüsste ich nicht, was ich tun würde.«

Andrew legte den Kopf schief. »Du kannst doch auch woanders studieren.«

Ich schnaufte. »Es gibt keine bessere Uni.«

»Das kann ich mir nicht vorstellen. Du scheinst gute Noten zu haben, damit kannst du sicher überallhin.«

»Ich möchte aber nicht überall hin. Ich möchte an der Rosefield bleiben. Ist das wirklich so schwer zu verstehen?«

Andrew nickte. »Ehrlich gesagt schon, ja.«

»Hast du etwa keine Träume? Nichts, was du erreichen willst?«, fragte ich nun etwas schroffer. Ich war ihm nichts schuldig. Keine Erklärung, kein gar nichts. Dennoch ärgerte es mich, dass er absolut kein Verständnis zu haben schien.

Andrew befeuchtete seine Lippen und zog die Brauen zusammen. Dann fuhr er sich durch die Haare, wodurch sein angenehmer würzig-herber Duft zu mir herübergetragen wurde. »Ich nehme das, was das Leben mir gibt. Solltest du auch mal versuchen.«

Ich verdrehte die Augen und beschleunigte meine Schritte.

»Bist du sauer?«, fragte Andrew belustigt.

»Ja!«

»Wieso? Weil ich mein Leben einfach auf mich zukommen lasse?«

»Nein. Ich wünschte nur, du würdest andere Lebensweisen akzeptieren, anstatt sie zu verurteilen und zu sabotieren!«

»Sabotieren? Inwiefern sabotiere ich denn irgendwas?«

»Du sabotierst mich, indem du mich zwingst, zu einer blöden Party zu gehen, anstatt mir einfach zu helfen, meinen Kurs zu bestehen.« Ich hasste Streit. Normalerweise ging ich unangenehmen Situationen wie dieser aus dem Weg. Aber Andrew machte mich fuchsteufelswild. Alles, was er tat oder sagte, brachte mich auf die Palme. Ich wusste nicht, ob er wirklich so war oder sich nur aus Vergnügen so benahm.

»Ach, Lotti. Chill doch einfach«, sagte er lachend. »Jeder braucht mal eine Auszeit! Du wirst sicher deinen Spaß haben.«

»Das bezweifle ich«, nuschelte ich. Aber damit hatte er die Worte von Hazel und Mila wiederholt. Da ich den beiden recht gegeben hatte, dass auch ich mal eine Auszeit nötig hatte, musste ich mir blöderweise eingestehen, dass auch Andrew damit nicht verkehrtlag. Aber das musste ich ihm nicht auf die

Nase binden. Wobei ich sicher war, dass er daran *seinen Spaß* hätte.

»Wieso studierst du Fashion Design?«, fragte Andrew plötzlich, während wir weiter nebeneinander herliefen.

Verwirrung musste sich deutlich auf meinem Gesicht abzeichnen. »Versuchst du gerade, Small Talk mit mir zu machen?«

Er lachte. »Wäre das so schlimm?«

»Nein …« Trotzdem irritierte es mich, dass er mir eine Frage, mein Leben betreffend, stellte. »Ich gestalte gern Kleidung und liebe es, mit den Händen zu arbeiten.«

Andrew fuhr sich mit der Zunge über die Lippen und unterdrückte ein Grinsen. »Ich bin mir sicher, dass deine Hände ziemlich geschickt sind.«

»Ja, sind sie«, entgegnete ich schulterzuckend.

»Vielleicht gewährst du mir irgendwann eine Kostprobe.« Als er anzüglich mit den Brauen wackelte, verstand ich mit einem Mal, was er gemeint hatte.

Ich verschränkte die Arme vor der Brust und zog das Tempo an. »Du bist so unmöglich.«

Lachend beschleunigte auch Andrew seine Schritte. »Du solltest wirklich öfter mal lachen, Lotti.«

»Tu ich gern, sobald etwas anderes als Müll aus deinem Mund kommt.« Die Worte hatten meine Lippen verlassen, bevor ich darüber nachdenken konnte. Erschrocken schlug ich mir die Hand vor den Mund. Normalerweise dachte ich erst nach, bevor ich sprach. Doch Andrew schaffte es, meine schlechtesten Seiten zum Vorschein zu bringen.

»Oh, Lotti, Lotti«, sagte er und legte seinen Arm um meine Schultern. Er zog mich so plötzlich an sich heran, dass ich versteifte. Da er die Jacke offen trug, spürte ich die Bewegungen seiner Muskeln deutlich. »Du und ich werden noch sehr viel Spaß miteinander haben.«

Stöhnend stieß ich mich von ihm ab und verdrehte die Augen. »Besteht dein Leben noch aus etwas anderem?«

»Nope.« Andrew grinste, sagte aber glücklicherweise nichts weiter.

Der Rest des Weges verlief schweigend. Zwar war Andrew charakterlich furchtbar, trotzdem konnte ich meine Augen nicht davon abhalten, hin und wieder in seine Richtung zu schielen. Wieso musste er auch optisch genau meinem Typ entsprechen?

Je näher wir der Party kamen, desto lauter wurden die Musik und das Stimmengewirr. Wenige Minuten später hatten wir den See erreicht, um den sich zahlreiche Studenten der Rosefield gesammelt hatten, tanzten und tranken.

Mein Blick glitt über die Menge. Zahlreiche der Gesichter kamen mir vage bekannt vor, wieder andere kannte ich sogar gut. Als ich Alana unter den Feiernden erkannte, stockte mir der Atem. Seit eineinhalb Jahren hatten wir beinahe jeden Kurs zusammen. Sie war eine ausgezeichnete Studentin, die mir in jedem Fall das Wasser reichen konnte. Außerdem hatte sie immer gewirkt … wie ich. Ruhig, verschlossen, ihre Zeit ins Studium investierend. Nun zu sehen, wie sie mit einem über dem Bauchnabel geknoteten Hemd auf einem Felsen am Seeufer tanzte und ihre Bierflasche grölend Richtung Himmel reckte, schockierte und verwunderte mich gleichermaßen.

»Na, was sagst du?« Andrews warmer Atem kitzelte in meinem Nacken, als er sich zu mir herüberbeugte und mir ins Ohr flüsterte. Wobei schreien es eher traf, andernfalls hätte ich ihn über die Musik hinweg nicht verstanden.

»Laut und voll.« Ich fühlte mich unwohl zwischen so vielen Feierwütigen.

Andrew ging nicht auf meine Negativität ein. »Was willst du trinken? Ich hole uns was.«

»Wasser.«

»Wein? Bier?« Als ich den Kopf schüttelte, seufzte er. »Okay, ich bin gleich zurück.«

»Beeil dich«, sagte ich etwas unüberlegt, was ihn verschmitzt lächeln ließ. Falls ihm wieder ein Spruch auf den Lippen lag, behielt er ihn dieses Mal für sich.

Ich beobachtete, wie Andrew kurz darauf in der Menge verschwand. Etwas unbeholfen stand ich am Rand der Feiernden, schaute mich um und versuchte, nicht aufzufallen. Eigentlich dachte ich, ein Naturtalent darin zu sein, doch ich wurde innerhalb weniger Minuten eines Besseren belehrt. Die ganze Zeit liefen einige Studenten an mir vorbei, betrachteten mich verwirrt, ehe sie die Köpfe zusammensteckten und tuschelten.

»Was macht die denn hier?«, hörte ich jemanden sagen.

Diese Aussage lenkte noch weitere Blicke in meine Richtung. Am liebsten hätte ich mich in Luft aufgelöst. Zwei Mädchen aus meinem Marketingkurs schüttelten abfällig die Köpfe. »Toll, die wird uns doch bestimmt beim Rektor verpfeifen«, sagte Izzy.

Ihre Freundin – ich glaubte, ihr Name war Ashley – stöhnte und verdrehte die Augen. »O Mann, ich habe echt keinen Bock auf Stress. Lass uns lieber abhauen.« Sie packte Izzy am Arm und zog sie hinter sich her.

Ein fieser kleiner Stich setzte sich in meinem Herzen fest. Es hatte mich noch nie interessiert, was andere von mir hielten. Zumindest war es das, was ich mir mein Leben lang eingeredet hatte. In den letzten Jahren hatte ich immer mal wieder mitbekommen, wie andere mich nannten, aber meistens hatte ich das eher aus Erzählungen gehört. Nun mehr oder weniger ins Gesicht gesagt zu bekommen, für was für eine große Spaßbremse und Petze man mich wirklich hielt, tat weh. Izzy und Ashley hatten direkt vor mir gestanden. Sie mussten gewusst haben, dass ich sie hörte, und es war ihnen egal gewesen.

Meine Kehle wurde eng, und ich blinzelte so lange, bis das Brennen hinter meinen Lidern wieder nachließ.

»Charlotte? Ich habe gehört, dass du hier sein sollst, aber wow …« Benedict trat vor mich und pustete mir seinen Alkoholatem ins Gesicht. Naserümpfend trat ich einen Schritt nach hinten und wedelte den Gestank fort. »Du siehst toll aus. Wollen wir vielleicht tanzen? Soll ich dir etwas zu trinken holen?« Die Worte kamen ihm bloß lallend über die Lippen.

»Nein, danke«, versuchte ich es möglichst höflich.

Benedict kam näher. »Bitte. Gib mir noch eine Chance.«

Wieder machte ich einen Schritt zurück, um Abstand zwischen uns beide zu bringen. Die Rinde des Baumes hinter mir drückte mir in den Rücken. »Ich möchte, dass du mich in Ruhe lässt. Bitte.« Ein fast schon flehender Unterton lag in meiner Stimme.

Niemand schenkte uns Beachtung, und Benedict schien mein *Nein* nicht zu interessieren. Er stellte sich so dicht vor mich, lehnte sein Gesicht meinem entgegen, sodass ich die Sommersprossen auf seiner Nase hätte zählen können. Das Herz klopfte mir bis zum Hals. Benedict war auch nüchtern schon aufdringlich und respektierte meine Grenzen nicht. Ich hatte keinen Schimmer, wozu er dann alles im betrunkenen Zustand in der Lage wäre. Gerade als ich die Flucht ergreifen wollte, platzierte er seine Hand direkt neben meinem Kopf am Baumstamm.

In Situationen wie diesen wünschte ich mir, mehr wie Mila zu sein. Sie war stark, niemand konnte ihr die Stirn bieten. Sie würde sich ein solches Verhalten nicht gefallen lassen.

»Ich habe gesagt, du sollst mich in Ruhe lassen«, betonte ich ein weiteres Mal.

Als Benedict noch einen Schritt auf mich zumachte, was ich schon kaum für möglich gehalten hatte, war ich drauf und dran, laut zu schreien. Doch in diesem Moment kam Andrew in unsere Richtung gejoggt. »Ist alles in Ordnung?«, fragte er drohend.

Erst als er am Baum angekommen war und die Hand auf Benedicts Schulter legte, trat dieser zurück. »Na klar, alles in bester Ordnung«, lallte er. »Wir haben uns nur nett unterhalten.«

Andrew atmete tief durch. »Es ist besser, wenn du jetzt gehst. Schlaf deinen Rausch aus.«

Benedict hob abwehrend die Hände. »Was spielst du dich hier so auf, Mann? Bist du ihr neuer Lover oder was?«

Andrews Kiefer mahlte. Aber ich befand mich noch immer in einer Schockstarre. Ich bemerkte kaum, dass ich die Hände in die Rinde krallte. Erst als mir die Finger schmerzten, lockerte ich den Griff. »Verschwinde«, sagte Andrew noch mal mit einem Knurren in der Stimme.

Benedict kniff die Augen zusammen und ballte die Hände zu Fäusten. Sein Blick wanderte von mir zu Andrew und wieder zurück. »Ist das dein Ernst, Charlotte? So einen Schlägertyp lässt du ran und mich nicht? Ich hätte dir mehr Geschmack zugetraut.«

Ich wartete nur darauf, dass die Situation noch weiter eskalierte, aber zu meiner Überraschung blieben sowohl Andrew als auch Benedict ruhig. Zahlreiche Augenpaare waren auf uns gerichtet. Jeder beobachtete gebannt, was wohl geschehen würde. Einige sprachen leise miteinander, aber ich konnte meinen Namen mehr als einmal hören. Hitze stieg mir in die Wangen. Ich wollte nicht im Mittelpunkt der Aufmerksamkeit stehen. Sollte sich die Situation noch weiter zuspitzen, würden morgen alle von nichts anderem reden.

Daher stützte ich mich vom Baumstamm ab und legte meine Hand auf Andrews Schulter. Er verkrampfte einen Moment, entspannte sich dann allerdings wieder. »Lass uns einfach gehen«, sagte ich.

Andrew nickte und reichte mir die Wasserflasche, die er weiterhin festhielt. Dann legte er mir die Hand auf den unteren Rücken und führte mich Richtung See. Benedict ließen wir wortlos stehen. Erst als wir uns weit genug von dem Trubel entfernt hatten, konnte ich aufatmen.

Noch immer lag Andrews Hand auf meinem Rücken. Unter anderen Umständen hätte mein Körper auf diese Art von Nähe reagiert, aber der Schreck saß mir noch viel zu tief in den Knochen.

»Danke«, sagte ich, als wir am See stehen blieben. Ich beobachtete die Seerosen, die ruhig auf dem Wasser trieben, und die Halme, die am Ufer hin und her schwangen.

»Kein Ding.« Andrew hob die Schulter und trank einen großen Schluck aus seiner Bierflasche. »Was ist das für ein Arsch gewesen?«

Ich seufzte, überlegte, ob ich dem Thema irgendwie aus dem Weg gehen konnte. Aber Andrew hatte mich mehr oder weniger gerettet. Also konnte ich ihm wenigstens erklären, was los war. »Benedict ist aus einem meiner Kurse. Wir waren zusammen beim Winterball, und er wollte …« Ich räusperte mich leise. Der Satz brauchte nicht beendet zu werden, um die Kernaussage zu verstehen. »Seitdem fängt er mich immer wieder ab, will mit mir reden und eine zweite Chance haben.«

»Also belästigt er dich schon länger?« Etwas zu schroff packte Andrew mich bei der Schulter und schaute mich entsetzt an. »Wieso redest du nicht mit meinem Dad? Es kann doch nicht sein, dass so ein Kerl hier rumläuft und weiß ich was tut.«

»Rektor Cavanaugh hat gern Beweise. Vor allem, wenn es um jemanden geht, dessen Familie der Uni viel Geld spendet.« Ich pulte am Etikett der Flasche in meiner Hand.

»Und deswegen lässt du dir so etwas bieten?« Andrew schüttelte den Kopf und trank einen weiteren kräftigen Schluck.

»Ich weiß selbst, wie blöd ich bin.«

Zu meiner Überraschung lachte Andrew. »Nicht blöd, aber du solltest wirklich mehr aus dir herauskommen und für dich einstehen.«

»Leichter gesagt als getan.«

»Du bist heute Nacht hier, Lotti. Das ist schon mal ein Anfang.« Andrew zwinkerte, dann reichte er mir seine Flasche.

Ich betrachtete ihn skeptisch. »Was soll ich damit?«

»Trink einen Schluck. Danach fühlst du dich bestimmt besser.«

Weiterhin skeptisch schaute ich das Bier an. Dann zuckte ich die Schultern, nahm die Flasche und nippte daran. Angewidert verzog ich den Mund, als die bittere Flüssigkeit ihren Weg Richtung Magen einschlug. Die Kohlensäure kribbelte und brannte zugleich. »Bäh, ist das eklig!«, sagte ich und gab Andrew die Flasche zurück. »Trink das Zeug alleine.«

Lachend nahm er das Bier wieder an sich und trank den Rest in einem Zug leer. »Sag nicht, du hast noch nie getrunken?« Ich zog peinlich berührt den Kopf ein. »Du hast wirklich noch nie Bier getrunken?«

»Wieso bist du so überrascht? Alkohol ist ungesund und schädigt die Leber«, verteidigte ich mich. Ich wusste selbst, dass es ungewöhnlich war, mit einundzwanzig noch nie *wirklich* getrunken zu haben. Natürlich hatte es auch bei mir schon ein Glas Sekt zum Anstoßen an Silvester gegeben, und in unserem Finnlandurlaub hatte ich mir einen warmen Schnaps runtergezwängt, der noch tagelang in meiner Kehle gebrannt hatte. Aber ansonsten hatte ich einfach nie das Bedürfnis verspürt, Alkohol zu trinken.

»Bei dir überrascht mich gar nichts, Lotti.« Andrew grinste und deutete Richtung Kühlbox, die am anderen Ufer stand. »Möchtest du noch etwas?«

»Gehen?«, schlug ich vor.

»Willst du die Nacht etwa lieber allein mit mir verbringen als unter Menschen?«, fragte er neckisch, woraufhin mir die Hitze ein weiteres Mal in die Wangen stieg. Ich schüttelte den Kopf. »Wusst ich's doch. Da wir noch nicht mal eine Stunde hier sind, wirst du wohl noch eine Weile mit mir und den übrigen Partygästen vorliebnehmen müssen.«

»Aber ich habe dich begleitet. Reicht das nicht?«

»Nicht die Bohne, liebe Lotti, nicht die Bohne. Wenn ich dir sage, dass du hier warten sollst, schaffst du es dann, dich dieses Mal nicht in Schwierigkeiten zu bringen?«

»Wenn du mich schon zwingst, noch weiter hierzubleiben, komme ich lieber mit.« Ich konnte gut und gern auf ein weiteres Aufeinandertreffen mit Benedict verzichten. Denn ich bezweifelte, dass er Andrews Rat beherzigt hatte und gegangen war. Dazu war er zu eigensinnig. Ich hoffte einfach, dass der heutige Tag ohne Konsequenzen blieb.

»Dann los. Lass uns Spaß haben!« Andrew jubelte so frei und losgelöst, dass seine Ausgelassenheit auf mich überging.

Spaß haben. Das sollte ich schaffen. Ich musste einfach jeden negativen Gedanken fortschieben und mich gehen lassen. Wenn selbst Alana das schaffte, dann sollte das auch für mich kein Problem darstellen.

Gemeinsam mit Andrew steuerte ich die Kühlbox an. Während er sich ein weiteres Bier nahm, war ich noch mit meiner ersten Wasserflasche beschäftigt. Zahlreiche Menschen versuchten, uns in ein Gespräch zu verwickeln, wobei es eher Andrew war, dem ihre Aufmerksamkeit galt. Ich wurde weiterhin skeptisch gemustert. Wie ein Alien, das nicht hierhergehörte. Und diese Blicke sorgten dafür, dass ich mich auch genauso fühlte.

Zwar versuchte Andrew, mich zum Lachen und dazu zu bringen, etwas lockerer zu sein, aber es gelang mir nur schwer. Daher war ich die Nacht über zwar körperlich anwesend, doch meine Gedanken kreisten immer wieder um andere Dinge. Aber ich hätte auch schlecht erwarten können, dass ich meine Unsicherheiten innerhalb so kurzer Zeit von mir werfen konnte – falls ich das überhaupt wollte.

Doch wenn ich mir Andrew so ansah, mit seiner lockeren Art … ihm fiel es nicht schwer, sich anderen zu öffnen, er hatte kaum Scham und schien das Leben zu genießen. Das sorgte dafür, dass sich etwas in mir regte. Ein kleiner Teil, der genau das auch wollte. Neben dem Abschluss und einer rosigen Zukunft natürlich. Aber ich war Charlotte Barton – wenn jemandem beides gelingen konnte, dann mir, oder?

10

Charlotte

Ganz vorsichtig zog ich eine Linie mit dem Bleistift und schattierte die Skizze der Hose. Sie war eng anliegend, hell und hatte Verzierungen an den Taschen. Stirnrunzelnd betrachtete ich das Papier, als der letzte Strich gesetzt war.

Ich seufzte. Das war nicht so, wie ich es mir vorgestellt hatte. Es fiel mir so schwer, mich für eine geeignete Kollektion zu entscheiden, da die Auswahl riesig war. Meine Skizzen waren alle fantastisch und stachen heraus, aber jede von ihnen hatte zu viel von mir selbst. Ich wusste, dass jeder Designer seinen eigenen Stil hatte, aber ich wollte unbedingt etwas Besonderes kreieren, damit Mr Slater stolz auf mich war. Und natürlich, damit ich den Praktikumsplatz erhalten würde.

Mit einem 08/15-Design würde ich nicht weit kommen, und das entsprach auch nicht meinen Ansprüchen. Ich lehnte mich in dem Stuhl zurück und betrachtete die Skizze ausgiebig und von allen Seiten. Heute hatte ich mich dazu entschieden, in der Bibliothek zu arbeiten. Leider waren die separaten Räume unten im Archiv belegt, weshalb ich meine Sachen auf dem großen Tisch direkt davor ausgebreitet hatte.

»Charlotte, hallo!«

Vor Schreck zuckte ich zusammen, dann hob ich den Blick und schaute in Alanas strahlendes Gesicht. Ohne zu fragen, schob sie sich den Stuhl mir gegenüber zurecht und ließ sich darauf fallen. Ich holte tief Luft, schob meine Skizzen zusammen und legte sie in meine Mappe. »Schön, dich zu sehen.«

Das Lächeln auf ihrem Gesicht wurde breiter. Dann deutete sie auf die Mappe. »Die Skizzen sind der Wahnsinn. Aber es sind ziemlich viele. Sind die alle für den Kurs? Willst du uns andere etwa ausstechen, indem du mehrere Kollektionen erstellst?« Ein leises, klangvolles Lachen drang aus ihrer Kehle.

Lächelnd schüttelte ich den Kopf und stützte die Ellenbogen vor mir auf den Tisch ab. Ich war müde und ausgelaugt. Die letzten Tage hatten an meinen Kräften gezehrt. »Nein, aber ich kann mich nicht entscheiden.«

»Lass mich mal sehen.« Alana beugte sich über den Tisch und griff nach meiner Mappe. Reflexartig schlug ich die Hand darauf und zog sie näher an mich heran. »Wow, sorry. Was ist dir denn über die Leber gelaufen?«, fragte sie verärgert.

»Es tut mir leid«, sagte ich wahrheitsgemäß. »Es ist nur …« Ich hielt inne und schüttelte den Kopf. »Egal. Tut mir leid.«

Alana zog die Brauen zusammen. »Ist alles okay, Charlotte?«

»Ja, natürlich«, entgegnete ich schnell.

»Du wirkst verändert. Hat es etwas mit diesem Typen zu tun?« Sie lehnte sich wieder im Stuhl zurück und verschränkte die Arme vor der Brust. Ich fixierte meine Fingernägel, um ihrem Blick nicht begegnen zu müssen. Aber auch so wusste ich, dass sie mich ansah. Ich spürte es. Da ich keine Anstalten machte, auf ihre Frage zu antworten, hakte sie weiter nach: »Der, mit dem du auf der Party warst. Wer war das überhaupt? Ich habe ihn hier noch nie gesehen.«

Bisher war ich glimpflich davongekommen. Die Party war vor fünf Tagen gewesen. Seitdem hatte kaum jemand davon gesprochen, was gut für mich war. Andernfalls hätte ich mich Hazels und Milas Fragen stellen müssen. Fragen, auf die ich zwar eine Antwort hatte, diese aber ungern preisgeben wollte. Auch mit Alana wollte ich nicht darüber sprechen, aber auch nicht ihr Misstrauen schüren, indem ich sie weiter ignorierte.

»Nein, der Junge hat nichts damit zu tun«, sagte ich in der Hoffnung, dass ihr das als Antwort genügte.

»Okay. Aber wer war er?« Meine Hoffnung zerplatzte wie eine Seifenblase. »Es ist schon seltsam genug, dass du auf einer Party bist, obwohl das gegen die Regeln verstößt, aber dass du noch eine unifremde Person mitbringst …«

»So ist das doch nicht«, erwiderte ich schnell, um mich zu verteidigen. Ihr Blick besagte, dass sie nicht klein beigeben würde, solange ich ihr nicht die ganze Wahrheit verriet. Diese würde sie von mir nicht bekommen, aber ich konnte ihr sagen, wer er war. Ehrlicherweise wunderte es mich ohnehin, dass die Nachricht sich noch nicht wie ein Lauffeuer verbreitet hatte. Das konnte an den Kreisen liegen, in denen ich verkehrte. Ich hielt nicht viel vom Tratschen, weshalb ich solchen Dingen eher aus dem Weg ging. »Er heißt Andrew Cavanaugh.«

»*Der* Andrew Cavanaugh?«, fragte Alana überrascht.

Ich nickte. »Ja, der Sohn des Rektors.«

Alana sah mich an. Normalerweise glaubte ich, Emotionen in den Augen meines Gegenübers deuten zu können, aber ihr Blick wirkte … feindselig. Aber das konnte nicht sein. Wir waren zwar keine engen Freundinnen, doch wir verstanden uns gut.

»Habe ich etwas Falsches gesagt?«, hakte ich vorsichtig nach.

Alana schnaubte. »Nein, alles gut.«

»Es sieht aber nicht danach aus. Falls ich irgendwas …«

»Hör bitte auf damit, Charlotte«, schnitt sie mir das Wort ab. »Es ist okay, dass du dich über seinen Sohn beim Rektor einschleimen willst, um an das Praktikum zu kommen. Aber hör auf, so scheinheilig zu tun.«

»Ich …« Mein Mund öffnete und schloss sich. Mir hatte es im wahrsten Sinne des Wortes die Sprache verschlagen.

Alana stand auf, dabei kratzte der Stuhl über den Boden. »Ich muss gehen, meine Kollektion wartet. Aber ich vermute, es ist egal, wie sehr ich mich reinknie, wenn sich eine andere an den Sohn des Rektors ranmacht.« Mit diesen Worten verschwand sie wieder genauso schnell, wie sie aufgetaucht war.

Meine Hände zitterten. Ich schloss die Augen und zählte gedanklich von zehn runter. Den Ärger wegmeditieren. Mir nichts anmerken lassen. So wie ich es schon mein Leben lang getan hatte.

Ich hatte im Vorfeld gewusst, wie es an der Rosefield Academy of Arts zuging. Es sollte mich nicht wundern, dass man mir böswillige Absichten unterstellte. Schließlich wollte jeder um jeden Preis diesen Praktikumsplatz ergattern. Aber ich hatte immer mit fairen Mitteln gekämpft, war nie auf die Idee gekommen, jemanden zu sabotieren oder auf ungerechte Weise ausstechen zu wollen. Ich hatte immer mein eigenes Ding durchgezogen, hatte alles an mir abprallen lassen, war höflich und freundlich gewesen. All dies wusste nicht nur Alana, sondern jeder. Aus diesem Grund ärgerte es mich, dass sie mir nun so etwas vorwarf.

»So eine Scheiße«, fluchte ich leise vor mich hin. Sofort schlug ich mir die Hand vor den Mund.

Eine Lady flucht nicht, verstanden? Oder willst du deine Fernsehprivilegien verlieren?, schoss es mir durch den Kopf. Nur eine der Regeln, die mir von klein auf eingetrichtert wurde, bis ich sie verinnerlicht hatte.

Daher schüttelte ich den Kopf so lange, bis die Erinnerungen, die Gedanken fort waren. Dann verstaute ich meine Mappe und steuerte den Ausgang an.

Gerade noch rechtzeitig vor dem großen Ansturm kam ich in der Kantine an. Als Hazel und Mila mich von ihrem Platz in der Schlange aus sahen, winkten sie mich zu sich. Schlagartig verbesserte sich meine Laune. Vor allem, als ich auch Tristan und Josh erkannte, die gerade dabei waren zu bestellen. Das bedeutete, dass sie sich alle endlich wieder vertragen hatten.

Viel zu lange hatte der Streit nun angedauert. Ich war froh, dass sie es geschafft hatten, sich zusammenzuraufen und das Kriegsbeil zu begraben.

»Hi«, sagte ich, als ich bei ihnen angekommen war. Es duftete himmlisch. Heute gab es neben einer großen Auswahl an Nudelgerichten auch Hähnchen in unterschiedlichen Variationen. Ich bestellte mir eine Portion frittiertes Huhn mit einer Erdnussbuttersoße und stellte mir dazu einen kleinen gemischten Salat an der Salatbar zusammen.

Wir setzten uns an eine der langen Tische am hinteren Ende der Kantine. Von Minute zu Minute wurde es voller und die Schlange länger. Ein Glück, dass wir so früh hier gewesen waren.

»Du wirkst so nachdenklich«, sagte Tristan. Als ich den Kopf hob, bemerkte ich, dass er mit mir sprach. Er und Hazel waren sich sehr ähnlich, ihnen entging fast nichts.

»Ach, ich habe nur an meine Kollektion gedacht«, entgegnete ich. Was zwar nur teilweise der Wahrheit entsprach, aber mehr brauchte niemand zu wissen.

»Verstehe.« Tristan nickte und schaufelte sich eine Portion Nudeln in den Mund.

»Wie weit bist du denn?«, wollte Mila wissen. »Bist du immer noch unschlüssig?«

»Ja, ich kann mich nicht entscheiden, mit welchem Stil ich die beste Chance auf das Praktikum habe.« Ich seufzte und stocherte auf meinem Teller herum.

»Was ist das für ein Praktikum?«, fragte Josh ehrlich interessiert. Es erstaunte mich einmal mehr, wie nett er sein konnte, wenn Mila und er sich nicht gerade an die Gurgel gingen. Außerdem mochte ich seine Stimmfarbe sehr gern. Sie war melodisch und hell. Das machte ihn zu einem perfekten Sänger, wie er bei der Aufführung von *Cats* im vergangenen Semester unter Beweis gestellt hatte. Ich war mir sicher, dass aus ihm ein fantastischer Darsteller werden konnte, sofern er dranblieb. Von Mila wusste ich aber, dass er wohl öfter den Unterricht schwänzte, was ziemlich schade war. Wenn man so talentiert war wie Josh, dann sollte man unbedingt etwas daraus machen.

»Ich belege den Kurs Designwettbewerb. Unsere Aufgabe ist es, eine Kollektion zu gestalten für Mann, Frau und Kind, bestehend aus jeweils einem kompletten Outfit. Diese müssen wir nicht nur selbst schneidern, sondern auch fotografisch in Szene setzen und ein Konzept für eine Modenschau entwickeln. Der Gewinner bekommt einen Sommerpraktikumsplatz bei einem der erfolgreichsten Fashion-Designer unserer Zeit«, erklärte ich. Während ich sprach, klappte Joshs Kinnlade herunter.

Er nickte anerkennend. »Wow! Das klingt nach einem verdammten Haufen Arbeit.«

Wir lachten leise. »Das ist es. Aber so eine Chance erhält man kein zweites Mal im Leben.«

»Wer sind eigentlich deine Models?«, fragte Hazel.

»Ich hatte gehofft ...«

»Ja, natürlich!«, rief Mila dazwischen, ehe ich meinen Satz beenden konnte. Das veranlasste mich dazu, lauter zu lachen.

»Danke, das bedeutet mir viel«, sagte ich ehrlich.

»Das machen wir doch gern.« Hazel nickte eifrig. »Aber du brauchst eigentlich nur eine von uns, oder?«

»Ja, genau, aber ich werde das anhand der Kollektion festmachen. Je nachdem, in welche Richtung ich gehen werde, würde ich eine von euch auswählen, wenn das in Ordnung ist.«

»Klar.« Mila winkte ab. Dann stieß sie Josh den Ellbogen

in die Rippen und wackelte mit den Augenbrauen. Er stieß einen theatralischen Schmerzenslaut aus und rieb sich die Stelle. »Charlotte braucht ein Male Model. Wie wär's? Damit du wenigstens einmal im Leben ansehnlich bist.«

Hazel und Tristan prusteten, ich hingegen biss mir auf die Wange, um nicht auch zu lachen.

»Einmal Teufel, immer Teufel«, murmelte Josh. Als er mich ansah, lächelte er. »Aber klar, du kannst auf mich zählen.«

»Danke, das ist nett von dir.«

»Tristan natürlich auch«, sagte Hazel an seiner statt. Er schien damit aber kein Problem zu haben, denn er nickte und legte seinen Arm um ihre Hüfte.

Nacheinander schaute ich die vier an. Mir wurde warm ums Herz bei dem Gedanken, so wundervolle Menschen in meinem Leben zu haben. Einen Augenblick gingen mir wieder die Worte von Alana und das Getuschel der anderen auf der Party durch den Kopf, aber ich schüttelte jeden Gedanken daran fort. Solange ich Hazel, Tristan, Mila und sogar Josh hatte, konnte mir alles andere egal sein. Man sollte sich lieber auf diejenigen fokussieren, die einem guttaten, und diejenigen verbannen, die für das Gegenteil sorgten.

»Vielleicht könnt ihr mir nachher noch bei der Auswahl helfen. Einige zusätzliche Augenpaare sind sicher von Vorteil«, sagte ich.

Die anderen nickten. »Sicher. Aber bestimmt sind all deine Ideen super.« Mila warf sich eine Traube in den Mund beziehungsweise versuchte es, denn sie prallte von ihren Zähnen ab und flog über den Tisch. Josh fing an zu lachen, was ihm einen weiteren Stoß in die Rippen einbrachte. So gerieten sie wieder in einen Streit. Seufzend schüttelte ich den Kopf. Die beiden waren unverbesserlich.

Als Hazels Blick meinen traf, verdrehte auch sie die Augen, grinste aber.

Mein Handy vibrierte. Während Mila und Josh sich weiter zankten und Tristan und Hazel schon wieder dabei waren, einander Liebesschwüre ins Ohr zu flüstern, holte ich es aus meiner Tasche und warf einen Blick darauf.

Instinktiv lächelte ich, als ich die eingegangene Nachricht las.

Morgen, 20 Uhr am Springbrunnen. Du kannst dich darauf einstellen, nass zu werden 😉
Drew

Der letzte Satz seiner Nachricht ließ mich nicht nur erröten, sondern trieb meinen Puls wieder in die Höhe. Natürlich hatte er das extra zweideutig formuliert, weil er wusste, dass mir das unangenehm war. Er meinte natürlich etwas anderes – nur was? Wollte er, dass ich in den Brunnen sprang, der mittlerweile wieder eingeschaltet war? Vielleicht sollte ich mir vorsorglich einen Bikini anziehen. Allein diese Überlegung ließ mein Herz schneller schlagen und meine Wangen noch mehr glühen.

Ich sollte nicht auf diese Weise reagieren. Ich sollte wütend auf Andrew sein, dass er mich erpresste und zwang, meine Zeit mit ihm zu vergeuden. Dass er mich nötigte, gegen die Regeln zu verstoßen, die für ein angenehmes Miteinander an der Academy sorgten.

Sosehr ich all dies auch wusste, freute sich ein kleiner Teil von mir darauf, Andrew morgen wiederzusehen.

11

Drew

Der Tag war verdammt lang gewesen. Rowan hatte mich quer durch das Gebäude gescheucht, mir eine blödsinnige Aufgabe nach der anderen gegeben und mich zwischendurch angeblafft. Kein Plan, was in ihn gefahren war.

Na ja, im Grunde war es mir scheißegal. Schließlich würde meine Zeit hier bald vorbei sein, und ich konnte dieser Uni den Rücken kehren. Zumindest redete ich mir ein, dass es bald vorbei war. Aber bis Mitte Mai musste ich leider noch ausharren. Scheiß drauf. Die Zeit würde schon vergehen.

Das hatte ich zum Teil Lotti zu verdanken. Zum Glück war mir dieser grandiose Einfall gekommen, wie ich mir meinen Aufenthalt hier ein wenig spannender gestalten konnte. Nicht auszudenken, wie es wäre, müsste ich den ganzen Tag ohne Beschäftigung in diesem stickigen Loch hocken. Doch Lotti war der perfekte Zeitvertreib.

Ich war gespannt, wie sie den heutigen Ausflug finden würde. Zwar ging es hier nur um meinen Spaß, aber ich musste gestehen, dass ich mehr davon hatte, wenn sie nicht stocksteif dastand und grimmig durch die Gegend glotzte.

Die Party war jedenfalls ein ziemlicher Reinfall gewesen. Ich hatte wirklich gehofft, sie damit aus ihrem Schneckenhaus zu locken, sie dazu zu bringen, ein bisschen zu trinken und zu tanzen, aber meine Erwartungen waren definitiv zu hoch gewesen. Von null auf hundert dauerte bei ihr wohl etwas länger. Aber ich war geduldig und hatte alle Zeit der Welt. Na ja, bis Mai.

Vielleicht wäre sie auch etwas mehr aus sich herausgekommen, hätte dieser Kerl sie nicht belästigt. Es hatte mich alle Kraft gekostet, nicht auf ihn einzuprügeln. Normalerweise kämpfte ich zwar nicht für die Ehre einer Frau, aber er hatte es eindeutig zu weit getrieben. So verängstigt, wie sie danach war, war es ohnehin schon ein Wunder gewesen, dass sie zwischendurch zumindest ansatzweise gelächelt hatte.

Zugegeben, sie hatte sich sogar meine Anerkennung verdient. Sie war geblieben, hatte nicht die Beine in die Hand genommen und war verschwunden. Nein, sie hatte sich an unsere Abmachung gehalten. Innerhalb von Minuten war ich von ihrem Retter zum größten Arsch geworden, indem ich sie nicht einfach zum Wohnheim gebracht und auf unseren Deal geschissen hatte. Nein, ich hatte sie förmlich gezwungen, auf einer Party zu bleiben, auf der ein Kerl herumrannte, der die Grenzen anderer nicht respektierte. Sie musste mich echt hassen.

Was mir eigentlich egal sein sollte, es wurmte mich aber trotzdem. Daher wollte ich sie heute nicht wieder einer solchen Situation aussetzen. Generell würden die weiteren Treffen anders verlaufen. Schließlich wollte ich, dass sie lockerer wurde und nicht noch verkrampfter.

Ich schüttelte den Kopf. Nein, eigentlich wollte ich nur meinen Spaß haben und mir die Zeit mit ihr vertreiben. Zumindest war das der ursprüngliche Plan. Aber ich hatte gemerkt, dass sie *wirklich* dringend aus sich rauskommen musste. Nicht nur, weil ein bisschen Spaß im Leben noch niemandem geschadet hatte, sondern auch, damit sie lernte, für sich selbst einzustehen. Es konnte nicht immer jemand da sein und sie beschützen.

Nur warum mich das alles überhaupt interessierte, war mir schleierhaft. Sie war einfach nur irgendeine Streberin, die ich nach den zwei Monaten sowieso nie wiedersehen würde. Was sie danach aus ihrem Leben machte, konnte und sollte mir verdammt egal sein. Doch sie hatte etwas an sich. Außerdem war sie ziemlich heiß.

Ich saß am Springbrunnen und wartete. Es war kurz vor acht, also würde sie gleich hier sein. Sie war ein pünktlicher Mensch, ich bezweifelte, dass sie jemals irgendwo zu spät erschienen war. Irgendwie war das süß. Shit, was war los mit mir?

Um nicht weiter über sie nachzudenken, holte ich mein Handy aus der Hosentasche und scrollte durch meine Chats. Zahlreiche ungelesene Nachrichten von irgendwelchen Mädels, die ich auf irgendeiner Studentenparty kennengelernt hatte und die wissen wollten, wann ich mal wieder mitfeierte.

Mein Kumpel Floyd hatte mir ein Bild von meinem Baby geschickt. Meine heiß geliebte schwarze Ducati Monster 812 mit tiefroten Felgen. Bis ich meine verdammten Sozialstunden abgeleistet hatte, würde er auf sie aufpassen, sie hegen und pflegen, wie sonst nur ich es tat.

Ich scrollte weiter und hielt bei der Nachricht von Pax, einem Kerl, den ich in der Uni kennengelernt hatte, inne.

Hey, Bro.
Zweite Aprilwoche findet ein Rennen statt.
Startgebühr 200 Pfund. Hast du Bock?

Mein letztes Motocrossrennen lag einige Monate zurück. Bock hatte ich eigentlich schon, entschied aber, erst morgen zu antworten. Ich schob das Handy zurück in die Tasche und holte stattdessen meine Kippen heraus.

Doch gerade als ich eine Zigarette anzünden wollte, gingen

mir Mums Worte durch den Kopf. Es war an einem Abend vor zwölf Jahren gewesen. Ich hätte schon im Bett sein sollen, und sie saß mit ihrer besten Freundin Leslie auf der Couch und trank ein Glas Wein. Vor der angelehnten Wohnzimmertür war ich in die Hocke gegangen und hatte die beiden schweigend bei ihrer *Frauenunterhaltung* belauscht. Zumindest hatte ich so lange geschwiegen, bis sie sagte: »*Wann immer ich Alexander küsse, habe ich das Gefühl, an einem alten Aschenbecher zu lecken.*« Bei dieser Aussage konnte ich mir ein Prusten nicht verkneifen und wurde augenblicklich zurück ins Bett geschickt.

»Fuck«, zischte ich und steckte die Zigarette wieder weg. Ich legte es nicht darauf an, Charlotte zu küssen. Aber es musste für eine Nichtraucherin wirklich ekelhaft sein, meinen Kippenatem zu riechen. Vor allem dort, wohin wir gleich gingen, waren wir auf relativ engem Raum zusammen. Daher konnte ich wenigstens ein kleines bisschen Rücksicht nehmen.

Einen Augenblick später sah ich sie. Charlotte hatte den dünnen Mantel geöffnet. Darunter trug sie ein Kleid, das um ihren Oberkörper eng anliegend war und ab der Hüfte weiter wurde. Sie trug immer ein ähnliches Outfit. Ob sie überhaupt Hosen besaß, bezweifelte ich. Nicht, dass ich mich beschwerte …

Als sie näher kam, strich sie sich die Haare hinter die Ohren. Meine Mundwinkel hoben sich. Diese Geste war mir schon oft bei ihr aufgefallen. Ich vermutete, dass sie dadurch versuchte, ihre Nervosität irgendwie zu verbergen, aber sie wurde dadurch noch auffälliger. »Hey«, sagte sie leise.

»Schön, dass du gekommen bist.« *Schön, dass du gekommen bist?* Echt jetzt? Erde an Drew!

Ein Lächeln zeichnete sich auf ihren rosigen Lippen ab, die denselben Farbton wie ihre Wangen hatten. Sie räusperte sich leise. »Was hast du geplant?«

»Das erfährst du gleich schon.« Die Verunsicherung war ihr deutlich anzusehen. »Keine Party, kein Alkohol. Es ist nichts Schlimmes. Vertrau mir.«

Sie presste die Lippen aufeinander und wiegte ihren Kopf hin und her. »Mir bleibt wohl nichts anderes übrig.«

»Du hast es erfasst.« Ich stand auf und bedeutete ihr, mir zu folgen. Kurz schaute sie verwirrt zwischen dem Springbrunnen und mir hin und her, dann zuckte sie die Schultern und schloss zu mir auf. Ich erinnerte mich daran, dass ich schrieb, sie würde nass werden. Vielleicht dachte sie, es hätte etwas mit unserem Treffpunkt zu tun.

Während wir nebeneinander hergingen, schauten einige Studentinnen in unsere Richtung. Ich sah ein brünettes Mädchen, das sich zu ihrer blonden Freundin beugte und ihr etwas ins Ohr flüsterte. »Was hast du eigentlich angestellt, dass man über dich redet?«

Lotti verlangsamte ihre Schritte und sah sich nun um. Ihr Blick wurde leer, beinahe glasig, als sie das brünette Mädchen sah, das sich jetzt schnell abwandte und ihre Freundin förmlich hinter sich herschleifte. »Das sind Mona und Ashley. Wir haben manche Kurse zusammen.«

Mir war nicht entgangen, dass sie meine Frage ignorierte. Aber ihr trauriger Rehblick sorgte dafür, dass ich nicht weiter nachbohrte. »Was denkst du, wohin ich dich entführe?«

Sie hob den Kopf, ihre Mimik erhellte sich schlagartig. Dabei baumelten die kleinen Anhänger in ihren Ohren hin und her. Schmetterlinge. Sie schien diese bunten Insekten zu mögen, denn ich erinnerte mich daran, dass sie bei der Party auch die Brosche an ihrem Gürtel zierten. »Ehrlich gesagt habe ich wirklich keine Ahnung.«

Wir liefen am Konzerthaus vorbei über den schmalen Pfad, der zur Sportanlage führte. Die Hecken, die den Weg rechts und links säumten, waren frisch gestutzt und für die Schwielen an meinen Händen verantwortlich. Die Arbeit war nicht so akkurat wie die eines Gärtners, aber da es vorerst nur ums Kürzen einiger Äste gegangen war, hatte Rowan mich darauf angesetzt. Und anstatt mir zu helfen, war er in die Mittagspause verschwunden.

Langsam ließen wir die Sporthalle hinter uns, in denen eine Handvoll Kurse in der Woche stattfanden, und gingen am Fitnessstudio vorbei. Vor der relativ großen Schwimmhalle blieb ich stehen.

Lotti legte den Kopf schief und schaute stirnrunzelnd auf das Gebäude. »Was machen wir hier?«

»Was macht man in einer Schwimmhalle?«, fragte ich sarkastisch.

Stöhnend verdrehte sie die Augen. »Ich weiß, was man in einer Schwimmhalle macht. Aber was machen *wir* um diese Uhrzeit hier?«

Ich griff in meine hintere Hosentasche und zog einen Schlüsselbund hervor. Vor ihrem Gesicht klimperte ich damit herum. Sie war ohnehin schon ein blasser Hauttyp, aber nun wurde sie kreidebleich.

»Nein«, sagte sie und schüttelte so vehement den Kopf, dass ihr die Haare vors Gesicht peitschten. »Die Schwimmhalle ist geschlossen. Das ist Einbruch.«

»Ist es das?« Ich grinste, steckte den richtigen Schlüssel ins Schloss und drehte ihn, bis das erlösende Klicken ertönte. »Also ich bin der Meinung, dass es kein Einbruch ist, wenn man aufschließt.« Ich stieß die Tür auf und trat hinein. Nervös schaute Lotti sich um. »Je länger du dort stehen bleibst, desto größer die Wahrscheinlichkeit, dass dich jemand sieht.«

Sie murmelte ein paar unverständliche Worte, ehe auch sie eintrat. Vorsichtig zog ich die Tür hinter ihr zu.

»Woher hast du den Schlüssel?« Sie flüsterte so leise, dass ich sie kaum verstehen konnte.

»Von dem Hausmeister der Academy. Bevor er merkt, dass er weg ist, hab ich ihn schon wieder zurückgelegt.«

Lotti drehte sich zu mir und schaute mich mit vor Entsetzen weit aufgerissenen Augen an. »Du hast Rowans Schlüssel gestohlen?«

»Ich habe sie mir *geliehen*«, betonte ich. »Er wird nichts dagegen haben.« Okay, der Teil war vermutlich gelogen.

»Er ist so ein netter Mann, der es nicht verdient, von dir hintergangen zu werden!«

»Woher kennst du ihn so gut?«

»Ich habe eine Abmachung mit ihm. Er bringt mir Sachen, die ich zu Schmuck verarbeiten kann, im Gegenzug gebe ich seinem Sohn Nachhilfestunden.«

»Du machst aus Müll Schmuck?« Jetzt ergab es zumindest Sinn, dass er sich jedes Teil gefühlt eine halbe Stunde anschaute. Manchmal nickte er und verstaute es in einem Extrabeutel. Wieder andere Male wanderte es in die Tonne. Kurz nagte das schlechte Gewissen an mir, denn als er mich letztens darum gebeten hatte, intakte Flaschen zu sammeln, hatte ich drauf geschissen, weil ich mir nicht noch mehr Arbeit aufhalsen wollte. Vermutlich wollte er sie Charlotte geben.

»Ich versuche, möglichst viele Dinge weiterzuverarbeiten, um den Müll zu verringern und Geld zu sparen, ja.« Ihre Wangen färbten sich rosa. Ich schwieg. Vermutlich etwas zu lange, denn ihr Blick huschte wieder nervös umher. »Was?«

»Nichts«, sagte ich schnell. »Das ist nur … beeindruckend?« Das war zwar nicht das richtige Wort, doch mir fiel auf die Schnelle kein passenderes ein.

»Danke.« Sie zupfte am Saum ihres Rocks. »Wollten wir nicht schwimmen gehen? Ich habe gar keine Badesachen dabei.«

»Die brauchst du nicht, oder trägst du keine Unterwäsche? Wenn nicht, ist das auch nicht schlimm. Ich habe kein Problem mit Nacktbaden«, sagte ich mit gesenkter Stimme.

Ihr schmaler Mund öffnete sich einen Spaltbreit, und ihre Atmung ging etwas schneller. Ich liebte es, wie rasch ich sie in Verlegenheit bringen konnte. »Okay, dann los.«

Sie machte auf dem Absatz kehrt und lief zügig Richtung Halle. Dieses Mal ließ sie mich damit perplex zurück. Ich hätte sogar meine Ducati darauf verwettet, dass sie etwas sagen würde wie *»aber das ist doch unhygienisch«* oder *»ich ziehe mich nicht vor dir aus«*. Aber nein, Charlotte hatte es geschafft, mich zu überraschen.

»Willst du dahinten Wurzeln schlagen?«, rief sie belustigt über ihre Schulter.

Ich schüttelte den Kopf und folgte ihr schnell durch die Tür, die in die Halle führte. Sofort empfing mich der beißende Geruch von Chlor. Neben einem großen Schwimmbecken gab es ein etwas kleineres und zwei Whirlpools, die um diese Uhrzeit allerdings abgeschaltet waren, und den Schlüssel zum Technikraum hatte selbst Rowan nicht. Daher mussten wir mit dem großen Becken vorliebnehmen.

Charlotte streifte ihren Mantel ab, faltete ihn zusammen und legte ihn hinter eine der Säulen, die weit genug vom Becken entfernt waren, dass ihre Sachen nicht nass wurden. Anschließend zog sie die Schuhe aus und stellte sie daneben. Gebannt wartete ich darauf, dass sie auch den Rest ihrer Klamotten loswurde, aber zu meiner Enttäuschung tat sie nichts dergleichen. Stattdessen musterte sie mich mit schief gelegtem Kopf aus diesen großen braunen Rehaugen.

»Ich werde mich sicher nicht vor dir ausziehen«, sagte sie nun doch und verschränkte die Arme so vor der Brust, als wollte sie ihren Körper vor mir verbergen. Allerdings sorgte deren Position lediglich dafür, dass ihre Brüste noch mehr betont wurden als ohnehin schon in dem engen Kleid.

Es fiel mir schwer, nicht zu starren. Krampfhaft versuchte ich, mein Pokerface zu bewahren und meine lässige Art aufrechtzuerhalten. Aber irgendwas an ihr zog mich so sehr an, dass es mir schwerfiel.

»Ich fang auch an«, sagte ich und zwinkerte ihr zu.

Sie schien nicht zu verstehen, worauf ich hinauswollte, was das Ganze noch weitaus lustiger machte. Ich zog erst Jacke und Schuhe aus, legte beides nicht ganz so ordentlich zu ihren Klamotten. Charlotte betrachtete mich skeptisch. Mein Shirt folgte, anschließend öffnete ich langsam den Gürtel meiner Hose. Als ihr bewusst wurde, was ich tat, trat sie einen Schritt zurück und legte sich die Hände über die Augen. Mir entfuhr ein kehliges Lachen, während ich mich weiter entkleidete, bis ich nur noch in Boxershorts dastand. »Du bist dran«, sagte ich herausfordernd.

Langsam senkte sie die Hände und betrachtete mich. Als sie sah, dass ich halb nackt vor ihr stand, wurde nicht nur ihr Gesicht, sondern ihr komplettes Dekolleté tomatenrot. Das hielt sie aber nicht davon ab, mich anzuschauen. Und ihrem Blick nach zu urteilen, gefiel ihr, was sie sah. Ihre Augen glitten über meinen Oberkörper und blieben einen Moment länger an meinen Bauchmuskeln haften. Dass sie die Lippen befeuchtete und schluckte, schmeichelte mir.

Sie räusperte sich, hob ruckartig den Kopf und schaute mir in die Augen. »Ich werde mich trotzdem nicht vor dir ausziehen. Geh ins Becken und guck weg.«

»Ist das dein Ernst?«, fragte ich lachend.

»Und ob!«

Einen Augenblick wartete ich auf eine Regung von ihr, aber nichts. Es war wirklich ihr voller Ernst. »Schön«, schnaubte ich und steuerte die kleine Metalltreppe an. Noch einmal schaute ich zu ihr, in der Hoffnung, die Show hätte schon begonnen, aber sie schüttelte den Kopf und deutete zum Wasser, in das ich wenige Sekunden später eintauchte. Zwar hatte ich ihr den Rücken zugewandt, aber als ich das Rascheln von

Stoff hörte, drehte ich mich um und schielte über den Beckenrand.

Sie hatte sich von mir abgewandt, war zum Teil hinter der Säule verschwunden. Trotzdem hatte ich zumindest einen halben Blick auf sie. Als sie sich hinhockte, um ihr Kleid ordentlich zu dem Rest ihrer Sachen zu legen, sah ich ihren roten Spitzenslip. Mein Mund wurde trocken, und ich spürte eine Regung in meinen Boxershorts. Fuck!

Keine Ahnung, warum, aber ich hatte bei ihr mit irgendeinem ausgewaschenen Omaschlüpper gerechnet und nicht *damit*.

Kurz darauf richtete sie sich wieder auf und band sich die Haare in einen Dutt. Nun, da sie den Körper so durchstreckte, hatte ich einen hervorragenden Blick auf sie. Und mir gefiel etwas zu sehr, was ich sah. Ihre perfekten Brüste in dem roten Push-up-BH, der zu ihrem Slip passte, ihr schlanker Körper, die perfekt proportionierten Beine. Fuck, sie war *wirklich,* wirklich heiß. Und das war auch dem kleinen Drew viel zu bewusst. Ich griff in meine Shorts, um alles zu richten, da drehte sie sich in meine Richtung. Schnell tauchte ich unter, damit sie mich nicht beim Spannen erwischte.

Wenig später hörte ich das leise Plätschern von Wasser, weshalb ich auftauchte. Lotti hielt sich mit der einen Hand am Beckenrand fest, mit der anderen versuchte sie, unter der Oberfläche ihre Brüste zu bedecken. »Und jetzt?«, fragte sie.

»Was denkst du? Wir schwimmen natürlich.«

Langsam nickte sie, machte aber keine Anstalten, den Beckenrand loszulassen. Daher griff ich vorsichtig nach ihrem Handgelenk. Sie schnappte nach Luft und verkrampfte. Ich wusste nicht recht, ob sie Berührungen generell nicht mochte oder ob es einfach an mir lag. Schließlich war ich für sie sicherlich nichts weiter als der kleinkriminelle Kerl, der sie erpresste.

Es sollte mich nicht wundern, dass sie nicht von mir berührt werden wollte.

Es dauerte ein paar Herzschläge, bis sie sich entspannte und ihren Griff um den Beckenrand ein wenig löste. Dann schüttelte sie meine Hand ab, stieß sich ab und schwamm so schnell los, dass es mich selbst überraschte. Sie versuchte, den Kopf oben zu halten und ihre Haare nicht nass werden zu lassen, aber das gelang ihr gerade mal eine halbe Bahn lang.

Ich tat es ihr nach, nur dass ich tauchte, um zu ihr aufzuschließen. Schwimmen war nicht unbedingt meine liebste Sportart. Aber eine ganze Halle nur für uns beide? Das war schon ziemlich cool.

Am Ende der Bahn stieß sie sich ein weiteres Mal ab und schwamm zurück. Sie war ziemlich schnell unterwegs, weshalb ich vermutete, dass sie sich öfter im Wasser aufhielt. Wobei ihr dafür die breiten Schultern fehlten, die Schwimmerinnen zwangsläufig früher oder später bekamen.

Als sie wieder am Beckenrand angekommen war, hielt sie inne und schwamm auf der Stelle. Sie schaute mich missbilligend an und schüttelte den Kopf. »Ich hätte dich für sportlicher gehalten.«

Grinsend tauchte ich wieder ab und war in wenigen Sekunden bei ihr. »Du bist ganz schön frech, Lotti. Das hätte ich nicht von dir erwartet.«

»Ich würde es nicht frech nennen«, sagte sie ernst.

»Sondern?«

»Einfach nur ehrlich.« Erst schaute sie mich weiterhin ernst an, dann bildete sich ein zaghaftes Lächeln um ihre Lippen, das zu einem breiten Grinsen wurde, das ihr unglaublich gut stand.

»Na warte.« Ich stob eine Ladung Wasser auf und ihr mitten ins Gesicht. Die Flutwelle hatte sie so überrascht, dass sie halb lachend und halb keuchend nach Atem rang.

Hustend wischte sie sich das Chlorwasser aus den Augen, wobei ihre Wimperntusche verwischte. »Das war ein hinterhältiger Anschlag.« Sie schob die Unterlippe vor. In Kombination mit ihren riesigen verschmierten Kulleraugen war das ein Anblick, dem vermutlich niemand widerstehen konnte. Mir zumindest fiel es verdammt schwer und das, obwohl in der Vergangenheit nicht gerade wenige Mädels auf die eine oder andere Weise versucht hatten, mich rumzukriegen. Der Unterschied war, dass Charlotte es darauf nicht anlegte.

»Willst du es mir heimzahlen?«, fragte ich neckisch und schwamm näher an sie heran. Ich sah, wie sich die kleinen blonden Härchen auf ihrem Körper aufstellten, und wusste, dass das nicht der Kälte des Wassers zu verschulden war.

Einen Moment musterte sie mich einfach nur. Dann kam auch sie näher, sodass uns nur noch wenige Zentimeter trennten. Als sie ihre Hände auf meine Schultern legte, war ich es, der sich kurz versteifte. Ich wollte nach ihr greifen, sie noch näher an mich heranziehen. Aber Charlotte unterbrach meine wirren Gedanken. »Ich würde sagen …« Sie grinste. »Ja!« Mit einem Mal stützte sie sich mit ihrem kompletten Gewicht auf meine Schultern. Bevor ich wusste, wie mir geschah, befand ich mich unter der Oberfläche und schluckte einen Liter Chlorwasser.

Sie hatte mich ausgetrickst. Und ich war verdammt noch mal drauf reingefallen. Unter Wasser griff ich um ihre Hüfte und schwamm mit ihr zurück an die Oberfläche, wo ich gierig nach Luft schnappte. Ich legte sie mir über die Schulter, während sie wild strampelte und kicherte.

»Lass mich runter!«

»Kannst du haben!«, entgegnete ich und warf sie.

Schreiend landete sie wieder kopfüber im Wasser. Unsere Spielerei ging einige Zeit. Es war absolut kindisch, aber wir hatten Spaß, und darauf kam es an. Und ich musste zugeben, Charlottes schallendes Lachen war ziemlich ansteckend.

Irgendwann hörten wir auf. Charlotte stützte die Ellbogen auf den Beckenrand und legte den Kopf darauf. Den Körper ließ sie durch das Wasser treiben. Ihre Verlegenheit von vorhin war wie weggeblasen. Und das gefiel mir.

»Denkst du nachher wirklich daran, Rowans Schlüssel zurückzulegen?«, fragte sie nach einer Weile.

»Klar. Aber warum interessiert dich das so?«

»Ich will einfach nicht, dass die Schlüssel wegkommen und er seinen Job deswegen verliert. Er arbeitet wirklich viel und hart für Jonah.« Sie zuckte mit den Schultern, was aufgrund ihrer Position lustig aussah, beinahe wie ein Zitteraal. »Du hast einen Bruder im gleichen Alter. Das verstehst du doch sicher.«

Ich schwamm näher an sie heran. Dieses Mal verkrampfte sie nicht, sondern fing meinen Blick auf. »Dafür, dass wir uns kaum kennen, weißt du aber erstaunlich viel über mich.«

»Falsch. Ich weiß viel über Rektor Cavanaugh.«

»Du weißt gar nichts über ihn«, sagte ich schroffer als beabsichtigt. Charlotte zuckte zusammen. Ich wollte sie nicht erschrecken, und ich wollte auch eigentlich nichts dergleichen sagen. Fuck, wieso hatte ich den Mund überhaupt aufgemacht?

Doch anstatt weiter nachzuhaken, nickte Charlotte verständnisvoll. »Ja, du hast recht. Ich weiß nur die Dinge, die er uns wissen lässt. Tut mir leid, ich wollte dich nicht verärgern.«

»Hör auf, dich zu entschuldigen. Du hast nichts falsch gemacht«, sagte ich und streckte meine Hand nach ihr aus. Bevor ich ihre Haut berühren konnte, ließ ich sie aber wieder sinken. »Das ist einfach etwas, worüber ich nicht gern rede, okay?« Jetzt klang ich auch noch wie ein verdammtes Weichei.

»Ich …«, begann sie, hielt allerdings inne, als eine Tür geöffnet wurde.

»Ist hier jemand?«, rief eine Männerstimme.

Panisch schaute Charlotte mich an. Als auch die Tür zur Halle geöffnet wurde, tauchte sie so plötzlich unter, dass ich mich fragte, was genau sie damit bezwecken wollte.

Es war einer der Nachtwächter, die auf dem Gelände ihre Runden drehten. Das musste bedeuten, dass es bereits nach zehn war. Wie hatte die Zeit so schnell vergehen können?

»Was tust du hier?«, fragte der Mann und leuchtete mir mit seiner grellen Taschenlampe direkt ins Gesicht.

Ich setzte gerade zu einer Antwort an, da spürte ich, dass Charlottes Hände sich an meine Hüfte krallten. Shit, ihre Haut auf meiner sollte sich definitiv nicht so gut anfühlen.

Es kostete mich viel Willenskraft, keinen erregten Laut auszustoßen. Der Nachtwächter schaute mich noch immer zugleich wütend und irritiert an. »Ich bin Andrew Cavanaugh. Mein Vater hat mir erlaubt, die Schwimmhalle nach Schließung zu nutzen.«

Ein Anflug von Verständnis und Erkennen spiegelte sich in den blauen Augen des Mannes wider. Trotzdem hielt er die Lampe weiterhin auf mein Gesicht gerichtet.

»Sie können gern meinen Vater anrufen und ihn fragen. Aber ich glaube, er wird schon im Bett sein. Wenn Sie aber meinen, ihn wecken zu wollen …«

»Nein, nein. Schon okay.« Er senkte die Taschenlampe. Ließ sie aber noch einmal durch die Halle schweifen. Kurz vor der Säule schwenkte er sie glücklicherweise wieder in die andere Richtung. »Schönen Abend noch.«

»Ihnen auch«, sagte ich in dem Moment, in dem Charlottes Hand vermutlich nur versehentlich über den vorderen Teil meiner Boxershorts glitt. Instinktiv entfuhr mir ein leises Stöhnen, was dem Nachtwächter nicht entging.

Er drehte sich wieder zu mir um. »Alles in Ordnung?«

Mit zusammengepressten Lippen nickte ich. »Mhm.« Ich hob die Hand und winkte, um ihm zu bedeuten, einfach abzuhauen. Es war mir egal, dass er mich erwischt hatte. Sollte er ruhig zu meinem Dad gehen und petzen. Aber ich wollte nicht, dass er Charlotte entdeckte. Ich hatte ihr versprochen, dass sie keinen Ärger bekommen würde. Und dieses Versprechen wollte ich nicht brechen.

Nicht ganz überzeugt, hob der Wachmann dennoch die Schultern und verschwand wenig später wieder aus der Tür. Ich griff nach Charlottes Arm und zog sie an die Oberfläche. Gierig schnappte sie nach Luft, keuchte und hustete.

Ich klopfte ihr auf den Rücken, woraufhin sie beide Daumen hob. Trotzdem hustete sie noch weiter Wasser aus.

»Das«, sagte sie keuchend, »war knapp.«

»Das war es. Wenn du mich das nächste Mal befummeln möchtest, dann aber hinter verschlossenen Türen.«

»Ich … Was? Ich habe nicht … Hab ich?«, stammelte sie, woraufhin ich in Gelächter ausbrach. »Tut mir leid …«

»Schon in Ordnung, Lotti. Aber ich bin ja für gleiches Recht für alle.« Ich wackelte mit den Augenbrauen. Gleichzeitig war ich froh darüber, dass sie nicht an unsere vorherige Unterhaltung anknüpfen wollte.

Erst schaute sie mich schockiert an, dann aber fing auch sie schallend an zu lachen. So laut und gelöst, dass ich mit einstimmen musste.

»Träum weiter, Drew«, sagte sie in ihrem Lachanfall.

Sie hatte mich bisher nie mit meinem Spitznamen angesprochen. Ihn aus ihrem Mund zu hören, gefiel mir. Es war nicht so, dass ich prinzipiell etwas gegen den Namen Andrew einzuwenden hatte. Es war ein starker Name, den meine Mutter mir nicht ohne Grund gegeben hatte. Aber heute nannte eigentlich nur noch Dad mich so, weshalb mir der Name mit der Zeit zuwider geworden war.

»Schade«, entgegnete ich und ließ den Blick über ihren Körper schweifen.

Anstatt wieder rot anzulaufen, biss sie sich auf die Unterlippe. Etwas, das weitaus verführerischer aussah, als sie vermutlich wusste. Oder sie wusste es und wollte mich absichtlich scharf machen. Denn ich würde ohnehin niemals bei ihr landen können. Nicht, dass ich es darauf anlegte oder es wollte. Aber selbst wenn, dann hatte ich keine Chance. Sie war das nette unschuldige Mädchen von nebenan, während ich vorbestraft war. Vermutlich würde ihr Vater mich eher windelweich prügeln, als zuzulassen, dass sein kleines Töchterchen sich auf einen Kerl wie mich einließ. Und ich könnte es ihm nicht mal verübeln. Ich war nicht der beste Umgang, das wusste ich, auch ohne dass man es mir bei jeder Gelegenheit unter die Nase rieb.

»Woran denkst du?«, fragte Charlotte mich irgendwann.

»An gar nichts.« Ich gehörte nicht zur gefühlsduseligen Sorte, die über ihre Empfindungen sprach.

Sie nickte. »Die beiden Mädchen vorhin, die über mich geredet haben.« Sie befeuchtete ihre Lippen und schluckte. »Sie haben darüber getratscht, dass ich mich angeblich nur mit dir abgebe, weil du der Sohn des Rektors bist und ich mir damit bessere Chancen auf das Praktikum ausrechne.«

Ich zog die Stirn kraus. »Als hättest du das nötig. Was hast du ihnen gesagt? Die Wahrheit?«

Charlotte schüttelte den Kopf. »Nein, gar nichts. Ich habe zugelassen, dass das Gerücht Tag für Tag weiterverbreitet wird.«

»Und?«, hakte ich nach.

»Was und? Das ist ätzend. Wieso tut man so etwas?«

»Scheiß drauf, was andere sagen und denken. Ich habe dich noch nie mit einer dieser Tratschtanten gesehen. Sie sollten dir also gestohlen bleiben. Du bist besser als sie, das musst du dir immer wieder vor Augen führen.«

»Meinst du das ernst?«, fragte sie stirnrunzelnd.

»Natürlich.« Instinktiv griff ich unter Wasser nach ihrer Hand, im selben Moment fragte ich mich, wer mir verdammt noch mal ins Hirn geschissen hatte. Trotz der Tatsache, dass das hier so was von bescheuert war, zog ich mit dem Daumen Kreise auf ihrem Handrücken.

Weder wich Charlotte zurück, noch versteifte ihr Körper. Sie ließ die Berührung zu und störte sich nicht daran. »Danke«, sagte sie nach einer Weile und drückte meine Hand. »Es ist wirklich nett von dir, dass du das sagst.«

Ich sah ihr in die Augen, die in der Dunkelheit beinahe golden schimmerten. Dann zuckte mein Blick zu ihren rosigen Lippen, über die sie ihre Zunge gleiten ließ. Verdammt, wie gern ich sie in diesem Moment an mich gezogen und geküsst hätte! Aber das wäre bescheuert. Bescheuert und unüberlegt. Und es wäre verdammt arschig von mir, ihren Moment der Verletzlichkeit auszunutzen. Nur ein anderer Körperteil von mir wollte davon nichts wissen.

Dass Charlotte ein wenig näher an mich heranschwamm und ihr nach Kirsch riechender Atem mir auf den Lippen prickelte, sorgte nur dafür, dass ich mich noch mehr zu ihr hingezogen fühlte. Als wollte sie das hier provozieren. Vielleicht war das auch ihre Absicht. Oder sie wollte es auch? Nein, sicher nicht.

Ich räusperte mich und schaute zu unseren Sachen. »Wir sollten bald los. Oder möchtest du noch etwas bleiben?«

Verwirrt legte sie den Kopf schief. Ein Anflug von Schmerz huschte über ihre Züge, war aber so schnell wieder verschwunden wie aufgetaucht. »Du hast recht. Wenn der Nachtwächter schon seine Runden dreht, muss er nach zehn sein.«

Ich nickte. »Ja, genau. Und wir wollen ja nicht, dass du morgen zu spät in den Unterricht kommst.«

»Nein, das wäre ja fatal«, sagte sie mit einem leichten Lächeln auf den Lippen.

Dieses Mal zwang sie mich nicht dazu, mich umzudrehen, sondern stützte sich mit den Händen am Beckenrand ab und glitt elegant aus dem Wasser. Sie warf sich die Haare, die sich aus ihrem Zopf gelöst hatten, über die Schulter und lief zu ihren Sachen, als hätte sie mir eben nicht ihren wohlgeformten Hintern ins Gesicht gehalten.

»Kommst du?«, fragte sie, als sie angezogen war.

»Ähm, ich brauche noch eine Sekunde«, sagte ich, denn meine Erektion drückte gegen meine Boxershorts. Sie musste nicht wissen, *wie sehr* ich von ihr angeturnt war.

Zwar musterte sie mich argwöhnisch, zuckte dann aber die Achseln und deutete zur Tür. »Ich warte im Flur.«

Kaum war sie aus meinem Sichtfeld verschwunden, fluchte ich leise vor mich hin. Dieses Mädchen machte mich fertig. Und zwar auf die beste Weise, auf die man fertiggemacht werden konnte.

12

Charlotte

Den ganzen Morgen schon hatten Mila und Hazel versucht, mich darüber auszuquetschen, wo ich gestern so spät noch gewesen war. Meine Ausrede, dass ich die Zeit im Atelier vergessen hatte, hatten sie mir keine Sekunde geglaubt. Was kaum verwunderlich war, schließlich war ich nicht nur mit klitschnassen Haaren, sondern auch mit nasser Kleidung zurückgekommen, und das, obwohl es draußen nicht mal genieselt hatte.

Der Abend mit Andrew war … anders, als ich ihn erwartet hatte. Für einen kurzen Moment hatte ich gedacht, er wollte mich küssen. Als ich aber allein in meinem Zimmer gewesen war, hatte ich über diesen Gedanken nur den Kopf schütteln können. Das war lächerlich. Er war ein Verbrecher und erpresste mich, Zeit mit ihm zu verbringen. Daran war nichts romantisch, also sollte ich aufhören, an Dinge zu denken, die niemals eintreffen würden. Und vor allem auch niemals eintreffen *sollten*.

Ich musste mich lediglich noch dreimal mit Andrew treffen, dann konnte ich ihn wieder aus meinem Leben streichen und alles wäre wie vorher. So, wie es sein sollte. Ich würde in den Unterricht gehen, meine Hausarbeiten erledigen, lernen, Schmuck herstellen, Jonah Nachhilfestunden geben, und in der darauffolgenden Woche würde alles wieder von vorn losgehen. Zwischendurch würde ich mit Hazel und Mila einen Abend Mario Kart spielen und in die Stadt zum Einkaufen fahren.

Egal, wie ich es auch drehte und wendete, für Andrew war in diesem Tagesablauf kein Platz. Zumal er in mir ohnehin nichts weiter sah als einen Zeitvertreib. Jemand, mit dem er ein bisschen Spaß haben und dann wieder loswerden konnte. Also sollte ich unbedingt aufhören, irgendwelche Dinge in sein Verhalten hineinzuinterpretieren. Dinge, die nicht da waren. Dinge, die nie da sein würden.

Doch je mehr Zeit ich damit verbrachte, darüber nachzudenken, desto mehr verletzte mich die Tatsache, dass ich gewissermaßen sein Spielzeug war. Ich war ein Mensch. Ein Mensch mit Gefühlen. Er sollte wissen, wie sich ein solches Verhalten auf jemanden auswirken konnte. Aber ich hatte es von Anfang an gewusst. Ich hatte gewusst, worauf ich mich einließ. Mir war keine Wahl geblieben, denn es ging um meine Zukunft. Dass ich es irgendwie genoss, mich mit ihm zu treffen, hatte ich vorher nicht ahnen können. Vor allem, da es mir nicht ähnlich sah. Oberflächliche Höflichkeit, ja. Alles andere, nein.

Doch Andrew ließ mich nicht kalt. Seine Berührungen lösten etwas in mir aus. Seine Blicke brachten mein Herz zum Flattern wie Hunderte Schmetterlinge. Und seine Worte von gestern … Ich musste zugeben, danach *wollte* ich nichts weiter, als ihn zu küssen. Er hatte keinerlei Vorstellung davon, wie viel mir seine Worte bedeutet hatten.

»Ach komm schon, sag es uns«, bettelte Mila und zupfte am Ärmel meines Mantels, für den es heute eigentlich viel zu warm war. »Bitte, bitte, bitte.«

»Ich habe es euch bereits gesagt. Ich war im Atelier und habe die Zeit vergessen. Nichts weiter.« Sachte schob ich Milas Arm weg, aber es brauchte nicht lange, da saugte sie sich wieder an mir fest wie ein Blutegel.

»Du weißt, dass wir nicht lockerlassen werden«, versuchte Hazel es nun. »Und wenn du es nicht von dir aus sagst, dann werde ich meine Spürnase nutzen und dein schmutziges Geheimnis selbst aufdecken.«

Meine Wangen wurden heiß. Ich schüttelte den Kopf. »Ich sage es noch einmal: Es gibt nichts zu erzählen.«

»Wieso vertraust du uns nicht?«, fragte Mila mit trauriger Stimme. »Wir sind doch ein Trio, wir erzählen uns alles. Vor uns brauchst du keine Geheimnisse zu haben.«

Seufzend massierte ich mir die Schläfen. Manchmal konnte Mila sehr anstrengend sein. Lieb hatte ich sie trotzdem. Und im Grunde wäre nichts dabei, sie jetzt einzuweihen. Noch während ich darüber nachdachte, wurde mir diese Entscheidung abgenommen, als Andrew direkt auf uns zugesteuert kam.

Er hatte eine Hand in der Hosentasche vergraben, in der anderen hielt er seine Jacke, die er sich lässig über die Schultern geworfen hatte. Auf seinen Lippen lag ein verwegenes Lächeln, das dafür sorgte, dass sich die Schmetterlinge in meinem Bauch wieder mit heftigen Flügelschlägen in die Lüfte erhoben.

»Leute, jetzt nicht alle auf einmal gucken, aber da kommt ein absoluter Leckerbissen in unsere Richtung«, flüsterte Mila fast schon sehnsüchtig.

Andrew lief am Springbrunnen vorbei, wobei sich ein sanfter Sprühnebel über ihm ergoss. Wie einer Werbung entsprungen, schüttelte er sich die Haare, sein Tempo verlangsamte er dabei nicht. Mila entfuhr ein leises Seufzen, das ich am liebsten mit einem bösen Blick bestraft hätte. Aber das stand mir nicht zu. Andrew war nun mal sehr attraktiv, dass ich nicht die Einzige war, die das bemerkte, war mir klar.

»Wieso lächelt er uns so an?«, fragte Hazel.

»Keine Ahnung, aber den krall ich mir.« Mila streckte den Rücken durch und zwirbelte sich eine Strähne um die Finger.

Hazel tippte ihr auf die Schulter. »Ich glaube nicht, dass er unseretwegen hier ist.« Dann nickte sie zu Andrew, dessen Blick auf mir haftete. Nicht einen Moment wandte er ihn ab.

»Hey«, sagte er, als er etwa einen Meter vor mir stehen blieb. Das Lächeln auf seinen Lippen galt mir. Diese Erkenntnis ließ mein Herz Purzelbäume schlagen. Und dafür hasste ich mich.

»Hey«, entgegnete ich und spürte, dass sich meine Mundwinkel unwillkürlich hoben.

Mila räusperte sich leise, um auf sich aufmerksam zu machen. Als ich mich zu ihr drehte, schaute sie zwischen Andrew und mir hin und her. »Möchtest du uns nicht vorstellen?«

»Ähm, ja, klar«, sagte ich. »Das ist Andrew. Andrew, das sind meine Mitbewohnerinnen Hazel und Mila.«

»Hey, wie geht's?«, sagte er, schaute sie jedoch nur kurz an, ehe er seine ganze Aufmerksamkeit wieder auf mich richtete. »Hast du nächsten Freitag schon etwas vor?«

»Freitags fahre ich nach dem Unterricht immer nach Setham zum Einkaufen.«

»Ich präzisiere meine Frage: Hast du etwas vor, das sich nicht verschieben lässt?«

»Also …«

»Nein, hat sie nicht. Wir übernehmen stattdessen einfach den Einkauf. Ich brauche eh noch ein paar Sachen aus der Stadt«, unterbrach Hazel mich.

Mila nickte. »Absolut. Sie gehört ganz dir.«

»Ich …«, begann ich. »Ja, in Ordnung. Ich habe Zeit.«

Das Lächeln auf Andrews Gesicht wurde breiter, sodass seine Augen förmlich funkelten. »Gut. Weitere Details folgen. Wir werden eine Weile unterwegs sein.«

Ich nickte leicht verwirrt. »Okay.«

»Gut, ich muss dann weitermachen. Wir sehen uns.« Er ging an uns vorbei Richtung Westflügel. Auf halber Strecke drehte er sich noch mal um und zwinkerte. Meine Beine wurden wackelig, wofür ich mich selbst gern geohrfeigt hätte.

Als er aus meinem Sichtfeld verschwunden war, räusperte ich mich. »Wollen wir etwas essen gehen? Ich habe ganz schön Hunger.«

»Wer war das genau? Woher kennst du ihn? Seit wann läuft da was zwischen euch? Wieso verheimlichst du ihn vor uns?«, sprudelte es aus Mila heraus.

Nun war es zu spät für Ausreden. Ich deutete auf eine Bank vor den Rosenbüschen, die unweit des Springbrunnes angepflanzt waren. Als ich mich hingesetzt hatte, bettete ich meine Hände in den Schoß. Hazel und Mila nahmen je rechts und links von mir Platz, rutschten so nah heran, dass ich ihre Körperwärme regelrecht spüren konnte.

»Das war Andrew«, sagte ich leise und zupfte an meinem Kleid herum.

»Ja, das wissen wir«, entgegnete Hazel und lachte leise. »Aber *wer* ist Andrew?«

»Der Sohn von Rektor Cavanaugh. Wir haben uns vor drei Wochen kennengelernt.«

»Wow! Und schon habt ihr was am Laufen?« Ein Hauch von Anerkennung war in Milas Stimme zu hören. »Respekt. Aber wieso hältst du ihn vor uns geheim?«

Ich lehnte mich auf der Bank zurück und atmete tief durch. »Ihr versteht das falsch. Da läuft nichts zwischen Andrew und mir.«

»Ihr habt euch eben in Slow Motion angelächelt wie in so einem kitschigen Hollywoodstreifen«, sagte Mila. »Du kannst mir doch nicht sagen, dass ihr nicht voll aufeinander abfahrt.«

»Ach, du redest Unsinn.«

»Dann sag uns doch einfach, was genau das zwischen euch ist.« Hazel stützte die Ellbogen auf die Knie und schaute mich erwartungsvoll an.

»Er weiß, wer aus meinem Kurs meine Sachen klaut, will es mir aber nicht sagen, bis ich mich fünfmal mit ihm getroffen habe.«

»Was?«, entfuhr es Hazel so laut, dass einige Köpfe in unsere Richtung schnellten. Dann senkte sie ihre Stimme. »Er erpresst dich? Aber wieso?«

Eigentlich hätte ich diesen Teil der Geschichte gern weggelassen. Aber wenn ich schon die Karten auf den Tisch legen musste, dann verdienten die beiden auch die volle Wahrheit. »Wir haben uns kennengelernt, als ich ihn beim Rauchen erwischt habe. Ich wusste nicht, wer er ist, und habe gedroht, ihn beim Rektor anzuschwärzen.«

Mila kicherte leise. »Das schreit nach einer Wahnsinnsstory!«

Mein Mundwinkel zuckte. »Na ja. Danach haben wir uns noch zweimal gesehen. Ich glaube, er arbeitet hier. Ganz sicher bin ich aber nicht. Bisher habe ich mich nicht getraut, ihn zu fragen.« Ich räusperte mich. »Jedenfalls habe ich ihm vorgeworfen, selbst meine Sachen zu stehlen. Das ist irgendwie eskaliert. Am nächsten Tag kam er auf mich zu und meinte, ich müsse lockerer werden, mal gegen die eine oder andere Regel verstoßen. Und er wolle mir dabei helfen.«

Mila und Hazel tauschten einen skeptischen Blick miteinander aus.

»Wozu hat er dich gezwungen?«, fragte Hazel vorsichtig.

»Ach, nichts Schlimmes. Er hat mich auf eine Party am See mitgenommen und gestern …« Bei dem Gedanken musste ich grinsen.

»Uhhh, also warst du gestern so spät noch mit sexy Andrew zusammen, ja?« Mila wackelte mit den Augenbrauen. »Ein bisschen neidisch bin ich schon.«

»Wir waren schwimmen.«

Mila neben mir quietschte und griff so fest nach meinem

Arm, dass ich einen Schmerzenslaut ausstieß. »Du hast ihn so gut wie nackt gesehen. Male mir ein Bild mit Worten.« Erneut seufzte sie.

Ich presste die Lippen aufeinander und schüttelte sachte den Kopf. »Er sieht halt aus wie jeder andere halb nackte durchtrainierte Mann.« Das entsprach nicht der Wahrheit. Andrew war unglaublich muskulös, aber nicht aufgepumpt. Seine Muskeln waren definiert und seine Haut so rein wie aus Alabaster geschlagen. In meinen Augen war er einer der schönsten Männer, die ich jemals gesehen hatte. Und das erklärte auch meine mehr als unangebrachte Schwärmerei für ihn.

»Und deshalb sabberst du, ja?«, stichelte Mila weiter.

»Sehr witzig«, sagte ich leicht genervt und verdrehte die Augen. »Wie ich schon sagte, es geht lediglich darum zu erfahren, wer mich bestiehlt. Danach gehen wir wieder getrennte Wege.«

Hazel und Mila fingen zeitgleich an zu lachen. War ich bis eben noch dankbar dafür, so großartige Freundinnen wie die beiden an meiner Seite wissen zu dürfen, würde ich sie jetzt gerade am liebsten austauschen.

»Okay«, sagte Hazel, als ihr Lachanfall abgeebbt war. »Wenn du sicher bist, dass du eigentlich keine Zeit mit Andrew verbringen möchtest, dann lass es.«

Entnervt legte ich den Kopf schief. »Aber er sagt mir nicht, wer es war, wenn ich mich nicht an unsere Vereinbarung halte.«

Hazel zuckte mit den Schultern. »Dann werden *wir* dir helfen. So wie wir es dir von Anfang an angeboten hatten. Wieso hast du nicht gleich mit uns gesprochen, Charlotte? Dann wärst du nie in dieses Schlamassel geraten.«

Beschämt zog ich den Kopf ein, denn ich wusste, dass sie recht hatte. »Ich wollte ja …«

»Aber?«, hakte Mila nach und rutschte näher heran.

»Es war an dem Tag, an dem Josh Kleber in dein Kostüm

gekippt hat. Ihr wart so außer euch, dass ich euch nicht zusätzlich noch mit meinen Problemen belasten wollte.«

»Du belastest uns *nie.*« Hazel betonte das letzte Wort ganz besonders. »Bitte, Charlotte, versteh doch endlich, dass wir für dich da sind.«

Mila nickte zustimmend.

Ich seufzte. »Ja … ich versuche, es in Zukunft zu beherzigen.«

»Gut. Also sag Andrew, du brauchst ihn nicht weiter. Soll er sich doch eine andere suchen, die er schikanieren kann.«

Mein Herz setzte einen Schlag aus. Vehement schüttelte ich den Kopf. »Nein.«

»Nein?« Hazel schürzte die Lippen.

Mila stupste mir ihren Ellbogen in die Seite. »Ich wusste doch, du bist scharf auf ihn.«

»Bin ich nicht.« Bedächtig strich ich die Falten meines Kleides glatt. »Aber wenn wir drei nicht herausfinden, wer es auf mich abgesehen hat, dann bleibt mir keine Alternative. Wir können uns eigenständig auf die Suche machen, aber einen Plan B zu haben, ist nicht verkehrt, oder?« Meine Stimme war leise. Bei jedem einzelnen Wort spürte ich, wie mein Herz schneller schlug.

Hazel und Mila boten mir einen Ausweg. Ich war nicht mehr gezwungen, Zeit mit Andrew zu verbringen. Hier und jetzt hatte ich die Möglichkeit, ihm zu schreiben und zum Teufel zu wünschen. Aber alles in mir sträubte sich dagegen. Wieso? Wieso konnte ich ihn nicht einfach wieder aus meinen Gedanken verbannen und so tun, als hätten wir uns nie getroffen? Es würde mir Ärger und Zeit ersparen. Zeit, die ich in die Uni und damit in meine Zukunft stecken konnte. Doch ich wollte sie wissentlich lieber mit Andrew verbringen. Was war nur los mit mir?

»Lass dir bitte einfach nicht das Herz brechen, in Ordnung?« Hazels Stimme war sanft, auf gewisse Weise schon mütterlich. Das war eigentlich meine Rolle in unserem Grüppchen.

»Ja, Männer wie Andrew lassen für gewöhnlich nichts anbrennen«, stimmte Mila ihr zu. »Und ich will ihm wirklich ungern sein hübsches Gesicht einschlagen müssen, weil er dich verletzt.«

Ich konnte ein Kichern nicht unterdrücken. »Keine Sorge, ich habe nicht vor, mich in Andrew Cavanaugh zu verlieben.«

Und in diesem Moment glaubte ich wirklich daran.

13

Charlotte

Mila und Hazel waren die Besten! Gestern hatten wir noch stundenlang zusammengesessen und waren meine Entwürfe für die Kollektionen durchgegangen. Gemeinsam hatten wir eine umfassende Pro-und-Kontra-Liste für die unterschiedlichen Designs erstellt und waren schließlich zu einem Ergebnis gekommen.

Eigentlich hätte ich selbst darauf kommen können, doch ich hatte den Wald vor lauter Bäumen nicht mehr gesehen. Denn es hatte von Anfang an nur eine Kollektion gegeben, die mich *wirklich* aus meiner Komfortzone holte – die einzige Kollektion, bei der das Outfit der Frau aus einem Hosenanzug statt einem Kleid bestand.

Der zur weit geschnittenen Taillenhose gehörende Crop-Blazer würde kurze Kimonoärmel und einen Reverskragen erhalten. Zwar schien das auf den ersten Blick eine eher ungewöhnliche Kombination zu sein, aber ich hatte verschiedene Stile ausprobiert, und dieser hier hatte mir am besten gefallen. Gerade weil es etwas anderes war. Farbtechnisch würde ich den Anzug in Apricot halten und das Bandeautop, das das Ganze abrundete, in Champagner oder Wollweiß.

Da ich bei dem Outfit der Frau etwas gewagter vorging, hatte ich mich dazu entschieden, es bei dem Mann schlichter zu halten. Ein lockeres cremefarbenes Hemd im Comfort fit, dazu eine gerade geschnittene Hose in einem etwas dunkleren Orange, das schon fast ins Braun überging.

Außerdem brauchte ich noch einen geeigneten Namen für die Kollektion. Für die Fotos wollte ich die Richtung *»Familie beim Picknick im Park«* einschlagen, da es ein klassischer Frühlingslook war. Kombinieren würde ich die Outfits aber mit den großen Glitzerknöpfen, die ich bei *Thousand and One Fabrics and Wools* geholt hatte. Diese würden ihnen einen etwas frecheren Touch verleihen, sodass man die Kleidung auch zu anderen Anlässen gut tragen konnte.

Besonders an den Hosenträgern des Jungen würden die Knöpfe bestimmt hervorragend aussehen. Anfangs war ich der festen Überzeugung gewesen, dass ich ein Outfit für ein kleines Mädchen kreieren würde, aber kaum hatte ich mich für diese Kollektion entschieden, hatte ich einen kleinen Jungen vor mir gesehen, mit lockigen Haaren, strahlenden Augen und einer schmalen Lücke zwischen seinen Vorderzähnen.

Ich kolorierte die Latzhose in einem zarten Grünton und überlegte, welche Farbe die Knöpfe haben sollten. Mein Blick glitt über meine Stifte. Ich entschied mich für Gelb wie eine Sonnenblume.

»Ich hoffe, Sie kommen mit Ihren Kollektionen gut voran und sind in der Lage, bei Bedarf bereits etwas präsentieren zu können«, sagte Mr Slater mit seiner gewohnt freundlichen und trotzdem strengen Stimme.

Eine unbehagliche Stille legte sich über das Atelier. Lediglich das leise Kratzen meines Buntstifts auf dem Papier war noch zu hören. Im Gegensatz zu meinen Kommilitonen machte ich mich nicht wahnsinnig. Ich musste bloß noch nach Setham fahren, um meine Materialien zu besorgen, dann konnte ich mich an die letzten Entwürfe setzen.

Milas Maße hatte ich noch von ihrem Kleid für den Winterball, ich benötigte allerdings noch die von Josh, um mich an das Outfit für den Mann zu setzen. Hoffentlich würde Hazel nicht allzu enttäuscht sein, dass ich mich gegen Tristan und sie entschieden hatte. Die beiden waren ein unglaublich gut aussehendes Paar, aber der Hosenanzug würde an Mila einfach besser aussehen, da die Kombination aus Pastell und Glitzer ihn etwas schriller machte. Etwas, das zu Milas aufbrausendem Charakter passte.

Josh kannte ich zwar kaum, aber da auch er Schauspieler war, stellte ich ihn mir ebenso ungezügelt vor. Fehlte nur ein Junge. Womöglich konnte ich Rowan fragen, ob sein Sohn sich vielleicht bereit erklären würde. Jonah und ich verstanden uns gut, er sah in mir eine fantastische Nachhilfelehrerin, und es gefiel mir, dass er mich respektierte und wirklich an sich und seinen Noten arbeiten wollte. Er war zwar noch jung, aber schon jetzt sehr ambitioniert. Ein wenig erkannte ich mich selbst in ihm wieder.

»Ich möchte nicht zu viel vorwegnehmen«, sprach Mr Slater weiter, »aber so viel sei gesagt: In wenigen Wochen werden Sie erfahren, bei wem das Sommerpraktikum stattfinden wird.«

Nun hielt ich doch in meiner Bewegung inne und senkte den Stift.

Leises Getuschel ging durch das Atelier. Einige steckten ihre Köpfe zusammen und überlegten, um welchen Designer es sich wohl handelte. Erneut ließ Alana den Namen Julien Dubois fallen, und Calvin stimmte ihr zu.

»Ruhe«, sagte Mr Slater, woraufhin der Kurs verstummte. »Es freut mich, dass Sie aufgeregt sind. Doch Spekulationen bringen Ihnen rein gar nichts. Konzentrieren Sie sich auf nichts weiter als Ihre Entwürfe. Sorgen Sie dafür, etwas vorweisen zu können.«

Mein Bein wippte auf und ab. Nicht mehr lange, und ich erfuhr, wo ich den Sommer verbringen würde. Denn eines war sicher: Dieser Praktikumsplatz gehörte mir. Ich würde mich hineinknien und die beste Kollektion kreieren, die jemals jemand in diesem Kurs entworfen hatte.

»Blamieren Sie mich nicht.« Mit diesen Worten erklärte Mr Slater die Stunde für beendet. Er packte seine Sachen zusammen und verschwand wenig später aus der Tür.

Mein Herz klopfte weiterhin aufgeregt gegen meinen Brustkorb. In meinen Gedanken spielte sich ein Film davon ab, wie ich meine Kollektion bei einer der größten Modenschauen der Welt präsentierte. Die Menschen applaudierten, gaben mir Standing Ovations und wollten im Anschluss alle von mir entworfenen Designs tragen. Ich lächelte.

»Na, denkst du an deinen neuen Loverboy?«, ertönte die gehässige Stimme von Mona und riss mich aus den Gedanken.

Ich legte die Stirn in Falten und ordnete meine Stifte. »Ich weiß nicht, wovon du sprichst.«

Sie schnaubte und schüttelte ungläubig den Kopf. Dann verschränkte sie die Arme vor der Brust und setzte sich auf die Tischkante. Ihr dunkler Schatten ragte über mir auf. »Jeder hier weiß, dass du für Andrew Cavanaugh die Beine breit machst, damit er dir den Praktikumsplatz besorgt.«

»Was fällt dir ein!« Meine Stimme überschlug sich.

Mona und ihre Gefolgschaft lachten. Während die meisten unserer Kommilitonen das Atelier verließen, blieben andere in der Tür stehen und beobachteten das Spektakel. Ich spürte ihre Blicke in meinem Rücken, hörte ihre tuschelnden Stimmen. Eine von ihnen deutlicher als die anderen.

Alana.

Ich hatte immer geglaubt, dass sie für mich am ehesten eine Freundin in meinen Kursen war. Aber so konnte man sich täuschen. Bei der erstbesten Gelegenheit verbreitete sie Lügen und warf mich den Löwen zum Fraß vor.

»Stimmt es etwa nicht?« Ein amüsierter Ausdruck zeichnete sich auf ihrem Gesicht ab. »Wieso sollte sich jemand wie er sonst mit jemandem wie dir abgeben, wenn er nicht über dich rüberrutscht, hm?«

Meine Hände ballten sich zu Fäusten. Ich war ihr keine Rechenschaft schuldig. Was ich in meiner Freizeit tat oder nicht tat, ging sie absolut nichts an. Auch Andrew hatte gemeint, ich sollte das Gerede nicht an mich heranlassen, sondern einfach darüberstehen. Und sosehr ich es mir auch wünschte, ich konnte es einfach nicht.

»Wir sind Freunde«, sagte ich. Es erstaunte mich selbst, wie ruhig und fest meine Stimme klang, obwohl es in mir brodelte.

»Freunde, na klar.« Mona schnaubte. »Wer's glaubt. Wieso sollte jemand freiwillig mit dir befreundet sein wollen? Du bist der langweiligste Mensch an der Academy.« Sie verdrehte die Augen. Ihre Freundinnen, die hinter ihr in Position gegangen waren, lachten.

Ein Kloß schnürte mir die Kehle zu. Ich atmete tief durch die Nase ein und durch den Mund wieder aus, lockerte meine geballten Fäuste. Meine Finger schmerzten. Auf keinen Fall würde ich mir nun die Blöße geben und den anderen zeigen, wie sehr mich diese Worte verletzten.

Statt meinen Gefühlen freien Lauf zu lassen, wandte ich mich von Mona ab. Ich öffnete meine Umhängetasche und warf meine gesamten Materialien unsortiert hinein. Normalerweise würde ich nie auf eine solche Idee kommen, aber gerade wollte ich nichts weiter als weg von hier.

»Kommt, wir hauen ab«, sagte Mona in einem Befehlston. Sie schwang sich die Haare über die Schultern, reckte das Kinn und stolzierte davon. Selbst als sie und ihre Freundinnen aus dem Atelier waren, hing deren süßliches Parfüm noch im Raum.

Seufzend schloss ich meine Tasche und ignorierte die bohrenden Blicke, die weiterhin auf mir ruhten.

Du bist besser als sie. Andrews Worte kamen mir in den Sinn, und ich versuchte krampfhaft, mich an ihnen festzuhalten. Für den Bruchteil einer Sekunde hoben sich meine Mundwinkel.

»Mach dir nichts draus.« So schnell, wie sie eben gekommen war, verflog meine gute Laune wieder, als Benedict mich ansprach. Mein Körper verkrampfte.

»Tu ich nicht.«

»Sie ist noch sauer wegen dem Winterball. Das lässt sie jetzt an dir aus. Es tut mir leid.« Benedict streckte seine Hand nach mir aus. Ich schaute ihn aus zusammengekniffenen Augen an, woraufhin er sie sinken ließ, bevor er mich berühren konnte. Wenn ich eines nicht wollte, dann, dass er mir noch einmal zu nahe kam. Es war nicht nur die Wette mit seinen Freunden beim Winterball, sondern die Tatsache, dass er mich bedrängte, wann immer sich ihm die Gelegenheit bot. Zwar wollte ich es mir selbst nicht eingestehen, doch Benedicts Gegenwart machte mir Angst.

Als ich dann auch noch feststellte, dass die anderen das Atelier verlassen hatten, und wir allein waren, festigte ich den Griff um meine Tasche und trat einen Schritt zurück.

Benedict legte die Stirn in Falten und fuhr sich durch die kurzen blonden Haare. »Was soll ich noch tun, damit du mir verzeihst, Charlotte?« In seiner Stimme lag ein Hauch von Wehmut.

Ich schüttelte den Kopf. »Lass mich doch einfach in Ruhe.«

Er machte so plötzlich einen Schritt auf mich zu, dass ich erschrocken zusammenzuckte. »Du brauchst doch keine Angst vor mir zu haben. Ich würde dir niemals etwas antun.«

Das sagte sich so leicht, aber sein Verhalten bei der Party am See ließ andere Schlüsse zu. Doch das wollte ich ihm auf keinen Fall sagen. »Hab ich nicht«, versicherte ich. »Ich bin heute nur etwas schreckhaft.« Ich versuchte mich an einem Lächeln, aber meine Augen durfte er nicht erreichen.

Benedict atmete tief durch und nickte. »Okay. Ich werde dich nicht weiter stören.« Er trat zurück und deutete zur Tür. »Aber falls du mal jemanden zum Reden brauchst, eine Schulter zum Ausweinen oder du mir doch noch eine zweite Chance geben willst … Ich bin da.«

Erst als er aus dem Atelier verschwunden war, stieß ich den angehaltenen Atem aus. Hoffentlich würde er endlich mein Nein akzeptieren und sich von mir fernhalten.

Wenig später erreichte auch ich endlich das Wohnheim. Mila lag auf der Couch und studierte ihren Text für die bevorstehende Aufführung. In diesem Semester war das Abschlussmusical *Les Misérables*, bei dem sie die Rolle der jungen Cosette ergattert hatte. Eigentlich hatte sie es auf eine der weiblichen Hauptrollen abgesehen, aber seit sie im vergangenen Semester bei einer Audition ihren Text vergessen hatte, war ihr Lampenfieber wieder schlimmer geworden. Mila war eine grandiose Sängerin und Schauspielerin. Würde sie ihr Lampenfieber komplett in den Griff bekommen, könnte sie jede Rolle haben, die sie sich wünschte, dessen war ich mir sicher. Zwischendurch ging ich einige hilfreiche Atemtechniken mit ihr durch. Diese hatte ich selbst schon oft angewendet, wenn ich mich in engen Räumen aufhielt und panisch wurde.

Hazel hatte heute Date Night. Einen Abend pro Woche hatte sie fest für Tristan reserviert. Wann immer sie von einem dieser Dates zurückkam, strahlte sie übers ganze Gesicht. Der verliebte Ausdruck, den sie dann in ihren Augen hatte, war zum Seufzen schön. Insgeheim wünschte ich mir so etwas auch. Einen Partner, von dem ich nicht genug bekam. Mit dem ich gern meine Zeit verbrachte und der mich zum Lachen brachte.

»Verdammte Scheiße!«, schrie Mila und warf ihr Skript durchs Wohnzimmer. Einzelne Seiten lösten sich und glitten langsam zu Boden.

»Was ist denn los?«, fragte ich vorsichtig und setzte mich zu ihr an den Tisch.

»Ich kann mir diesen beschissenen Text nicht merken«, fluchte sie weiter. »Wie soll ich jemals eine große Musicaldarstellerin werden, wenn ich mir nicht mal die paar Zeilen merken kann?« Es folgten einige weitere Flüche, die ich nicht wagte, in den Mund zu nehmen. Meine Mutter hätte mir dafür den Mund mit Seife ausgewaschen, aber Mila war ein sehr direkter Mensch und gab nicht viel auf die Meinung anderer. Eine Eigenschaft, die ich sehr bewunderte.

»Du schaffst das, da bin ich sicher«, versuchte ich sie zu beschwichtigen. Aber sie verdrehte lediglich die Augen und stöhnte dramatisch. Mein Mundwinkel zuckte. Sie war eine Schauspielerin durch und durch. »Wie wäre es mit einer wärmenden Tasse Tee, und dann kannst du mir deinen Text vorsprechen?«

Sie schwang die Beine von der Couch und richtete den Oberkörper auf. »Wirklich, das würdest du für mich tun?«

»Natürlich. Sofern es dich nicht stört, wenn ich nebenbei an meinen Skizzen arbeite?«

Mila schüttelte den Kopf. »Nein, natürlich nicht. Danke, Charlotte.«

Lächelnd stand ich auf und setzte das Wasser für den Tee auf. Während es kochte, brachte ich meine Sachen in mein Zimmer. Ich seufzte, als ich meine Umhängetasche öffnete und das Chaos darin sah. Für einen Moment hatte ich vollkommen vergessen, dass ich vorhin alles wahllos hineingeworfen hatte.

Ich kippte den Inhalt auf meiner Patchwork-Tagesdecke aus und begann ihn zu sortieren und ordentlich zurück an seinen Platz zu räumen. Als ich meine Buntstifte in die Hand nahm und in die für sie vorgesehene Mappe schob, einen nach dem anderen, runzelte ich die Stirn. Die beiden Farben, die ich vorhin genutzt hatte, um die Latzhose des Jungen zu kolorieren, waren verschwunden. Noch einmal schaute ich in meine Umhängetasche, um sicherzugehen. Aber sie waren weg.

Mit Zeigefinger und Daumen massierte ich meinen Nasenrücken und atmete tief durch. Mittlerweile wusste ich mit Sicherheit, dass es kein Zufall war, wenn meine Sachen wegkamen. Dass ausgerechnet diese beiden Stifte verschwunden waren, grenzte den Kreis der Verdächtigen ein. Neben Mona und ihren Freundinnen, Benedict und Alana waren nur wenige Studenten vorhin im Atelier gewesen. Und einer von ihnen bestahl mich.

Dreimal musste ich mich noch mit Andrew treffen, bevor ich erfuhr, wer von ihnen es war. Mittlerweile war ich an einem Punkt, an dem ich es fast jedem zutraute, auch wenn mir das nicht ähnlichsah. Ich hatte aber keine Wahl. Ich musste mich mit dem Gedanken abfinden, dass es mindestens eine Person auf mich abgesehen hatte, die mich *wirklich* scheitern sehen wollte. Jemand wollte Krieg? Nur zu, dann sollte es so sein.

Normalerweise war ich kein rachsüchtiger Mensch. Aber jetzt war der Bogen endgültig überspannt!

Ich nahm meinen Skizzenblock, mit dem ich wieder aus dem Zimmer trat, und stellte Mila und mir eine Tasse Tee bereit. Noch immer verärgert setzte ich mich auf den Sessel und schlug die oberste Seite auf.

»Was hat das arme Papier dir getan?«, fragte Mila.

»Was meinst du?« Ihr entfuhr ein Glucksen, dabei deutete sie auf den Block in meinem Schoß. Oh, ich hatte gar nicht bemerkt, dass ich beim Öffnen die Seite zerrissen hatte.

»Also, was ist los? Und sag jetzt nicht wieder nichts.«

Ich seufzte. »Zwei meiner Buntstifte sind weg. Natürlich zwei von denen, die ich vorhin noch zum Kolorieren meiner Skizzen verwendet habe.« Die Sache belastete mich mehr, als ich mir eingestehen wollte.

»Das ist echt scheiße!«, fluchte Mila. »Donnerstag endet dein Kurs um vier, oder?«

»Ja, wieso?«

»Hazel und ich haben da um zwei Schluss, also werden wir uns etwas einfallen lassen, um den Täter auf frischer Tat zu ertappen!«, sagte sie entschlossen. »Das geht so nicht weiter. Und wer weiß, ob Knastboy sein Versprechen überhaupt einhalten wird.«

»Mila!«, entfuhr mir entsetzt. »Nenn ihn nicht so.«

Sie stöhnte. »Zumindest nicht in deiner Gegenwart«, nuschelte sie an ihre Tasse, aber ich hatte sie genauestens verstanden. Was ihr durchaus bewusst war.

»Danke, dass ihr das machen wollt. Bleibt nur zu hoffen, dass ihr etwas herausfindet.«

»Ganz bestimmt. Und wenn nicht morgen, dann an einem anderen Tag.« Mila klang so entschlossen wie Hazel, wenn sie einer Spur nachging.

Ich lächelte. »Ganz bestimmt«, pflichtete ich hoffnungsvoll bei. »Aber jetzt geht es um dich. Vorhang auf.«

14

Charlotte

Da Mila für eine Zusatzprobe einberufen wurde, hatte Hazel stattdessen Tristan rekrutiert, um mit ihr gemeinsam im Designgebäude herumzuschnüffeln. Ein bisschen leid tat er mir schon, denn er war nicht ansatzweise so abenteuerlustig, wie Hazel es war. Doch er liebte sie viel zu sehr, um zu protestieren. Was auf gewisse Weise süß war und erklärte, weshalb Josh ihn Romeo nannte.

Wir warteten einige Minuten im Flur darauf, dass es leerer wurde. Nach und nach verließen sämtliche Studenten das Gebäude, um noch ein wenig das gute Wetter draußen zu genießen.

»Okay, kommt«, sagte Hazel entschieden, als wir schließlich allein waren.

Ich kam mir etwas blöd dabei vor, mich an ihren Schnüffeleien zu beteiligen. Ich war dankbar dafür, keine Frage, aber ich selbst war für so etwas nicht gemacht. Es hatte eine Zeit gegeben, in der mir ein solches Abenteuer gefallen hätte, aber das war schon lange her. Manchmal kam es mir vor, als wäre diese Charlotte einem anderen Leben entsprungen.

Tristan legte die Stirn in Falten und schüttelte den Kopf. Dabei hüpfte eine kleine Strähne seiner blonden Haare auf und ab. »Du bist manchmal wirklich wahnsinnig, das weißt du schon, oder?«

»Natürlich. Aber ich hatte lange keinen richtigen Adrenalinkick mehr.« Hazel zuckte mit den Schultern. Sie hatte sich die Haare zurückgebunden und trug eine enge schwarze Hose, die sie mit einem ebenso eng anliegenden dunkelblauen Oberteil kombiniert hatte. Dadurch sah sie aus wie ein Ninja, was vermutlich auch ihre Absicht hinter ihrer Kleiderwahl war. »Wo geht's lang?«

Ich deutete den rechten Flur hinunter. »Am Ende links führt eine schmale Treppe runter zu den Schließfächern.«

Hazel nickte. »Alles klar.«

Tristan sah ebenso wenig überzeugt aus wie ich. Er presste die Lippen aufeinander und verschränkte die Arme vor der Brust. »Beeilen wir uns lieber.«

Entschieden marschierte Hazel voran, darauf bedacht, keinen Laut von sich zu geben. Sie lief so leise, dass ich bezweifelte, dass sie den Boden überhaupt berührte.

Im Gegensatz zum Hauptgebäude, in dem überwiegend auf natürliches Licht gesetzt wurde, waren die Flure hier durch zahlreiche grelle Deckenlampen erleuchtet. Meine Sohlen quietschten auf dem PVC-Boden, was mir einen bösen Schulterblick von Hazel einbrachte.

Tristan schaute mich an und verdrehte lächelnd seine blauen Augen. Ich erstickte mein Kichern hinter der Hand, um Hazel nicht noch mehr zu verärgern. Es war schön, sie so in ihrem Element zu sehen. Wenngleich sie es ein wenig übertrieb.

Am Ende des Flurs bogen wir ab und steuerten die schmalen Metallstufen an, die uns zu den Schließfächern führten. Jeder an der Academy hatte die Möglichkeit, sich eines anzumieten. Ein kleiner Luxus, den die meisten Studenten auch in Anspruch nahmen. Aber ich lagerte meine Materialien lieber in meinem Zimmer.

Die Kühle des Geländers fuhr durch meinen Körper und ließ mich einen Moment erzittern. Ich vergaß regelmäßig, wie kalt es im Kellergeschoss der Rosefield war, da ich kaum Zeit in den unteren Etagen verbrachte. Unten angekommen, legte ich mir die Arme um den fröstelnden Oberkörper. Da es heute warm draußen war, hatte ich keine Jacke dabei und trug lediglich ein geblümtes Kleid mit Dreiviertelärmeln.

Hazel schaltete die Deckenbeleuchtung ein. Das krankenhausähnliche Licht ließ mich die Augen zusammenkneifen. Sie schien das nicht zu stören, stattdessen packte sie Tristan am Arm und zog so heftig an ihm, dass er hinter ihr herstolperte. Seufzend folgte ich den beiden und fragte mich einmal mehr, warum ich überhaupt hier war.

Hier unten befanden sich vier Reihen Schließfächer, zwischen denen es jeweils einen schmalen Gang gab. Wir steuerten den äußersten auf der rechten Seite an. Vor dem Schränkchen mit der Nummer D-100 blieb Hazel stehen. Mit einem schnellen Handgriff zog sie eine Taschenlampe aus ihrer Bauchgürteltasche und leuchtete damit durch die schmale Spalte der Metalltür.

»Und, sieht man was?«, fragte ich neugierig.

Wir waren hierhergekommen in der Hoffnung, dass der Dieb die gestohlenen Sachen in seinem Fach verstaute.

Sie nickte, kramte zwei weitere kleine Taschenlampen heraus und drückte sie Tristan und mir in die Hand. »Ja, man sieht, was drin ist. Wir sollten uns aufteilen, damit wir schneller durch sind.«

Ich wog die Taschenlampe in der Hand und hatte mit einem Mal das Gefühl, ihr Gewicht würde mich gleich zu Boden reißen. »Ich weiß ja nicht …«

Hazel stellte sich mir gegenüber, legte mir die Hände auf die Schultern und schüttelte mich durch. »Es ist nicht verboten, in ein Schließfach zu gucken.«

»Und was machen wir, wenn wir meine Sachen finden?«

»Also Tristan ist ein Profi im Schlösserknacken.« Hazel

schaute an mir vorbei zu ihrem Freund, der sich an die Schließfachreihe ihrer gegenüber gelehnt hatte.

»Das ist nicht richtig …«, murmelte ich, wohl wissend, dass das die beste Möglichkeit wäre.

»Wie wäre es, wenn wir die Entscheidung verschieben? Wir wissen ja noch nicht mal, ob wir etwas finden werden«, schlug Tristan vor. »Wonach suchen wir genau?«

Ich erklärte ihm, welche meiner Sachen bisher verschwunden waren: Schneiderschere, Buntstifte, Skizzen und pastellfarbene Stoffproben. Tristan blinzelte mich bei meiner Erläuterung etwas verwirrt an, vermutlich konnte er sich unter den Dingen nicht viel vorstellen. »Wenn du etwas in die Richtung siehst, ruf mich einfach.«

»Das krieg ich hin.« Entschlossen nickte er und leuchtete in das erste Schließfach.

Ich lief zur Reihe, die an der linken Wand verlief, und atmete tief durch. Nur reinleuchten, mehr nicht. Das sollte ich schaffen. Nichtsdestotrotz begann mein Herz wie wild zu klopfen. Ein seltsamer Rausch erfüllte mich. Mit leicht zittrigen Fingern schaltete ich die Taschenlampe ein und begann mit der Arbeit.

Schnell stellte ich allerdings fest, dass die meisten der Schließfächer so vollgestopft waren, dass sich nur schwer etwas Konkretes erkennen ließ. Unmengen an Stoffen türmten sich in ihnen, was zu erwarten war.

Trotzdem gab ich die Hoffnung nicht auf und machte weiter.

»Charlotte?«, rief Tristan nach einigen Minuten.

Zügig lief ich in seinen Gang. Vor einem Schließfach war er stehen geblieben und starrte stirnrunzelnd hinein. Hazel quetschte sich von der anderen Seite dazwischen. »Lass mich mal sehen.« Sie reckte das Kinn und nickte. »Könnte was sein.«

Als ich bei ihnen angekommen war, traten die beiden einen

Schritt zur Seite und ließen mich einen Blick hineinwerfen. Erst erkannte ich nichts, aber als ich den Lichtkegel weiter nach unten lenkte, sah ich es. Zwischen zwei Mappen, aus denen zahlreiche Skizzen quollen, war ein Set pastellfarbener Stoffproben geschoben worden. Alles sah danach aus, als hätte man sie verstecken wollen, aber das konnte auch nur ein Zufall sein. Die Farben ähnelten meinen sehr stark. Und da Stephanie mir das Set individuell zusammengestellt hatte, war es beinahe unmöglich, dass jemand das exakt identische besaß.

Meine Handflächen wurden feucht. Ich hob das Kinn und schaute auf die Schließfachnummer. D-216.

»Weißt du, wem das gehört?«, flüsterte Hazel.

Ich schüttelte den Kopf.

»Was glaubt ihr, tut ihr da?«, ertönte so plötzlich eine Männerstimme, dass mir die Taschenlampe entglitt, scheppernd auf dem Steinboden landete und den Gang entlangkullerte.

»Ähm.« Ich räusperte mich und schaute zur Treppe, an der Jeffrey lehnte. Er saß im Dienstagskurs links von mir. »Wir …«

»Ich Trottelchen habe meine Schließfachnummer vergessen«, sagte Hazel und seufzte. »Die beiden helfen mir, das richtige Schließfach zu finden.«

Ich war beeindruckt davon, wie schnell ihr diese Lüge eingefallen war. »Genau«, nuschelte ich.

Auch Tristan nickte eifrig.

Nur Jeffrey sah alles andere als überzeugt aus. Er verschränkte die Arme vor der Brust und schaute uns missbilligend an. Seine kurzen braunen Locken wackelten, als er den Kopf schüttelte. Sein Blick blieb an Hazel haften. »Du studierst nicht in dieser Fakultät. Also wird dein Schließfach sicher nicht in diesem Gebäude sein.«

Mir rutschte das Herz in die Hose. Aber Hazel ließ sich davon nicht beeindrucken. »Alle Fächer der Musikfakultät waren belegt, weshalb Rektor Cavanaugh mir eines hier zur

Verfügung gestellt hat. Hast du ein Problem damit?« Sie kniff die Augen zusammen und starrte Jeffrey in Grund und Boden.

So lange, bis er seufzend den Blick abwendete. »Nun, dieses da ist es in jedem Fall nicht.«

»Wem gehört es dann?«, fragte Hazel.

»Dir nicht. Und mehr braucht dich nicht im Geringsten zu interessieren.« Jeffrey funkelte sie ein weiteres Mal wütend an. Dann lief er in unsere Richtung, blieb aber vor einem Fach einige Meter entfernt stehen und öffnete es.

»Lasst uns gehen«, sagte Tristan und deutete voran.

Als ich an Jeffrey vorbeiging, schaute dieser mich finster an. Ich bückte mich nach meiner Taschenlampe und folgte dann Tristan und Hazel. Doch ich spürte, dass Jeffreys Blick sich weiterhin in meinen Rücken bohrte.

Oben angekommen, hechteten wir förmlich den Flur runter und aus dem Gebäude. »Der Kerl weiß irgendwas!«, sagte Hazel enthusiastisch.

Tristan nickte. »Sein Verhalten war auf jeden Fall seltsam. Hat er sich dir gegenüber merkwürdig verhalten?«, fragte er mich.

Ich überlegte einen Moment, schüttelte dann allerdings den Kopf. »Eigentlich nicht. Er sitzt in einem meiner Kurse neben mir, aber mehr nicht.«

»Sind all deine Sachen im selben Kursraum verschwunden?«

»Nein, leider nicht. Aber alle im Praktikumskurs, der besteht aus drei Seminaren.«

»Das grenzt den Kreis der Verdächtigen ein. Vielleicht finden wir irgendwie heraus, wem das Schließfach gehört«, sagte Hazel. Als sie meinen leicht panischen Blick bemerkte, fügte sie kleinlauter hinzu: »Ohne es aufzubrechen.«

»Das ist die sicherste Variante.« Tristan legte einen Arm um Hazel und zog sie an sich heran. Sofort schmiegte sie den

Kopf an seine Schulter. »Noch mehr wird Cavanaugh uns nicht durchgehen lassen.«

Hazel seufzte und nickte resigniert.

»Apropos«, sagte ich. »Ich muss noch mal ins Büro des Rektors. Ich wollte fragen, ob ich am Wochenende in einer der Werkstätten arbeiten darf.«

»Sollen wir mitkommen?«, fragte Hazel.

»Das müsst ihr nicht.« Ich winkte ab. »Geht ruhig schon mal vor und sucht einen Film aus.«

»Okay. Dann bis gleich.«

Zügig steuerte ich das Hauptgebäude an, versuchte dabei, jeden Gedanken an das Aufeinandertreffen mit Jeffrey zu verbannen. Doch ich hatte das Gefühl, dass Hazel recht hatte und er mehr wusste. Aber wieso? Waren es mehrere Täter, die gemeinsame Sache machten? Ich schüttelte den Kopf. So viel dazu, nicht darüber nachzudenken.

In der ersten Etage verlangsamte ich meine Schritte und blieb vor Rektor Cavanaughs Büro stehen. Die massive Holztür vibrierte, weshalb ich in meiner Klopfbewegung innehielt.

»Ich habe Nein gesagt!« Rektor Cavanaughs Stimme war wie ein dumpfer Donnerschlag, der ein Gewitter ankündigte. »Wann lernst du es endlich, einfach nur das zu tun, was man von dir verlangt? Ohne Widerworte!«

»Du kannst mich nicht herumkommandieren, wie es dir in den Kram passt.« *Andrew.* Ich erschrak und trat einen Schritt zurück. Kurz überlegte ich, später noch mal wiederzukommen. Es ging mich nichts an, worüber die beiden sich stritten, und ich sollte nicht hier stehen und sie belauschen. Doch war es wirklich lauschen, wenn sie so laut waren, dass man sie vermutlich auch am Ende des Flurs noch hören konnte?

»Deine Mutter wäre so enttäuscht von dir!«, ertönte wieder Rektor Cavanaughs Stimme.

Für einen Moment war es so still auf der anderen Seite

der Tür, dass ich glaubte, das Gespräch war beendet. Wie von selbst liefen meine Beine wieder näher an das Büro heran. Mein Herz klopfte nervös in meiner Brust.

»Wage es nie wieder, über sie zu sprechen.« Ein gefährliches Knurren lag in Andrews Stimme. »Du hast jedes Recht verloren, über sie zu reden oder auch nur an sie zu denken. Also sprich in meiner Gegenwart noch einmal über sie und …«

»Drohst du gerade deinem eigenen Vater?«

»Mehr als mein Erzeuger bist du nie gewesen.«

Schnelle Schritte ertönten. Erschrocken wich ich zurück, stolperte dabei fast über meine eigenen Beine. Ich konnte gerade so das Gleichgewicht bewahren, da ich mit dem Rücken gegen die gegenüberliegende Wand stieß.

Die Tür wurde aufgerissen, Andrew stampfte heraus und schlug sie so laut hinter sich zu, dass ich scharf den Atem einsog. Er drehte sich zu mir um, sein Kiefer mahlte, die Augen hatte er bedrohlich zusammengekniffen. Als er mich erkannte, entspannte sich seine Körperhaltung ein wenig. Doch verkrampft war er weiterhin.

»Du kannst wohl wirklich nicht genug von mir kriegen, wenn du mir jetzt schon nachspionierst«, sagte Andrew in seinem gewohnt neckischen Tonfall, der heute aber aufgesetzt klang.

»Ich … Nein, ich wollte zu Rektor Cavanaugh. Ich hatte nicht vor …« Ich presste die Lippen aufeinander und vergrub die Finger in meinem Kleid.

»Du hast die Show hoffentlich genossen.«

»Tut mir leid, ich wollte nicht lauschen.«

Andrew atmete tief durch und fuhr sich durch die Haare, die in den letzten Wochen ein ordentliches Stück gewachsen waren. Mir gefiel es besser, wenn er sie so lang trug wie jetzt. »Schon okay, Lotti.«

»Okay.«

Er lächelte. »Vergiss nicht unser Treffen morgen.«

Ich erwiderte sein Lächeln und nickte. »Nein, natürlich nicht. Aber ich brauche noch Zeit und Ort.«

»Beides bekommst du nachher.« Er deutete zur Treppe, die in die untere Etage führte. »Jetzt muss ich wohin.«

»Klar. Bis morgen.«

Andrew zwinkerte und sprang die Treppe förmlich hinunter. Der Gedanke an unser morgiges Treffen ließ mich kurzzeitig sogar den Streit zwischen Vater und Sohn vergessen. Doch als ich vor Rektor Cavanaughs Bürotür stand, kamen mir deren Worte von eben wieder in den Sinn. Zwar ging es mich wirklich nichts an, trotzdem fragte ich mich, was genau zwischen ihnen vorgefallen war. Es musste einen Grund für ihren Zwist geben.

Ach ja? Als ob ich nicht wusste, dass es nicht immer einen Grund gab. Manchmal waren Eltern und ihre Kinder nicht kompatibel. Daran ließ sich in den wenigsten Fällen etwas ändern. Es gab Momente, in denen man alles dafür gab, miteinander auszukommen. Schließlich war es *Familie,* und die Gesellschaft versuchte einem einzureden, dass Familie alles war. Aber man wurde in sie hineingeboren und konnte sie sich nicht aus einem Katalog aussuchen. Wieso also sollte man sich krampfhaft mit Menschen umgeben, die einem nicht guttaten?

Ich wusste all dies besser als jeder andere. Und möglicherweise war das der Grund, aus dem ich mich zu Andrew hingezogen fühlte. Denn trotz aller Unterschiede schienen wir doch einiges gemeinsam zu haben.

15

Drew

Es kotzte mich an, dass Charlotte den Streit zwischen meinem Vater und mir mitbekommen hatte. Im Grunde hatte ich keine Ahnung, wie viel sie gehört hatte. Aber schon allein der Gedanke, dass sie überhaupt *irgendetwas* gehört haben könnte, nervte mich. Ich legte es nicht darauf an, dass jemand wusste, *wie* verkorkst meine Familie wirklich war. Es reichte, dass es kein Geheimnis war, dass ich das Problemkind der Cavanaughs war. Die Hintergründe gingen niemanden etwas an. Immerhin war ich mir sicher, dass Charlotte sich nicht das Maul darüber zerreißen würde, so schätzte ich sie nicht ein.

Ich setzte mich auf eine der Bänke zwischen den stinkenden Rosenbüschen. Am liebsten wäre ich woanders hingegangen, aber hier war der Empfang am besten.

Mein Handy lag auf meinem Schoß, und ich wartete darauf, dass es klingelte. Heute war zwar nicht der beste Tag zum Telefonieren, da meine Laune nach dem Streit noch tiefer im Keller war als sonst, aber das musste ich jetzt schlucken.

Für britische Verhältnisse war es heute relativ warm, weshalb ich meine Lederjacke auszog und sie neben mir auf die Bank warf. Mein weißes T-Shirt klebte an mir. Ich konnte es kaum erwarten, unter die Dusche zu springen und mir den Schweiß vom Körper zu waschen. Noch weniger konnte ich es erwarten, meine Sozialstunden abgeleistet zu haben und wieder eine vernünftige Dusche zu nehmen, bei der ich mir nicht bei jeder Bewegung ein anderes Körperteil an der gefliesten Wand anschlug. Ich sah schon aus wie ein Boxsack.

Für einen Moment schloss ich die Augen und genoss die langsam einkehrende Ruhe. So gut es ging, vertrieb ich die Gedanken an die vergangenen Stunden. Ich hatte keinen Bock, länger und öfter als nötig an meinen Vater zu denken. *Meinen Erzeuger.* Er hasste es, wenn ich ihm dieses Wort an den Kopf warf. Jedes Mal zuckte er zusammen und verzog schmerzverzerrt das Gesicht. Anfangs hatte noch das schlechte Gewissen an mir genagt, aber je mehr Jahre vergangen waren, desto bewusster wurde mir, dass ich es ernst meinte und mich dafür nicht zu schämen brauchte. Er war derjenige, der es verbockt hatte. Er war derjenige, der sich dafür entschieden hatte, in meinem Leben nur eine Komparsenrolle einzunehmen. Daher sollte er sich verdammt noch mal nicht wundern, einen Regelbrecher zum Sohn zu haben. Schließlich war ich nach Mums Tod auf mich allein gestellt gewesen. Immer nur allein.

»Hey«, säuselte eine Frauenstimme, und ich spürte, dass sich jemand neben mich setzte.

Seufzend öffnete ich die Augen und drehte mich in ihre Richtung. Ihr Körper steckte in einem engen Kleid, das ihre Rundungen perfekt betonte. Der Stoff reichte ihr gerade bis zu den Oberschenkeln, sodass ihre langen Beine hervorragend zur Schau gestellt wurden. Mein Blick glitt an ihrem Körper hinauf zu ihrem Gesicht. Ein verführerisches Lächeln lag auf ihren Lippen, während sie eine ihrer blonden Strähnen aufzwirbelte. Sie kam mir vage bekannt vor, aber im Grunde sahen alle Snobs an dieser Uni für mich gleich aus. Mit einer Ausnahme …

»Hey«, sagte ich lässig und verschränkte die Arme vor der Brust.

Das Mädchen lächelte und rutschte näher an mich heran. Sie trug ein penetrantes Parfüm, bei dessen süßlichem Duft mir schlecht wurde. »Du bist Rektor Cavanaughs Sohn, oder?«

»Der bin ich.« *Leider.*

Sie kicherte. »Ich bin Ashley, freut mich.« Da ich keine Anstalten machte zu reagieren, sprach sie weiter. »Heute Abend steigt eine Party. Hast du Lust, mich zu begleiten? Ein bisschen feiern, trinken und schauen, was sonst noch passiert?«

Das Mädchen, Ashley, biss sich auf die Unterlippe und legte eine Hand auf meinen Oberschenkel.

Keinen Schimmer, weshalb ich nicht einfach zusagte. Es war offensichtlich, was sie wollte, und sie war ziemlich scharf. Ein bisschen Sex konnte nie schaden, und es war allemal besser, als selbst Hand anzulegen. Doch wenn ich darüber nachdachte, die Nacht mit ihr zu verbringen, regte sich in meiner Hose rein gar nichts.

Ich griff nach ihrem Handgelenk und schob sie weg. »Kein Interesse.«

»Wie bitte?«, fragte sie.

Ich zuckte die Achseln. »Ich sagte: Kein Interesse.«

Empört schnappte sie nach Luft und warf ihre Haare über die Schultern. Sie schien es nicht gewöhnt zu sein, eine Abfuhr zu kassieren, und verdammt, ich hatte keine Erklärung dafür, warum ich ihr eine erteilt hatte. Ja, sie war irgendein abgehobenes Mädchen, das ich nach einer Nacht eh kein zweites Mal sehen wollte, aber who cares? Ist ja nicht so, als wäre nicht genau das bisher meine Devise gewesen. Und damit war ich immer gut gefahren. Was war also verdammt noch mal mit mir los? Wieso wollte ich sie nicht einfach flachlegen?

»Wow, unsere kleine Streberin muss ganz schön gut im Bett sein, wenn du sie mir vorziehst.« Ashley deutete auf ihren Körper, während sie aufstand und den Rücken so durchstreckte, dass ihre prallen Brüste wie zwei Berge direkt vor meinem Gesicht aufragten. Ich war von diesem Anblick so abgelenkt, dass ihre Worte erst verzögert bei mir ankamen.

Mit einem Mal wurde mir bewusst, weshalb Ashley mir so bekannt vorgekommen war. Sie war diejenige, die mit einer ihrer Freundinnen getuschelt hatte, als Charlotte und ich auf dem Weg zur Schwimmhalle waren.

»Was hast du gesagt?«

»Du hast mich schon verstanden.«

Mein Handy klingelte gerade im richtigen Moment, bevor ich etwas Dummes tun oder sagen konnte. »Weißt du, was, verpiss dich einfach«, knurrte ich.

Ashley verdrehte die Augen. »Was für ein Arschloch! Da haben sich ja zwei gefunden«, sagte sie, ehe sie sich umdrehte und verschwand.

Ich wusste nicht, warum ich andauernd den Drang verspürte, Charlotte zu verteidigen. Sie war erwachsen und brauchte keinen Beschützer. Aber vermutlich waren es diese großen Augen, die an Figuren aus Zeichentrickserien erinnerte, die Cody so gern schaute. Apropos …

»Na, Mini Me, wie geht's?«, fragte ich, nachdem ich den Anruf entgegengenommen hatte.

Codys helles, klangvolles Lachen drang an meine Ohren. Augenblicklich lächelte ich. »Du sollst mich doch nicht so nennen. Ich bin schon neun!«

»Und wenn du zwanzig wärst, wärst du trotzdem noch mein Mini Me.«

Mein kleiner Bruder stöhnte, lachte aber weiterhin. »Der Test war super. Ich habe ein B geschrieben, obwohl ich kaum gelernt habe.«

»Also hättest du auch ein A schreiben können, wenn du gelernt hättest«, schalt ich ihn.

»Ja, aber Justin hat nur ein C.« Er war der Streber der

Klasse, an dem Cody sich immer maß. »Also ist mein B gleich doppelt so gut.«

Ich lachte. »In Ordnung. Aber nächstes Mal will ich ein A sehen, verstanden?«

Er wusste, dass ich es nicht ernst meinte. Ich war unglaublich stolz auf ihn, vollkommen gleich, welche Noten er schrieb. Nicht selten fragte ich mich, wie aus Cody so ein bemerkenswerter Junge werden konnte. Von unserem Vater hatte er diese Eigenschaft nicht, und auch seine Mutter Loretta ließ eher zu wünschen übrig. Aus diesem Grund nahm er sich mich zum Vorbild, was er besser sein lassen sollte. Wenn ich eines nicht wollte, dann, dass Cody so endete wie ich.

»Versprochen. Der nächste Test ist in drei Wochen. Kommst du vorbei und lernst mit mir?« Ein Flehen lag in seiner Stimme.

»Ich weiß nicht, ob ich das schaffe …«

»Seit du zur Uni gehst, kommst du kaum noch nach Hause.« Ein stummer Vorwurf, den ich nur allzu gut nachvollziehen konnte, denn er hatte recht. »Liegt es an mir?«

»Nein!« Es brach mir das Herz, dass er so von mir dachte. »Niemals, Cody. Bitte glaube *niemals*, dass es an dir liegen könnte. Wenn ich könnte, würde ich dich jeden Tag sehen. Oder dich zu mir holen, damit wir von morgens bis abends Videospiele zocken können.«

»Au ja!«, rief er aus.

Am liebsten hätte ich ihm alles erzählt. Doch ich wollte ihm auf keinen Fall seine kindliche Unschuld rauben, indem ich ihm erklärte, wie verkorkst unsere Familie eigentlich war. Warum ich Dad hasste und weshalb ich nicht mehr zur Uni ging. Er sollte in dem Glauben bleiben, dass ich am Campus war und meine Kurse besuchte wie ein anständiger großer Bruder. Wie jemand, der er es wert war, dass man zu ihm aufblickte.

»Aber es bleibt dabei, dass du mit mir zum Bright-Monday-

Fest gehst, oder?«, fragte er so leise und traurig, als ginge er davon aus, ich würde ihn versetzen.

»Habe ich jemals eins meiner Versprechen gebrochen?« Jedes Jahr am Ostermontag wurde von Codys Schule ein großes Fest für die gesamte Familie ausgerichtet. In unserem Fall bedeutete das, dass ich mit Cody und seiner Nanny Maxine hinging, da Dad und Loretta meist andere Pläne hatten oder arbeiteten. »Ich freue mich schon seit Wochen darauf!«

Und das war nicht mal gelogen. Die Tage, an denen ich Cody sehen konnte, gehörten zu den guten, denen ich entgegenfieberte.

»*Du* freust dich aufs Eierlaufen? Letztes Jahr hast du so schlimme Wörter in den Mund genommen, dass Mrs Wilkinson dich rausgeworfen hat.«

War klar, dass er das nicht vergessen hatte. Ich musste zugeben, ein wenig geschämt hatte ich mich schon, vor den Kids so sehr geflucht zu haben, dass manche Eltern ihnen die Hände über die Ohren gelegt hatten. »Vielleicht sollte ich dieses Jahr aufs Eierlaufen verzichten.«

»Ich fand es witzig!«, sagte Cody lachend.

Ja, er hatte ziemlich lange gelacht und kaum zu Hause angekommen, sofort Dad und Loretta davon erzählt, woraufhin ich eine der schlimmsten Standpauken meines Lebens bekommen hatte. Zugegeben, die Worte waren links rein und rechts rausgegangen. Erst als Dad die Drohung ausgesprochen hatte, dass ich Cody nicht wiedersehen durfte, sollte ich nichts an meinem losen Mundwerk ändern, hatte dafür gesorgt, dass ich zuhörte.

Schon allein der Gedanke an diesen Tag trieb meinen Puls in die Höhe. Ich war keine Sekunde sauer auf meinen Bruder gewesen, er hatte mich schließlich nicht in die Pfanne hauen wollen. Aber dass Dad es gewagt hatte, mir auf diese Weise zu drohen, hatte nur dafür gesorgt, dass ich ihn noch mehr verachtete als ohnehin schon. Er wusste genau, wie er mich verletzen konnte, und tat es aus reiner Böswilligkeit heraus.

Ich lockerte die Finger, die ich instinktiv zur Faust geballt hatte, und atmete tief durch. Dann sprach ich noch eine Weile mit Cody über die Schule, über Fußball – er war im Herbst einem Verein beigetreten und durfte bald zum ersten Mal in der Startelf spielen – und über die neuesten Folgen *Spongebob Schwammkopf*. Es war seine Lieblingsserie, die ich am Anfang noch gehasst hatte. Mit der Zeit hatte ich sie lieben gelernt, aber das war mein kleines Geheimnis, das nur Cody kannte. Ich musste nicht an die große Glocke hängen, dass ich einen gelben Zeichentrickschwamm schaute, und das, ganz ohne Gras geraucht zu haben.

»Kommst du essen?«, hörte ich Maxine im Hintergrund rufen.

Cody stöhnte, und ich konnte richtig vor mir sehen, wie er die großen blauen Augen verdrehte.

»Geh schon. Maxine gibt sich immer so viel Mühe«, sagte ich.

»Aber ich will noch mit dir reden!«

»Wir telefonieren bald wieder. Und in ein paar Wochen sehen wir uns auch schon.«

Zwar seufzte er, knickte aber ein. »Okay. Hab dich lieb.«

»Ich dich auch, Mini Me.«

Cody kicherte. Kurz darauf hatte er aufgelegt.

Das Handy fest umklammernd, lehnte ich mich auf der Bank zurück. Seit Weihnachten hatte ich meinen Bruder nicht gesehen. Und selbst dafür hatte ich mit Händen und Füßen kämpfen müssen, da Dad mich an den Feiertagen eigentlich nicht in seinem Haus haben wollte. Es war Maxine gewesen, die ihm zugeredet und ihm erklärt hatte, wie gut es Cody tat, wenn wir Zeit miteinander verbrachten. Loretta hatte sich gar nicht erst eingemischt, was auch besser für sie war. Sie hatte auch so schon genug angerichtet, als sie sich in unser Leben gedrängt hatte. Cody war das einzig Gute, das sie hervorgebracht hatte.

Das Gespräch mit meinem Bruder hatte mir gutgetan. Es hatte mich daran erinnert, weshalb ich diesen ganzen Scheiß hier halbwegs kommentarlos durchzog. Weder beschwerte ich mich über die viele Arbeit noch über diese verdammten Snobs. Ich legte mich mit niemandem an und machte auch sonst keinen Ärger. Gut möglich, dass ich mich nicht an jede Regel hielt, aber ich war nicht an der Rosefield eingeschrieben – Gott sei Dank. Daher bewegte ich mich in einer Grauzone, was selbst mein Vater sich eingestehen musste, sollten meine kleinen Regelbrüche doch herauskommen.

Außerdem tat ich all das für einen guten Zweck. Ich sah Charlotte vor mir – in dieser sexy roten Spitzenwäsche, die ich ihr nur allzu gern von ihrem schönen Körper gerissen hätte. Shit!

Erde an Drew!

Das war nicht der Plan. Ich wollte sie nicht ins Bett kriegen, sondern nur dafür sorgen, dass sie ein wenig lockerer wurde und ich mir die Zeit vertreiben konnte. Das war's. Mehr war da nicht, und mehr würde nicht passieren.

Trotzdem ging sie mir nicht aus dem Kopf. Vermutlich war das ähnlich wie bei dieser Ashley von eben, die es gewöhnt war zu kriegen, wen sie wollte. Mir ging es da nicht anders. Charlotte war ein Mädchen, das ich nicht haben konnte. Daher wollte ich sie umso mehr.

Fuck, ich musste dringend aufhören, an sie zu denken. Was leichter gesagt als getan war, schließlich war es keine Stunde her, dass wir uns gesehen hatten. Außerdem standen uns noch drei Verabredungen bevor. Und für die morgige hatte ich mir etwas Besonderes überlegt. Etwas, das ihr unglaublich gefallen würde. Warum ich mir so viel Mühe gegeben hatte, war mir schleierhaft. Vermutlich, weil ich sonst nichts zu tun hatte.

Noch einmal checkte ich die Nachricht meines Kumpels Floyd, in der er mir bestätigt hatte, morgen um kurz nach zwölf mittags vor der Uni zu warten. Dafür schuldete ich ihm ganz gewaltig was. Auch dafür, dass er mir Geld pumpte, weil ich knapp bei Kasse war. Doch für meinen Plan brauchte ich ein bisschen was.

Ich scrollte weiter durch die Chats, bis ich bei Charlottes angekommen war. Auf ihrem Profilbild trug sie ein schlichtes rosa Kleid und einen weißgepunkteten Haarreif. Einmal mehr fragte ich mich, was es mit diesem unschuldigen Getue auf sich hatte, denn es war eindeutig, dass sie das nicht war. Zumindest nicht im Kern. Unser kleiner Ausflug in die Schwimmhalle hatte das bestätigt. Ich war sicher, dass sie eine wildere Seite hatte, würde sie diese extreme Angst vor den Konsequenzen abschütteln. Woher diese kam, wusste ich nicht. Warum es mich interessierte, ebenso wenig.

Bevor meine Gedanken wieder abdrifteten, tippte ich die versprochene Nachricht an sie.

Morgen 12:30 Uhr vor der Uni. Zieh dir was Bequemes und halbwegs Warmes an.

Ich wollte das Handy gerade zurück in die Tasche schieben, da vibrierte es auch schon.

Da habe ich Unterricht.

War mir klar, dass sie ihren Kurs noch einmal betonen musste. Aber schließlich ging es bei unserem kleinen Deal darum, auf Regeln zu scheißen.

Ich weiß. Wir sehen uns dann ☺

Sie tippte.

Der Kurs ist wirklich wichtig, Andrew. Können wir das nicht verschieben?

So leid es mir tut, aber das geht nicht, Lotti.

Und wie soll ich das anstellen? Ich kann doch nicht einfach unbegründet fehlen.

Es war niedlich, wie wenig Ahnung sie von solchen Dingen hatte. Ich schmunzelte, während ich meine Antwort tippte.

Dir wird schon etwas einfallen, du bist doch ein so schlaues Köpfchen.

Sagst du mir wenigstens, was du geplant hast? Und was du damit meinst, ich soll mir etwas Bequemes und Warmes anziehen?

Damit ich die ganze Überraschung verderbe? Auf keinen Fall!

Ich spürte, wie das Grinsen auf meinem Gesicht breiter wurde. Ich musste aussehen wie der größte Volldepp, der jemals gelebt hatte.

Na schön, dann halt nicht.

Ich stellte mir vor, wie sie mich aus zusammengekniffenen Augen böse anfunkelte, und musste lachen.

Es wird dir gefallen, wirklich.

Okay, ich werde dir mal glauben.

Alles klar, wir sehen uns morgen.

Bis dann 😊

Weiterhin völlig bescheuert grinsend schob ich das Handy in die Hosentasche, nahm meine Lederjacke und steuerte das Hauptgebäude an. Ich war am Arsch.

16

Charlotte

Nervös wippte ich mit dem Bein auf und ab. Ich konnte mich auf keines von Mr Slaters Worte konzentrieren, da meine Gedanken die ganze Zeit zum bevorstehenden Treffen mit Andrew wanderten. Meine Hände schwitzten, mein Herz klopfte schnell, und ich hatte das Gefühl, dass man mir direkt im Gesicht ablesen konnte, dass ich vorhatte, etwas Verbotenes zu tun. Ich spürte, wie mein Dekolleté heiß wurde. Wann immer ich so nervös war, wurde ich am ganzen Körper knallrot, was mich aussehen ließ wie eine Krabbe.

Hazel und Mila waren alles andere als begeistert davon gewesen, dass ich den Unterricht schwänzen sollte. Und ich war von der Idee natürlich auch nicht sonderlich angetan. Ich liebte mein Vertiefungsmodul und wollte ungern etwas verpassen. Eigentlich wäre es die intelligentere Variante gewesen, gar nicht erst herzukommen, sondern mich krankzumelden. Aber da wir nicht wussten, wann der Designer vorstellig werden würde, wollte ich es darauf nicht ankommen lassen. Wäre er heute gekommen, hätte ich nämlich das Treffen mit Andrew gleich wieder abgesagt. Glücklicherweise hatte Mr Slater wenigstens gleich zu Beginn der Stunde gesagt, dass heute nicht der Tag der Tage war.

Trotz meiner Unruhe war ich insgeheim auch gespannt darauf, zu erfahren was Andrew geplant hatte. Obwohl ich wusste, wie blöd das war. Ich sollte meine Zeit nicht *gerne* mit ihm verbringen. Schließlich ging ich nicht aus freien Stücken mit ihm aus. Aber manchmal war man wohl machtlos gegen … das Herz?

»Geht es Ihnen nicht gut, Ms Barton?« Mr Slater legte den Kopf schief und musterte mich mit in Falten gelegter Stirn.

Jetzt oder nie.

»Ehrlich gesagt nicht, nein.« Meine Stimme zitterte. Ein weiteres Mal wischte ich meine Handflächen an den Leggings ab. Normalerweise trug ich Hosen nur ungern, aber da Andrew auf etwas Warmes und Bequemes bestanden hatte, hatte ich mich für dieses Outfit entschieden. Darüber trug ich eine lange gemusterte Tunika.

»Möchten Sie in die Krankenstation?«, hakte Mr Slater nach.

Ich nickte vorsichtig. »Ja, das wäre vermutlich besser. Ich fühle mich schon seit gestern Abend fiebrig.«

»Und dann kommst du in den Kurs? Willst du uns alle anstecken, oder was?«, sagte Calvin grimmig und zog sich das T-Shirt über die Nase, als würde er krank werden, sobald er dieselbe Luft wie ich atmete.

»Tut mir leid«, nuschelte ich und packte meine Sachen zusammen. Heute hatte ich mich der Einfachheit halber für einen kleinen Rucksack entschieden, da ich keine Zeit mehr hatte, meine Unterlagen ins Wohnheim zu bringen.

»Gute Besserung, Ms Barton. Kurieren Sie sich richtig aus.« Mr Slater schaute mich so betrübt an, dass ich kurz davor war, mich unter Tränen für die Lüge zu entschuldigen.

Bevor ich einknicken konnte, zog ich mir schnell den leichten Mantel über und verließ zügig den Kursraum. Damit mich niemand vom Fenster aus beobachten konnte, entschied ich mich, die Brücke in der ersten Etage rüber ins Hauptgebäude zu nehmen.

Das Herz schlug mir bis zum Hals, und bei jedem einzelnen Schritt hatte ich das Gefühl, gleich den Boden unter den Füßen zu verlieren und in einen niemals endenden Abgrund zu stürzen. Ich krallte die Finger in den Stoff meines Mantels und umklammerte ihn so sehr, dass meine Knöchel weiß hervortraten.

Wieso musste ich in jeder Situation so ängstlich sein? Konnte ich nicht mehr wie Hazel sein? Sie war so mutig.

Abrupt blieb ich stehen, sodass meine schwarzen Stoffschuhe einen Abdruck im Teppich hinterließen.

Du schaffst das, Charlotte. Ich atmete mehrmals tief ein und wieder aus. Es half nur bedingt. Doch da mir nur zehn Minuten bis zum Treffen mit Andrew blieben, lief ich schnell ans Ende des Flurs. Da ich niemanden um diese Uhrzeit in den Fluren erwartete, verlangsamte ich mein Tempo auch nicht, als ich um die Ecke bog. Daher gab es keine Möglichkeit, den Aufprall mit meinem Gegenüber irgendwie abzudämpfen. Mit voller Wucht stieß ich gegen einen Mann, der aus der anderen Richtung gekommen war.

Mir entfuhr ein Schmerzenslaut, als ich rücklings auf den Boden fiel, wobei ich mir den Ellbogen in die Rippen rammte.

»Ms Barton! Ist alles in Ordnung?«

Mein Herz setzte einen Schlag aus, ehe es in dreifacher Geschwindigkeit weiterschlug. Ich hob das Kinn und blickte in Rektor Cavanaughs besorgtes Gesicht. Er beugte sich zu mir herunter und griff nach meinem Arm, um mir auf die Beine zu helfen. Meine Knie zitterten. Am liebsten hätte ich mich in Luft ausgelöst.

»Ja, vielen Dank«, entgegnete ich und zog meine Kleidung zurecht.

»Was machen Sie denn um diese Uhrzeit hier? Müssten Sie nicht in Ihrem Kurs sein?« Entgegen meiner Erwartung war keinerlei Skepsis aus seiner Stimme herauszuhören. Vermutlich, weil er mir nicht zutraute, den Unterricht zu schwänzen.

»Mir geht es nicht gut. Ich wollte zur Krankenstation.«

Fragend zog Rektor Cavanaugh die Brauen zusammen. Zum ersten Mal fiel mir die Ähnlichkeit zwischen Andrew und ihm auf. Die gleichen dunklen Haare, wobei die seines Vaters mittlerweile grau meliert und weniger geworden waren.

»Die Krankenstation liegt in der anderen Richtung.«

Ich spürte, wie mir gleichzeitig die Gesichtsfarbe entglitt und mir wieder heißer wurde. Allmählich fühlte ich mich *wirklich* fiebrig. »Ja, ich …«, stammelte ich und legte mir die Hand auf den Bauch. »Mir wurde schlecht, daher wollte ich zuerst die Toilette aufsuchen.«

Rektor Cavanaugh presste die Lippen aufeinander und schaute mich betrübt an. »Oje, ich hoffe, es geht Ihnen bald wieder besser.«

Ich nickte. »Danke.« Dann deutete ich ans Ende des Flurs, wo sich die Studenten-WCs befanden. »Ich sollte gehen.«

»Ja, natürlich. Gute Besserung.«

Ohne ein weiteres Wort zu sagen, stürmte ich förmlich den Flur hinunter und flüchtete mich in die Toilette, wo ich einige Minuten blieb.

Die Situation war beinahe schiefgegangen. Hoffentlich würde sich Rektor Cavanaugh nachher nicht in der Krankenstation nach mir erkundigen. Der Gedanke traf mich wie ein Schlag. Ich würde eine Abmahnung erhalten. Sollte er dann noch herausfinden, dass ich geschwänzt hatte, um mich mit seinem Sohn zu treffen, würde ich sicher von der Uni fliegen. Mein Herz pochte schneller, und meine Handflächen begannen abermals zu schwitzen. Meine gesamte Zukunft hing am seidenen Faden.

Nein, so weit würde es nicht kommen. Andrew hatte es versprochen. Ich würde der Uni nicht verwiesen werden. Doch wenn ich so darüber nachdachte, bezweifelte ich, dass das wirklich in seiner Macht stand, wo sein Vater und er sich alles andere als nahestanden.

Das beständige Vibrieren meines Handys holte mich zurück in die Realität. Ich nahm es aus dem Rucksack und öffnete die Nachrichten. Es war Andrew.

Unpünktlichkeit steht dir nicht.

Fünf Minuten später:

Na, hast du kalte Füße bekommen, Lotti? 😛

Da war ich bereits zwölf Minuten zu spät. Ich hatte nicht bemerkt, dass ich so lange hier drin gewesen war. Weitere fünf Minuten später war die letzte Nachricht eingegangen:

Es ist in Ordnung, wenn du es dir anders überlegt hast, sag einfach Bescheid, damit ich mir keine Sorgen machen muss.

Ich zog die Stirn kraus und las die Nachricht ein weiteres Mal. *Damit ich mir keine Sorgen machen muss.* Andrew sorgte sich um mich? Vermutlich hatte er sich vertippt oder erlaubte sich einen Scherz mit mir. Wie auch immer, ich antwortete, dass ich auf dem Weg und gleich da sei, und verließ dann die Academy.

Heute war es bedeckt, weshalb ich doch glücklich darüber war, mich für die Leggings entschieden zu haben. Einige Studenten genossen dennoch ihre Freistunde im Vorgarten. Mit eingezogenem Kopf lief ich fix an ihnen vorbei und schickte stumme Gebete gen Himmel, dass niemand von ihnen mich erkannte.

Wenig später ging ich durch das Rundbogentor und ließ damit die Academy hinter mir. Mit zittrigen Beinen beschleunigte ich mein Tempo, um so viel Abstand wie möglich zwischen mich und das Gebäude zu bringen. Ich steuerte den Trampelpfad an, der den Hügel hinunterführte. Andrew hatte mir gesagt, dass er an der Haltestelle wartete. Daher vermutete ich, dass wir den Bus nehmen und in die Stadt fahren würden.

Als ich allerdings an der Straße angekommen war, stützte Andrew sich von einem großen schwarz glänzenden Motorrad ab und kam lächelnd auf mich zu. Ein Anblick, der mein Herz freudig klopfen ließ und die trüben Gedanken einen Moment vertrieb.

»Ganz schön spät dran, Lotti«, sagte er und blieb vor mir stehen.

»Dein Vater hat mich beinahe erwischt.«

»Was hast du ihm gesagt?«

Ich hob die Schultern. »Dass ich auf dem Weg zur Krankenstation war, mich aber erst übergeben muss.«

Andrews Augen weiteten sich, dann fing er schallend an zu lachen. »Das hätte ich dir gar nicht zugetraut.«

»Witzig war das nicht! Was, wenn er meine Lügen aufdeckt und mich von der Uni wirft?« Erneut gingen mir diverse Szenarien durch den Kopf, und meine Hände wurden zittrig.

Andrew trat näher an mich heran und legte mir den Arm um die Schultern. Mir jagte ein angenehmer Schauder über den Körper, und meine Muskeln entspannten sich. »Keine Sorge, er wird nichts dergleichen tun, versprochen.« Er ließ den Daumen auf meinem Arm kreisen. Die Berührung hätte mir unangenehm sein sollen. Ich hätte seine Hand wegschlagen und ihm sagen sollen, er sollte mich nie wieder einfach anfassen. Aber als er den Arm wieder senkte, hinterließ er eine ungeahnte Kälte an der Stelle, sodass ich mich am liebsten wieder an ihn geschmiegt hätte.

Ich nickte, weil ich ihm glaubte. »Okay.«

»Ach, eine Sache noch …« Andrew stellte sich mir gegenüber und verschränkte die Arme vor dem Körper. Als er tief Luft holte, erkannte ich die Konturen seiner Brustmuskeln durch sein weißes T-Shirt unter der geöffneten Lederjacke. Sein Blick glitt von meinen Augen meinen Körper hinab. Millimeter für Millimeter erkundete er mich auf eine Weise, die mir die Schamesröte ins Gesicht trieb. Instinktiv fragte ich mich, ob er andere Mädchen auf dieselbe Weise ansah. So als wollte er sie mit seinen Blicken ausziehen. Mir missfiel der Gedanke, obwohl es mir nicht zustand, so zu empfinden.

»Was?«, hakte ich vorsichtig nach.

»Du trägst wirklich kein Kleid. Ich hätte nicht geglaubt, dass du überhaupt Hosen besitzt.«

Grinsend hob ich die Schultern. »Viele habe ich auch nicht.«

Sein Mundwinkel zuckte. »Steht dir aber gut.« Dann deutete er hinter sich. »Und eignet sich auch besser zum Motorradfahren.«

Ich überging den ersten Teil seiner Aussage. »Das stimmt wohl.«

Andrew legte die Stirn in Falten. »Mehr hast du dazu nicht zu sagen, dass ich dich auf ein Motorrad setzen will?«

»Nein, wieso auch?«

Er nickte anerkennend. »Ich hätte nicht damit gerechnet, dass du das so locker hinnimmst, sondern erst mal eine Liste mit den Gefahren auspackst.«

Das sorgte dafür, dass ich lachen musste, wodurch auch die letzte Anspannung von mir abfiel. »Mein Ex-Freund hat mich eine Zeit lang morgens mit seinem Motorrad von zu Hause abgeholt und zur Schule gebracht.«

»Ex-Freund?«

Ich musterte Andrew mit schief gelegtem Kopf. »Du wirkst überrascht.«

»Ja … nein«, sagte er und räusperte sich. »Ist ja klar, dass die Kerle bei dir Schlange stehen. Ich meine, sieh dich an, du bist heiß. Aber keine Ahnung. Ich glaube, es ist besser, wenn ich jetzt aufhöre zu reden.«

Verlegen wich ich seinem Blick aus. Einerseits war es schmeichelhaft, dass ein gut aussehender Typ wie Andrew mich attraktiv fand. Andererseits war es ein wenig verletzend, dass er mich für *so* unschuldig hielt. Als bestünde nicht jeder Mensch aus mehreren Facetten. Aber was erwartete ich auch, wenn ich nie jemandem einen Blick auf den anderen Teil von mir gewährte.

Da ich das Thema nicht weiter vertiefen wollte, wechselte ich es. »Ist das dein Motorrad, oder hast du es für heute gemietet?«

»Das ist mein ganzer Stolz. Solange ich hier bin, passt mein Kumpel Floyd auf sie auf. Er hat sie vorhin für unseren Ausflug vorbeigebracht und holt sie morgen wieder ab.«

»Dein Motorrad ist eine *sie*?« Mir lag zwar noch eine weitere Frage auf der Zunge, nämlich die, wie lange und wieso er in erster Linie überhaupt hier war, aber ich wollte die Stimmung nicht ruinieren.

»Natürlich. Sieh sie dir doch an. Wie geschmeidig sie ist mit den perfekten Kurven, dazu strahlt sie eine unglaubliche Eleganz aus.« Seufzend betrachtete er das Motorrad.

»Okay«, sagte ich und biss mir in die Wange, um nicht in Gelächter auszubrechen.

Aber er schien diesen kläglichen Versuch zu bemerken und zog die Brauen finster zusammen. Dabei zuckten seine Mundwinkel allerdings unkontrolliert. Kopfschüttelnd ging er zu seinem Motorrad, hob den Sitz an, holte einen Helm und eine Jacke heraus und reichte mir beides. »Die Jacke wird dir zu groß sein, aber sie schützt dich wenigstens ein bisschen. Wir sollten los.«

Nickend nahm ich ihm die Jacke ab und streifte sie mir über

die restliche Kleidung. Sie hing an mir wie ein nasser Sack. Naserümpfend betrachtete ich mich.

Andrew lachte. »Keine Sorge, Lotti. Du siehst trotzdem fantastisch aus.« Er zwinkerte, setzte sich seinen schwarzen Helm auf und schob das Visier herunter. Dann verstaute er meinen Rucksack im Sitz und schloss ihn wieder.

Meine Wangen glühten so sehr, dass ich ebenfalls schnell den Helm aufsetzte. Auf keinen Fall sollte er *jemals* erfahren, welche Wirkung er auf mich hatte. Ich konnte es mir schließlich selbst nicht erklären. Meine Reaktion war unangebracht. Seine Worte sollten einfach an mir abprallen.

»Kommst du?« Andrews gedämpfte Stimme riss mich aus den Gedanken. Er hatte sich bereits auf das Motorrad gesetzt und deutete hinter sich.

Ich nickte, wobei mir der Helm unangenehm am Kinn scheuerte. Einen Moment rutschte ich auf dem Sitz herum, bis ich bequem aufsaß. Als ich die Füße auf die Fußraster gestellt hatte, tippte ich Andrew an.

»Halt dich fest«, sagte er. Ich rutschte weiter nach vorne und legte ihm meine Arme unsicher um die Taille. Andrew drehte den Kopf. »Du musst dich schon richtig festhalten. Keine Sorge, ich beiße nicht … zumindest vorerst.«

Glücklicherweise konnte er mein Gesicht nicht sehen. Alles in mir sträubte sich dagegen, ihm noch näher zu kommen. Doch ich wusste, wie gefährlich es sein konnte, auf einem Motorrad nicht ordentlich aufzusitzen. Daher presste ich meinen Oberkörper an Andrews Rücken und festigte den Griff um seine Taille. Meine Finger glitten über seinen trainierten Bauch. Instinktiv dachte ich an unseren Ausflug in die Schwimmhalle vorige Woche. Doch bevor ich den Gedanken zu Ende bringen konnte, startete Andrew die Maschine und bretterte die Straße hinunter.

Während zunächst noch das Adrenalin wie wild durch meinen Körper rauschte, fühlte ich mich nach wenigen Minuten entspannt.

Unbewusst schmiegte ich mich an Andrews Rücken und genoss das Gefühl des Windes, der durch meine Haare blies. Wir fuhren eine Weile durch die Lincolnshire Wolds. Ich beobachtete, wie das Landschaftsbild von dichten Wäldern zu saftig grünen Hügeln bis zu weitläufigen Feldern wechselte.

Ich wusste schon gar nicht mehr, wann ich mich zuletzt so losgelöst gefühlt hatte. Seit ich an der Rosefield studierte, waren meine Tage streng getaktet. Wirklich entspannt hatte ich mich schon Jahre nicht, aus Angst, zurückzufallen, sollte ich es doch mal etwas ruhiger angehen. Schließlich wollte jeder an der Academy groß rauskommen.

Doch während ich den Wind spürte, die Natur betrachtete und die Freiheit dieses Moments genoss, fragte ich mich, wozu das alles? Ja, ich wollte die Beste sein. Ja, ich wollte meine Mode auf den Laufstegen der Welt präsentiert sehen. Aber wem brachte es etwas, wenn ich bereits nach dem Studium vollkommen ausgebrannt war?

Hazel und Mila hatten mir schon mehr als einmal gesagt, dass ich einen Gang zurückschalten sollte. Zwar war ich mittlerweile an einem Punkt, an dem ich mir zwischendurch einen freien Abend gönnte. Doch in der Regel machte es mich nervös, wenn ich dabei an all die Arbeit dachte, die auf mich wartete, während ich die Beine hochlegte und nichts tat. Was wieder dazu führte, dass selbst meine vermeintlich entspannten Abende unentspannt wurden.

In Momenten wie diesem hier wünschte ich mir, nachsichtigere und liebevollere Eltern gehabt zu haben. Solche, die mich nicht unter Druck gesetzt hätten, bis ich daran zerbrach.

»Alles okay bei dir?« Wir hatten an einer Kreuzung angehalten. Und ich war froh darum, dass Andrew meine trüben Gedanken durchbrochen hatte.

»Ja, danke«, entgegnete ich und schaute mich um. »Ist das hier unser Ziel?« Das war definitiv nicht Lincoln. Ich hatte geglaubt, dass Andrew mit mir lediglich in die nächstgelegene Stadt fahren wollte, aber diese hier war ländlicher.

»Nein, lass dich überraschen. Es dauert noch etwas, bis wir da sind.« Mit diesen Worten setzte er das Motorrad wieder in Bewegung und bog ab.

Wenig später fuhren wir über die Humber Bridge, die uns auf die andere Seite des Ästuars brachte. Das Wasser glitzerte in den Farben des Regenbogens, als die Wolken aufbrachen und die Sonne ungehindert darauf schien. Ich hätte diesen Anblick den ganzen Tag betrachten können. Aber Andrew hielt nicht an. Und darum war ich auch froh, denn ich genoss die Fahrt viel zu sehr.

17

Charlotte

Andrew hatte nicht gelogen. Insgesamt dauerte es – einem kurzzeitigen Stau sei Dank – etwas über zwei Stunden, ehe er von der Hauptstraße auf einen etwas schmaleren Schotterweg abbog und das Tempo allmählich drosselte.

Ich streckte den Oberkörper durch, um an ihm vorbei blicken zu können. Wir waren an so vielen Ortsschildern vorbeigefahren, dass ich irgendwann aufgegeben hatte, mich orientieren zu wollen. Bisher war ich nur selten im Norden Englands gewesen, weshalb für mich alle Städte hinter dem Humber beinahe gleich aussahen.

Am Ende der Straße ragten einige halbkugelförmige Gebäude in den Himmel. Aus der Entfernung ähnelten sie Golfbällen unterschiedlicher Größe. Für die letzten Meter beschleunigte Andrew das Tempo noch mal. Mit einem lauten Röhren schoss das Motorrad nach vorn. Sand und Erde wurden von den Reifen aufgewirbelt, sodass es mir für einen Moment völlig die Sicht nahm.

»Was ist das hier?«, rief ich.

»Das wirst du gleich sehen.« Mir war, als hörte ich das Lächeln aus Andrews Stimme heraus. Er lenkte das Motorrad ans hinterste Ende des Parkplatzes. Erst jetzt bemerkte ich, dass die Gebäude aus riesigen hexagonalen Scheiben, womöglich Plexiglas, bestanden. Stand man direkt davor, würde man mit Sicherheit sehen können, was sich im Inneren befand.

Doch das brauchte ich nicht, denn Andrew hielt direkt vor einem großen grünen Metallschild an, auf dem in verschnörkelten Lettern *Biosphäre von East Riding* stand. Meine Beine waren wie Wackelpudding, und ich drohte beim Absteigen wegzuknicken, doch ich hielt mich an seinem Oberarm fest, bis ich festen Boden unter den Füßen hatte. Dann nahm ich den Helm ab, zog die Jacke aus und reichte Andrew beides. Mein Lächeln war so breit, dass es mein gesamtes Gesicht erhellen musste.

»Ich habe doch gesagt, dass es dir gefallen wird«, sagte er, während er die Montur ebenfalls ablegte und alles verstaute.

»Ja, aber … woher …«, stammelte ich verwirrt. Er hätte niemals wissen können, dass dieser Ausflug etwas für mich war.

Andrew trat neben mich und fuhr sich durch die Haare. »Dein Gürtel bei der Party und deine Ohrringe beim Schwimmen.«

Stirnrunzelnd schaute ich ihn an. Ein spitzbübisches Lächeln zierte seine Lippen. »Ich verstehe nicht?«

Für einen Moment glaubte ich, dass seine Wangen sich röteten, aber das musste ich mir eingebildet haben. »Schmetterlinge. Es gibt eine Sonderausstellung.« Er zuckte mit den Schultern, als wäre das keine große Sache. »Komm, lass uns reingehen.«

Schweigend folgte ich ihm Richtung Eingang. Ich konnte nicht recht begreifen, was sich hier abspielte. Es war nicht nur die Tatsache, dass ihm aufgefallen war, dass ich Schmetterlinge mochte. Nun hatte er sich für unser Treffen extra etwas ausgesucht, das *mir* eine Freude bereitete.

Andrew zog die Tür auf. Sofort blies uns schwüle Tropenluft entgegen. Am Schalter kaufte er uns wie selbstverständlich zwei Tickets und führte mich dann durch die Schranken.

»Wieso tust du das?«, fragte ich weiterhin verwirrt davon, was all das zu bedeuten hatte.

»Was meinst du?«

Ich deutete vor uns auf die Tür, die in das erste Biom führte. »Das hier. Ich kann mir nicht vorstellen, dass du dir gern Schmetterlinge ansiehst. Also wieso hast du mich nicht irgendwo anders hingebracht? Eine Motorradausstellung beispielsweise?«

Andrew lachte. »Ich habe dir schon einmal gesagt, dass ich kein Arschloch bin. Wieso sollte ich dich noch weiter quälen?«

»Oh, wenn das so ist, sagst du mir dann endlich aus freien Stücken, wer aus meinem Kurs mich bestiehlt?«

»Ach, Lotti.« Zum zweiten Mal am heutigen Tag legte er mir den Arm um die Schultern und zog mich näher an sich heran. Andrews Körperwärme ging auf mich über und brachte mich noch zusätzlich ins Schwitzen. »Sei nicht so naiv.«

Ich stöhnte und befreite mich unbeholfen aus seinem Griff. Das entlockte ihm ein noch lauteres Lachen, sodass sich zahlreiche Besucher in unsere Richtung drehten und uns anstarrten. »Gut, dann lass es uns schnell hinter uns bringen.« Andrew presste die Lippen fest aufeinander, um sein Prusten zu verbergen. Ich verdrehte die Augen. »Los, sag es ruhig.«

»That's what she said!« Er wackelte mit den Augenbrauen.

»Okay, können wir dann?« Kopfschüttelnd marschierte ich an Andrew vorbei. Sein dunkles Lachen folgte mir durch die Tür.

Hatte ich geglaubt, im Vorraum des Bioms wäre es stickig und warm gewesen, wurde ich nun eines Besseren belehrt. Doch der Anblick machte die Hitze sofort wett. Wir standen mit beiden Beinen in einem tropischen Regenwald.

Zahlreiche unterschiedliche Arten von Laubbäumen reckten sich gen Decke, warfen dunkle Schatten auf den feuchten

Untergrund, der sich vor uns erstreckte. Irgendwo zwischen dem dunklen Grün plätscherte ein Bach.

Links und rechts vom Weg, der einmal durch das Biom führen musste, wuchsen unterschiedliche Moose und Farnpflanzen, die ich nicht genauer benennen konnte. Ich streckte meine Finger nach einem fächerförmigen Blatt aus, das mich beinahe überragte. Einzelne Wassertropfen perlten von dessen glatter Oberfläche, die obendrein weich war wie der Flaum eines Kükens.

Das Grinsen auf meinem Gesicht war wie festgefroren, während ich tiefer in das Dickicht lief. Die anderen Besucher blendete ich vollkommen aus, fokussierte mich lediglich auf die Pflanzen und die Erklärungen, die auf zahlreichen Schildern zu lesen waren.

Wenn ich das Paradies bestimmen müsste, dann würde ich diesen Ort nehmen. Ich wusste nicht, wie lange wir durch das erste Biom liefen, doch Andrew schwieg den Großteil der Zeit.

Auf einer kleinen morschen Brücke, die über den Bach führte, blieb ich stehen und lehnte mich gegen das Holz. Es war nass und schmutzig, sodass es meine Kleidung sicherlich einsaute, aber das war mir ausnahmsweise egal.

Kleine Frösche sprangen quakend von Seerose zu Seerose, hüpften ins aufspritzende Wasser.

Andrew lehnte sich neben mich ebenfalls über die Brücke und lenkte den Blick hinunter.

»Danke«, sagte ich.

Mehr brauchte es nicht. Er wusste auch so, was ich meinte. »Kein Ding. Freut mich, dass du mal etwas entspannter bist.«

Ich lächelte. »Ich muss zugeben, es ist wirklich schön, mal nicht an die Uni zu denken.«

»Das kann ich mir vorstellen.« Ich spürte seinen Blick auf mir ruhen. »Wieso gönnst du dir nicht öfter eine Auszeit?«

»Ich …« Nervös pulte ich an einem morschen Stück Holz

und warf es in den Bach. Ich beobachtete, wie es langsam hinunterrieselte und von einer leichten Strömung unter die Brücke hindurch- und aus meinem Sichtfeld trieb. »Ich möchte einfach etwas aus mir machen. Die Beste sein und groß rauskommen.« Ich vermied es, Andrew anzusehen. Dass er mich weiterhin betrachtete, bewies die Gänsehaut, die sich über meinen Körper zog.

»Und das ist wirklich alles? Du kannst auch die Beste sein, wenn du einfach mal ein paar Tage chillst.« Er verlagerte sein Gewicht so, dass er den Oberkörper in meine Richtung drehte. Mit dem Ellbogen stützte er sich auf dem Geländer ab.

»Was sollte da sonst noch sein?«, fragte ich und zuckte mit den Schultern.

Andrew atmete tief durch. Als er ausatmete, kitzelte sein Atem meine Wange. »Kein Plan. Ich habe nur das Gefühl, dass du mir nicht alles sagst.«

»Ach? Und was ist mit dir?« Ich ließ vom Holz ab und stellte mich aufrecht hin. Die Arme verschränkte ich vor der Brust und schaute Andrew tadelnd an.

Ein verwegenes Lächeln zeichnete sich auf seinem Gesicht ab. »Was sollte mit mir sein?«

»Du bist doch derjenige, der Dinge verschweigt!«

»Ach ja?« Seine Mundwinkel gingen nach oben.

»Natürlich!«

»Dann sage mir, Lotti, was verschweige ich?«

»Du … du …«

Andrew lachte und beugte sich zu mir herüber. Instinktiv wich ich einen Schritt zurück. Er war mir plötzlich so nah, dass unzählige Gedanken durch meinen Kopf kreisten. Mein Herz hämmerte aufgeregt gegen meine Rippen, und ich fragte mich, wie sich seine Lippen wohl auf meinen anfühlen mussten. Es war eine dumme Überlegung, da es ohnehin nie dazu kommen würde. Doch es war lange her, seit ich zuletzt einem

Jungen nah gewesen war. Drei Jahre, um genau zu sein. Und in Andrews Gegenwart fühlte ich immer wieder diese Sehnsucht nach Nähe.

Aber wie nicht anders zu erwarten, küsste er mich nicht. Stattdessen legte er seine Lippen an mein Ohr und flüsterte: »Siehst du? Ich verschweige nichts, du traust dich einfach nicht zu fragen.«

Das Poltern meines Herzens ließ nicht nach, auch nicht, als er sich wieder aufrichtete und mich mit diesem herausfordernden Funkeln in den Augen anschaute. Er hatte recht. Ich hatte es bisher kein einziges Mal über mich gebracht, ihn die Dinge zu fragen, die ich wissen wollte.

»Also?«, hakte er nach und spiegelte meine Pose, indem auch er die Arme vor der Brust verschränkte. Ich wollte nicht starren, aber Andrew war viel zu trainiert, als dass ich meine Augen davon abhalten konnte, seinem Muskelspiel bei jeder noch so kleinen Bewegung zu folgen. »Was willst du wissen, Lotti? Frag mich doch einfach!« Er klang zugleich genervt und amüsiert.

»Wieso warst du im Gefängnis? Warum bist du an der Academy? Was machst du da den ganzen Tag? Wieso willst du unbedingt, dass ich aus mir herauskomme und lockerer werde? Was hast du davon? Es braucht dich doch nichts zu interessieren.« Die Worte sprudelten so plötzlich aus mir heraus, dass ich mir die Hand vor den Mund schlug, um nicht noch mehr Fragen zu stellen. Denn eine lag mir noch auf der Zunge, und die betraf seinen Streit mit seinem Vater. Aber ich war mir sicher, dass er mir darauf keine Antwort geben würde. Natürlich war ich neugierig, aber ich hatte gelernt, wie wichtig Privatsphäre war. Doch wenn ich schon so viel Zeit mit Andrew verbrachte, wollte ich ihn zumindest ein wenig besser kennenlernen.

Er grinste breit und nickte. »Na, war das jetzt so schwer?«

»Ehrlich gesagt schon, ja.« Ich atmete schwer und lehnte mich wieder gegen das Geländer. Eine Familie stellte sich neben uns und bestaunte die Frösche.

Andrew nickte zum Weg. Wir liefen nebeneinanderher zurück in den Dschungel. Noch immer fiel es mir schwer zu glauben, dass wir England nicht verlassen hatten.

»Vandalismus«, sagte Andrew nüchtern. »Ich war mit einigen Kommilitonen etwas trinken, wir haben es übertrieben und danach ein Denkmal beschmiert.«

»Das war's?«, fragte ich ungläubig.

Andrew lachte. »Mehr oder weniger. Als die Polizei kam, habe ich mich widersetzt und dem Bullen dabei den Ellenbogen versehentlich in die Rippen gerammt.«

Ich konnte nicht anders, als zu kichern. Ein Denkmal mit ein bisschen Farbe einzusauen, war nun nicht meine Vorstellung eines kriminellen Bad Boys. Natürlich sollte man Respekt vor der Kunst anderer haben. Trotzdem war es irgendwie … eine Erleichterung, dass es nichts Schlimmeres war.

»Hab ich jetzt meinen Ruf des bösen Jungen verspielt?«, fragte er amüsiert.

Ich nickte, weiterhin lachend. »Ein bisschen schon, ja.«

»Also hast du jetzt keine Angst mehr vor mir?«

»Wovor sollte ich denn Angst haben? Davor, von dir mit Farbe beschmiert zu werden?« Ich grinste ihn an.

Andrew jedoch fuhr sich mit der Zunge über die Lippen und betrachtete mich wieder auf diese ganz bestimmte anzügliche Weise, die mir die Schamesröte ins Gesicht trieb. »Ich wüsste da schon die eine oder andere Möglichkeit, Farbe ins Spiel zu bringen.«

Ich schnaubte. »Du bist unmöglich.«

»Das war kein *Nein*.«

Meine Wangen waren kochend heiß. »Und was machst du in Rosefield?«

»Also ignorieren wir jetzt die Tatsache, dass du mir keine Abfuhr erteilt hast, ja?« Ich blieb ihm eine Antwort schuldig. Andrew hob das Blatt eines tief hängenden Asts, damit ich darunter durchlaufen konnte. »Ich leiste meine Sozialstunden ab. Mein Vater zwingt mich, sie an der Academy abzuarbeiten.«

»Bist du nicht volljährig?«

»Doch, dreiundzwanzig.«

Ich legte die Stirn in Falten. »Wie kann Rektor Cavanaugh dich dann dazu zwingen?«

Andrew presste die Lippen aufeinander. »Ach, er hat seine Mittel und Wege.« Er räusperte sich. Möglicherweise war es bei deren Streit darum gegangen. »Jedenfalls bin ich noch bis Mai dort beschäftigt.«

Andrews Blick ging ins Leere. Da war etwas, worüber er nicht sprechen wollte. Und so gern ich auch weiter nachgebohrt hätte, jetzt wo wir offen miteinander sprachen, ließ ich es trotzdem sein. Schließlich wusste ich am besten, dass es manche Dinge gab, die besser unausgesprochen blieben.

Doch ein Teil seiner Aussage brachte mich ins Grübeln. Er war nur noch bis Mai an der Academy. Und danach … ja, danach würden wir uns vermutlich nie wiedersehen. Es sei denn, er machte wieder einmal Blödsinn und musste noch mal Sozialstunden unter dem strengen und wachsamen Blick seines Vaters ableisten.

»Was machst du danach? Gehst du wieder an die Uni? Du hast doch studiert, oder?«

Wir hatten das Ende des Bioms erreicht. Zugegebenermaßen hatte ich in den letzten Minuten kaum noch auf meine Umgebung geachtet.

»Wirtschaftswissenschaften in Birmingham. Das war nichts für mich. Daher mach ich, was das Leben für mich bereithält.« Andrew stieß die Tür ins nächste Biom auf. Es war noch immer warm, doch auf eine deutlich angenehmere Weise. Den Bäumen und dem darin herrschenden Klima nach zu urteilen, musste es sich um ein mediterranes Biom handeln.

»Also hast du keinen konkreten Plan? Nichts, auf das du hinarbeitest?« Für mich war das eine beängstigende Vorstellung, nicht zu wissen, was die Zukunft brachte. Andrews Blick nach zu urteilen, hatte ich wieder etwas angesprochen, über das er nicht reden wollte. Da ich unsere ausgelassene Stimmung aber nicht gefährden wollte, lenkte ich das Gespräch in eine andere Richtung. »Okay, meine letzte Frage hast du noch nicht beantwortet.«

»Wieso ich will, dass du aus dir herauskommst.« Er nickte und beschleunigte seine Schritte. Seine schwarzen Boots hinterließen Abdrücke in dem sandigen Untergrund. »Eigentlich wollte ich mir bloß die Zeit etwas versüßen. Die Arbeit treibt mich in den Wahnsinn.«

»Aber?«

Andrew lächelte mich über seine Schulter hinweg an, sodass mein Herz freudig auf- und abhüpfte. »Aber dann habe ich gemerkt, dass du es wirklich nötig hast, lockerer zu werden.«

Ruckartig blieb ich stehen. »Wie meinst du das?«

Es dauerte einen Moment, ehe Andrew bemerkte, dass ich stehen geblieben war. Er drehte sich um und legte den Kopf schief. »Na ja …« Unsicher fuhr er sich durch die Haare und kam zurück. »Du scheinst etwas verklemmt.«

Meine Kinnlade klappte herunter. »Verklemmt?«

»Ja … nein. Ach, du weißt, was ich meine.«

»Nein, tu ich nicht.«

Plötzlich schnellte sein Arm nach vorne, und er griff nach meiner Hand. Die Berührung war sanft, und doch löste sie unzählige Gefühle in mir aus.

»Du hältst dich an alle Regeln. Willst andere dazu bringen,

das Gleiche zu tun. Du scheinst nicht gern auszugehen. Was genau tust du, um mal richtig Spaß zu haben?«

»Ich habe andauernd Spaß!«, beharrte ich.

»Okay, dann sag mir, wann du zuletzt *wirklich* Spaß hattest.« Ich öffnete den Mund bereits für eine Erwiderung, aber Andrew schnitt mir das Wort ab. »Unsere Treffen zählen nicht.«

Ich schloss den Mund wieder und überlegte. Ich verbrachte viel Zeit mit Hazel und Mila, wir zockten gern Videospiele und lachten dabei miteinander. Aber so wirklich richtig viel Spaß hatte ich nur einmal mit ihnen gehabt.

Meine Mundwinkel hoben sich bei dem Gedanken. »Kurz nach dem Winterball. Es war eiskalt, und es hat wie aus Eimern geschüttet. Hazel hatte Streit mit Tristan, Mila mit Josh und ich mit Benedict. Wir sind zusammen in den strömenden Regen gerannt und haben unseren Ärger rausgeschrien und gemeinsam im Regen getanzt.«

Andrew lächelte. »Und wie hast du dich danach gefühlt?«

Ich dachte einen Moment nach. »Losgelöst. Als wären all meine Sorgen mit einem Mal verschwunden.«

»Genau so solltest du dich viel öfter fühlen.« Mit dem Daumen zog er kleine Kreise auf meinem Handrücken, während er mir tief in die Augen schaute. Nichts als Ehrlichkeit im Blick.

»Und wieso interessiert es dich, ob ich locker bin? Es kann dir doch egal sein.« Meine Stimme glich einem Hauchen.

Er schluckte, sein Adamsapfel trat leicht hervor. »Weil …«

»Das Schmetterlingsbiom schließt in einer Stunde«, ertönte plötzlich eine knatternde Stimme durch die Lautsprecher, die an der Decke angebracht waren. Ich zuckte zusammen, wobei mir Andrews Hand entglitt und eine schreckliche Kälte auf meiner Haut zurückließ.

»Wir sollten uns beeilen. Schließlich sind wir doch wegen deiner bunten Insekten überhaupt hier.« Da war er wieder – der neckische Unterton, den er seit unserem ersten Aufeinandertreffen an den Tag gelegt hatte. Erneut griff Andrew nach meiner Hand. Doch dieses Mal zog er mich lediglich schnell hinter sich her zum Schmetterlingshaus.

Lachend stolperte ich mehrfach fast über meine eigenen Füße. Meine Stoffschuhe waren mittlerweile mit einer dunklen Staubschicht überzogen.

»Hey, passt doch auf!«, grummelte ein Mann mittleren Alters, als Andrew ihn beinahe umtackelte wie ein Quarterback beim Football.

Mit geröteten Wangen rief ich dem Mann eine Entschuldigung zu, aber dieser schüttelte lediglich verärgert den Kopf.

Wir rauschten vorbei an Zitronenbäumen, die mich an die aus den Gärten der Academy erinnerten. Sie waren des Gärtners ganzer Stolz. Ihr säuerlich-süßer Zitrusduft lag in der Luft.

Als wir endlich vor dem Eingang zum Schmetterlingshaus angekommen waren, hielt Andrew so plötzlich an, dass ich in ihn hineinstieß. Seine breiten Schultern waren hart wie Stahl, und ich war aufgrund meiner blassen Haut anfällig für blaue Flecken, die ich morgen sicher haben würde.

»Bereit?«, fragte Andrew und lächelte mich an.

Ich nickte. »Ja.«

»Gut.« Daraufhin stieß er die Türen auf. Sofort befand ich mich in einem neuen Paradies.

Ich hatte nicht damit gerechnet, dass sich in diesem Biom wirklich so viele Schmetterlinge aufhielten, aber sie waren überall. Schmetterlinge unterschiedlicher Größe und so schillernd wie ein Regenbogen. Ihre bunten Flügel vermischten sich in der Luft, zerschmolzen zu einer großen Einheit, einem Wechselspiel unterschiedlicher Farbtöne. Sie flatterten von Ast zu Ast, von Blatt zu Blatt und ließen sich auf ihnen nieder.

Einige Besucher duckten sich unter ihren Flügeln hinweg, kreischten und lachten, als es sich ein Schmetterling auf ihnen gemütlich machte. Als einer von ihnen sich auf meinem Arm niederließ, konnte ich nichts anderes tun, als zu lächeln.

Ganz sacht hob ich den Arm, um meinen kleinen Freund näher zu betrachten. Er war rot-schwarz mit kleinen goldenen Sprenkeln, die sich über seine kompletten Flügel erstreckten und ihn funkeln ließen wie ein Sternenmeer am wolkenlosen Nachthimmel. Als ich den Kopf senkte, erhob er sich in die Lüfte, wo er einen einzigartigen Tanz mit seinen Freunden aufführte. Als wiegten sie sich im Takt einer Melodie, die nur sie hören konnten.

»Hörst du das?«, fragte Andrew. Doch ohne meine Antwort abzuwarten, zog er mich wieder hinter sich her. Aber dieses Mal lief er direkt zwischen die Bäume.

»Ich glaube nicht, dass wir hier langlaufen dürfen«, sagte ich in einem Flüsterton, damit niemand auf uns aufmerksam wurde. Paranoid, wie ich war, drehte ich mich um meine eigene Achse, um sicherzugehen, dass wir nicht verfolgt wurden.

Andrew lachte leise. »Du erinnerst dich schon, dass es darum geht, gegen die eine oder andere Regel zu verstoßen?«

»Habe ich doch schon, als ich behauptet hatte, ich sei krank.«

»Und wie oft hast du heute seitdem daran gedacht?«

»Ich denke jetzt daran!«

»Also gar nicht. Als hätte ich es geahnt.« Weiterhin lachend kämpfte Andrew sich den Weg durch das Dickicht vor, in dem es nur noch wenige Schmetterlinge gab. Je weiter wir gingen, desto lauter wurde das Geräusch, das er gemeint haben musste. Ein Rauschen, das klang wie …

»Ein Wasserfall«, flüsterte ich, als wir am Ende des kleinen Urwaldes angekommen waren. Er war nicht sonderlich hoch, vielleicht fünf Meter, und breit war er auch nicht. Trotzdem raubte mir sein Anblick den Atem.

»Komm weiter«, sagte Andrew. Vor dem kleinen See war

ein schienbeinhoher Zaun, über den er einfach drüberstieg. Kleine Felsen auf der Oberfläche führten zu einer Insel, die vor dem Wasserfall angelegt war. Als hätte er in seinem ganzen Leben nichts anderes getan, sprang Andrew von Stein zu Stein, bis er mit einem letzten großen Satz auf der Insel landete. »Jetzt du!«, rief er mir zu.

Vehement schüttelte ich den Kopf. »Damit ich mir alle Knochen breche? Außerdem steht hier auf dem Schild, dass der Zutritt verboten ist.«

»Lotti … wie oft soll ich es dir noch sagen?«

»Und wie oft soll ich dir noch sagen, dass mein Name Charlotte ist?«

Er schnaubte. »Schön. *Charlotte*, würdest du jetzt bitte herkommen?«

So gern ich meinen Namen auch hatte, musste ich mir eingestehen, dass ich mich an Lotti gewöhnt hatte. Mein vollständiger Name aus seinem Mund klang seltsam, irgendwie befremdlich. Aber das würde ich ihm gegenüber auf keinen Fall zugeben.

Noch einmal warf ich einen Blick zurück. Bis auf die Schmetterlinge auf den Blättern war niemand zu sehen. Zwar sträubte sich alles in mir dagegen, über diesen Zaun zu treten, aber wir hatten schon unerlaubterweise den Weg verlassen, da machte das sicher auch nichts weiter. Andrew Cavanaugh machte aus mir eine Kriminelle. Und anstatt mich mit Händen und Füßen dagegen zu wehren, ließ ich es bereitwillig geschehen. Was war nur los mit mir?

Die Steine waren zwar fest im Boden des Sees verankert, aber aufgrund des Wasserfalls waren sie klitschnass. Vorsichtig trat ich auf den ersten Stein. Als ich sicher war, es zu schaffen, sprang ich auf den nächsten Stein, dann auf den nächsten und den nächsten. Bis mich nur noch einer von der erlösenden Insel trennte. Doch dieses Mal rutschte ich weg.

Mit rudernden Armen schrie ich, versuchte, nicht ins Wasser zu fallen, aber ich sah mich schon mit durchtränkter Kleidung zurück zur Academy fahren. Doch bevor ich auf die Oberfläche traf, packte Andrew mich an beiden Armen und zog mich zu sich auf die kleine Insel.

Ich stieß mit Wucht in Andrews Oberkörper, krallte mich wie eine Ertrinkende an sein T-Shirt. Seine Hände lagen weiterhin an meinen Oberarmen. Er hielt mich so fest umschlungen, dass kein Blatt Papier zwischen uns gepasst hätte. Ich lockerte den Griff um sein Shirt, aber anstatt die Hände sinken zu lassen, bettete ich sie an seine Brust. Andrews Herz klopfte schneller als gewöhnlich, und instinktiv fragte ich mich, ob ich der Grund hierfür war. Meine Nähe.

»Danke«, sagte ich leise.

Langsam hob ich das Kinn, fing Andrews Blick auf, der auf mir ruhte. Er schluckte. »Nicht dafür.«

Ich wusste nicht, was es war. Ob ein Aphrodisiakum in der Luft lag oder es der romantischen Atmosphäre dieses Orts zu verschulden war. Aber meine Hände fuhren wie von selbst über Andrews Brust, und ich musste den Drang im Zaum halten, mich an ihn zu schmiegen. Auch wenn ich in diesem Moment nichts mehr gewollt hätte, als stundenlang von ihm gehalten zu werden, von diesen starken Armen, die mir ein Gefühl von Geborgenheit vermittelten.

Andrews Hände wanderten von meinen Armen meinen Rücken hinunter, wo sie kleine Kreise zogen, wie seine Finger es vorhin auf meinem Handrücken getan hatten.

Für den Augenblick war es, als befänden wir uns in unserem ganz eigenen Biom. In dem es nur uns und all die Schmetterlinge gab. Ein Ort, an dem die Zeit stillstand und wir vergessen konnten, was es eigentlich war, das uns heute hierhergeführt hatte.

Ich nahm meinen ganzen Mut zusammen und stellte mich

langsam auf die Zehenspitzen. Andrew schien zu verstehen, denn er neigte sich mir entgegen, bis unsere Nasenspitzen sich berührten und wir dieselbe Luft atmeten. Mein Herz klopfte wie wild, und hätte Andrew mich nicht gehalten, wären meine zittrigen Beine unter mir weggesackt. Aber er war hier. Hielt mich fest. Und sah mich an, als hielte er einen kostbaren Schatz zwischen seinen Fingern: mich.

Obwohl das keinen Sinn ergab. *Wir* ergaben keinen Sinn. Es existierte kein Universum, in dem es ein *Andrew und Charlotte* geben konnte. Wir sollten nicht voneinander angezogen werden wie die Motten vom Licht, sondern voneinander abdriften wie die Schollen im Meer. Und doch standen wir hier, eng umschlungen mit dem Rauschen des Wasserfalls und den Flügelschlägen der Schmetterlinge um uns herum.

Und es gab nichts, wirklich gar nichts, was uns diesen Moment hätte nehmen können. Einen Moment, der nur uns beiden gehörte.

»Hey, ihr da! Könnt ihr das Schild nicht lesen?«

Der Traum, in dem ich mich für den Bruchteil einer Sekunde befunden hatte, zerplatzte. Andrew und ich fuhren gleichzeitig auseinander.

Ein Wachmann schaute uns grimmig an und deutete auf das Schild. Das Schild, auf das ich auch Andrew hingewiesen hatte, bevor ich zu ihm auf die andere Seite gesprungen war.

»Kommt da sofort raus!«, wütete der Wachmann weiter. »Ansonsten wird das ernsthafte Konsequenzen nach sich ziehen!«

»Mann, wir kommen ja schon«, sagte Andrew und trat zur Seite, sodass ich an ihm vorbeigehen konnte. »Ladys first.«

Bei jedem Sprung befürchtete ich, wegzurutschen. Noch immer ging mein Puls schnell, und ich war zittrig. Eigentlich sollte ich Angst vor den möglichen Konsequenzen unseres unerlaubten Inselausflugs haben. Aber dahingehend spürte ich nichts. Das einzige Gefühl war das Prickeln auf meinen Lippen, das von Andrews Atem herrührte. Und meine Wackelpuddingbeine, die sich danach sehnten, wieder von ihm gehalten zu werden.

Dennoch gelang es mir irgendwie, sicher auf der anderen Seite zu landen, dicht gefolgt von Andrew. »Hören Sie, wir wollten keinen Ärger verursachen.«

»Die Jugend heutzutage! Hat keinen Respekt mehr.« Der Wachmann schüttelte den Kopf. »Nächstes Mal verschiebt ihr euer Bettgeflüster ins Schlafzimmer, wo es hingehört. Habt ihr mich verstanden?«

Ich wollte protestieren, ihm sagen, dass es nichts dergleichen gegeben hatte, aber Andrew ergriff das Wort. »Verstanden. Kommt nicht wieder vor.«

»Das will ich euch auch raten. Und jetzt folgt mir, ich bringe euch zum Ausgang.«

Der Mann stapfte voran durch das Gestrüpp und führte uns zu einem Seiteneingang, den er für uns öffnete. Anschließend schlug er die Tür sichtlich wütend hinter uns zu. Unter anderen Umständen wäre mir die Situation unangenehm gewesen, aber das Glücksgefühl, das weiterhin in mir tobte, überwog.

»Da haben wir wohl noch mal Schwein gehabt«, sagte Andrew und streckte sich ausgiebig. »Hast du Hunger?«

Bis eben hatte ich nicht bemerkt, dass mein Magen knurrte, doch jetzt, wo er es ansprach …

»Ja.«

»Na, dann los.«

Ohne ein weiteres Wort darüber zu verlieren, was eben fast geschehen war, liefen wir zurück zum Motorrad und ließen die Biosphäre hinter uns.

18

Charlotte

Die Zeit war rasend schnell vergangen. Ich erinnerte mich daran, dass Hazel öfter gesagt hatte, dass mit Tristan an ihrer Seite die Zeit wie im Flug zu vergehen schien. Nun konnte ich verstehen, was sie damit meinte. Es war bereits später Abend, und doch hatte ich das Gefühl, dass Andrew und ich erst ein oder zwei Stunden unterwegs gewesen waren, trotz all der Dinge, die im Laufe des Tages passiert – oder nicht passiert – waren.

Nachdem wir die Biosphäre verlassen hatten, waren wir nach Bridlington gefahren, um eine Kleinigkeit zu essen und am Hafen entlangzulaufen. Er hatte mich kommentarlos eingeladen und sich strikt geweigert, mein Geld anzunehmen. Es war mir zwar unangenehm gewesen, da es sich dadurch noch viel mehr wie ein Date anfühlte, obwohl es das nicht war, doch Andrew wollte von alldem nichts wissen. Daher hatte ich seufzend meine Geldbörse wieder im Rucksack verstaut.

Fernab der Academy wirkte Andrew wie ein vollkommen anderer Mensch, und das gefiel mir. Ich schien nicht die Einzige zu sein, die es nötig gehabt hatte, das Gebäude hinter sich zu lassen und all die Sorgen einmal abzuschütteln. Er wirkte weniger wie der Regelbrecher, als den ich ihn kennengelernt hatte, sondern wie ein ganz normaler Junge. Nun, nicht ganz so normal, denn er wurde von zahlreichen Mädchen gemustert. Was nicht verwunderlich war, schließlich fiel es auch mir schwer, nicht zu starren und mich einmal mehr zu fragen, warum er ausgerechnet mit mir hier war.

Eine weitere Sache, die mich positiv stimmte, war, dass er bisher nicht ein Mal seine Zigaretten herausgeholt hatte. Ich hatte bereits befürchtet, den ganzen Tag mit einem Aschenbecher verbringen zu müssen. Aber allem Anschein nach legte er Wert darauf, mich nicht mit seinem Zigarettenrauch zu belästigen. Oder er hatte einfach gerade keine neue Schachtel, was die wahrscheinlichere Erklärung war.

Die langsam untergehende Sonne tauchte den Himmel in ein atemberaubendes Farbenmeer von unterschiedlichen Rot- und Orangetönen. Als würden lodernde Flammen über unseren Köpfen tanzen und die Welt verschlingen.

Wir schlenderten am Hafen entlang, wo Andrew das Motorrad heute Nachmittag abgestellt hatte. Als wir davor angekommen waren, holte er Jacke und Helm wieder heraus und reichte mir beides.

»Und wohin jetzt?«, fragte ich, als ich mir die Jacke überstreifte. Sie war schwer und viel zu groß, aber sie roch so schön nach Andrew, weshalb ich sie gern trug.

Dieser hob eine Augenbraue und lehnte sich gegen die Maschine. »Eigentlich dachte ich, wir fahren zurück zur Academy.«

»Oh.« Das Wort verließ meine Lippen, ehe ich weiter darüber nachdenken konnte. Natürlich wäre es das Beste, zurückzufahren. Aber alles in mir sträubte sich dagegen, den Abend bereits für beendet zu erklären.

»Es sei denn, du willst noch nicht zurück?«, fragte Andrew vorsichtig. »Wir können auch noch woandershin.«

»Gerne«, entgegnete ich viel zu schnell.

Er lächelte. »Ich habe da eine Idee. Es ist auch nicht weit von hier.«

»Okay, verrätst du mir, wohin?«

»Was glaubst du denn, Lotti?«

Ich seufzte und zog den Reißverschluss der Jacke hoch. »Vermutlich nicht.«

»Genau.« Er zwinkerte, setzte sich den Helm auf und nahm dann auf dem Motorrad Platz.

Nachdem auch ich fest aufsaß, ließen wir die Stadt hinter uns und fuhren ins Flamborough-Outer-Headland-Naturreservat. Da es schon beinahe dunkel war, konnte ich nicht viel erkennen. Bei Tageslicht musste es sich um eine unglaublich schöne Landschaft handeln, mit tiefgrünen Wäldern und Wanderwegen, ähnlich der Lincolnshire Wolds, nur dichter besiedelt.

Die Fahrt ging relativ schnell. Wir ließen die Häuser von Flamborough hinter uns und steuerten die hohen Klippen an, von denen aus man auf die endlosen Weiten des Ozeans blicken konnte. Doch anstatt dort zu halten, bog Andrew ab und fuhr einen Hügel hinauf, auf dem der prunkvolle weiße Leuchtturm stand und im Rhythmus weniger Sekunden ein gleißendes Licht ausstrahlte, das den Schiffen ihren Weg wies.

Vor dem Gebäude, das höher war, als es aus der Ferne den Anschein erweckt hatte, parkte Andrew das Motorrad, und wir stiegen ab. Nachdem er unsere Sachen wieder verstaut hatte, lenkte ich den Blick hinauf.

»Was machen wir hier?«, fragte ich.

Andrew streckte mir seine Hand entgegen. Wie von selbst verschränkte ich meine Finger mit seinen, was erneut für eine wohlige Wärme in meinem Inneren sorgte. Er führte mich um das anliegende Gebäude zu einer kleinen Tür, die in den Schatten verborgen lag. Andrew lehnte sich dagegen und ließ von meiner Hand ab, um einen kleinen Schlüsselbund aus der Hosentasche zu ziehen.

»Was wird das? Willst du schon wieder irgendwo einbrechen?«, flüsterte ich in dem Wissen, dass hier keine Menschenseele war, die mich hätte hören können.

»Nein, keine Sorge. Ich darf herkommen, wann immer ich will.« Ich verschränkte die Arme vor der Brust und bedachte ihn mit einem argwöhnischen Blick, der ihn zum Lachen brachte. »Dieses Mal meine ich es ernst.« Die Tür öffnete sich leise quietschend und offenbarte einen meterhohen Turm mit lediglich einer Wendeltreppe, die bis ganz nach oben führte.

»Wow«, sagte ich. Meine Stimme wurde von den hohen Decken getragen und hallte als Echo durch den Turm.

Andrew steuerte die Wendeltreppe an, griff nach dem Geländer und zog sich so fest daran hoch, dass er die ersten drei Stufen übersprang. Bevor ich die unterste überhaupt erreicht hatte, war er schon zwei Meter weiter als ich. »Warte!«

»Tja, im Schwimmen magst du vielleicht schneller sein, aber nicht in Treppensteigen«, sagte er lachend.

»Du hast ja auch Vorsprung!«, protestierte ich und lief, so zügig mich meine Beine trugen. Glücklicherweise waren die einzelnen Stufen nicht sonderlich hoch, weshalb sie leicht zu erklimmen waren.

Dennoch keuchte ich auf halber Strecke und legte den Kopf in den Nacken. »Wie viele Stufen sind das denn bitte?«

Eigentlich hatte ich die Frage rhetorisch gemeint, mit einer Antwort von Andrew hatte ich nicht gerechnet. »191, du hast es gleich geschafft.« Er lehnte sich über die Brüstung und grinste mich breit an.

Oben angekommen, perlten einzelne Schweißtropfen von meiner Stirn. Andrew öffnete die Tür, die hinaus auf die Aussichtsplattform unter dem Lichtsignal führte. Augenblicklich pustete mir die kühle Meeresbrise ins Gesicht und trocknete mir den Schweiß. Meine Tunika wirbelte auf und flatterte im Wind hinter mir, während meine Haare in alle Himmelsrichtungen gewirbelt wurden. Ich kam nicht umhin zu lächeln.

Ich umklammerte die Brüstung und lenkte den Blick über die Klippen hinaus aufs Meer. Vor uns erstreckte sich die tosende Nordsee, die aufgrund des letzten Dämmerlichts aussah, als hätte man Glitzerpartikel über ein Aquarellgemälde geschüttet. Bei jeder sich auftürmenden Welle schien ein anderer Farbton vorherrschend zu sein. Einzelne Möwen kreisten über den Felsen, doch schon bald würden auch sie sich zur Nachtruhe betten.

»Tagsüber kann man von hier die Seehunde beobachten, die sich auf den Klippen sonnen.« Ein Lächeln lag auf Andrews Lippen, als er hinunter auf die Felsen am kleinen Sandstrand deutete.

»Du bist öfter hier, oder?«

Er nickte, dann schüttelte er den Kopf. »Früher ja, mittlerweile nicht mehr.«

Einen Moment schwiegen wir, beobachteten, wie auch die letzten Farbtupfer vom Himmel verschwanden, bis sich nichts als Schwärze über uns erstreckte. Aufgrund des Lichtfeuers waren die Sterne nur schwer zu erkennen, aber es war ihre Zeit des Tages, und nun würden sie über uns wachen.

»Möchtest du mir davon erzählen?«, fragte ich vorsichtig und drehte mich Andrew zu.

Ein grüblerischer Ausdruck legte sich auf sein Gesicht. Sein Kiefer mahlte, als würde er mit sich ringen. Dann atmete er so tief durch, dass sein Shirt spannte. »Es gibt Dinge, über die ich nicht gern spreche.«

»Das verstehe ich.« Ich nickte zustimmend. »Wenn es dir hilft, erzähl ich dir zuerst etwas über mich, das kaum jemand weiß.«

Seine Mundwinkel kräuselten sich. Als er sich zu mir drehte, blies der Wind seine Haare zurück. »Kommt drauf an. Ist es etwas Schmutziges?«

Lachend schüttelte ich den Kopf. »Ich muss dich enttäuschen, solche Dinge habe ich nicht auf Lager. Mein Leben ist dahingehend ziemlich langweilig.« Ich zuckte mit den Schultern und wich seinem Blick aus.

»Also da könnte ich Abhilfe schaffen.«

»Drew, hör auf!«, sagte ich weiterhin lachend und stieß ihm sacht den Ellenbogen in die Seite. »Ich meine es ernst.«

»Ich auch«, raunte er.

»Drew!«

»Okay, okay, ich hör schon auf.« Abwehrend hob er die Hände. »Gut, sag es mir.«

Ich schloss einen Moment die Augen und legte mir die passenden Worte zurecht. Wie auch Andrew redete ich nicht gern über meine Familie. Ich erinnerte mich nicht daran, wann ich zuletzt mit jemandem darüber gesprochen hatte. Mila und Hazel stellten sicher eigene Vermutungen an, aber sie hatten mich nie direkt danach gefragt. Und ich wusste auch nicht, ob ich ihnen ihre Fragen beantworten würde.

Doch bei Andrew war es anders. Ich *wollte* mich ihm offenbaren. Denn es gab einen Teil in mir, der wusste, wie ähnlich wir uns eigentlich waren. Dass wir uns beide gewissermaßen versteckten, weil es so einfacher war, als jemanden hineinzulassen. Aber wenn ich diese Tür nun öffnete und hindurchtrat, gab es kein Zurück mehr.

Ich wandte mich Andrew zu. Ein neugieriges und zugleich verunsichertes Funkeln lag in seinen Augen. Er lächelte aufmunternd, weshalb ich über meinen Schatten sprang.

»Meine Eltern sind streng«, begann ich und senkte den Blick wieder. Stattdessen betrachtete ich meine Fingernägel. »Aber nicht auf eine gewöhnliche Art streng. Als ich jünger war, war es nicht ganz so schlimm, wirklich angefangen hat es, als ich neun oder zehn war. Nicht nur musste ich stets Bestnoten nach Hause bringen, sondern auch täglich außerschulischen Aktivitäten nachgehen. Meine Tage waren von morgens bis abends durchgeplant, ich hatte keine Freizeit, keine Gelegenheit, einfach mal durchzuatmen. Ein Jahr vor meinem Sekundarschulabschluss wollte ich das nicht mehr. Also fing ich an zu rebellieren.«

Ich hielt einen Moment inne, schluckte, denn es war schwer, an diese Zeit zurückzudenken. Obwohl ich sie nie ganz hinter mir gelassen hatte. Denn sie hatte mich geformt und zu der Charlotte gemacht, die ich heute war. Die Charlotte, die immer im Hinterkopf hatte, welche Konsequenzen Regelbrüche nach sich ziehen konnten. Die Charlotte, die selbst mit einundzwanzig die Tür beim Schlafen einen Spalt geöffnet ließ, weil sie sich auf diese Weise sicherer fühlte.

Andrew schwieg, wartete, bis ich mich gesammelt und die richtigen Worte gefunden hatte.

»Ich habe meine Harfenstunden geschwänzt, meine Hausaufgaben schleifen lassen und bin zu spät nach Hause gekommen. Dazu hatte ich einen Motorrad fahrenden Freund. Da war zu Hause die Hölle los. Aber meine kleine Rebellion ging nicht lange gut, denn meine Eltern wollten sich nicht von einem bockigen Teenager auf der Nase herumtanzen lassen. Es begann mit Handy- und Fernsehverbot, gefolgt von Hausarrest. Kleinigkeiten, die zwar schlimm, aber erträglich waren. Als mein Zeugnis kam und meine Noten deutlich schlechter als sonst waren …«

Ich schluckte. Eine einzelne Träne perlte über meine Wange. Dass meine Finger zitterten, bemerkte ich erst, als Andrew sie mit seiner Hand umschloss. Eine Berührung, die mir signalisierte, dass er hier war. »Sie haben mein Fenster verbarrikadiert, mir sämtliche Elektronik weggenommen und mich in mein Zimmer eingeschlossen. Vier Wochen lang.«

»Sie haben was?«, fragte Andrew entsetzt.

Ich hob die Schultern und seufzte. »Ich war selber schuld. Dreimal am Tag haben sie mir Essen gebracht und gefragt, ob ich von jetzt an wieder gehorsam sein werde. In der ersten Woche habe ich mich noch dagegen aufgelehnt. Aber dann … Sie haben mir so viele Vorwürfe gemacht. Immer wieder betont, was sie alles für mich aufgegeben haben. Das Einzige, was sie im Gegenzug von mir verlangt haben, war Gehorsamkeit.« Ich schnaubte. »Nun, ich habe ihnen eine Weile geglaubt. Geglaubt, dass sie es nur gut meinten, weil sie das Beste wollten. Doch das Beste für wen? Für mich definitiv nicht. Trotzdem habe ich mich gefügt und danach nie wieder wissentlich eine Regel gebrochen.«

Andrew schüttelte ungläubig den Kopf, ohne dabei von meiner Hand abzulassen. »Das ist Freiheitsberaubung. Keine Eltern der Welt haben das Recht, ihr Kind auf diese Weise zu bestrafen. Hast du sie angezeigt?«

»Nein«, flüsterte ich. »Ich habe oft darüber nachgedacht, aber nein. Seit meinem Schulabschluss habe ich nicht mehr mit ihnen geredet, und ich denke auch nicht, dass ich ihnen jemals verzeihen werde. Das ist vermutlich Strafe genug für sie.«

»Fuck«, zischte Andrew. »Das tut mir so leid, Charlotte.« Sein Blick war voller Mitgefühl. »Es ist gut, dass du dich von ihnen losgesagt hast.« Er drückte sanft meine Hand.

»Danke.« Ich versuchte mich an einem Lächeln. »Jetzt weißt du, wieso ich so bin, wie ich bin.«

Eine Weile betrachtete er mich schweigend. Aber in seinen Gesichtszügen zeichnete sich Verständnis ab. Wenn man jahrelang psychisch manipuliert wurde, hinterließ das tiefe Spuren. Das war nichts, was man von jetzt auf gleich abschütteln konnte. Ich wünschte, es wäre anders. Aber das war etwas, mit dem ich zu leben gelernt hatte.

»Wenn ich die Sozialstunden nicht an der Academy ableiste, wo mein Vater ein wachsames Auge auf mich haben kann, darf ich meinen Bruder nicht wiedersehen«, sagte Andrew plötzlich.

»Was?« Die Trauer, die mich eben noch im Griff gehalten hatte, wich Fassungslosigkeit.

»Meine Familie ist verkorkst.« Andrew ließ von meiner Hand ab und fuhr sich durch die Haare. »Mum und ich, wir waren ein Team. Sie hat mich oft hierher mitgenommen. Nach ihrem Tod bin ich regelmäßig allein hergekommen, wenn mir alles zu viel wurde. Zu meinem Vater und seiner neuen Frau habe ich kein gutes Verhältnis. Das einzig Gute, das er hervorgebracht hat, ist mein kleiner Bruder, Cody. Aber Dad ... Er hat sich noch nie für mich interessiert. Für ihn bin ich nichts weiter als das schwarze Schaf der Familie.« Die letzten Worte spie Andrew förmlich, sodass ich zusammenzuckte. Der mitfühlende Ausdruck auf seinem Gesicht war fort. Stattdessen flackerte nichts als unbändige Wut in seinen Augen auf.

Wut, die auch auf mich überging. Ich wusste nicht, was genau zwischen ihnen vorgefallen war, aber ich mochte es nicht, wenn Eltern ihre Kinder schlecht behandelten. »Scheiß auf ihn!«, entfuhr es mir.

Andrew schaute mich verwirrt an, dann fing er an zu lachen. »Hast du gerade geflucht?«

Ich stimmte in sein Lachen mit ein. »Manchmal kann ich mich nicht zurückhalten.«

»Gefällt mir. Lass es raus!« Er schrie die Worte vom Leuchtturm, sodass sie vom Wind in alle Himmelsrichtungen getragen wurden.

»Scheiß auf deinen Vater. Scheiß auf meine Eltern. Wir brauchen solche Menschen nicht in unserem Leben!«

»Da hast du verdammt noch mal recht, Lotti. Aber das mit dem Fluchen müssen wir noch mal üben.«

Wir schauten einander an und brachen in Gelächter aus. Die trübsinnigen Minuten von eben waren wie weggeblasen. Ich erinnerte mich nicht daran, wann ich das letzte Mal so ausgiebig gelacht hatte, bis mir der Bauch schmerzte. Und wenn ich so darüber nachdachte, wusste ich nicht mal, warum wir lachten.

Nach wenigen Minuten hatten wir uns wieder eingekriegt, rangen aber noch immer schwer nach Luft.

Ich war erleichtert. Jahrelang hatte ich das Thema totgeschwiegen, da es nichts war, an das ich denken wollte. Es aber nun endlich ausgesprochen zu haben, hatte eine befreiende Wirkung. Als wäre das eine Last gewesen, von der ich nicht gewusst hatte, dass sie schwer auf meinen Schultern gelegen hatte. Und nun, wo sie weg war, fühlte ich mich beinahe schwerelos.

»Danke«, sagte ich, als ich schließlich wieder zu Atem gekommen war. »Dafür, dass du mir dein Geheimnis anvertraut hast. Und für diesen Tag, es war einfach …«

Andrew winkte ab. »Ach, nichts zu danken.«

»Doch, Drew, wirklich. Der Tag war perfekt.« Ich hatte nicht gewusst, wie sehr ich das hier gebraucht hatte. Andrew presste die Lippen aufeinander und wiegte den Kopf hin und her. »Mhm?«

»Ich weiß ja nicht«, sagte er schließlich grüblerisch.

Mit einem Mal überkam mich wieder diese Unsicherheit. »Oh, okay …«

Lächelnd kam er einen Schritt auf mich zu. Der Wind hatte nachgelassen, weshalb seine Haare nun in einer verwegenen Frisur lagen, die wie gewollt aussah. »Es war ein guter Anfang. Aber es gibt eine Sache, die den Tag *wirklich* perfekt machen würde.«

Verwirrt legte ich die Stirn in Falten. »Und die wäre?«

»Möchtest du das wirklich wissen?«

»Ja, natürlich.«

Er kam noch einen weiteren Schritt näher und strich mir sacht eine Strähne hinter das Ohr. Seine Berührung hinterließ eine angenehm brennende Spur auf meiner Haut, obgleich sie so behutsam war, als wäre ich eine Porzellanpuppe und Andrew besorgt, er könne mich zerbrechen. Prompt geriet mein Herzschlag wieder aus dem Takt. Mit der Zunge fuhr Andrew sich über die Lippen und schluckte. Dann legte er den Zeigefinger an mein Kinn und hob es an. »Ich bin so froh, dass du nicht *Nein* gesagt hast.«

Er lehnte sich zu mir herunter und küsste mich. Sanft und leidenschaftlich zugleich, sodass meine Knie weich wurden. Ich schlang meine Arme um seinen Hals, vergrub die Finger in seinen Haaren, da ich einen Halt bitter nötig hatte. Andrews Hände fuhren über meinen Rücken, er zog mich näher an sich heran.

Seine Lippen auf meinen fühlten sich so gut an. Viel zu gut. Es war wie ein Rausch, von dem ich nie genug bekommen würde.

Viel zu schnell wollte er sich von mir lösen, doch ich brauchte das hier gerade. Ich zog ihn wieder an mich und fuhr mit meiner Zunge über seine Unterlippe. Ein Raunen drang aus Andrews Kehle, als er mich plötzlich fester um die Taille packte, umdrehte und gegen das kühle Metall des Leuchtturms drückte.

Er intensivierte den Kuss, strich mit seiner Zunge sanft gegen meine. Dabei erkundete er meinen Körper mit seinen Händen. Ich erschauderte unter jeder seiner Berührungen. Es sollte sich nicht so gut anfühlen, von Andrew geküsst und gehalten zu werden. Doch ich kam nicht dagegen an.

Seine Küsse wurden fordernder, seine Berührungen drängender. Meine Knie wurden weicher, und ich hatte das Gefühl, auf Treibsand zu gehen.

Andrews Lippen lösten sich von meinen. Er küsste sich meinen Kiefer entlang, bis er die empfindliche Stelle hinter meinem Ohr erreicht hatte. Mir entfuhr ein leises Stöhnen, von dem ich hoffte, dass er es nicht hörte.

Seine Hände glitten meine Taille entlang, über meinen Rippenbogen. Dabei schob er den Stoff der Tunika etwas hinauf. Doch statt meine nackte Haut zu berühren, hielt er inne, senkte die Hände und küsste sich seinen Weg zurück zu meinen Lippen.

Ich war dankbar für seine Zurückhaltung. Denn in diesem Moment war ich mir nicht sicher, ob ich mir selbst hätte trauen können.

Andrew gab mir einen letzten flüchtigen Kuss. Meine Lippen prickelten, als er sich schwer atmend von mir zurückzog und seine Stirn gegen meine lehnte.

Ich lockerte den Griff um seine Haare, ließ meine Arme aber um seinen Hals geschlungen. »Du hattest recht.«

Er hielt die Augen geschlossen. »Womit?«

»Das hat den Tag noch perfekter gemacht.«

19

Charlotte

Es war schwer zu glauben, dass der Kuss mit Andrew auf dem Leuchtturm erst zwei Tage zurücklag. Zwei Tage, seitdem sich meine Welt um hundertachtzig Grad gedreht hatte.

Wann immer ich die Augen schloss, hatte ich das Gefühl, Andrews Hände auf meinem Körper und seine Lippen auf meinen zu spüren. Seinen warmen Atem wahrzunehmen, der meine Haut kitzelte. Den Duft von Leder zu riechen, der ihm anhaftete.

Wir waren wie ein Outfit, kombiniert aus zwei unterschiedlichen Stilen, die eigentlich nicht zusammenpassen sollten, aber gemeinsam etwas ganz Besonderes wurden. Zumindest am Freitag waren wir das gewesen. Anschließend waren wir zurück zur Academy gefahren, die wir erst gegen halb eins erreicht hatten. Er hatte mir einen flüchtigen Abschiedskuss gegeben und das Versprechen, dass wir uns bald wiedersehen würden.

Doch ich wusste nicht, wie es nun weitergehen sollte. Ob es sich um eine einmalige Sache gehandelt hatte und er bei den noch anstehenden Treffen wieder auf Distanz gehen würde. Mein gesunder Menschenverstand sagte mir, dass ich mich von Andrew fernhalten sollte, wenn ich es nicht darauf anlegen wollte, mir die Finger zu verbrennen. Aber mein Herz wollte davon nichts wissen. Schon der Gedanke an ihn ließ es schneller klopfen und die Schmetterlinge in meinem Magen freudig mit den Flügeln schlagen.

»Autsch!«, sagte Mila schroff und schlug reflexartig meine Hand weg.

»Tut mir leid«, murmelte ich, griff nach einem Papiertaschentuch hinter mir und tupfte den Blutstropfen von ihrer Haut. Schon zum dritten Mal hatte ich sie versehentlich mit einer meiner Nadeln gestochen. So etwas passierte mir für gewöhnlich nicht.

Hazel saß mit baumelnden Beinen auf dem Tisch des Ateliers, das ich heute für ein paar Stunden angemietet hatte, und sah uns zu. »Du bist wirklich nicht bei der Sache.«

»Ich weiß. Tut mir leid.«

»Hör auf, dich zu entschuldigen. Rede lieber mit uns.«

Als ich das Kinn hob, traf mein Blick auf Hazels große Augen, in denen sich Mitgefühl abzeichnete.

Mila nickte so eifrig, dass sich eine der Stecknadeln löste und die Hose verrutschte. Seufzend fixierte ich sie wieder. Es war die erste Anprobe. In den kommenden zwei bis drei Wochen wollte ich die Outfits insoweit finalisiert haben, dass ich nur noch kleine Änderungen vornehmen musste. Bisher lag ich noch gut in der Zeit.

»Es ist nichts«, versicherte ich den beiden. Doch auch ohne den Blick erneut heben zu müssen, wusste ich, dass sie mich anstarrten. Ich presste die Lippen aufeinander und atmete tief durch. Der Geruch von Staub lag in der Luft und kitzelte in meiner Nase.

Als ich die letzte Nadel gesetzt hatte, richtete ich mich auf und schaute Mila von oben bis unten an. Bei ihrem Outfit handelte es sich um eine weit geschnittene Taillenhose. Am Oberkörper trug sie ein enges Bandeautop und darüber den Crop-Blazer mit Kimonoärmeln. Die Glitzerknöpfe würde ich erst im letzten Schritt anbringen, konnte mir das Ganze bildlich aber bereits sehr gut vorstellen. Anstatt der bunten Bänder, die Mila täglich in ihre Haare flicht, würden wir glitzernde nehmen, die das Outfit perfekt abrundeten. In der kommenden Woche würde ich Joshs Outfit fertigstellen.

Nachdem ich meine Notizen vervollständigt hatte, stützte Mila die Fäuste in die Seite und legte den Kopf schief. »Es geht um Andrew, richtig? Soll ich ihn für dich verprügeln? Du weißt, dass ich das tun würde.«

Ich schmunzelte. »Nein, brauchst du nicht.«

»Habt ihr noch mal geredet seit Freitag?«, fragte Hazel und sprang vom Tisch. Sie schob sich einen Stuhl näher heran und setzte sich zu Mila und mir. Natürlich war ich nicht drum herumgekommen, den beiden von unserem Kuss zu berichten. Aber ich hatte es ihnen ohnehin erzählen wollen und am liebsten in die Welt hinausgeschrien, da ich seitdem wie auf Wolken schwebte. Ich beantwortete ihre Frage mit einem Kopfschütteln. »Das tut mir leid. Ich bin aber immer noch der Meinung, dass du dir lieber wen anders suchen solltest.«

»Jap«, stimmte Mila zu. »In ein paar Tagen wirst du wieder klar denken können. Gerade leidest du eindeutig noch unter dem Stockholm-Syndrom.«

»Du redest wieder Unsinn.« Es wunderte mich nicht, dass sie nicht nachvollziehen konnten, was ich in Andrew sah. Aber sie kannten ihn auch nicht so wie ich. Auch ich hatte noch viele seiner Facetten zu ergründen, aber die, die er mir bereits gezeigt hatte, gefielen mir. Nichtsdestotrotz wusste ich, dass sie bis zu einem gewissen Punkt recht hatten.

»Ach, tu ich das?«

»Er hat sie nicht entführt«, lenkte Hazel ein. »Ich glaube nicht, dass das vergleichbar ist.«

»Na ja, aber er erpresst sie, damit sie mit ihm ausgeht. Kommt irgendwie aufs selbe raus.« Sie zuckte mit den Schultern und deutete auf sich. »Kann ich den Kram jetzt ausziehen?«

»Ja, aber sei vorsichtig«, sagte ich.

Sie ließ sich kein zweites Mal bitten. Währenddessen packte ich meine Materialien wieder zusammen.

»Ich bin der Meinung, wir sollten ihm mal auf den Zahn fühlen!« Hazel setzte diesen ganz bestimmten nachdenklichen Blick auf, den sie immer dann hatte, wenn es um die Aufdeckung eines Mysteriums ging. »Herausfinden, was seine Absichten sind.«

»Klingt gut«, sagte auch Mila und legte die Jacke behutsam auf dem Tisch ab.

»Nein«, fuhr ich die beiden an, ehe sie ihre verrückten Pläne noch weiterspinnen konnten. »Wir lassen ihn in Ruhe und schauen, was passiert.«

Mila schnaubte. »Ja, klar. Ihr schaut, was passiert. Dafür bist du nicht der Typ, Charlotte. Du bist doch jetzt schon total in ihn verschossen.«

Meine Wangen wurden heiß. Ich drehte den Kopf weg, damit sie nicht sehen konnte, *wie* rot ich wurde. »Das ist nicht wahr.«

»Rede dir das ruhig weiter ein. Aber glaubst du wirklich, dass *er* der Richtige für dich ist? Ich kann mir kaum vorstellen, dass dieser Kerl eine feste Beziehung möchte. Und du willst nichts Lockeres. Früher oder später wird das auf ein gebrochenes Herz hinauslaufen. Und wir wissen beide, wessen Herz das sein wird.«

Wir hatten dieses Gespräch bereits gestern geführt, aber noch immer waren die Worte wie Messerstiche.

»Was Mila sagen will, ist, sei einfach vorsichtig, ja?«, versuchte Hazel zu beschwichtigen und funkelte Mila eindringlich und zugleich verärgert an.

»Ich weiß doch selbst nicht mal, was das alles zu bedeuten hatte. *Ob* es etwas zu bedeuten hatte.« Meine Stimme war kaum mehr als ein Flüstern. »Ich bin nicht so verblendet, dass ich mir der Risiken nicht selbst bewusst bin.«

Mir war klar, dass Andrew und ich einen merkwürdigen Start hatten. Und die Tatsache, dass es im Grunde mit Erpressung begonnen hatte, würde immer einen faden Beigeschmack haben. All dies war mir sogar sehr bewusst, und ich machte mir darüber ebenso Gedanken. Außenstehende mochten es nicht verstehen können, aber ich hatte einfach das Gefühl, dass das, was Andrew und mich verband, stärker war. Stärker sein konnte, wenn wir dem eine Chance gäben. Denn trotz der Umstände war ich dankbar dafür, wie alles gekommen war. Letzten Monat hätte ich darüber nur den Kopf geschüttelt. Aber jetzt war es anders. Und Andrew war der Grund dafür.

Seufzend schloss ich meine Tasche und setzte mich auf den freien Platz neben Hazel. »Das Einzige, was ich weiß, ist, dass ich am Freitag glücklich war und zum ersten Mal seit langer Zeit wirklich … Spaß hatte. Und Andrew … er war der Auslöser dafür.«

Ich befeuchtete meine Lippen und strich mir über den Rock, um meine Hände mit irgendetwas zu beschäftigen. Es war erst das zweite Mal, dass ich mich Hazel und Mila gegenüber so verletzlich zeigte. Ihnen diese Seite von mir zu offenbaren, war schwer. Aber wenn es mir bei Andrew gelungen war, sollte ich auch bei ihnen keine Angst haben.

Mila ging vor mir in die Hocke und zog mich plötzlich in eine feste Umarmung. Hazel stand auf und drückte mich von der anderen Seite, sodass mir die Luft einen Moment wegblieb. Eigentlich war sie keine Umarmerin, weshalb es mir gleich noch viel mehr bedeutete. Erst als sie sich wieder von mir lösten, atmete ich auf. Tränen brannten in meinen Augen.

»Welche Entscheidung du auch treffen wirst, wir sind für dich da. Immer.«

»Aber tu mir einen Gefallen«, entgegnete Mila.

»Welchen?«

»Sag mir Bescheid, wenn er Scheiße baut. Ich könnte einen Boxsack gut gebrauchen.«

Ich schüttelte zwar ungläubig den Kopf, doch ich brach gemeinsam mit meinen Freundinnen in Gelächter aus. Auch wenn ich Mila noch nie etwas oder wen hatte schlagen sehen, glaubte ich ihr aufs Wort.

»Versprochen.«

20

Drew

Kopfschüttelnd zog Rowan bereits die vierte Bierflasche aus den Hecken der Academy-Gärten. Am Wochenende musste hier wieder einmal eine der illegalen Partys stattgefunden haben, denn neben den Flaschen türmte sich auch der Müll nicht nur auf dem Boden, sondern auch zwischen den Ästen der Bäume.

»Rücksichtslos«, murmelte Rowan. »Einfach rücksichtslos, diese Kids.«

Eigentlich war es mir scheißegal, ob das Gelände verdreckt war oder nicht. Noch sechs Wochen und ich würde diesem Ort wieder den Rücken kehren. Bis vor wenigen Tagen hatte ich die Zeit noch sehnlichst herbeigewünscht. Aber seit Freitag …

»Kannst du den Sack in die Kammer bringen?«, fragte Rowan und deutete vor sich. Mit der freien Hand wischte er sich über die schweißnasse Stirn. Doch seine Arbeitshandschuhe waren so verschmutzt, dass er sich dabei schwarze Schlieren auf die Haut schmierte. Angewidert verzog ich den Mund. Na, hoffentlich war das nur Blumenerde.

»Mach ich gleich«, sagte ich und kürzte die hervorstehenden Äste der Hecke. Der Azubi war noch krank, weshalb ich dafür abgestellt wurde. Eigentlich hatte ich das am Freitag erledigen sollen, aber ich war zur Nachmittagsschicht nicht aufgetaucht. Bisher hatte Rowan mich nicht gefragt, wo ich geblieben war. Da auch mein Vater mich noch nicht zu sich zitiert hatte, vermutete ich, dass Rowan ihm nichts erzählt hatte. Das war ziemlich korrekt von ihm, weshalb ich heute kommentarlos alles erledigte, was er mir auftrug.

»Danke, Junge.«

Junge. So hatte mein Vater mich genannt, als unser Verhältnis noch nicht so beschissen gewesen war. Ich nickte bloß und widmete mich wieder meiner Arbeit.

Aber es dauerte keine fünf Minuten, ehe ich erneut unterbrochen wurde. Dieses Mal allerdings nicht von Rowan.

»Hey, du da, Knastboy!« Ich drehte mich zu der Frauenstimme und sah Charlottes Mitbewohnerinnen auf mich zukommen. Das hatte mir heute gerade noch gefehlt! Die Rothaarige deutete auf mich, und ohne das Tempo zu drosseln, griff sie nach meinem Ellenbogen. »Wir reden jetzt.«

»Was soll der Scheiß?« Ich versuchte, meinen Arm wegzuziehen, aber sie bohrte ihre Fingernägel in meine Haut wie eine Raubkatze. Ihre brünette Freundin biss sich auf die Unterlippe, aber ich sah, dass sie kurz davor war loszulachen. Was für biestige Mädels!

»Was glaubt ihr, tut ihr da?«, schritt Rowan ein.

»Wir müssen mit ihm reden.«

»Er hat zu tun, das seht ihr doch.«

Nun meldete die Brünette sich zu Wort. »Es geht um Charlotte.«

Rowans Mund öffnete sich einen Spaltbreit. Dann schaute er zwischen der Rothaarigen und mir hin und her. Als sein Blick meinen traf, kniff er die Augen zusammen und funkelte mich wütend an. »Lasst euch alle Zeit, die ihr braucht.«

»Was? Du willst mich diesen Löwinnen zum Fraß vorwerfen?« Ich fühlte mich wie im falschen Film. Aber Rowan schwieg, und die Rothaarige zog mich einfach mit sich. Unbeholfen ließ ich die Heckenschere fallen. »Du kannst mich loslassen.«

Sie reagierte nicht, stattdessen bugsierte sie mich um die nächste Ecke zu einer Bank am Teich. Unsanft drückte sie mich hinunter, damit ich mich setzte. Ihre Krallen hatten sichelförmige Einschnitte in meiner Haut hinterlassen.

»Musste das sein?«, flüsterte die Brünette.

»Ich finde schon.« Die Rothaarige zuckte mit den Schultern, dann sah sie mich direkt an. Ein wütendes Funkeln lag in ihren smaragdgrünen Augen. »Du weißt, worum es geht?«

»Keinen Schimmer, was ihr wollt.«

Sie atmete tief durch, verdrehte die Augen und schüttelte den Kopf. »Du scheinst nicht sehr helle zu sein, was?«

»Okay, lass mich das vielleicht übernehmen, Mila.« Das war ihr Name, stimmt. Die Brünette schaute mich an, lächelnd. »Hey, du weißt vielleicht noch, wer wir sind. Das ist Mila, ich bin Hazel. Wir sind Charlottes Mitbewohnerinnen.«

»Ich weiß. Und was wollt ihr von mir?«

»Mit dir über Charlotte sprechen«, sagte sie mit ruhiger Stimme, während Mila hinter ihr stand und die Hände zu Fäusten ballte. Sie war eindeutig die durchgeknallte Freundin dieser Gruppe. Und auch wenn ich es mir ungern eingestand, war sie zudem ziemlich Furcht einflößend.

Ich räusperte mich und fing Hazels Blick auf. »Ja, das habt ihr schon gesagt. Dann haut mal raus, damit ich zurück an die Arbeit kann.« Eigentlich hatte ich keinen Bock mehr darauf, die Hecken zu schneiden, aber noch weniger Bock hatte ich darauf, mit den beiden über Charlotte zu sprechen. Denn entgegen Milas Vermutung war ich nicht wirklich auf den Kopf gefallen, sondern hatte so eine Ahnung, was sie von mir wollten.

»Was sind deine Absichten?«, platzte es aus Mila heraus. Sie schob Hazel beiseite und bäumte sich über mir auf, sodass ich von ihrem Schatten eingehüllt wurde.

»Kein Plan, was du meinst.«

»Wow, tust du nur so doof, oder bist du so doof?« Sie stöhnte. »Charlotte ist ein Engel, und du spielst mit ihren Gefühlen.«

Ich schnaubte. »Ist das so?«

»Natürlich! Du bist nichts weiter als ein mieser Erpresser. Meinst du, sie würde sich sonst mit dir treffen? Und du nutzt das aus, weil dir langweilig ist und du sonst nichts zu tun hast?« Ich biss die Zähne zusammen, mein Kiefer mahlte. Fuck, am liebsten hätte ich jetzt auf irgendwas eingeprügelt.

»Wir möchten einfach nur, dass du Charlotte nicht verletzt«, sagte Hazel, weiterhin bemüht ruhig. »Sie ist der netteste Mensch, den ich kenne. Sie versucht, in jedem das Gute zu sehen, was eine bewundernswerte Eigenschaft ist. Aber genau das macht sie auch zu einem leichten Ziel.«

Hazel hatte ebenso große, traurige Augen wie Charlotte. Es war offensichtlich, dass sie sich wirklich um ihre Freundin sorgte und nur das Beste für sie wollte. Nur bei Mila war ich mir nicht so sicher, was genau sie vorhatte. Vermutlich, mir im Schlaf die Augen auszukratzen. Doch was auch zwischen Charlotte und mir war, ging niemanden etwas an. Nur uns beide.

»Und was sagt *sie* dazu?« Ich wusste, dass Charlotte die beiden niemals dazu angestiftet hätte, mir aufzulauern und mich vollzutexten.

»Wie bitte?«, fragte Hazel verwirrt.

»Lasst mich raten. Ihr spielt euch als Charlottes Bodyguards auf, obwohl sie das *nicht* wollte. Wieso sollte sie auch? Sie ist erwachsen und kann für sich selbst sprechen. Wie wäre es also, wenn ihr wieder geht und euch um euren Kram kümmert?«

»Wow, Respekt.« Mila klatschte in die Hände. »Bravo! Leider habe ich keinen Pokal dabei, um dich zum größten Arschloch aller Zeiten zu küren.«

»Pass lieber auf, was du sagst, Rotschopf«, zischte ich.

»Sonst was?«

»Okay, okay. Wie wäre es, wenn wir alle mal wieder runterkommen.« Hazel breitete die Arme zwischen Mila und mir aus. »Wir sind nicht hier, um uns gegenseitig die Köpfe einzuschlagen.«

»Sag das mal dem da!«

»Sagt die Oberzicke.«

»Awww, sitzt der Schlüppi zu stramm, ja?«

»Mila, hör jetzt auf!«, sagte Hazel so laut, dass ich beinahe von der Bank in den Teich gefallen wäre. Dass sie laut werden konnte, damit hatte ich nicht gerechnet. Als sie sicher war, dass ihre Freundin schwieg, wandte sie sich mir zu. Dem mitfühlenden Funkeln in ihren Augen war Wut gewichen. »Und du, Andrew, hörst jetzt auch auf. Wir sind Charlottes beste Freundinnen, also wirst du dich wohl oder übel auf Dauer mit uns arrangieren müssen. Da wäre es doch nett, wir würden einander nicht an die Gurgel gehen.«

»Ich kann nicht fassen, dass sie sich in so jemanden verknallt hat«, murmelte Mila.

»Was habe ich gerade gesagt? Aufhören!«, entgegnete Hazel.

Ich allerdings schaute zu Mila und wiederholte gedanklich ihre Worte. Fuck, das hatte sie hoffentlich nur so dahingesagt und meinte das nicht wirklich ernst. Das wäre Bullshit. Charlotte würde sich niemals in jemanden wie mich verlieben, und das war auch nichts, worauf ich es anlegte. Fühlte ich mich zu ihr hingezogen? Fuck, ja. Wollte ich sie ein weiteres Mal an mich ziehen und ihren wunderschönen Körper mit Küssen bedecken? Sie mit meinen Händen erforschen und ihr jeden Fetzen Stoff vom Leib reißen? Ich wäre ein Idiot, wenn nicht. Sie war unglaublich scharf, und am liebsten hätte ich sie direkt auf dem Leuchtturm genommen. Aber das konnte ich nicht tun, denn … Ja, warum eigentlich nicht? So war ich schließlich schon immer gewesen. Meine einzige selbst auferlegte Regel war, niemandem etwas vorzuspielen. Niemandem die großen Gefühle weiszumachen, obwohl ich nur an Sex interessiert war.

Es gab keinen einzigen Grund, warum es dieses Mal anders sein sollte.

Nur dass … es anders war.

Sie war anders.

»Scheiße, wieso grinst der denn jetzt wie der Joker? Das ist unheimlich. Er soll lieber wieder wie ein grimmiges Arschloch gucken«, sagte Mila.

Hazel kicherte. »Ich glaube, er denkt an Charlotte.«

»So ein Bullshit«, entgegnete ich und schüttelte die Gedanken von eben fort. Das sollte ich mir ganz schnell aus dem Kopf schlagen. In wenigen Wochen würde ich diesen verdammten Ort hinter mir lassen und nie wieder auf die Zeit hier zurückblicken. Ich würde weitermachen wie bisher, jobben, feiern und hin und wieder ein beliebiges Mädchen abschleppen, deren Namen ich am nächsten Morgen bereits wieder vergessen hätte.

»Weißt du, Andrew«, begann Hazel und setzte sich neben mich, »ich glaube, hinter deiner machohaften Fassade verbirgt sich ein ganz schöner Softie. Und das ist vollkommen okay. Aber du musst dir einfach einer Sache bewusst sein.«

»Die wäre?«, hakte ich nach, da sie keine Anstalten machte, weiterzusprechen.

»Du magst es abstreiten, aber es ist offensichtlich, dass Charlotte dir nicht egal ist. Ich habe einen Riecher für so etwas.« Sie tippte sich auf den Nasenflügel und grinste. »Aber die Umstände, die euch zusammengeführt haben, sind …«

»… beschissen«, unterbrach Mila. »Absolut zum Kotzen und das Allerletzte.«

»Ich hätte es mit anderen Worten ausgedrückt, aber der

Sinn ist derselbe«, sagte Hazel und nickte. »Du musst sie freigeben. Sag ihr, wer sie beklaut, und sieh, was passiert. Ich bin sicher, sie wird dir ziemlich dankbar sein. Jetzt bist du einfach nur der Kerl, der sie zwingt, Zeit mit ihm zu verbringen, weil er Langeweile hat. Ich kann mir nicht vorstellen, dass du *dieser* Kerl für sie sein willst.« Hazel klopfte sich auf die Oberschenkel und stand auf. »Wir müssen los. Aber ich hoffe, du denkst darüber nach.«

»Und wenn du Charlotte von diesem Gespräch erzählst, dann gibt's Ärger«, fügte Mila hinzu und kniff die Augen zusammen. Kurz darauf waren sie weg.

Warum zur Hölle hatte ich mich von den beiden volllabern lassen? Und wieso, verdammt, nahm ich mir die Worte auch noch zu Herzen?

Womöglich hatte Charlotte mich wirklich zu einem Softie verkommen lassen. Ja, ganz sicher sogar. Sonst hätte ich ihr niemals von Cody und meinem Vater erzählt. Die ganze Wahrheit hatte ich selbst ihr zwar nicht gesagt, aber mittlerweile wusste sie mehr über mich als manch anderer. Und es war ein verdammt gutes Gefühl gewesen, mit jemandem zu sprechen und festzustellen, dass man mit seinen Sorgen und Problemen nicht allein auf der Welt war. Ich war es mittlerweile so gewöhnt, mich allein durchzuschlagen, dass ich vergessen hatte, dass es eine Zeit gegeben hatte, in der es anders gewesen war. Charlotte hatte mich daran erinnert. Und dazu waren wir uns auch noch so viel ähnlicher, als ich gedacht hätte.

Fuck, was war los mit mir? Der alte Drew musste wieder her, und zwar schnell.

Ihr die Wahrheit sagen, ihr sagen, wer sie sabotierte. Ja, klar. Und was sollte ich dann in den nächsten Wochen treiben? Rumliegen und die Spinnweben an der Decke meiner versifften Bruchbude zählen?

Ich versuchte, mir einzureden, dass es nur um mein Vergnügen ging. Aber Hazels Worte hatten sich wie ein lästiger Parasit in meinem Kopf eingenistet. Und das Beschissenste war, dass sie recht hatte. Charlotte war mir nicht egal. Und ich befürchtete, würde ich ihr jetzt den Täter nennen, wäre es vorbei, bevor es überhaupt angefangen hatte. Aber was, verdammt, sollte überhaupt anfangen?

Es war nicht gelogen, dass ich kein Typ für Beziehungen war. Ich hatte nie eine und wollte daran auch nie etwas ändern. Schließlich war ich trotz unseres miesen Verhältnisses der Sohn meines Vaters. Und wie er Mum behandelt hatte … Er hatte sich schon immer wie ein Arschloch aufgeführt, aber ich hatte geglaubt, dass ihre Leukämie ihm die Augen öffnen würde. Dass er endlich begreifen würde, dass es etwas Wichtigeres im Leben gab als die Arbeit. Dass wir ihn *gebraucht* hätten. Es war eine beschissene Zeit, schließlich war ich erst zwölf Jahre alt gewesen. Aber mein Vater war nicht da gewesen. Stattdessen hatte er sich Loretta angelacht, noch bevor Mum überhaupt gestorben war.

Natürlich gab es keine Garantie, dass ich genauso wäre. Aber wenn man sein Leben lang nichts anderes vorgelebt bekam, wie sollte man dann wissen, wie es anders ging? Also konnte ich Charlotte nicht das geben, was sie brauchte. Doch es gab einen Teil in mir, der dieser Kerl für sie sein *wollte*.

Softie. Hazel hatte so was von recht. Shit, ich wusste doch auch nicht, was ich überhaupt wollte, verdammt!

Es gab nur zwei Dinge, die ich mit Sicherheit wusste: Ich wollte Charlotte nicht verletzen, und noch weniger wollte ich sie verlieren. Aber auf eines von beiden würde es unweigerlich hinauslaufen.

Egal, was auch geschehen würde, der Ausgang blieb gleich: Ich war der Arsch, der ihr Herz gebrochen hätte.

21

Charlotte

Mrs Davidson nahm uns in dieser Woche besonders in die Mangel. Da die Prüfung im Kurs Fashionmanagement und Marketing bereits in sechs Wochen stattfinden würde, versuchte sie mit allen Mitteln, uns so viele Informationen wie möglich in kürzester Zeit näherzubringen.

Ich mochte den Kurs, er war spannend und abwechslungsreich, Mrs Davidson eine hervorragende Dozentin, deren jahrelange Erfahrung in der Branche deutlich bemerkbar war, nichtsdestotrotz sehnte ich mich nach einer Pause.

Der Unterricht deckte ein weites Spektrum ab. Wir besprachen Inhalte wie unterschiedliche Methoden zur Markenentwicklung. Aber das war noch nicht alles. Ebenso brachte uns Mrs Davidson die Grundlagen des Marketings und Management der Mode- und Bekleidungsindustrie näher. Doch anstatt nur an der Oberfläche zu kratzen, ging unsere Dozentin in die Tiefe. Sie wollte uns zum Nachdenken anregen und uns eigenständiges Arbeiten und kritisches Hinterfragen lehren. In der heutigen Stunde hatte sie zahlreiche Artikel mitgebracht, und wir mussten Gruppendiskussionen zu den aktuellen Themen aus der Bekleidungsindustrie führen.

Diskussionsrunden waren noch nie meine Stärke gewesen, da ich besser mit den Fingern arbeiten als mit Worten umgehen konnte. Ich wusste, dass dies ein Punkt war, in dem ich mich verbessern musste. Hierbei konnte mir Mila sicher behilflich sein. Bei Gelegenheit würde ich sie darum bitten.

»In der kommenden Woche wird der Kurs im Hauptgebäude stattfinden. Wir treffen uns in den Computerräumen neben dem Sekretariat«, erklärte Mrs Davidson. Einzelne graue Strähnen waren ihr aus dem Dutt gerutscht. Aber bei ihr wirkte dieser Look elegant, vor allem in Kombination mit ihrem schlichten erdfarbenen Etuikleid, über das sie das beige Jackett der Academy trug.

»Und warum findet der Kurs nächste Woche dort statt?«, fragte Ashley gelangweilt.

Wäre sie den Kursplan vorher genauer durchgegangen, hätte sie die Frage nicht stellen müssen. Was auch Mrs Davidson nicht entging. Sie seufzte und rieb sich über den Nasenrücken. »Von Studenten im vierten Semester würde ich erwarten, die Kursinhalte zu kennen.«

Einige unserer Kommilitonen lachten leise. Mir würde in einer solchen Situation augenblicklich Hitze in die Wangen schießen, aber Ashley ließ das unbeeindruckt.

»Wer kann die Frage beantworten?« Mrs Davidson schaute uns nacheinander an. An mir blieb ihr Blick haften. »Ms Barton?«

»Wir werden in drei aufeinanderfolgenden Wochen die fachspezifischen Computeranwendungen kennenlernen.«

Ashley stöhnte und verdrehte die Augen. »So eine Streberin«, sagte sie an ihre Freundin Izzy gewandt, die ihr Kichern hinter der Hand zu ersticken versuchte.

»Sie sollten sich lieber ein Beispiel daran nehmen, Ms Collins, es sei denn, Sie möchten durch diesen Kurs fallen.« Mrs Davidsons Stimme ließ keine Widerworte zu. »Gut. Dann sehen wir uns nächste Woche. Zu Vorbereitung bearbeiten Sie bitte diese Arbeitsblätter.« Sie reichte Freddy, der direkt vor ihr saß, einen Stapel. Stöhnend nahm er sich die Arbeitsblätter und reichte sie weiter.

Als ich an der Reihe war, staunte auch ich nicht schlecht. Zügig blätterte ich alles durch und schluckte. Es waren dreiundzwanzig zusammengeheftete Seiten. Gedanklich ging ich meine To-do-Liste der Woche durch. Es stand noch einiges an, weshalb ich etwas umstrukturieren musste, um das zu schaffen.

»Wenn Sie keine Fragen mehr haben, können Sie gehen«, sagte Mrs Davidson. Sie wartete einen Moment, doch der Kurs schwieg, weshalb sie den Raum verließ.

»Die spinnt doch!«, sagte Ashley wütend. »Wann sollen wir das bitte machen? Glaubt sie, wir haben nur diesen einen Kurs?«

Izzy nickte. »Ja, also ich werde das sicher nicht durchgehen. Am Wochenende fahre ich nach London zum Shopping, also habe ich keine Zeit.«

Mir entfuhr ein leises Prusten, das ich auf der Stelle bereute, denn die beiden funkelten mich wütend an.

»Hast du was zu sagen, Streberin?«, fauchte Ashley.

»Nein«, entgegnete ich kleinlaut. Ich wollte mich nicht mit ihnen streiten.

»Besser ist es.« Sie lehnte sich zu Izzy, und die beiden fingen an zu tuscheln.

Freddy trat an meinen Tisch. Wir hatten nicht sehr viel miteinander zu tun. Im ersten Semester waren wir noch in denselben Kursen gewesen. Jetzt im vierten war dies unser einziges gemeinsames Seminar. Er lächelte mich an und verdrehte die Augen in Richtung Ashley und Izzy, aber so, dass sie davon nichts mitbekamen. Doch ihr Gespräch war mittlerweile ohnehin schon wieder bei der Shoppingtour.

»Wollen wir unsere Lerngruppe wieder aufleben lassen?«, fragte Freddy. Dabei lächelte er auf diese spitzbübische Weise, die dafür gesorgt hatte, dass ich mich damals mit ihm angefreundet hatte.

»Gerne«, sagte ich und folgte ihm aus dem Kursraum.

»Vielleicht nächstes Wochenende?«, schlug ich vor. Bisher hatte ich da noch nichts geplant.

Freddy nickte, wobei seine blonden Locken auf- und abwippten. »Ich glaube, das sollte passen. Wollen wir jetzt noch was essen gehen und diese bescheuerten Arbeitsblätter besprechen? Mrs Davidson hat es dieses Mal wirklich übertrieben.«

Ich schmunzelte. »Ja, das sind wirklich viele, mal sehen, wann ich das alles schaffe. Zum Essen kann ich leider nicht mitkommen, ich habe gleich Yoga.«

»Okay, kein Problem!« Freddy holte etwas unbeholfen sein Handy aus der Hosentasche, da er seine Bücher in den Händen hielt. Er reichte es mir. »Kannst du noch mal deine Nummer eintippen? Ich habe sie, glaub ich, nicht mehr.«

»Natürlich. Wir schreiben dann noch mal wegen der Lerngruppe!«

»Machen wir«, sagte er und nahm das Handy wieder entgegen. Als wir das Gebäude verließen, winkte er lächelnd. »Viel Spaß beim Yoga!«

»Danke.«

Nach der anstrengenden Doppelstunde freute ich mich schon auf den körperlichen Ausgleich. Außerdem war es neben den Abenden die einzige freie Zeit, die ich mit Hazel und Mila verbringen konnte. Ich holte tief Luft, atmete den Duft des Frühlings ein und steuerte die Sporthalle an.

»Das kann doch nicht sein«, murmelte ich.

»Was ist los?«, rief Hazel durch die geöffnete Tür.

»Die Glitzerknöpfe für Milas Outfit. Ich kann sie nicht finden!«

Schlurfende Schritte, dann erschien Hazel in der Tür und lehnte sich gegen den Rahmen. Sie hatte nach der Yogastunde gesagt, sie würde heute die Füße nicht mehr angehoben kriegen. Allem Anschein nach entsprach das der Wahrheit. Auch nach über einem Semester hatte sie sich nicht mit Yoga angefreundet. Aber ich war froh, dass sie trotzdem dabei war, um Zeit mit uns zu verbringen.

»Da steht doch dein Set.« Sie deutete auf die geöffnete Box auf meinem Sekretär.

»Ja, ich weiß, aber die richtige Größe fehlt!«

»Sicher, dass du sie überhaupt gekauft hast?«

Ich wirbelte herum und funkelte Hazel an. »Natürlich. Du weißt doch, dass ich mir alles genau aufschreibe.«

»Tut mir leid, ich wollte nur helfen«, sagte sie ruhig.

»Mir tut es leid. Ich wollte dich nicht anfahren, du kannst auch nichts dafür. Es ist nur …« Ich ließ mich auf die Matratze fallen. Die Tagesdecke schlug Falten unter meinem Gewicht. »Ich bin gestresst. Es gibt viel zu tun, ich habe das Gefühl, an all der Arbeit zu ersticken. Dass dann noch andauernd meine Materialien verschwinden, macht es nicht besser.«

Hazel setzte sich neben mich und schaute betrübt. »Du kannst deinen Frust ruhig rauslassen, dafür sind wir da. Hast du überlegt, doch mal mit Rektor Cavanaugh zu sprechen? So kann es nicht weitergehen.«

Ich seufzte. »Er hat noch nie etwas ohne Beweise unternommen.«

»Das ist doch Mist.« Hazel warf sich rücklings auf die Matratze und verschränkte die Arme unter dem Kopf. »Vielleicht sollten wir Milas Idee mit der Kamera doch in Erwägung ziehen?«

»Nein!«, unterbrach ich sie.

»Ich meine ja nur … Du warst auf einer illegalen Party, bist in die Schwimmhalle eingebrochen und hast einen Kurs geschwänzt.« Ruckartig richtete sie sich wieder auf und zuckte mit den Schultern. »Was macht da eine Kamera noch für einen Unterschied?«

»Das ginge einfach zu weit.«

»Dann geh zu Andrew«, sagte sie. »Sag ihm, er soll sich heute und morgen mit dir treffen, und dann ist euer Deal vom Tisch. Dann muss er dir sagen, wer es war, du kannst zum Rektor gehen und er alles Weitere in die Wege leiten.«

Im Grunde war das keine schlechte Idee. Eigentlich war diese Idee sogar sehr gut, aber irgendetwas hielt mich ab. »Ich weiß nicht …«

Hazel seufzte. »Eine andere Idee habe ich auch nicht. Wir könnten uns ins Aktenarchiv schleichen, um zumindest herauszufinden, wem das Schließfach gehört. Aber ich vermute, das wäre für dich auch keine Alternative.«

»Natürlich nicht.«

»Dann bin ich mit meinem Latein am Ende.«

Geistesabwesend nickte ich. »Meinst du, jemand ist in unsere Wohnung eingebrochen?«

»Wie kommst du darauf?«, fragte Hazel stirnrunzelnd.

»Die Knöpfe …« Ich stand auf und nahm die kleine Box vom Sekretär, ehe ich mich wieder neben sie setzte. »Sie standen offen in meinem Zimmer. Ich habe sie nirgendwohin mitgenommen.«

Hazel legte den Kopf schief und dachte nach. »Doch, du hattest sie bei Milas Anprobe dabei.«

»Aber danach waren noch alle da«, beharrte ich.

»Hast du sie gezählt?«

»Das nicht, aber ich habe sie wieder in ihre Fächer sortiert.« Ich war mir sicher, dass es so war.

»Bestimmt sind sie runtergefallen oder liegen noch im Atelier!« Hazel versuchte, mich mit ihren Worten aufzumuntern. »Wir können sie gleich morgen suchen gehen, okay?«

Ich nickte langsam. »In Ordnung.«

»Perfekt! Gleich kommen Mila und die Jungs für unseren Filmabend. Du bist doch dabei, oder?«

»Natürlich«, sagte ich und stand auf. »Ich mache mich nur noch frisch.«

»Super!« Mit einem Satz sprang Hazel von meinem Bett und verschwand aus der Tür, um alles für den Abend vorzubereiten.

Als unsere Gäste wenig später kamen, drifteten meine Gedanken aber andauernd ab. Sie wechselten zwischen Besorgnis und … Andrew.

Wann immer ich zu Hazel und Tristan schaute und sah, wie vertraut sie miteinander umgingen, die verliebten Blicke, die sie einander zuwarfen, und die zärtlichen Berührungen, die sie austauschten, wenn sie dachten, unbeobachtet zu sein, verspürte ich ein wehmütiges Ziehen in meinem Magen. Ich sehnte mich danach, bei Andrew zu sein. Egal wie verrückt das auch war, doch er fehlte mir.

Seit unserem Kuss am Freitag hatten wir uns nicht gesehen, nur kurz miteinander geschrieben, aber er hatte seltsam distanziert gewirkt, weshalb ich mich fragte, ob er bereute, was zwischen uns geschehen war. Einen Moment überlegte ich, ihn ebenfalls zum Filmabend einzuladen, verwarf diesen Gedanken aber schnell wieder.

Ich wusste, was mich davon abhielt, Andrew darum zu bitten, die letzten beiden Treffen noch in dieser Woche abzuhalten. Es war der Gedanke, ihn danach nicht mehr zu sehen. Hin und wieder würden wir uns zufällig auf dem Gelände begegnen. Aber wir würden keine Zeit mehr miteinander verbringen, und das schmerzte. Die Kopf-Charlotte wusste, dass ich so schnell wie möglich erfahren musste, wer mich sabotierte. Dass es nur darum ging. Die Herz-Charlotte hingegen wollte die Antwort so lange wie möglich hinauszögern.

Diktatorischer Verstand. Naives Herz.

Beides keine ansprechende Wahl.

Sosehr ich auch versuchte, mich auf den Abend zu konzentrieren, ich konnte einfach nicht klar denken. Daher verabschiedete ich mich frühzeitig von den anderen und ging in mein Zimmer.

22

Charlotte

Ich wälzte mich die ganze Nacht umher, schlug alle paar Minuten die Augen auf und starrte mit wild klopfendem Herzen an die Zimmerdecke. Meine Finger zitterten, meine Handflächen waren feucht, und Schweiß perlte von meiner Stirn.

Mein Blick glitt zu der kleinen Knopfbox, die unberührt auf meinem Sekretär stand. Niemand war hereingekommen, um mich zu bestehlen. Ich wusste das, und doch ließ mich der Gedanke daran, dass jemand einbrechen könnte, nicht schlafen. Das war dumm von mir. Unzählige Nachtwächter waren auf dem Gelände unterwegs. Sie sorgten für unsere Sicherheit und würden es nicht zulassen, dass uns etwas geschah.

Doch dann kam mir wieder Hazels Schwester in den Sinn. Ganz gewiss hatte es auch zu ihrer Zeit bereits Sicherheitspersonal gegeben, und trotzdem war sie an der Rosefield gestorben. Wie sicher konnte dieser Ort also *wirklich* sein?

Sosehr ich es auch versuchte, ich konnte einfach keinen Schlaf finden. Als ich das nächste Mal auf meinen Wecker sah, stellte ich fest, dass es ohnehin bereits sechs Uhr war. Donnerstags hatte ich zwar erst am Nachmittag mein Modefotografie-Seminar bei Mr Slater, doch ich stand in der Regel spätestens um acht Uhr auf, um liegen gebliebene Hausaufgaben zu erledigen oder mich auf meine Prüfungen vorzubereiten.

Daher verließ ich mein Zimmer, ging duschen und machte mich für den Tag fertig. Hazel und Mila schliefen noch, weshalb ich nur zügig eine Scheibe Brot aß und anschließend das Wohnheim verließ.

Über mein Wollkleid hatte ich meinen Frühlingsmantel gelegt, den ich nun fester um den Oberkörper schlang und meine Schritte beschleunigte. Es war kälter als erwartet.

Meine Stiefeletten wurden vom Nebel verschluckt, der sich über den schmalen, blumenbewachsenen Pfad schlängelte, der zum Hauptgebäude führte. Um kurz nach sieben traf ich nur wenige Studenten an. Die meisten Kurse begannen um zehn, und kaum jemand ging für ein Frühstück in die Kantine, da die Wohnungen alle gleich aufgebaut waren und eine kleine Küche besaßen.

Je weiter ich lief, desto mehr spürte ich, wie das Unbehagen der vergangenen Nacht von mir abfiel. Der kühle Wind blies mir durch die Haare und kitzelte auf meiner Haut. Der Himmel war von dunkelgrauen Wolken bedeckt, die ihn aussehen ließen wie ein Schwarz-Weiß-Gemälde. Gemächlich, als hätten sie alle Zeit der Welt, zogen sie weiter Richtung Südosten.

Früher hatte ich einem schaurig nebeligen Wetter kaum etwas abgewinnen können. Die Sonne war mir schon immer lieber gewesen, wenn sie mich in ihre wohlig warme Umarmung zog und für das Sprießen zahlreicher Blumen verantwortlich war.

Da ich es nicht eilig hatte, steuerte ich die Gärten an. Ich liebte es, meine freie Zeit in der Natur zu verbringen. Manchmal stand ich mehrere Minuten vor nur einer einzigen Pflanze, beobachtete, wie die Brise die Blätter hin und her schwingen ließ. Wenn mir wieder einmal alles zu viel wurde, setzte ich mich an den kleinen Teich oder unter den Pavillon im italienischen Renaissancegarten. Dieser war heute mein Ziel.

Wie von selbst trugen meine Beine mich in die Richtung.

Ich war in den letzten Jahren an der Academy jeden einzelnen Pfad mehrmals abgelaufen. Kannte selbst die versteckten Wege. Heute entschied ich mich dafür, einen kleinen Umweg einzulegen. Dieser führte durch dicht bewachsene Hecken, die sich rechts und links neben mir auftürmten, als wollten sie mich verschlingen. Nur die wenigsten wussten, dass man zwischen ihnen überhaupt durchlaufen konnte.

Nach einer Weile bog ich ab, der Weg lichtete sich, und der Pavillon kam in Sicht. Die Säulen, die ihn hielten, waren voriges Jahr neu gestrichen worden. In einem pastellfarbenen Gelbton, der geradezu nach Sommer schrie. Doch bereits jetzt wiesen sie wieder Verschmutzungen auf, die nicht nur den Witterungen zu verschulden waren. Jemand hatte Initialen in das Holz geritzt oder es mit Edding beschmiert, als befänden wir uns wieder an der Oberschule und nicht an einer Eliteakademie.

Drei Stufen führten in den überdachten Bereich des Pavillons. Ich folgte ihnen und ließ mich auf eine der sechs ringsherum aufgereihten Bänke nieder. Etwas Hartes drückte mir in den Oberschenkel. Ich griff unter meinen Mantel und zog einen kleinen Metallknopf hervor.

Instinktiv glitten meine Gedanken wieder zu meinen gestohlenen Knöpfen, die ich in den vergangenen Minuten so gut hatte ausblenden können. Ich ballte die Hand zur Faust und atmete mehrmals tief durch.

Mit geschlossenen Lidern lehnte ich mich gegen das Geländer hinter mir und versuchte mit allen Mitteln, an etwas anderes zu denken. An etwas Schönes. Wie die bunten Schmetterlinge, die wir in der Biosphäre gesehen hatten. Hunderte, nein, Tausende, die sich mit heftigen Flügelschlägen in die Lüfte erhoben hatten.

»Lotti?« Eine Stimme ließ mich die Augen öffnen. Nein, nicht irgendeine Stimme. *Seine.*

Ich drehte den Kopf zu Andrew, der lässig gegen den Pavillon gelehnt dastand, die Hände in den Taschen seiner Lederjacke vergraben. »Guten Morgen.«

Er lächelte verschlafen. »Was machst du hier so früh?«

»Ich hatte eine unruhige Nacht, also bin ich spazieren gegangen«, entgegnete ich schulterzuckend. Ich tat gleichgültig und nicht so, als würde sein plötzliches Auftauchen dafür sorgen, dass mein Herz wie wild hämmerte.

Andrew kam die Stufen hoch und setzte sich neben mich. Die Situation war merkwürdig. Ich wusste nicht, was ich tun oder sagen sollte. Deshalb verschränkte ich die Finger ineinander und legte sie mir in den Schoß.

»Was bedrückt dich?«

Als ich das Kinn hob, sah Andrew mich verständnisvoll an. Wenn ich mich so in seinem Blick verlor, konnte ich mich kaum noch daran erinnern, weshalb ich ihn anfangs nicht gemocht hatte.

Sachte schüttelte ich den Kopf. »Es ist nichts weiter.«

»Hey, du kannst mit mir reden.« Er griff so unverhofft nach meiner Hand, dass mein Herz erneut ins Stolpern geriet. Seine Haut auf meiner sollte sich nicht so gut anfühlen.

In diesem Augenblick konnte ich das hier aber nicht. Ich zog meine Hand zurück, woraufhin ich für den Bruchteil einer Sekunde meinte, er wäre verletzt. Aber das war Blödsinn. Alles, was zwischen uns war, baute auf seinen Spielchen auf. Nichts davon war real. Gewiss nicht für ihn. Das sollte ich akzeptieren.

»Es ist die ganze Arbeit, die Prüfungen stehen in wenigen Wochen an, wir wissen noch nicht, welcher Designer das Praktikum anbietet, und …« Ich atmete tief durch und schluckte. »… es ist wieder etwas von mir weggekommen.«

Andrew zog die Brauen zusammen und nickte langsam. Er wich meinem Blick aus, öffnete und schloss den Mund, als wollte er etwas sagen, was er nicht über seine Lippen brachte.

Für einen Moment keimte in mir die Hoffnung auf, dass er mit der Sprache herausrücken und unsere Abmachung vergessen würde. Mir sagen würde, dass auch er Gefühle entwickelt hatte und neu anfangen wollte. Ohne ein Gerüst von Lügen und Intrigen.

»Das tut mir leid.« Vier Worte. Das war alles, was Andrew sagte.

Ich wusste nicht, weshalb ich überhaupt etwas anderes erwartet hatte. Weshalb ich Hoffnung gehabt hatte. Ich hätte damit rechnen müssen, dass ihm meine Gefühle egal waren. Schließlich ging es immer nur um ihn. Ich war sein *Zeitvertreib*. Er traf sich mit mir, weil ihm *langweilig* war und er *Spaß* haben wollte.

Mit zittrigen Beinen stand ich auf. »Viel Spaß noch bei der Arbeit.«

»Wohin gehst du?«

»Zurück ins Wohnheim. Ich habe viel zu tun.«

»Verstehe«, sagte Andrew und stand ebenfalls auf. Erneut griff er nach meiner Hand und drückte sie sanft. Uns trennten nur wenige Zentimeter. Es wäre so leicht, meine Arme um seinen Hals zu schlingen und ihn zu küssen. Um das vertraute Gefühl seiner Lippen auf meinen noch einmal zu spüren. Doch stattdessen trat ich einen Schritt zurück, sodass meine Finger seinen entglitten.

»Bis dann.« Ich wandte mich um und ließ den Pavillon hinter mir. Meine Augen brannten. Auf keinen Fall wollte ich mich noch einmal umdrehen. Er sollte nicht sehen, wie wütend und verletzt ich war. Vor allem, da dieses Gefühlschaos neu für mich war. Ich wollte ihn für all die Dinge hassen, die er mir antat, seit wir uns zum ersten Mal getroffen hatten. Zugleich wollte ich mich an ihn schmiegen, von ihm gehalten werden und mir von ihm beteuern lassen, dass alles gut werden und er einen Weg finden würde.

Ich war stark und strukturiert. Aber Andrew hatte es geschafft, mein Leben in kürzester Zeit aus den Angeln zu heben und mich Dinge fühlen zu lassen, von denen ich nicht wusste, dass ich sie fühlen konnte. Und das machte mich verletzlich. Das Schlimmste war, dass ich auch noch zuließ, dass er mich verletzte.

Gerade als ich die Hecken ansteuerte, rief er mir nach. »Lotti, warte mal.«

Einatmen. Ausatmen. Tränen wegblinzeln.

Langsam drehte ich mich um. »Ja?«

Andrew joggte in meine Richtung. Zwei Meter von mir entfernt blieb er stehen. »Ich wollte dir noch etwas sagen.« Er biss die Zähne zusammen und fuhr sich durch die Haare, während er die andere Hand in seiner Jackentasche vergrub. Unsicher trat er von einem Bein auf das andere.

»Okay, und das wäre?«, fragte ich vorsichtig. Ich wagte es kaum, mir erneut Hoffnungen zu machen.

»Ich …« Er schloss die Augen und schüttelte den Kopf. »Am Sonntag habe ich ein Motocrossrennen. Ich würde mich freuen, wenn du auch kommst.«

»Diesen Sonntag?« Er nickte. »Und inwiefern würde ich gegen eine Regel verstoßen, wenn ich hinkomme? Das war doch der Sinn und Zweck des Ganzen, oder nicht?« Ich erschrak vor meiner eigenen Stimme, die schroff und unfreundlich klang. Das sah mir nicht ähnlich, aber eine Entschuldigung wollte mir nicht über die Lippen kommen.

»Ja, klar. Du hast recht, das war bescheuert von mir. Vergiss es einfach.« Er grinste und zuckte mit den Schultern. »Für Treffen vier habe ich schon eine Idee.«

»Okay. Es wäre mir lieb, wenn wir das möglichst schnell über die Bühne bringen könnten. Denn wenn weiterhin meine Materialien gestohlen werden, bestehe ich den Kurs vielleicht nicht.« Es war ein letzter verzweifelter Versuch, ihm etwas zu entlocken. Ein Eingeständnis, das mir einen Hinweis darauf gab, dass ich keine Dinge sah, die nicht da waren. Dass da irgendetwas zwischen uns war, das über unsere Vereinbarung hinausging.

Irgendetwas.

Andrew legte den Kopf schief. Er grinste noch immer, aber ein Schatten huschte über seine Züge, die ihm für den Bruchteil einer Sekunde entgleisten. Doch ebenso schnell hatte er sich wieder gefangen und nickte. »Natürlich, wenn du das willst. Ich schreibe dir dann Datum und Ort.«

Dieses Mal war er es, der sich umdrehte und ging. Und mit jedem Schritt, den er sich von mir entfernte, brach mein Herz ein wenig mehr.

23

Drew

»Spar dir etwas Lungenvolumen für das Rennen auf, Alter.« Floyd schaute mich so entsetzt an, als sähe er mich zum ersten Mal im Leben mit einer Kippe in der Hand.

Ich schüttelte den Kopf und nahm einen weiteren kräftigen Zug. Der Rauch kratzte in meinem Hals. Womöglich hatte Floyd doch recht. Heute erzielte das Nikotin ohnehin nicht die gewünschte Wirkung. Egal, wie viel ich rauchte, ich kam nicht runter.

»Was ist los mit dir?«

»Was soll sein?«, schnappte ich.

Floyd verdrehte die braunen Augen und fuhr sich durch die kurz geschorenen schwarzen Haare. »Du benimmst dich wie ein Kotzbrocken.«

»Ist das was Neues?«

»Nein, aber selbst für deine Verhältnisse bist du heute scheiße drauf. Und das will was heißen.« Er ließ sich auf einen der Klappstühle fallen, die in den Zelten für die Fahrer herumstanden.

Ich warf die Kippe auf den Boden und zertrat sie mit der Stiefelspitze. Dann zog ich meinen Nierengurt fest und warf die Protektorenjacke über, die mir Schutz bot, sollte ich vom Dirt Bike fliegen.

Da ich keinen Bock hatte, das Thema weiter zu vertiefen, schob ich mir einen Minzbonbon in den Mund und warf einen Blick aus dem Zelt. Das Rennen fand auf dem Privatgrundstück der Bellwaters statt. Eine der reichsten Familien Englands. Ihren verkorksten dauerbekifften Sohn Jordan hatte ich auf irgendeiner Party kennengelernt. Wann immer Mami und Papi wieder einmal um die Welt flogen, richtete er unangemeldete Rennen auf einer seiner privaten Strecken aus.

Bisher hatte ich einige Male teilgenommen, gewonnen aber nie. Hoffentlich würde es heute anders aussehen, denn das Preisgeld betrug mehrere Tausend Pfund, die ich aktuell gut gebrauchen konnte.

Mein Blick glitt über die wenigen Personen, die noch über den Rasen zur sich allmählich füllenden Tribüne liefen, die Jordans Konsorten aufgebaut hatten. Es war nur eine von zweien. Die andere konnte ich von meinem Zelt aus nicht sehen. Aber als ich in die Gesichter der wartenden Fans schaute, stellte ich enttäuscht fest, dass sie sich nicht darunter befand.

Charlotte hatte nie auf die Nachricht reagiert, die ich ihr nach unserem Aufeinandertreffen im Garten geschickt hatte. Es brauchte mich nicht zu wundern, denn ich hatte mich wie das Letzte aufgeführt. Sie war am Boden zerstört gewesen, und es hätte in meiner Macht gestanden, ihre Laune zu heben. Aber ich war ein feiges Arschloch gewesen, hatte zugelassen, dass Tränen in ihren Augen schimmerten, obwohl ich nichts mehr gewollt hätte, als sie zu trösten.

»Alter, es geht um die Kleine?! Echt jetzt? Was ist los mit dir?« Floyd stand auf, kam auf mich zu und boxte mir gegen den Oberarm. Aufgrund der Protektoren tat ihm das sicher mehr weh als mir.

Ich ließ vom Zelt ab und presste mich an Floyd vorbei zurück ins Innere, wo Helm und Handschuhe auf mich warteten. »Du laberst Scheiße.«

Floyd lachte und kam hinter mir hergetrottet wie ein Schoßhündchen. »War nicht immer *nicht mehr als eine Nacht* deine Devise? Gott, die Kleine muss echt eine magische Vagina haben, wenn sie dich so um den Verstand bringt.«

»Wie war das?«, fragte ich mit einem Knurren in der Stimme. Ich drehte mich zu Floyd um, packte ihn am Kragen seines billigen T-Shirts mit ausgewaschenem Printmuster und funkelte ihn an.

»Whoa, chill mal.« Er legte seine Finger um mein Handgelenk und versuchte, sich aus meinem Griff zu befreien. Ich atmete tief durch, ehe ich von ihm abließ. Floyd taumelte einige Schritte zurück und kniff die Augen zusammen. »Früher hättest du drüber gelacht.«

»Tja, die Zeiten ändern sich.« Ungläubig schüttelte er den Kopf und richtete sich das T-Shirt. »Sorry«, nuschelte ich.

»Na ja, irgendwann musste es auch mal den härtesten Kerl erwischen. Ich hoffe, die Kleine ist es wert.« Brüderlich schlug er mir auf die Schulter und schüttelte mich ordentlich durch.

Es brachte nichts, ihm zu erklären, dass er falschlag. Es hatte mich nicht *erwischt*. Ich fühlte mich nur schuldig, sie verletzt zu haben. Das war alles.

Ich nahm Helm und Handschuhe vom Tisch, und wir verließen das Zelt. Jordan schien mal wieder ordentlich die Werbetrommel für sein großes Ereignis gerührt zu haben. Unzählige Leute tummelten sich an den geöffneten Bierfässern, reckten grölend ihre Becher in die Höhe und stießen an. Der Rasen unter meinen Stiefeln war bereits klebrig.

Noch einmal scannte ich die Gesichter auf der Tribüne. Einige von ihnen kamen mir von früheren Rennen vage bekannt vor. Gerade was die Groupies betraf, konnte man sicher sein, sie fast jedes Mal anzutreffen. Heiße Weiber, die sich in engen Klamotten auf den Bänken rekelten und auf die Aftershow-Party im Bellwater-Anwesen lauerten. Dort warfen sie sich den Sportlern an den Hals und ließen Dinge mit sich anstellen, die so versaut waren, dass ich sie nicht mal über die Lippen brachte. Aber ich würde lügen, würde ich behaupten, nicht selbst schon den einen oder anderen geilen Abend erlebt zu haben.

»Es geht gleich los, mach dich bereit«, sagte Floyd und deutete auf eines seiner Bikes, das ich bei jedem Rennen benutzte. Er selbst hatte das Fahren vor ein paar Jahren unfreiwillig an den Nagel gehängt, nachdem er von einem Auto angefahren worden war. Nach dem Unfall hatte er ein künstliches Kniegelenk bekommen, was ihn am Fahren hinderte. Von seinen Maschinen und dem Rennsport als solches trennen konnte er sich allerdings nicht, weshalb er sich einem Leben als Mechaniker verschrieben hatte, worin er voll aufging. Manchmal überkam mich ein leichter Anflug von Neid, wenn ich ihm beim Schrauben zusah, denn mir fehlte diese Leidenschaft. Es gab einfach nichts, das ein solches Feuer in mir entfachte.

Das Bike war ein Zweitakter Honda, dessen beste Tage bereits gezählt waren. Für ein Profirennen wäre es mittlerweile absolut ungeeignet, aber für ein illegales Amateurrennen auf einer relativ leichten Strecke war es noch okay.

»Hau sie weg«, sagte Floyd und stieß mir brüderlich gegen die Schulter.

Die ersten drei Rennen waren bereits durch. Ich hatte mir die bisherigen Ergebnisse absichtlich nicht angesehen, um mich nur auf mich selbst zu fokussieren.

Letzte Nacht hatte es geregnet, weshalb die Strecke ziemlich nass war. Ich war länger nicht gefahren, aber damit sollte ich trotzdem klarkommen. Die Strecke war knapp zwei Kilometer lang, bestand aus zahlreichen Kurven, Hügeln und Waschbrettern – mehrere aufeinanderfolgende Wellen, bei denen man ordentlich durchgeschüttelt wurde. Da es sich um eine relativ lange Strecke handelte, würde jeder von uns bloß fünf Runden fahren.

Ich schob das Bike an den Start und lauschte Jordans Durchsage, die nur noch lallend aus dem Megafon drang. Der Junge sollte echt einen Gang zurückschalten, wollte er das letzte Rennen in einer Stunde noch erleben.

»Hey, Cavanaugh, lange nicht gesehen.« Cameron nickte mir zu, ehe er sich den weißen Helm über den Kopf zog. Wir waren schon bei einigen Rennen gegeneinander gefahren. Er war ziemlich gut, keine Frage, aber ich war besser.

»Hals- und Beinbruch!«, erwiderte ich, ehe auch ich mir den Helm überzog und in Position ging.

Wir waren zu zehnt, was eine gute Teilnehmerzahl war. Die besten fünf würden in die nächste Runde kommen, so lief das bei Jordans Veranstaltungen immer ab. Geldpreise gingen an die Top drei.

»Drei«, lallte Jordan, »zwei, eins. Los!«

Die Menge tobte, wir starteten die Bikes, die laut scheppernd vorpreschten. Matsch wurde von den Reifen aufgespritzt, tränkte unsere Schutzkleidung binnen Sekunden, aber darum ging es beim Motocross.

Die Strecke begann eben. Cameron raste an mir vorbei, woraufhin ich mein Tempo erhöhte.

Das Adrenalin rauschte durch mich hindurch, erfüllte mich mit neuem Leben. Eine Rechtskurve, und ich raste ruckelnd über die ersten Waschbretter, den Lenker fest umklammert. Es folgten weitere schnelle Kurven, ehe der erste Sprung in Sicht kam.

Ich zog das Tempo weiter an, um einen guten Winkel zu erreichen. Wenig später hoben die Reifen vom Boden ab, und ich landete wenige Meter weiter wieder auf der Erde. Jubelrufe ertönten.

Nach einer weiteren Kurve folgten drei Sprunghügel nacheinander. Einst waren sie von grünem Rasen bedeckt gewesen, aber der Motorsport hatte die Halme aus dem Boden gesengt, sodass nichts als normalerweise trockene Erde übrig blieb.

Ich setzte zum nächsten Sprung an, wobei der Hinterreifen im Matsch wegrutschte und ich einen unsanften Aufprall gerade in letzter Sekunde verhindern konnte. Ein weiterer Fahrer preschte lachend an mir vorbei.

»Fuck«, zischte ich. Der kleine Beinaheunfall hatte mich um eine Sekunde zurückgeworfen. Eine Sekunde, die alles entscheiden konnte.

Die nächsten Sprünge gelangen mir ohne weitere Zwischenfälle, dann raste ich den ebenen Untergrund entlang, überquerte die Ziellinie und startete in Runde zwei.

»Cavanaugh Platz sechs«, ertönte Jordans Stimme. Zähneknirschend versuchte ich, ihn auszublenden, aber seine Worte echoten in meinen Gedanken.

Es musste mir gelingen, an dem Fahrer vor mir vorbeizukommen und kein weiteres Mal zurückzufallen.

Je mehr Gas ich gab, desto mehr Matsch spritzte auf. Ich legte alle Kraft in meine Koordination, hielt mich auf dem Bike, ganz egal, wie sehr ich durchgeschüttelt wurde. Kurz nach den erneuten Sprüngen konnte ich meinen Vordermann überholen und abschütteln. Ich meinte ihn durch seinen Helm fluchen zu hören.

Lachend fuhr ich die dritte Runde. Ich war so konzentriert auf die Strecke gewesen, dass ich die zweite Tribüne gar nicht bemerkt hatte, obwohl ich wusste, dass sie auf halber Strecke aufgebaut war, damit man uns von dort aus ebenfalls anfeuern konnte.

Die Menge erhob sich und tobte, als ich an ihnen vorbeifuhr und meine Sprünge ausübte. Erneut konnte ich jemanden überholen – Cameron, wie ich bemerkte.

»Cavanaugh Platz drei.« Dieses Mal waren Jordans Worte Musik in meinen Ohren.

Es war die vorletzte Runde. Noch zwei und ich hätte es geschafft. Zumindest vorerst. Im Anschluss würde ich mich mit neun weiteren Gegnern messen müssen, ehe es in das große Finale ging.

Reifen auf nasser Erde, die Rufe der Zuschauer und der dumpfe Donnerschlag aus weiter Entfernung waren die Dinge, die ich hörte. Das Blut rauschte in meinen Ohren, Schweiß klebte an meinem Körper.

Die Sprünge kamen in Sicht. Ich steuerte den ersten an, bretterte hinauf. Die Reifen hoben ab, und ich fühlte mich für einen Moment vogelfrei.

Die Menge auf der Tribüne bejubelte mich, schrie meinen Namen. Es waren unzählige Stimmen, aber eine von ihnen war noch präsenter als die anderen. Hell, klangvoll, ging runter wie Honig. Als ich die Stimme ein weiteres Mal jubeln hörte, verstieß ich gegen eine der obersten Regeln des Motocross: Schau niemals zurück.

Nicht nur bedeutete der Blick zurück ein Mangel an Selbstvertrauen in dieser Sportart, sondern man verlor eine Nanosekunde, in der man nicht seine ganze Aufmerksamkeit der Maschine und der Strecke vor sich widmete.

Doch als mein Blick zur Tribüne glitt und ich Charlotte sah, lächelte ich unter meinem Helm. Sie war gekommen.

Plötzlich durchfuhr mich ein schmerzhafter Ruck, ein Raunen ging über die Tribüne. Jemand hatte meinen Hinterreifen gerammt und mich aus der Balance gebracht. Schnell richtete ich den Blick wieder nach vorn, versuchte das Bike gerade zu halten, aber es waberte in der Luft herum, und ich verlor den Halt.

Der Aufprall ließ nicht lange auf sich warten. Der Vorderreifen schlug auf dem Boden auf, rutschte weg und schleuderte mich vom Sitz. Ich kam unsanft mit der rechten Schulter auf und rollte den matschigen Hügel hinunter.

Alles drehte sich. Auch dann noch, als ich am unteren Hang auf dem Rücken liegen blieb. Vorsichtig versuchte ich, mich aufzurichten, aber mir war so schlecht, dass ich am liebsten in den Helm gekotzt hätte.

»Drew!« Ich hörte Charlottes Stimme nur weit entfernt. Sie rief meinen Namen immer und immer wieder.

Ich hielt mir die schmerzende Seite. Mein Rippenbogen tat höllisch weh. Verdammt, wieso hatte ich auch zurückgesehen? Als wäre das mein verdammtes erstes Rennen gewesen! Nun konnte ich mir das Preisgeld abschminken.

»Scheiße, Mann, ist alles in Ordnung?« Floyd klang nah, aber ich hielt die Augen noch geschlossen, um gegen den Schwindel anzukämpfen.

»Drew, Drew!« Charlotte. Ganz vorsichtig hob ich die Lider. Durch das abgedunkelte und verschmutzte Visier erkannte ich nicht alles von ihr, aber sie war hier, bei mir. »Was hat er?«, fragte sie mit besorgter Stimme und hob den Blick.

»Lotti«, sagte ich leise und streckte die Hand nach ihr aus.

Sie schaute mich wieder an, und ich meinte, Tränen in ihren Augen schimmern zu sehen. Sacht griff sie nach meiner Hand. »Geht es dir gut?« Ich nickte. »Kannst du aufstehen?« Wieder nickte ich.

Zwei Arme griffen unter meine Achseln. Widerwillig ließ Charlotte von mir ab. »Komm, wir bringen dich zur Krankenstation.« Als ich aufrecht stand, stützte Floyd mich von einer Seite, während Charlotte ihren Arm um meine Hüfte legte, um mich ebenfalls zu stützen. Aber sie war zu zierlich, um mein Gewicht zu halten.

Es dauerte ein paar Schritte, ehe ich mich nicht mehr fühlte wie ausgekotzt. Meine Beine waren zwar weiterhin zittrig, und mein Körper schmerzte, als wäre ich von einer Dampfwalze überrollt worden, aber ansonsten ging es mir halbwegs gut.

Am Ende der Strecke war ein Krankenzelt aufgebaut, in dem Jordans Physiotherapeut einen ersten Blick auf Verletzungen warf. Oberflächliche Wunden konnte er behandeln, sollte etwas Schlimmeres passieren, war ein Gang ins Krankenhaus unvermeidbar. Aber darauf konnte ich verdammt noch mal verzichten.

Wir betraten das Zelt, doch niemand war da. Floyd setzte mich auf einem Stuhl ab. »Ich geh mal den Onkel Doktor suchen.« Er wandte sich an Charlotte. »Hast du so lange ein Auge auf ihn?«

»Natürlich«, sagte sie leise. Kurz darauf war Floyd verschwunden.

Ich lehnte mich im Stuhl zurück und hob die Arme, um den Helm loszuwerden. Charlottes Blick huschte über mein Gesicht. Ihre Augen waren schreckgeweitet. Behutsam streckte sie die Finger aus und legte sie an mein rechtes Auge. Ein stechender Schmerz durchzuckte mich, und ich stieß einen leisen Fluch aus.

»Tut mir leid«, sagte sie und zog ihre Hand zurück. »Du hast eine Platzwunde an der Schläfe. Aber sonst sieht dein Gesicht gut aus.«

»Das ist schön zu hören. Mein gutes Aussehen ist schließlich das Einzige, womit ich punkten kann.«

Ihre Mundwinkel kräuselten sich. »Das ist doch nicht wahr.«

»Nein?«, hakte ich nach. Verlegen senkte sie den Blick und betrachtete meine Schutzkleidung, die mir heute so was von den Arsch gerettet hatte. Dann schaute sie durchs Zimmer, trat an einen Tisch und nahm sich das Desinfektionsmittel. Vorsichtig tupfte sie das Blut von meiner Schläfe.

Wie von selbst griff ich um ihre Hüfte und zog sie zu mir

herunter. Charlotte entfuhr ein leiser, kehliger Schrei, als ich sie auf meinen Schoß setzte. Falls es sie störte, dass ich damit ihre Klamotten einsaute, sagte sie zumindest nichts dazu. »Eine so hübsche Krankenschwester hatte ich auch noch nie.«

Sie verdrehte die Augen und schüttelte den Kopf. Der blumige Duft ihres Shampoos kitzelte in meiner Nase. »Du redest Unsinn. Womöglich hast du eine Gehirnerschütterung.«

Ich lachte, dabei tat mein ganzer Körper weh, aber das war es so was von wert. Sacht schob ich ihr eine Strähne hinter das Ohr. Sie trug wieder die kleinen Schmetterlingsanhänger. Als meine Finger ihre Haut berührten, erschauderte sie. Ich liebte es, dass ich diese Wirkung auf sie hatte, trotz allem, was zwischen uns war oder auch nicht war.

Und trotz allem war sie heute hier. Sie hätte nicht kommen müssen. Ich hätte es ihr keine Sekunde übel genommen, wäre sie nicht aufgetaucht. Schließlich hatte ich mich ihr gegenüber in den letzten Wochen ziemlich scheiße verhalten. Sie hatte allen Grund, mich zu hassen, tat es aber nicht.

Sie hasste mich nicht.

Diese Erkenntnis traf mich wie ein Schlag. Charlotte war ein wundervoller Mensch. Wenn es jemand verdiente, dass man sie auf Händen trug, dann war sie es. Ich konnte sie nicht weiterhin so behandeln. Ich musste das irgendwie geradebiegen. Und es gab nur einen einzigen Weg, wie ich das konnte.

Charlottes besorgter Blick ruhte weiterhin auf mir. Ich musste es ihr sagen, aber da war etwas, das ich zuerst tun musste.

Ich griff in ihren Nacken und zog sie an mich. Sie war zu überrascht, um zu reagieren. Stattdessen versteifte sie einen Moment, als ich meine Lippen auf ihre presste.

Nach einer Pause, die mir viel zu lange erschien, erwiderte sie den Kuss. Sie schlang die Arme um meinen Hals, fuhr mir behutsam durch die Haare.

Ich küsste sie, als würde ich ertrinken und sie wäre der Rettungsanker, der mir dazu verhelfen würde, wieder zu Atem zu kommen. Ich küsste sie, als wäre nach einer endlosen Nacht endlich wieder der Tag angebrochen. Ich küsste sie, als wäre dies das letzte Mal … und vermutlich war es das auch.

Kurz darauf löste ich mich von ihr und strich ihr über die Wange, die sich heiß unter meinen Fingern anfühlte. Nur allzu gern hätte ich sie erneut an mich gezogen und Dinge mit ihr angestellt, von denen sie nicht mal zu träumen wagte. Aber nein, nicht mit ihr. Sie verdiente Besseres. Sie verdiente *jemand* Besseres. Jemanden, der ihr all das geben konnte, was sie brauchte.

»Das brünette Mädchen, das herumstolziert, als gehörte ihr die Academy«, sagte ich leise. »Als wir auf dem Weg zur Schwimmhalle waren, hat sie mit ihrer blonden Freundin über dich getuschelt.«

Charlotte legte die Stirn in Falten und musterte mich verständnislos. »Mona, ja. Was ist mit ihr?«

Ich atmete tief durch und fing ihren Blick auf. »Du wolltest wissen, wer dich sabotiert. Jetzt weißt du es.«

»Oh«, entfuhr es ihr. Die Verwirrung war ihr anzusehen. »Sicher?«

»Ziemlich, ja. Sie versteckt andauernd Dinge unten in ihrem Schließfach.«

Erkenntnis huschte über Charlottes Züge, als sie nickte. »Danke.«

»Gern geschehen«, sagte ich lächelnd.

»Aber wieso sagst du mir das jetzt?«

»Weil ich dich genug gequält habe.« Ich zuckte mit den Schultern. Dass es mir schwerfiel, die Worte auszusprechen, versuchte ich zu verbergen. »Geh mit der Info zu meinem Dad oder räche dich an ihr. Ich bin sicher, dir fällt etwas ein.«

Charlottes Mund öffnete und schloss sich. Sie blinzelte

einige Male, als könne sie es nicht recht glauben. Dann nickte sie und sprang von meinem Schoß. Ihr Rock war schmutzig, doch sie machte keine Anstalten, ihn abzuklopfen. »Okay. Danke, dass du es mir gesagt hast. Das bedeutet, keine Treffen mehr?«

»Nein, keine Treffen mehr. Ich zwinge dich zu gar nichts mehr.« Wieder nickte sie. Als ihr Blick auf meinen traf, sah ich allerdings nicht die erwartete Freude darin. »Stimmt etwas nicht, Lotti?«

»Nein … doch, alles gut.«

»Wirklich?«

»Ja, natürlich.« Sie räusperte sich, und als sie mich wieder direkt ansah, lächelte sie freudestrahlend. Doch ihre Augen erreichte es nicht.

Das Zelt wurde aufgeschoben. Floyd kam mit dem Physiotherapeuten rein, der sich für die lange Wartezeit entschuldigte.

»Ich gehe dann besser«, sagte Charlotte.

»Wartest du draußen?«

Sie schüttelte den Kopf. »Nein, ich fahre zurück zur Academy. Gute Besserung, Drew.«

Bevor ich etwas erwidern konnte, verschwand sie und hinterließ nichts als ihren sanften Blumenduft.

Ich hatte sie freigegeben. Weil es das einzig Richtige war. Für uns beide. Doch das minderte in keiner Weise den Schmerz, den ich empfand. Und dieser ging nicht von meinen geprellten Rippen aus, sondern von meinem Herzen. Etwas, wofür ich mich selbst verdammt verfluchte.

24

Charlotte

Ich hasste Streit.

Das war etwas, das die meisten über mich wussten. Sofern möglich, ging ich Diskussionen aus dem Weg. Auch fürs Nachgeben war ich bekannt, denn lieber steckte ich eine Niederlage ein, als weiterzukämpfen. Streit zehrte nämlich an meinen Kräften, und ich benötigte meine komplette Energie, um sie in mein Studium zu stecken. Wenigstens noch zweieinhalb Semester, dann wäre der erste Schritt getan.

Leider konnte diese Auseinandersetzung nicht so lange warten. Vier Tage hatte ich mit mir gerungen, hatte überlegt, es einfach auf sich beruhen zu lassen. Aber Hazel und Mila hatten mich förmlich genötigt, Mona zur Rede zu stellen.

Natürlich war es die einzig sinnvolle Lösung, die es für mein Problem gab. Ich musste mit ihr sprechen, und sollte sie es noch einmal wagen, mich zu bestehlen, würde ich mit meinen Informationen zu Rektor Cavanaugh gehen. Der einzige Grund, aus dem ich nicht direkt zu ihm gegangen war, war der, dass Monas Familie stinkreich war. Sie spendeten der Academy einen Haufen Geld, weshalb ich befürchtete, sie würde ungeschoren davonkommen. Nichtsdestotrotz würde ich mit ihm sprechen müssen, sollte sie mir meine Sachen nicht von sich aus zurückgeben.

»Jetzt mach schon«, zischte Mila und gab mir einen Stoß, der mich vorwärtstaumeln ließ. Noch hatte Mona mich nicht bemerkt. Sie stand mit dem Rücken zur Tür und packte ihre Arbeitsmaterialien ein.

Neben ihr waren nur noch zwei weitere Studenten im Raum, die mich allerdings keines Blickes würdigten. Glücklicherweise hatte sie diesen Kurs ohne ihre Konsorten, die mir bei dem Plan sicher einen Strich durch die Rechnung gemacht hätten.

»Los, du schaffst das«, sprach nun auch Hazel mir Mut zu. Die beiden hatten darauf bestanden, mich als moralische Unterstützung zu begleiten. Ich war ihnen dankbar, denn ansonsten hätte ich wohl bereits die Flucht ergriffen. Stattdessen hatten wir eine Viertelstunde auf das Ende von Monas Kurs gewartet.

Die beiden anderen Studenten, die ich nur vom Sehen her kannte, liefen an mir vorbei. Sie schauten mich einen Moment an, aber gingen wortlos Richtung Ausgang.

Mona schloss ihre Handtasche und drehte sich um, während sie sie über eine ihrer Schultern hängte. Als sie hochschaute und ihr Blick meinen traf, stöhnte sie und verdrehte die Augen. Doch sie sagte nichts. Stattdessen steuerte sie die Tür an.

Ich befeuchtete meine Lippen und schluckte. Jetzt oder nie. »Warte mal! Ich hatte gehofft, wir könnten uns einen Moment unterhalten.«

Mona schnaubte. »Worüber sollten *wir* schon sprechen?«

»Über meine Sachen«, begann ich. »In den letzten Wochen sind einige meiner Arbeitsmaterialien weggekommen.« Ich studierte ihr Gesicht, konnte aber keine Veränderung in ihrer Mimik ausmachen. Ahnungslos sah sie mich an. Ein Geständnis an dieser Stelle hätte mir vieles leichter gemacht, aber damit hatte ich ohnehin nicht gerechnet.

»Kommt da noch was?«, fragte sie gereizt. »Ich habe nicht den ganzen Tag Zeit.«

Bei dem Klang ihrer Stimme zuckte ich unweigerlich zusammen. »Du wurdest dabei beobachtet, meine Sachen entwendet zu haben«, versuchte ich es möglichst sachlich. »Mir ist nicht klar, weshalb du das getan hast, aber ich möchte dir hiermit die Chance geben, Wiedergutmachung zu leisten. Gib mir einfach alles zurück, und wir vergessen das Ganze.«

Mona legte den Kopf in den Nacken und fing schallend an zu lachen. Als sie sich wieder eingekriegt hatte, warf sie ihre Haare über die Schultern und reckte das Kinn. »Ich weiß nicht, wer dir diesen Floh ins Ohr gesetzt hat, aber ich habe es nicht nötig, dich zu bestehlen. Und nun muss ich los.«

»Aber du wurdest gesehen! Gib mir die Sachen doch einfach zurück!«, stieß ich hervor.

»Ich habe dein Zeug nicht, also kann ich dir auch nichts zurückgeben. Jetzt geh mir aus dem Weg.« Erhobenen Hauptes stolzierte Mona an mir vorbei und aus der Tür.

Hazel, Mila und ich waren das Gespräch unzählige Male durchgegangen. Wir hatten gewusst, dass Mona den Diebstahl niemals zugeben würde. Ich hatte also keine andere Wahl, als sie bei Rektor Cavanaugh zu melden und zu hoffen, dass er Schritte gegen sie einleiten würde. Mein Puls ging schnell, und nun, da Mona den Raum verlassen hatte, begann ich am ganzen Körper so sehr zu zittern, als stünde ich in einem Kühlhaus. Der Adrenalinrausch ebbte ab und ließ mich als bibberndes Häufchen Elend zurück.

»Charlotte, das war der Wahnsinn!«, rief Mila und kam hüpfend in den Raum. Sie zog mich in eine feste Umarmung, die ich gerade auch bitter nötig hatte.

»Sie hat recht«, stimmte Hazel zu. »Ich hätte nicht gedacht, dass du so ruhig bleibst.«

»Nicht wahr? Unsere Ms Perfect kommt langsam aus sich heraus.« Mila lachte und ließ von mir ab.

Ich versuchte mich an einem zaghaften Lächeln, aber es fühlte sich steif und unnatürlich an. Ich hatte ein wenig Angst vor dem, was Mona als Nächstes tun könnte. Falls Rektor Cavanaugh nichts unternahm, könnte es in den letzten Wochen des Semesters womöglich schlimmer werden.

»Darauf müssen wir einen trinken!«, verkündete Mila.

Ich presste die Lippen aufeinander und schüttelte den Kopf. »Alkohol ist an der Academy nicht nur verboten, sondern ich trinke auch nicht.«

Mila presste ebenfalls einen Moment die Lippen aufeinander und stieß dann den Atem aus. »Du bist doch mittlerweile Profi darin, die Regeln zu brechen.« Kaum hatten die Worte ihre Lippen verlassen, senkten Milas Mundwinkel sich. »Sorry, ich weiß, du willst gerade nicht über ihn reden.«

»Wie wäre es mit einem Mario-Kart-Abend? Ich glaube, die nächsten Strecken wurden freigeschaltet. Wir bestellen uns eine Pizza, legen die Beine hoch und lassen den Tag gemütlich ausklingen«, schlug Hazel vor. »Oder möchtest du etwas unternehmen? Schließlich ist es dein Sieg, den wir feiern!«

Ich öffnete den Mund, um zu sagen, ich hätte noch viel für die Uni zu erledigen. Und es entsprach der Wahrheit. Milas Outfit war fertig, an Joshs und dem des Jungen musste ich noch feilen. Glücklicherweise hatte Jonah, Hausmeister Rowans Sohn, sich dazu bereit erklärt, das Kindermodel für meine Abschlussprüfung zu sein. Diese bestand darin, die Arbeit in Form von Fotos in einer Mappe zu dokumentieren. Daher musste ich die Latzhose noch seinen Maßen anpassen. Doch das war nichts, was ich nicht halbwegs zügig erledigen konnte.

»Gemütlich ausspannen mit Pizza und Mario Kart klingt fantastisch«, sagte ich daher.

»Wow, wer bist du, und was hast du mit Ms Perfect gemacht?«, fragte Mila völlig fassungslos.

Ich atmete tief durch und fing ihren Blick auf. »Wenn wir schon mal dabei sind … Ich weiß, du meinst es liebevoll und keineswegs böse, so habe ich es nie aufgefasst. Aber ich fänd's schön, nicht mehr so genannt zu werden.« Das war etwas, das mir schon seit längerer Zeit auf der Seele brannte. Es nun ausgesprochen zu haben, war eine Erleichterung.

Erst glaubte ich, dass Mila traurig oder verletzt sein würde, da ich ihrem Gesicht keine Emotionen entnehmen konnte. Dann fing sie so laut an zu lachen, dass der helle Klang von den hohen Decken widerhallte. Hazel stimmte mit ein. »Die neue Charlotte gefällt mir«, sagte Mila grinsend.

Hazel nickte. »Es hat dir augenscheinlich gutgetan, etwas aus dir herauszukommen.«

»Das hat es.«

»Gut, ich muss noch diesen blöden Wisch hier im Sekretariat abgeben. Kommt ihr mit? Auf dem Weg können wir ja schon mal überlegen, welche Pizza wir bestellen.« Ohne eine Antwort abzuwarten, eilte Mila bereits aus der Tür.

Lächelnd folgten Hazel und ich ihr hinaus. Da sich Monas Kurs im ersten Obergeschoss des Designgebäudes befunden hatte, steuerten wir die verglaste Brücke an, die uns in den Nordflügel des Hauptgebäudes führte. Die letzten wenigen Sonnenstrahlen bahnten sich ihren Weg durch das Wolkendach und warfen unsere Schatten auf den dunkelroten Teppich, der unsere Schritte dämpfte.

Wir erreichten die Fakultät für Bildende Künste. Einige mit Farbe bespritzte Studenten waren noch auf dem Flur unterwegs, vermutlich auf dem Weg ins Bad, um sich die Schlieren vom Körper zu waschen. Selbst nachdem sie um die nächste Ecke abgebogen waren, hing noch der Geruch von Farbe und Aceton in der Luft. Ein beißender Gestank, der sich in meiner Nase absetzte. Ich hatte diesen Geruch noch nie gemocht. Daher wäre ein Kunststudium für mich nie infrage gekommen, obwohl es mich beruhigte und faszinierte, Gemälde aus unterschiedlichen Epochen zu analysieren. Aber ich betrachtete sie lieber, anstatt sie selbst anzufertigen.

Vor dem Sekretariat blieb Mila stehen und warf einen Blick über ihre Schulter. »Wartet ihr oder kommt ihr mit rein?«

»Ich warte«, sagte ich.

»Ich würde mir auch noch ein Antragsstellungsformular holen. Meine Eltern sind nächsten Monat im Land, und wir wissen ja, wie *gern* Rektor Cavanaugh kurzfristige Ankündigungen hat.« Sie verdrehte die Augen und folgte Mila, die die Tür zum Sekretariat aufzog.

Im selben Moment kam jemand heraus, mit dem sie zusammenstieß. »Hast du keine Augen im Kopf?«, fauchte sie. »Oh, Knastboy, du bist es.«

Mein Puls beschleunigte sich, als ich Andrew sah, der sich an Mila vorbeipresste. Als auch er mich erkannte, blieb er im Flur stehen.

Mila und Hazel tuschelten kichernd miteinander, ehe sie die Tür hinter sich zuzogen und Andrew und mich allein ließen. Die Spannung, die in der Luft lag, war zum Zerreißen. Es war erst wenige Tage her, dass wir uns zuletzt gegenübergestanden hatten. Am Sonntag bei seinem Motocrossrennen. Der Tag, an dem er mir Monas Namen verraten und sich danach nicht mehr bei mir gemeldet hatte.

»Hey.«

»Hi.«

Wir sprachen gleichzeitig und lachten unbeholfen. Ich zupfte am unteren Zipfel meiner roséfarbenen Bluse, der beim Gehen aus meinem hochtaillierten schwarzen Rock gerutscht war.

»Ich habe mit Mona gesprochen«, sagte ich leise. »Sie streitet alles ab, natürlich. Aber ich werde in den nächsten Tagen mit deinem Vater sprechen.«

»Das ist wohl das Beste.« Andrew fuhr sich durch die Haare. Sein rechtes Auge war noch leicht geschwollen und die Platzwunde abgeklebt. Aber ansonsten sah er gut aus. Zu gut.

Ich deutete auf seine Verletzung. »Wie geht es dir?«

Er zuckte mit den Schultern. »Ist nur ein Kratzer.«

Nickend kaute ich auf meiner Unterlippe, da ich nicht wusste, was ich sonst tun sollte. »Freut mich.«

»Ja.«

Seit unserem Kennenlernen hatten wir nicht so angespannt dagestanden, nicht wissend, was wir dem jeweils anderen sagen sollten.

»Ich werde dann mal gehen. Es war schön, dich zu sehen, Lotti. Ich hoffe sehr, dass du deinen Praktikumsplatz kriegen wirst.« Andrew lächelte, ehe er sich ein weiteres Mal durch die Haare fuhr und sich umdrehte.

Langsam lief er den Flur entlang, ohne einen Blick zurückzuwerfen. Ich stand weiterhin wie angewurzelt da, beobachtete, wie er verschwand.

Aber nein, nicht heute. Heute war der Tag, an dem ich für mich einstand. Der Tag, an dem ich all meinen Mut zusammennahm und die Dinge ansprach, die mich belasteten. Ich atmete tief ein und marschierte hinter Andrew her. Kurz bevor er die Ecke erreicht hatte, rief ich ihm nach: »Drew, warte bitte.«

Sein Körper versteifte einen Augenblick, dennoch drehte er sich langsam um. »Ja?«

»Wieso hast du dich nicht mehr gemeldet?«

Verwirrt betrachtete er mich. »Wieso sollte ich?«

Worte wie Nadelstiche ins Herz. »Ich dachte einfach …« Möglicherweise war das hier doch keine allzu gute Idee gewesen. Mit einem Mal verpuffte mein ganzer Mut, und ich entwickelte mich zurück in die unsichere Charlotte, die den Mund nicht aufbekam, wenn sie etwas zu sagen hatte.

»Was dachtest du?«, fragte Andrew.

Ich hob die Schultern und seufzte. »Ich weiß nicht, was ich dachte.«

»Unser Deal ist vom Tisch, Lotti. Du bist frei, zu tun, was du möchtest. Das habe ich dir doch gesagt.«

»Und wenn dich zu sehen, genau das ist, was ich möchte?« Die Worte kamen flüsternd über meine Lippen.

Andrew schloss die Lider und schüttelte den Kopf. »Ich bin nicht der richtige Umgang für dich.«

»Und das ist *deine* Entscheidung, ja?«

»Ja … nein. Aber … Fuck, mach es mir doch nicht so schwer, verdammt!« Andrew schaute mich an, in seinen Augen erkannte ich unzählige unterschiedliche Emotionen.

Ich befeuchtete meine Lippen und schluckte. Er folgte der Bewegung mit seinem Blick. »Was willst *du*, Andrew?«

»Was ich will, spielt ausnahmsweise keine Rolle.«

»Doch, das tut es. Für mich spielt es eine Rolle.« Ein Flehen lag in meiner Stimme. Alles, was ich wollte, war, die Wahrheit von ihm zu hören. »Wenn du möchtest, dass alles so ist, wie es war, bevor wir uns kennengelernt haben, dann okay. Dann machen wir das. Aber du musst es mir sagen, damit ich einen Abschluss finden kann.«

Es war ihm deutlich anzusehen, dass er mit sich rang. Er ballte die Hände zu Fäusten, nur um sie einen Moment darauf wieder zu entspannen.

»Sag mir, was du willst«, hauchte ich, weil ich zu mehr nicht in der Lage war. Würde ich lauter sprechen, würde meine Stimme brechen. »Wenn du mich fragst … es ist mir egal, was *du* sagst. Ob *du* der Meinung bist, kein guter Umgang zu sein. Im Kern bist du ein liebevoller Mensch, Drew. Und es ist mir auch egal, wie verschieden wir vielleicht sind. Du hast mich verändert. Auf die bestmögliche Weise. Und ich finde nicht, dass wir die letzten Wochen einfach löschen, sondern an ihnen anknüpfen sollten. Sehen, was sich daraus entwickelt, *ob* sich etwas daraus entwickelt.«

Zögerlich machte ich einen Schritt auf ihn zu. Ich hob die Hand, in der Hoffnung, er würde sie ergreifen. Aber Andrew stand bloß da und sah mich mit diesem schwer zu deutenden Blick an. Bevor ich ihn berühren konnte, hielt ich inne, wartete noch einen Moment, ob er sich rührte. Doch er tat es nicht.

Also senkte ich die Hand und nickte. Die Zurückweisung tat weh, das konnte ich nicht leugnen. Aber ich empfand auch Stolz. An nur einem einzigen Tag hatte ich mehr Mut bewiesen als in den letzten Jahren zusammen. Das konnte mir niemand mehr nehmen.

»Okay, ich habe es versucht«, sagte ich und trat einen Schritt zurück.

Bevor ich mich umdrehen konnte, ergriff Andrew doch noch das Wort. »Es gibt viele Dinge, die du nicht über mich weißt. Dinge, über die ich ungern spreche, und daran wird sich so bald nichts ändern.« Er schluckte. »Ich bin ziemlich abgefuckt. Und ich weiß nicht, ob ich dir das geben kann, was du brauchst. Hör zu …« Nun trat er auf mich zu und griff so unverhofft nach meiner Hand, dass ich erschrak. Ich legte den Kopf in den Nacken, um seinem intensiven Blick standzuhalten. »Bisher habe ich mit keiner Frau mehr als eine Nacht verbracht, das solltest du wissen. Ich bin nicht der Typ für … mehr.«

»Oh«, entfuhr es mir. Im Grunde hatte ich nichts anderes erwartet. Wir hatten bisher nie darüber gesprochen, aber da ich Andrew von vornherein in die Bad-Boy-Klischee-Schublade gesteckt hatte, kam diese Offenbarung eigentlich nicht überraschend. Trotzdem schmerzte es, diese Worte zu hören. Denn das war es nicht, was ich wollte. Ich wollte jemanden, dem ich vertraute, mit dem ich gern Zeit verbrachte, bei dem ich mich sicher und geborgen fühlen konnte. Jemanden, der mich vielleicht irgendwann wirklich liebte und dem auch ich mein Herz schenken konnte.

Meine Kehle wurde trocken, meine Augen brannten. Ich wollte mich von ihm lösen, aber Andrew hielt meine Hand fester und strich mir mit der anderen über die Wange. »Lass mich ausreden«, sagte er leise. Sein warmer Atem prickelte an meinen Lippen. »Bei dir ist es anders. Ich will auch nicht, dass wir die letzten Wochen einfach auslöschen. Ich will da weitermachen, wo wir aufgehört haben. Ich weiß nicht, ob ich gut darin bin, *mehr* für jemanden zu sein. Und ich kann dir nicht versprechen, dass ich es nicht verbocken oder dich nie verletzen werde. Aber wenn es wirklich das ist, was auch du willst, möchte ich es gern versuchen. Für dich.«

Mein Herz hämmerte unaufhörlich. Meine Augen brannten weiterhin, diesmal, weil mir seine Worte so nahegingen. »Aber … warum? Wieso gerade ich?«

Andrews Mundwinkel hoben sich, und er schüttelte sacht den Kopf. »Du stellst eindeutig zu viele Fragen, Lotti.«

Ehe ich etwas erwidern konnte, küsste er mich. Mit einem Mal überrollten mich so viele Emotionen, dass es mich schlichtweg überwältigte. Andrews Lippen auf meinen zu spüren, war eines der schönsten Gefühle, die ich mir vorstellen konnte.

Er griff um meine Hüfte und zog mich näher an sich heran. Ich umschlang seinen Hals und presste mich an ihn. Für einen kurzen Augenblick geriet er ins Straucheln, hielt mich aber fest. Solange er da war, würde ich nicht fallen.

Ich vergrub die Finger in seinen Haaren und intensivierte den Kuss. Als ich meine Lippen einen Spaltbreit öffnete, ließ Andrew seine Zunge in meinen Mund gleiten. Langsam, so als wolle er mich nicht verschrecken. Doch ich war kein rohes Ei.

Ich wusste, was ich wollte, daher neckte ich seine Zunge mit meiner. Ein leises Stöhnen drang aus meiner Kehle, als er an meiner Unterlippe knabberte.

Während es mir beim ersten Mal noch unangenehm war, meine Gefühle nicht unter Kontrolle zu haben, war es mir dieses Mal egal. Es war kein Geheimnis, wie sehr ich mich zu ihm hingezogen fühlte. Wie sehr ich das hier wollte, wie sehr ich von ihm geküsst und berührt werden wollte.

Er strich meinen Bauch entlang, dabei hinterließen seine Berührungen eine Gänsehautspur, die mich zum Erschaudern brachte. In diesem Moment blendete ich alles aus. Es gab nur uns. Andrew und Charlotte. Ein kleines privates Universum nur für uns zwei.

»Okay, okay, wir unterbrechen das lieber, bevor ihr es hier noch mitten auf dem Flur treibt«, sagte Mila plötzlich. »Wenn ich einen Porno sehen will, suche ich mir lieber einen aus, in dem nicht meine beste Freundin die Hauptrolle spielt.«

Unversehens fuhren Andrew und ich auseinander. Meine Atmung ging schwer, und mein ganzer Körper fühlte sich an, als würde kochende Lava statt Blut durch meine Adern fließen. Ich zog den Kopf ein und schaute in Hazels und Milas wissende Gesichter. Die beiden grinsten von einem Ohr zum anderen.

»Kein Grund, neidisch zu sein, auch du wirst noch jemanden finden«, sagte Andrew und legte seinen Arm um meine Schultern.

Hazel stupste Mila den Ellbogen in die Seite und prustete. »Er ist nicht der Erste, der dir das sagt.«

»Ihr seid alle blöd«, sagte sie gespielt verärgert. »Aber ich bin froh, dass ihr euch allem Anschein nach ausgesprochen habt.« Sie machte ein paar Schritte auf uns zu und blieb vor Andrew stehen. Dann pikste sie ihm mehrfach gegen die Brust. »Wenn du sie verarschst oder verletzt, mache ich Ragout aus deinen Weichteilen und verfüttere sie an die Schweine. Haben wir uns verstanden? Und glaub nicht, dass ich scherze.«

»Mila!«, entgegnete ich entsetzt.

Aber Andrew lachte lediglich. »Ich würde nie auf die Idee kommen, dass du das nicht ernst meinen könntest.«

»Besser ist es.« Sie funkelte ihn noch einmal an und ging dann zurück zu Hazel, die das Spektakel lachend beobachtet hatte.

»Kommst du mit zu uns?«, fragte Hazel an Andrew gewandt. »Wir wollten uns eine Pizza bestellen und Mario Kart zocken. Wird bestimmt lustig.«

Der Gedanke an Andrew in unserem Apartment ließ meine Fantasie verrücktspielen.

Glücklicherweise winkte er ab. »Nein, danke. Ich hau mich gleich hin, und ehrlich gesagt, habe ich ein wenig Angst vor eurer Freundin.«

Ein stolzes Lächeln legte sich auf Milas Lippen.

Hazel nickte. »Das kann ich gut verstehen. Mir geht es manchmal nicht anders.«

Andrew ließ den Arm sinken. Schlagartig überkam mich eine unangenehme Kälte, weshalb ich mich am liebsten wieder an ihn geschmiegt hätte. Aber nicht heute. Vielleicht morgen.

»Ich melde mich bei dir.« Er gab mir einen Kuss auf die Stirn.

»Dieses Mal wirklich?«

»Ja, versprochen.«

Wir verabschiedeten uns und traten den Rückweg zu den Wohnheimen an. Während wir durch den lauwarmen Frühlingsabend spazierten, quetschten Hazel und Mila mich aus. Ich erzählte ihnen, was in den Minuten, bevor sie in den Flur gekommen waren, passiert war. Dabei war das Grinsen auf meinem Gesicht festgefroren. Und ich war mir sicher, dass es noch einige Zeit genau dort verharren würde.

25

Charlotte

Der Geruch von Reinigungsmitteln hing in der Luft. Seit drei Stunden putzte ich wie verrückt unser Apartment. Nachdem Bad und Küche fertig gewesen waren, hatte ich die Möbel abgestaubt und die Böden gewischt. Nun balancierte ich auf der Couchlehne, um die Gardinen abzunehmen. Ich wusste nicht, wann diese zuletzt eine Waschmaschine gesehen hatten.

Sobald ich schlecht gelaunt war, veranstaltete ich einen solchen Großputz. Normalerweise dauerte es nur wenige Minuten, ehe ich wieder runtergekommen war, dieses Mal schien es aber rein gar nichts zu bringen.

»Jetzt komm schon!«, sagte ich zu mir selbst und zog fester an der Gardine, die sich einfach nicht lösen wollte. Als ich ein weiteres Mal daran zog, kam mir die Stange entgegen. Schnell hob ich die Arme schützend über den Kopf, dabei verlor ich das Gleichgewicht und fiel rückwärts auf die Couch. Die weichen Kissen federten meinen Sturz ab.

Aber die Gardinenstange fiel laut scheppernd auf den Parkettboden, auf dem sie sicherlich einen Kratzer hinterlassen hatte.

Schwungvoll wurde die Tür geöffnet, Schritte und mehrere Stimmen ertönten.

»Da ist sie«, hörte ich Hazel sagen.

»Lotti?«

Ich richtete mich auf und drehte mich zur Diele, in der Andrew stand. »Was machst du denn hier?«

»Nette Begrüßung«, entgegnete er grinsend und kam rein. Wie selbstverständlich setzte er sich auf den freien Sessel und lehnte sich zurück. Dann ließ er den Blick durch das Zimmer schweifen. Bisher war er noch nie hier gewesen. »Nette Bude habt ihr hier.«

»Danke.«

Ich schaute zu Hazel und Mila, die weiterhin in der Tür standen und eine schuldbewusste Miene trugen. Sie mussten ihn hergeholt haben, nur verstand ich nicht, weshalb.

»Geht es dir gut?«, fragte Andrew irgendwann. »Ich habe gehört, du veranstaltest eine Putzorgie.«

»Wer dir das wohl erzählt hat …«

Andrew lachte. »Sag mir, was los ist.« Ein Wunder, dass die beiden ihm diese Information noch nicht zugetragen hatten.

Seufzend warf ich mich zurück auf die Couch und starrte an die Decke. Ein leichter Riss zog sich über den Putz vom Zentrum bis zur Wand. Bisher war mir das nie aufgefallen. Nun, da ich es wusste, würde ich es nicht mehr vergessen und erst wieder ruhig schlafen können, sobald dieser Makel behoben war. Meine To-do-Liste füllte sich.

»Ich war bei deinem Vater wegen Mona«, erklärte ich schließlich. Ich drehte mich auf die Seite und fing Andrews Blick auf. Mila und Hazel traten den Rückzug in ihre Zimmer an, um uns in Ruhe reden zu lassen. Sie kannten die Geschichte schließlich bereits. »Er will nichts unternehmen.«

Andrew kniff die Augen zusammen. »Hat er gesagt, wieso?«

Ich nickte. »Keine Beweise. Ich habe ihm gesagt, dass es einen Augenzeugen gibt, aber …«

Nun lehnte Andrew sich nach vorn, stützte die Ellenbogen auf den Knien auf. »Aber?«

»Er hat gefragt, von wem ich das weiß. Als ich es ihm gesagt habe …« Einen Moment hielt ich inne. »Ist das wirklich so wichtig?«

»Er vertraut nicht auf Dinge, die ich sage«, schlussfolgerte Andrew. Schnaubend schüttelte er den Kopf. »Das ist doch beschissen. Es ist eine Sache, wenn er ein Problem mit *mir* hat, aber hier geht es um dich.«

Ich holte tief Luft und setzte mich wieder aufrecht hin. »Ich verstehe es auch nicht. Vor Kurzem haben Hazel, Tristan und ich herausgefunden, um welches Schließfach es sich handelt. Als ich ihm die Nummer gegeben habe, hat er auf mein Drängen hin wenigstens nachgesehen, wem es gehört. Aber es ist wohl aktuell nicht offiziell vermietet.«

»Also lässt sich nicht feststellen, wer es nutzt.«

»Genau. Und mittlerweile wurde alles entfernt. Hazel und Tristan haben vorhin noch einmal nachgesehen. Nach unserem Gespräch muss Mona also damit gerechnet haben, dass ich sie verpfeifen könnte, und hat die Sachen woanders versteckt.«

»Fuck«, zischte Andrew. Er presste die Lippen aufeinander und schaute mich mit einem traurigen Funkeln in den Augen an. »Es tut mir echt leid. Hätte ich mich nicht so beschissen verhalten …«

»Das ist vergangen«, winkte ich ab und versuchte mich an einem aufmunternden Lächeln. »Es bringt nichts, sich an Dingen aufzuhängen, die sich ohnehin nicht mehr ändern lassen.«

Andrews Mundwinkel kräuselten sich. Dann stand er auf und setzte sich zu mir, griff um meine Taille und küsste mich. Kurz und flüchtig. Doch das genügte, damit sich der dunkle Schleier, der sich heute über meine Laune gelegt hatte, langsam hob. »Wenn du mir doch mal eine verpassen willst, hast du meine Erlaubnis. Ich würd's verstehen.«

Ich lachte leise. »Das ist eher Milas Stil.«

»Ey, ich kann dich hören!«, rief sie aus ihrem verschlossenen Zimmer. Da ich nicht sehr laut gesprochen hatte, vermutete ich, dass sie ihr Ohr ans Holz gepresst hatte, um unser Gespräch zu belauschen. Typisch.

»Von Privatsphäre hält sie wohl nicht viel, was?«, sagte Andrew absichtlich etwas lauter.

Mila schnaubte.

»Komm.« Ich stand auf und reichte Andrew die Hand. Er ergriff sie und ließ sich von mir kommentarlos in mein Zimmer führen. Andrew lief weiter in den Raum hinein, während ich die Tür vorsichtig anlehnte.

»Befürchtest du, dass ich über dich herfalle, wenn du komplett schließt?«, fragte er amüsiert und lehnte sich gegen meinen Kleiderschrank.

»Das ist es nicht.« Dennoch ging mein Puls allein bei dem Gedanken an die Dinge, die hinter verschlossenen Türen geschehen konnten, schnell.

»Sondern?«

Ich holte tief Luft und setzte mich auf meinen Schreibtischstuhl. Im vergangenen Semester hatte ich einen neuen bekommen, da der vorherige vollkommen durchgesessen gewesen war. Doch dieser hier war ergonomisch und passte sich meinem Rücken an, sodass ich problemlos stundenlang darauf sitzen konnte. »Es ist wegen dem, was ich dir letztens erzählt habe.« Instinktiv hatte ich meine Stimme gesenkt. »Geschlossene Räume … ich fühle mich einfach sicherer, wenn die Türen geöffnet sind.«

Andrew befeuchtete seine Lippen und nickte. »Verstehe.«

Ich war ihm dankbar dafür, das Thema nicht weiter zu vertiefen. Stattdessen lief er in meinem Zimmer auf und ab und ließ den Blick umherwandern. »Ist das für den Kurs, von dem du immer sprichst?« Vorsichtig strich er über das cremefarbene Hemd, an das ich gestern Abend die bronzeglitzernden Knöpfe genäht hatte.

»Ja, genau. Wie gefällt es dir?«

Andrew blickte über die Schulter und deutete an seinem Körper hinab. Er trug immer ein ähnliches Outfit, bestehend aus Boots, einer dunklen Hose und einem weißen oder schwarzen Oberteil. »Tragen würde ich es nicht. Aber ich bin von deinem Talent beeindruckt.«

Kurz dachte ich darüber nach, wie Andrew in dem Hemd aussehen würde. Mir entfuhr ein Prusten. »Ich glaube auch nicht, dass es dir sonderlich gut stehen würde. Aber danke!«

Empört schnappte er nach Luft. »Du bist wirklich der Meinung, es könnte etwas geben, das *mir* nicht steht?«

Ich nickte. »Ja, tut mir leid.«

Er schnalzte mit der Zunge und schüttelte ungläubig den Kopf. »Nun, du würdest selbst in einem Müllsack heiß aussehen.«

Man sollte meinen, dass ich mich allmählich an seine Bemerkungen gewöhnt hatte. Nichtsdestotrotz wurde mein Dekolleté heiß. »Du schleimst nur, weil du mich ins Bett kriegen willst.«

Ein selbstsicheres Grinsen huschte über Andrews Züge. »Dafür bräuchte ich mich nicht bei dir einzuschleimen.«

Mein Puls geriet aus dem Takt. »Du bist ganz schön eingebildet.«

Mit wenigen Schritten trat Andrew vor den Stuhl und zog mich auf die Beine. »Mit Einbildung hat das nichts zu tun.«

»Ach nein?«

Er legte seine Hand um meine Hüfte. Augenblicklich erschauderte ich unter der Berührung. Andrew lehnte sich zu mir herunter und legte die Lippen an meinen Hals. Ganz sacht ließ er seine Zunge über meine empfindliche Haut gleiten. Ich konnte ein leises genießerisches Stöhnen nicht zurückhalten. Daraufhin richtete er sich wieder auf. Sein Grinsen war breiter als zuvor. »Siehst du? Du bist auch so unglaublich scharf auf mich.«

»Ich …« In meinen Gedanken formten sich unzählige kesse Antworten, die mich cool und locker wirken lassen würden. Aber mir wollte einfach keine von ihnen über die Lippen kommen.

Andrew lachte leise und schob mir eine Strähne hinter das Ohr. »Keine Sorge, ich habe nicht vor, dich zu verführen.«

»Nein?«

Er schüttelte den Kopf. »Nicht, solange du nicht bereit dafür bist.«

Am liebsten hätte ich ihm widersprochen. Doch er hatte womöglich recht. Für andere mochte nichts dabei sein, für mich wäre es allerdings ein großer Schritt. Und ich wusste nicht, ob ich bereits gewillt war, die Ziellinie zu übertreten. Also nickte ich. »Okay.«

»Gut.« Er küsste mich. Erst zaghaft, dann zog er mich näher und intensivierte den Kuss. »Ein bisschen rumknutschen ist hoffentlich drin«, nuschelte er an meinem Mund.

Lachend nickte ich. »Auf jeden Fall.«

Dann presste er seine Lippen ein weiteres Mal auf meine. Er umschlang meine Hüften fester, lief einige Schritte nach hinten und zog mich mit sich. Bis Andrew rückwärts auf mein Bett fiel und ich auf ihm lag. Einen Moment verharrten wir küssend in dieser Position.

Doch irgendwann griff Andrew um meine Taille und drehte uns so um, dass nun ich auf dem Rücken lag. Heftig nach Atem ringend, vergrub ich die Finger in seinen Haaren. Seine Hände wanderten über meine Bauchseite, sodass sich ein Prickeln über meine Haut legte.

»Du bist so verdammt schön«, raunte Andrew an mein Ohr, während seine Hände mich weiterhin erforschten.

Ich schloss die Augen, genoss es, dass er meinen Hals mit

unzähligen Küssen bedeckte. Und wann immer er mir zuraunte, wie schön ich sei, wurde ich von einer Leidenschaft gepackt, die ich noch nie zuvor gespürt hatte.

Seine Lippen trafen wieder auf meine. Er ließ die Zunge in meinen Mund gleiten. Küsste mich auf eine beinahe begierige Weise. Seine rechte Hand wanderte meinen Oberkörper weiter hinauf, umschloss sanft meine Brust. Ein erregtes Stöhnen entfuhr mir, was Andrew dazu veranlasste, weiterzumachen.

Es fühlte sich gut an. *Zu* gut. So gut, dass ich die Hände aus seinen Haaren nahm und ihn an der Schulter ein wenig von mir wegschob. Schwer atmend lösten wir uns voneinander. Schweiß benetzte Andrews Stirn, und er schluckte schwer. Mit den Ellenbogen stützte er sich neben meinem Kopf ab.

»Sorry«, hauchte er an meinem Mund. »Mich in deiner Gegenwart zu beherrschen, ist gar nicht so leicht.«

Lächelnd strich ich ihm eine dunkle Strähne aus der Stirn. »Du brauchst dich dafür nicht zu entschuldigen.«

Wir blieben noch einen Moment so liegen. Mit schnell schlagenden Herzen, Körper an Körper. Am liebsten hätte ich die Nacht neben Andrew verbracht. Nur nebeneinanderliegen, an ihn geschmiegt. Aber er stemmte sich vorsichtig hoch und sprang vom Bett.

»Es ist spät. Ich sollte besser los«, sagte er.

»Natürlich.« Auch ich erhob mich und schob die Zimmertür ganz auf.

Hazel und Mila drehten sich schlagartig Richtung Fernseher und taten, als würden sie ganz gebannt die darin laufende Serie anschauen.

»Ciao«, rief Andrew.

Die beiden winkten, ohne uns eines Blickes zu würdigen. Kopfschüttelnd brachte ich Andrew zur Tür. »Gute Nacht.«

»Gute Nacht.«

Kaum hatte ich unser Apartment geschlossen, hörte ich Mila. »Keine Ahnung, wie du das schaffst.«

»Was meinst du?« Ich setzte mich zu den beiden ins Wohnzimmer auf den Sessel. Meine Haut fühlte sich noch an, als würde sie in Flammen stehen.

»Ihm nicht die Kleider vom Leib zu reißen und es in jedem Zimmer mit ihm zu treiben«, entgegnete sie schulterzuckend.

Hazel, die sich gerade eine Handvoll Chips in den Mund geschoben hatte, verschluckte sich und begann zu husten. »Mila, du bist so daneben!«, röchelte sie zwischen mehreren Atemzügen.

Da ich ohnehin glühte, konnte sie meine Verlegenheit nicht sehen. Ich kannte Mila lange genug, um zu wissen, wie sie es gemeint hatte. Sie sprach immer aus, was sie dachte. »Ich dachte, du magst ihn nicht.«

»Tu ich auch nicht.« Sie schaufelte sich ebenfalls einige Chips in den Mund, ehe sie schmatzend weitersprach. »Aber ich müsste ihn dafür ja nicht leiden können. Haters Sex ist eh der geilste Sex.«

»Na, sprichst du da aus Erfahrung?«, fragte Hazel. Dann legte sie die Faust an den Mund und hustete: »Josh, hust, Josh.«

Mila steckte sich den Finger in den Hals und würgte. »*So* tief gesunken bin ich dann doch noch nicht.«

»Vielleicht würde dir das aber guttun«, entfuhr es mir. Perplex blinzelten Hazel und Mila mich an. Ich hob die Schultern. »Dann müsstest du nicht von Männern fantasieren, die zu deinen Freundinnen gehören.«

Milas Kinnlade öffnete sich. »Bitte … was?« Ihre Stimme ging in die Höhe.

Hazel lachte, und ich stimmte mit ein.

»Mittlerweile weiß ich nicht mehr, ob mir die neue Charlotte wirklich gefällt.« Sie verschränkte die Arme vor der Brust und lehnte sich im Couchkissen zurück.

»Also ich finde sie super«, sagte Hazel.

Wir spielten noch einige Runden Mario Kart. Doch wirklich bei der Sache war ich nicht. Denn Andrew ging mir natürlich nicht mehr aus dem Kopf.

26

Charlotte

Die vergangenen eineinhalb Wochen waren auf eine intensive und stressige Weise wunderschön gewesen. Zugegeben, allzu viel Zeit miteinander verbracht hatten Andrew und ich nicht. Während er weiterhin damit beschäftigt war, seine Sozialstunden abzuleisten, hatte ich viele Stunden in die Vollendung meiner Kollektion gesteckt. Sobald wir aber eine freie Minute gefunden hatten, waren wir über das Gelände geschlendert oder zusammen mittagessen gegangen.

Seitdem war das Getratsche über mich lauter geworden. Nichts anderes hatte ich erwartet, trotzdem schmerzte es, mitzubekommen, wie sich andere das Maul über mich zerrissen. Die Unterstellung, ich würde mich bei Andrew einschleimen, um über ihn an das Praktikum zu gelangen, hatte ich nicht nur einmal gehört. Aber ich ließ die Worte zumindest nach außen hin an mir abprallen, um niemandem noch mehr Angriffsfläche zu bieten.

Über die Feiertage war Andrew notgedrungen nach Hause nach Sunderland im Norden von England gefahren. Oder eher das Zuhause von Rektor Cavanaugh, denn er selbst hatte wohl derzeitig keine Unterkunft, wie er mir erzählt hatte. Da er nicht gern über seine zerrüttete Familie sprach, bohrte ich nicht weiter nach. Falls er sich eines Tages doch dazu entscheiden sollte, sich mir zu öffnen, dann wäre ich für ihn da.

Dass er sich überhaupt so viel Mühe gab, war bewundernswert. Nie wäre ich auf die Idee gekommen, jemand könne sich so für mich ins Zeug legen. Für mich brauchte er sich nicht zu ändern, denn ich mochte Andrew, so wie er war. Trotz seiner ruppigen und leicht vulgären Art. Dennoch versuchte er, in meiner Gegenwart weniger zu fluchen und rauchte auch so gut wie nie, bevor wir uns trafen.

Die Gedanken an ihn ließen mich instinktiv lächeln. Doch nicht nur das. Hitze pulsierte durch meinen Körper, und ich überlegte immer wieder, wie es wäre, Andrew noch näherzukommen. Ich dachte so oft darüber nach, dass ich mich vor mir selbst erschrak. In den vergangenen Tagen hatte ich mich mehrfach dabei erwischt, mich komplett aus einem Gespräch auszuklinken und meine Fantasien gedanklich durchzuspielen. Nur um dann mit hochrotem Kopf aus den Träumereien gerissen zu werden.

Bisher hatte Andrew aber nichts dergleichen versucht. Es war nicht so, dass ich ihm nicht dankbar dafür war, mich nicht zu bedrängen. Aber ich befürchtete, dass er *wirklich* darauf wartete, dass ich den ersten Schritt machte. Um ihm zu zeigen, dass ich bereit war. Ferner befürchtete ich allerdings, dass ich niemals den Mut dafür aufbringen würde. Ich war erst zwei Jungen körperlich nahe gewesen, und das lag Jahre zurück. Dementsprechend fühlte ich mich unerfahren, besonders im Vergleich zu Andrew.

Ich wusste nicht, wie viele Mädchen es vor mir gegeben hatte. Nie mehr als eine Nacht. Das waren seine Worte gewesen. Es war mir egal, wie aktiv andere waren, das ging mich nichts an. Doch ich hatte Angst, dass meine Unerfahrenheit ihn verschrecken könnte.

Mir war bewusst, dass das Dinge waren, über die ich,

wenn, dann mit Andrew sprechen musste. Und eigentlich war das nichts, was mir unangenehm sein sollte, aber es war sehr schwer, diesen Gedanken abzuschütteln. Es lag nicht daran, dass Sex für mich prinzipiell ein Tabuthema war. Ich sprach schließlich auch mit Hazel und Mila darüber – nun ja, sie sprachen über ihre intimen Beziehungen, und ich äußerte meine Meinung dazu. Aber meine Ängste und Befürchtungen mit einem Jungen zu teilen, den ich erst zwei Monate kannte, war etwas anderes. Es machte mich angreifbar und verletzlich.

Nichtsdestotrotz hatte ich kaum eine andere Wahl. Zumindest, wenn ich wollte, dass das zwischen Andrew und mir – auch wenn wir es nie benannt hatten – Bestand hatte.

Die Tür schwang auf, und Mr Slater trat schnellen Schrittes in das Atelier. Er war heute spät dran, was ungewöhnlich für ihn war. Aber so hatte ich Zeit für meine Gedankenspiele gehabt.

»Die Verspätung tut mir sehr leid. Ich hoffe, Sie hatten schöne Feiertage«, begann er die Stunde und stellte seine Aktentasche vor sich auf den Tisch. Heute würde auch Andrew zurück sein. Ich selbst hatte Ostern an der Academy verbracht, da Onkel Rupert und Tante Elodie im Urlaub waren und ich mit sonst keinen Familienmitgliedern Kontakt hatte. Aber immerhin war auch Mila geblieben, und so hatten wir uns die Tage anderweitig vertrieben.

Mr Slater trug heute das bordeauxrote Jackett, das zur Uniform gehörte. Kombiniert hatte er es mit einem beigen Hemd und der karierten Krawatte, die dem Lehrpersonal vorbehalten war. Seltsam. Normalerweise war er eher leger gekleidet. Lediglich zu festlicheren Anlässen sah man ihn in diesem Aufzug.

Für einen Augenblick war es so still im Atelier, dass das Ticken der Wanduhr ohrenbetäubend war.

»Wie ich Ihnen am Anfang des Semesters mitgeteilt habe,

sollten Sie jederzeit bereit sein, die bisherigen Entwürfe Ihrer Kollektionen präsentieren zu können.« Das Lächeln auf Mr Slaters Gesicht erhellte das Atelier. Meine Hände wurden zittrig und feucht, während mir das Herz bis zum Hals schlug. Jeder von uns rutschte nervös auf seinem Stuhl herum, wartete gebannt darauf, dass Mr Slater weitersprechen und uns von unserem Leid endlich erlösen würde.

»Was ist denn nun?«, rief Jessiah. »Ist es heute so weit oder nicht?«

Nicht nur Mr Slater lachte, sondern auch der Kurs stimmte mit ein. Sogar ich erwischte mich dabei, leise zu kichern, obwohl ich normalerweise davon genervt gewesen wäre, dass er einfach reingerufen hatte. Mona verdrehte die Augen in meine Richtung, als wäre ihr jeder Laut, der aus meiner Kehle drang, zuwider. Zwar war sie mir gegenüber nie sonderlich freundlich gewesen, aber seit unserem Gespräch ignorierte sie mich fast gänzlich. Vermutlich wusste sie nicht, dass ich bereits bei Rektor Cavanaugh gewesen war, er aber nichts unternehmen würde. Solange sie diese Information aber noch nicht erreicht hatte, sollten meine Sachen und ich in Sicherheit sein.

»Ja, Mr Burke, heute ist es so weit«, erwiderte Mr Slater schließlich und klatschte einmal in die Hände.

Aufgeregtes Gemurmel ging durch die Reihen. Es wurden wieder wilde Spekulationen darüber angestellt, um welchen Designer es sich wohl handelte. Die Zahnrädchen in meinem Kopf griffen ebenso ineinander, aber ich hatte wirklich keine Vermutung.

»Bleiben Sie ruhig«, sagte Mr Slater. Doch seine Worte drangen zu niemandem so wirklich durch. Lächelnd schüttelte er den Kopf. »Sie haben eine halbe Stunde Zeit, Ihre Kollektionen zu holen. Der Showroom in der ersten Etage ist geöffnet. Richten Sie sich dort ein, wir kommen dann dazu.«

Wir schwärmten aus wie die Fliegen. Bei jedem meiner

wackeligen Schritte befürchtete ich, gleich Bekanntschaft mit dem Boden zu machen. Die Nervosität war allgegenwärtig, als könne man nach ihr greifen.

So schnell ich konnte, rannte ich ins Wohnheim, um meine Entwürfe zu holen. Mila schaute mich verwirrt an, als ich keuchend durch die Tür stürmte.

»Alles okay?«, fragte sie besorgt.

»Ja … Designer … hier …« Ich wedelte zu meinem Zimmer, aber sie verstand kein Wort. Wie auch, wenn ich keinen zusammenhängenden Satz hinbekam.

Zügig, aber zugleich vorsichtig nahm ich die Outfits von der Schneiderpuppe und bügelte die Sachen auf. Dann kramte ich nach meinen Kleidersäcken, packte alles ein und hechtete wieder aus der Tür.

Weiterhin perplex blinzelnd schaute Mila mir nach. »Ähm, okay? Toi, toi, toi!«

Nachher würde ich ihr alles erklären, nun hatte ich keine Zeit. Als ich im Showroom ankam, waren einige meiner Kommilitonen schon zurück und stellten ihre Kollektionen bereit. Es waren schöne Outfits dabei, das konnte ich nicht leugnen. Mein Blick glitt über Alanas Kollektion. Ich hatte ihr mehr Kreativität zugetraut, denn in den letzten drei Semestern war sie unter den Top drei unseres Fachbereichs gewesen. Sie hatte sich bei ihren Entwürfen allerdings sehr stark an ihrem Vorbild Julien Dubois orientiert und ebenfalls mit Stickereien und Aufnähbildern gearbeitet. Zugegeben, die Neontöne, die sie verwendet hatte, waren zwar grell, aber harmonierten hervorragend miteinander. Trotzdem waren ihre Outfits nichts Besonderes. Ich war erleichtert, denn in ihr hatte ich meine größte Konkurrentin gesehen.

Ich öffnete die Kleidersäcke und zog die Kleidung drei Schneiderpuppen an, die uns zur Verfügung gestellt wurden. Durch meinen Sprint waren einige Falten entstanden.

Ich hoffte, das würde mir keine Minuspunkte bescheren. Ein schneller Blick über meine Schulter bestätigte meine Vermutung, dass kein Steamer griffbereit war. Daher versuchte ich, die Falten, so gut es ging, mit der Hand zu glätten.

Wenig später trat Mr Slater freudestrahlend in den Showroom. Er nickte unsere Kollektionen anerkennend ab. Als sein Blick an Calvin haften blieb, runzelte er die Stirn. »Wo ist Ihre Kollektion, Mr Ferrara?«

Calvin lächelte spitzbübisch und öffnete die Mappe in seiner Hand. »Hier.«

Mr Slater schüttelte den Kopf. »Ich hätte mehr von Ihnen erwartet.«

Dass Calvin die Worte unangenehm waren, war offensichtlich, da er schuldbewusst den Kopf einzog, aber ich verstand Mr Slater. Das Semester endete in wenigen Wochen. Zu diesem Zeitpunkt lediglich Skizzen auf Papier vorweisen zu können, war … nicht genug.

»Sehr schön. Es freut mich, dass wenigstens die anderen von Ihnen etwas vorzuweisen haben. Und es beeindruckt mich sehr, wie viel Mühe Sie bereits in Ihre Kollektionen gesteckt haben, obgleich einige von Ihnen augenscheinlich ein Problem damit hatten, aus Ihrer Komfortzone auszubrechen.« Sein Blick wanderte erst zu Jessiah, der sich für klassische Abendgarderobe entschieden hatte, dann zu Alana, die Mr Slater entsetzt anschaute. »Nun, dann möchte ich Sie nicht weiter auf die Folter spannen. Heißen Sie bitte alle herzlich Nino Caruso willkommen.«

Gleichzeitig applaudierten wir. Als wirklich Nino Caruso winkend durch die Tür trat, brach mir der Schweiß aus. Er war ein junger, italienischer Designer, der quasi über Nacht weltberühmt wurde. Seine Mode war weit davon entfernt, klassisch oder alltagstauglich zu sein. Nein, stattdessen hatte er den Fokus auf Upcycling gelegt, womit er zu einem meiner größten Vorbilder der Branche gehörte. Er kooperierte mit sozialen

Vereinen wie *Saving the Earth*, denen er Geld dafür zahlte, das von ihnen eingesammelte Plastik und Glas zu Kleidung weiterverarbeiten zu können. Diese Vorgehensweise hatte mich überhaupt erst auf die Idee gebracht, eine ähnliche Vereinbarung mit Rowan zu treffen.

Mein Puls ging schnell, und ich spürte, wie das Grinsen auf meinem Gesicht breiter wurde. Seit zwei Hollywood-Schauspielerinnen seine Kleider bei der Oscar-Verleihung vor drei Jahren getragen hatten, gehörte er zu den erfolgreichsten Modedesignern der Welt. Ich konnte es kaum glauben, dass es wirklich Caruso war, bei dem das Praktikum stattfinden sollte.

»Vielen Dank für den freundlichen Empfang. Es ist mir eine Ehre, heute hier sein und mit den Designern der Zukunft die nächsten Stunden verbringen zu dürfen«, sagte Caruso mit tiefer, souveräner Stimme. Er hatte zwar einen starken italienischen Akzent, trotzdem sprach er flüssiges Englisch. Bei jedem Wort hing ich an seinen Lippen. Wie auch sämtliche meiner Kommilitonen. Dazu war sein charmantes Lächeln ansteckend und brachte seine kastanienbraunen Augen zum Leuchten.

Einige Minuten erzählte er uns etwas über sich, von seinem Werdegang und worin unsere Aufgaben als seine Praktikanten bestehen würden. Überwiegend handelte es sich um leichte Bürotätigkeiten, was keine Überraschung war. Er wollte uns in die organisatorischen Dinge hinter den Kulissen einführen.

»Ich weiß, Sie können es nicht erwarten, Ihre Mode der Welt zu präsentieren. Aber das ist ein harter Weg. Die wichtigste Eigenschaft, die Sie in dieser Branche benötigen, ist Mut. Kreativ sein bedeutet, mutig zu sein. Sie müssen aus sich herauskommen. Sie benötigen Kampfgeist, um sich dort draußen zu beweisen. Dort gibt es niemanden, der auf genau Sie gewartet hat. Ihre Konkurrenz ist groß, der Weg an die Spitze ist kein … wie sagt man das? *Come fare un picnic?*«

»Kein Zuckerschlecken«, flüsterte Mr Slater.

Caruso nickte. »Der Weg an die Spitze ist kein Zuckerschlecken! Wollen Sie das wirklich?« Er betrachtete jeden von uns. Als er mir direkt in die Augen sah, nickte ich eifrig. Ich war bereit. Das war das Leben, auf das ich mich so lange vorbereitet hatte.

Nach seiner motivierenden Ansprache lief Nino Caruso gemeinsam mit Mr Slater durch den Showroom und betrachtete die unterschiedlichen Kollektionen. Er nahm sich die Zeit, jedem Einzelnen ein Feedback zu geben und ein paar Worte mit den Studenten zu sprechen. Nun bereute ich es, mich so weit hinten eingerichtet zu haben, denn es würde sicher noch eine Weile dauern, ehe er bei mir angekommen war.

»Was meint ihr, welche Kollektion gefällt ihm am besten?«, fragte Kieran leise.

Benedict zuckte die Achseln. »Keine Ahnung. Hätte ich geahnt, dass *er* der Designer sein wird, hätte ich auf jeden Fall eher etwas aus Müllsäcken gestaltet anstatt das hier.« Er deutete auf seine Entwürfe, die mir ehrlich gesagt sehr gut gefielen. Mit ihnen hatte Benedict definitiv seine Komfortzone verlassen, denn er war nicht der Typ für sportlich-chic. Besonders gefiel mir die Tatsache, dass er es ähnlich angegangen war wie ich und der Frau eine Low-Waist-Cargo-Jeans designt hatte. Wohingegen die anderen Teilnehmer des Kurses sich an den typischen Geschlechterklischees orientiert hatten – Frauen Kleider oder Röcke, Männer Hosen.

Dass Benedict und ich es anders gemacht hatten, stach in jedem Fall heraus. Daher vermutete ich, dass es ein enges Kopf-an-Kopf-Rennen zwischen uns werden könnte.

Es verging eine weitere halbe Stunde, ehe Nino Caruso endlich bei mir angekommen war. »Schön, Sie kennenzulernen. Wie lautet Ihr Name?«

»Charlotte Barton«, sagte ich mit zittriger Stimme und ergriff die Hand, die er mir reichte.

Sein Mundwinkel zuckte. »Sie brauchen nicht nervös zu sein. Es ist gar nicht so lange her, da stand ich dort, wo Sie jetzt stehen.«

Ich lächelte etwas verlegen, sagte aber nichts weiter. Stattdessen beobachtete ich, wie er sich meine Entwürfe von allen Seiten anschaute. Während er die Schneiderpuppen umrundete, fielen einzelne Sonnenstrahlen auf seine dunkelblonden Haare. Zwischendurch nickte er, machte sich ein paar Notizen oder lächelte mich aufmunternd an.

Irgendwann blieb er stehen. »Wieso haben Sie sich ausgerechnet für diesen Stoff entschieden?« Er nahm den Blazer des Frauenoutfits zwischen die Finger. Instinktiv schnellte mein Puls wieder in die Höhe. War das eine Fangfrage? Wollte er mich damit testen?

Ich befeuchtete meine Lippen und schluckte. »Ich habe mich für den Seiden-Batist entschieden, weil er sich durch seine zarte und vor allem luftige Beschaffenheit auszeichnet. Dadurch bietet er einen hohen Tragekomfort und eignet sich hervorragend für unterschiedliche Anlässe.« Nino Caruso schwieg, aber seine Augen funkelten auf eine Weise, die mir zu verstehen gab, dass ihm meine Antwort gefiel. Daher holte ich tief Luft und sprach weiter. »Die Kollektion habe ich mit dem Gedanken entworfen, dass sie sich zum einen für einen Familienausflug gut eignen könnte, da die Outfits sehr praktisch sind und die Pastelltöne geradezu nach Frühling und Sommer schreien. Zum anderen runden die glitzernden Knöpfe das Ganze auf eine Weise ab, dass man mit dieser Kleidung auch in eine Szenebar gehen könnte.« Ich schielte zu der Latzhose und legte meine Hand auf den Rücken der Schneiderpuppe. »Nun, lassen wir den Jungen dabei lieber außen vor, er ist noch zu jung für Alkohol.«

Mr Slater und Nino Caruso fingen an zu lachen, was mein Herz dazu veranlasste, nicht nur schneller, sondern vor allem vor Freude zu schlagen.

»Ihre Kollektion ist bemerkenswert, Ms Barton«, sagte Caruso und nickte. »Gehören Ihre Ohrringe dazu? Sie passen ganz hervorragend zu dem Outfit.«

Ich fuhr mit den Fingern über mein rechtes Ohr und entfernte das Schmuckstück. »Nein, die habe ich im letzten Jahr für mich gestaltet.«

Er lehnte sich nach vorn und betrachtete die Anhänger, die ich aus alten Bierflaschen hergestellt hatte. *»Bellissimo!«*

Meine Wangen röteten sich. Schüchtern bedankte ich mich und ärgerte mich direkt darüber, dass meine Stimme in Nino Carusos Gegenwart so kraftlos klang. Aber wann stand man schon mal so einer Berühmtheit gegenüber?

Er verabschiedete sich und ging weiter zu Jen und ihrer Kollektion, die an die 20er-Jahre erinnerte. Doch ich blendete aus, worüber sie redeten.

Nino Caruso fand meine Kollektion bemerkenswert.

Bemerkenswert.

Freudentränen sammelten sich in meinen Augen, aber ich blinzelte sie schnell fort. Wie peinlich wäre es, jetzt anzufangen zu heulen!

»Wow, herzlichen Glückwunsch, Charlotte!«, sagte Benedict. Zum ersten Mal seit Wochen war ich glücklich darüber, dass er meine Gedanken durchbrach.

»Danke«, entgegnete ich lächelnd. »Das kann ich nur zurückgeben. Du scheinst ihn ja auch sehr begeistert zu haben.«

Benedict grinste leicht verlegen und vergrub eine Hand in der Hosentasche seiner beigen Chino. »Ja, das stimmt wohl. Dann heißt es jetzt wohl Barton gegen Fraser.«

»Ey!« Kieran boxte Benedict gegen den Oberarm. »Mr Slater entscheidet.«

»Damit hat er recht. Jeder ist noch im Rennen.«

Benedict lehnte sich zu mir rüber und flüsterte: »Lassen wir die anderen in dem Glauben.« Als er sich wieder aufrichtete, zwinkerte er. »Wie wäre es, wenn wir den Sieg noch irgendwie feiern gehen?«

Der kurze Moment des Friedens verpuffte augenblicklich wieder. Instinktiv wich ich einen Schritt zurück und schüttelte den Kopf. »Nein, ich habe noch zu tun.«

»Am Wochenende vielleicht?«, hakte er weiter nach.

»Ich glaube nicht, nein.«

Benedict runzelte die Stirn, presste die Lippen aufeinander und stieß den Atem durch die Nase aus. Dabei ähnelte er einer wütenden Comicfigur, fehlte nur der Rauch, der aus seinen Nüstern drang. Zwar erheiterte diese Vorstellung mich kurzzeitig, das minderte aber nicht das Unwohlsein, welches ich in Benedicts Gegenwart empfand.

»Alles klar, ich verstehe. Kein Problem.« Er versuchte zu lächeln, aber es wirkte aufgesetzt.

Erst als er wieder bei seinen Freunden war, konnte ich mich entspannen. Ich verdrängte die Gedanken an Benedict wieder und konzentrierte mich stattdessen auf das, was Nino Caruso gesagt hatte.

Bemerkenswert.

Ich konnte es kaum erwarten, Andrew davon zu erzählen.

27

Charlotte

Ich hatte Mila und Hazel im Schnelldurchlauf von Nino Carusos Worten berichtet und ihnen versprochen, später mehr ins Detail zu gehen. Doch vorerst wollte ich noch einen kurzen Abstecher in die Bibliothek machen, denn ich meinte, mich daran zu erinnern, dort vor Kurzem ein neues Buch über die erfolgreichsten Nachwuchsdesigner entdeckt zu haben. Ich wollte nachsehen, ob eventuell ein Kapitel Caruso gewidmet war.

Andrew hatte ich eine Nachricht geschickt, damit er wusste, wo ich war. Es dürfte nicht mehr lange dauern, ehe er zurück war, und ich konnte es kaum erwarten, ihn zu sehen. Nicht nur, um ihm ebenfalls von Caruso zu berichten, sondern weil er mir wirklich fehlte.

Die Bibliothek war um diese Uhrzeit wenig besucht. Sie schloss um 22 Uhr, was in etwa einer Dreiviertelstunde war. Bis auf die Mitarbeiterin am Empfang war es menschenleer. Beinahe gespenstisch, aber ich mochte die Atmosphäre dieser Räumlichkeiten nichtsdestotrotz.

Zahlreiche meterhohe Regale reihten sich aneinander und beherbergten Tausende Bücher, die zum Schmökern darin einluden. Ich würde nie so viel Zeit haben, wie ich benötigte, um jedes Buch, das mich interessierte, zu lesen. Und in dieser

Bibliothek gab es nur die Fachliteratur. In der ersten Etage befand sich das sogenannte Lesezimmer, in dem sich neben gemütlichen Sitzmöglichkeiten zahlreiche Romane befanden. Dort gab es keine Mitarbeiter, die sichergingen, dass alles mit rechten Dingen zuging, sondern Rektor Cavanaugh vertraute darauf, dass wir sorgsam mit den Büchern umgingen und sie nicht entwendeten.

Langsam steuerte ich den Bereich mit der Literatur meines Fachbereichs an. Eine lose Diele quietschte unter den Sohlen meiner dunkelgrünen Ballerinas, die in ähnlichem Farbton wie mein Kleid gehalten waren.

Die letzte Regalreihe war mein Ziel. Ich legte meinen Zeigefinger auf eines der Bretter und fuhr es entlang, während ich die Buchrücken las. Eigentlich hatte ich nur ein bestimmtes Buch im Sinn gehabt, aber wenn ich schon mal hier war, konnte ich auch noch durch weitere blättern. Daher zog ich jeden interessanten Titel heraus, bis der Stapel in meiner Hand so groß war, dass ich kaum noch drüberschauen konnte.

Vorsichtig balancierte ich meine Lektüre zu einem der dunklen Tische, die jeweils zwischen den Regalen aufgereiht waren. Leise legte ich den Stapel ab.

Gerade als ich mir den Stuhl zurechtschieben und mich setzen wollte, legten sich zwei Hände von hinten um meine Taille. Ich brauchte mich nicht umzudrehen, um zu wissen, dass es Andrew war. Seinen Geruch würde ich unter Hunderten erkennen. Er senkte den Kopf und bedeckte meinen Hals mit zahlreichen Küssen, sodass ich am gesamten Körper erschauderte.

»Hi«, murmelte er zwischen zwei Küssen.

Ich schluckte. »Hi«, hauchte ich. Zumindest glaubte ich das. Es lag im Bereich des Möglichen, dass selbst diese eine Silbe meine Lippen nicht wirklich verlassen hatte.

Behutsam drehte Andrew mich um, ohne die Hände von

meiner Hüfte zu nehmen. Unser Atem vermischte sich, als ich die Arme um seinen Hals schlang und ihn küsste.

»Schön, dass du wieder da bist«, sagte ich lächelnd.

Andrew erwiderte mein Lächeln. »Mhm, ich wusste, dass du nicht genug von mir kriegen kannst.«

Ich verdrehte die Augen. »Träum weiter.«

»Meine Träume gehen in eine ganz andere Richtung«, raunte er an mein Ohr. Dabei zog er mit den Daumen Kreise an meiner Hüfte. Diese sanfte Berührung durch mein Kleid hindurch war ausreichend, um mich wie berauscht zu fühlen. Ich fragte mich, wie es sich anfühlen würde, läge kein Stoff dazwischen.

»Wie war die Zeit bei deiner Familie?«

Sofort ließ er von mir ab und senkte die Mundwinkel. »Musst du uns die Stimmung versauen?«

»Tut mir leid.«

»Schon gut«, sagte er. »Es war schön mit Cody. Ansonsten bin ich froh, wieder hier zu sein. Fuck, dass ich das mal sage, hätte ich nie gedacht.«

Ich lachte leise. »Das freut mich.«

»Wie war es hier? Du hast dich sicherlich nachts in den Schlaf geweint, oder, Lotti?«

»Ehrlich gesagt …« Ich grinste breit. »Der Designer war heute da und hat uns allen ein Feedback gegeben. Er nannte meine Arbeit *bemerkenswert.*«

»Wirklich?« Ich nickte. »Das ist großartig!« Unverhofft griff Andrew unter meine Arme, hob mich an und wirbelte mich herum.

Ich erstickte meinen überraschten Schrei, indem ich meinen Kopf in seine Halsbeuge grub und mich fest an ihn schmiegte. Instinktiv verschränkte ich die Beine um seine Hüfte. Auch dann noch, als Andrew stehen blieb und mich lächelnd ansah. Seine Augen funkelten wie grünes Glas, das ich so gern zur

Schmuckherstellung verwendete, aufgrund des einmaligen Effekts, wenn Licht darauf fiel.

Ich neigte mich zu ihm herunter und küsste ihn ein weiteres Mal. Wie von selbst glitt meine Zunge über seine Lippen, damit er sie für mich öffnete. Ein Raunen drang aus seiner Kehle, als meine Zunge auf seine traf. Und Andrew stöhnte leise, als ich sanft an seiner Unterlippe knabberte. Etwas, von dem ich gelernt hatte, dass es ihm ganz besonders gefiel.

Ruckartig drehte er sich um, seine Hände noch immer an meinen Oberschenkeln, um mich zu halten. Er presste mich gegen das Bücherregal. Für einen Moment durchzuckte mich Schmerz, der aber schnell verflogen war, als er seine Hüfte gegen meine Mitte stemmte.

Ich sog scharf Luft zwischen den Zähnen ein, als ich seine Erektion spürte und er die Finger hinaufgleiten ließ und meinen Po umfasste. Es fühlte sich viel zu gut an, Andrew so nah bei mir zu spüren. Mein Herz klopfte wie wild, und ich hatte das Gefühl, als stünde mein gesamter Körper unter Strom. Wie von selbst zog ich ihn mit den Beinen noch näher an mich heran, was er bereitwillig zuließ.

»Fuck, Charlotte, du bringst mich um den Verstand«, raunte er, als er seine Lippen von meinen löste und sich wieder meinem Hals widmete. Ich vergrub die Hände in seinen Haaren, während Andrew sich seinen Weg Richtung Dekolleté küsste. Dabei fuhr er mit der linken Hand bedächtig meine Bauchseite hinauf. Als er zärtlich meine Brust umschloss, riss ich die Augen auf, überwältigt von den Empfindungen, die seine Berührungen in mir auslösten.

»Drew«, keuchte ich.

Sanft massierte er meine Brust, während er weiterhin jeden Zentimeter meiner Haut mit Küssen bedeckte.

»Drew«, keuchte ich ein weiteres Mal, da ich glaubte, er hätte mich eben nicht gehört.

Sofort hielt er in seinen Bewegungen inne und schaute mir in die Augen. »Ja? Hab ich dich verletzt?« Entschuldigend betrachtete er mich, sodass ich sofort ein schlechtes Gewissen bekam.

»Nein«, sagte ich daher und nahm eine seiner Strähnen zwischen die Finger. Meine Atmung ging weiterhin schnell.

Andrew stieß den Atem aus. »Gut.« Er schluckte. »Tut mir leid. Es geht dir zu schnell. Ich wollte dich nicht bedrängen.«

»Das ist es nicht.« In meinem Kopf kreisten all die Gedanken, die ich vorhin gehabt hatte. Es war auf keinen Fall so, dass ich Andrew nicht näherkommen *wollte*. Mein Verstand wusste das, mein Herz wusste das, und ein anderes Körperteil war sich dessen ebenso bewusst.

Er legte die Stirn in Falten. »Was ist es dann? Was bedrückt dich?«

Langsam setzte er mich ab, bis ich festen Boden unter den Füßen hatte. Er stützte sich mit der rechten Hand am Regal ab, während die linke wieder an meiner Hüfte ruhte. Ein Pochen zwischen meinen Beinen verdeutlichte mir einmal mehr, wie sehr mein Körper das eben genossen hatte. Und wie sehr mein Körper sich nach mehr sehnte.

Ich fing Andrews Blick auf, in dem sich Besorgnis abzeichnete. Die Hände legte ich an seine Brust und atmete tief durch. »Es ist … lange her. Ich bin ziemlich unerfahren, während du …« In diesem Moment wünschte ich mir nichts sehnlicher, als dass sich der Boden unter mir auftäte. Ich senkte den Kopf, vergrub das Gesicht in meinen Händen, um Andrew nicht weiter ansehen zu müssen.

Dieser schnaubte jedoch und griff nach meinem Handgelenk. »Charlotte, das ist nichts, wofür du dich schämen musst.« Seine Stimme war sanft, weshalb ich vorsichtig blinzelte und zumindest mit einem Auge nach oben schielte.

»Aber …«

»Aber was?«

»Ich habe Angst davor, dass du möglicherweise enttäuscht sein könntest.« Erneut senkte ich den Kopf, spürte aber Andrews durchdringenden Blick auf mir ruhen. Sanft legte er seinen Zeigefinger an mein Kinn und zwang mich so, ihn anzusehen.

»Glaube niemals, dass du mich enttäuschen könntest.« Er gab mir einen sanften Kuss. »Ehrlich gesagt gefällt es mir, dass es noch nicht so viele vor mir gab.« Ein verschmitztes Lächeln legte sich um seine Lippen, als er zwinkerte.

Meine Wangen wurden heiß. »Okay«, sagte ich fiepend.

»Charlotte?« Mir gefiel es, dass er meinen vollen Namen verwendete und sich seinen liebevollen Kosenamen für andere Situationen aufsparte. Als ich ihn ansah, sprach er weiter. »Wenn du sagst, es ist lange her … meinst du dann, mit einem Kerl oder generell?«

Ich war mir nicht sicher, ob ich verstand. »Wie meinst du das?«

Andrew befeuchtete seine Lippen. Dann griff er nach meiner Hand und führte sie zwischen meine Beine. »Ich meine, ob du andere Hilfsmittel anwendest?«

»Ich … was … du meinst … was?«, entfuhr es mir.

Andrew lachte leise und legte mir eine Hand auf den Mund. »Psst.« Erst als er sicher war, dass kein weiteres hysterisches Gerede aus meiner Kehle drang, senkte er die Hand und lehnte sich nach vorn. »Es müsste dir nicht peinlich sein.« Er küsste meinen Kiefer. »Ich würde es nur gern wissen.« Seine Lippen lagen an meinem Ohrläppchen, und er fuhr mit der Zunge darüber. Ich erschauderte. »Also …?«

Meine Wangen glühten so sehr, dass jedes Fieberthermometer explodieren würde. »Ähm …« Es war nicht so, als hätte ich nicht in den vergangenen Tagen mehrfach darüber nachgedacht. Aber bevor wir uns kennengelernt hatten, hatte ich nie ein Bedürfnis dafür verspürt.

»Sag es mir«, raunte Andrew.

Es kostete mich allen Mut, den ich irgendwie aufbringen konnte, um das Wort aus vier Buchstaben in den Mund zu nehmen. »Nein.«

»Gut.« Andrew knabberte an meinem Ohrläppchen. Ganz sachte schob er mich zurück an das Bücherregal, bis ich das Holz im Rücken hatte. »Ich will, dass du dich entspannst. Schaffst du das?« Er ließ eine seiner Hände Richtung meines Pos gleiten, während die andere sich wieder um meine Hüfte legte.

Ich schluckte. »Ich denke schon.«

»Vertraust du mir?«, fragte Andrew, ohne die Liebkosungen seiner Hände und seiner Lippen zu unterbrechen.

Ich nickte. »Ja.« Und ich meinte es auch so.

»Gut«, wiederholte Andrew. Er trat zaghaft einen Schritt zurück und betrachtete mich von oben bis unten. Ich wusste nicht, was er vorhatte. Aber wenn ich ehrlich mit mir selbst war, war es mir in diesem Moment auch vollkommen egal. Alles, was ich wollte, war, Andrew hier zu haben. Hier bei mir. Er biss sich auf Unterlippe und nickte. Was das zu bedeuten hatte, war mir schleierhaft.

Dann, plötzlich, trat er wieder auf mich zu und umschloss mein Gesicht mit beiden Händen. »Antworte nur mit *Ja* oder *Nein*.« Er presste seine Lippen auf meine. »Gefällt es dir, wenn ich dich hier küsse?«

Ich schluckte. »Ja.«

Andrew küsste meinen Hals. Instinktiv legte ich den Kopf wieder in den Nacken. Meine Lider flatterten. »Gefällt es dir, wenn ich dich hier küsse?«

»Uh-huh«, machte ich, da ich zu mehr nicht in der Lage war.

Ich spürte das Lächeln auf seinen Lippen, die er an mein Dekolleté zwischen meine Brüste legte und meine Haut an dieser Stelle mit Küssen bedeckte. »Gefällt es dir, wenn ich dich hier küsse?«

Keuchend vergrub ich die Hände in dem Regalbrett hinter mir. »Ja.«

Andrew richtete sich wieder auf, grinste. Dabei fuhren seine Hände meine Bauchseiten auf und ab. An meiner Hüfte hielt er inne, zog wieder diese kleinen Kreise, die mich in Brand steckten. Einen Moment, der vermutlich nur wenige Sekunden andauerte, mir aber wie eine Ewigkeit vorkam, blieb es bei dieser Berührung. »Gefällt es dir, wenn ich dich hier berühre?«

Ich nickte, was Andrew zu genügen schien. Seine Hände glitten meine Hüfte hinauf. Erst über meine Bauchseite, dann legte er sie sanft über meine Brüste. »Gefällt es dir, wenn ich dich hier berühre?«

Wieder konnte ich nichts weiter tun, als zu nicken, da ich keuchend nach Atem rang. Andrew legte seine Stirn an meine, ließ die Daumen über meine Brüste kreisen. Immer und immer wieder. So lange, bis meine Brustwarzen hart wurden. Mein Puls raste, meine Finger glitten wie von selbst in Andrews Haare und vergruben sich darin. Falls ich ihm wehtat, ließ er sich zumindest nichts anmerken.

Er schob den Stoff meines Kleides beiseite, ebenso den meines BHs. Er senkte den Kopf, leckte über meine erregte Brustwarze, nahm sie in den Mund und saugte leicht daran. »Gefällt dir das?«, hauchte er. Sein Atem prickelte an meiner leicht feuchten Haut und sorgte dafür, dass ich noch erregter wurde. So erregt, dass mir die Erwiderung im Hals stecken blieb. Erneut umschloss Andrew meine Brust mit den Lippen, neckte sie mit seiner Zunge. Ich konnte ein Stöhnen nicht zurückhalten.

»Ich gehe davon aus, das ist ein *Ja*«, sagte Andrew. Er ließ seine Hüfte kreisen, sodass seine Härte auf meinen Slip traf. Hitze sammelte sich zwischen meinen Beinen, und ein unglaubliches Verlangen schoss durch meine Venen. »Darf ich weitermachen?«

»Ja.« Ich versuchte mich an einer festen Stimme, doch sie klang flehend. Ein Flehen nach *mehr*.

»Gut. Dann erschrick gleich nicht«, warnte er mich, weiterhin mit einem Lächeln in der Stimme. Noch immer hatte ich keinen Schimmer, was genau seine Intention war. Auch dann nicht, als er beide Hände an meinen Po legte und auf die Knie ging.

Andrew schaute zu mir hoch, ein leidenschaftliches Funkeln in den Augen. Meine Beine waren zittrig, und mein gesamter Körper fühlte sich an wie Feuer. Ganz langsam schob Andrew mit einer Hand den Stoff meines Kleides hoch.

Wo auch immer seine Finger auf meine Haut trafen, legte sich eine Gänsehaut über mich. Das Adrenalin rauschte durch mich hindurch. Als ich aufgrund einer von Andrews Berührungen so sehr erschauderte, dass das Regal in meinem Rücken wackelte, wurde mir mit einem Mal wieder bewusst, dass wir zwar gewissermaßen allein waren, aber die Empfangsdame jederzeit vorbeikommen könnte, um uns darauf hinzuweisen, dass die Bibliothek gleich schloss.

Ich wollte etwas sagen. Hatte mir die Worte bereits gedanklich zurechtgelegt. Doch in diesem Moment glitt Andrew mit seiner Zunge die Innenseite meines Schenkels hinauf. Was ich auch sagen wollte, verpuffte. Stattdessen gab ich mich ihm vollends hin. Hitze pulsierte in meinem Körper und sammelte sich zwischen meinen Beinen. Wie von selbst bäumte sich mein Becken so auf, dass Andrew den Griff um meinen Po verstärkte.

War mir das Ganze vorhin noch unangenehm gewesen, so konnte ich es mittlerweile kaum erwarten herauszufinden, was genau er vorhatte. Andrews Zähne kratzten sachte über meine Haut, sodass mir ein weiteres Stöhnen entfuhr.

Mit den Fingern berührte er meinen Slip, dabei atmete er scharf zwischen den Zähnen ein und stieß einen Fluch aus. »Du musst mir einen Gefallen tun«, sagte er leise. Zumindest glaubte ich das, denn gedanklich befand ich mich bereits im Himmel.

»Alles.«

»Du musst leise sein, wenn du für mich kommst.«

Bevor ich wusste, wie mir geschah, riss Andrew meinen Slip runter und glitt mit seinen Fingern über meine Scham. Ein erstickter Laut drang aus meiner Kehle, als er erst mit einem, dann mit zwei Fingern in mich eindrang. Ich krallte mich an das Regal in meinem Rücken, presste die Lippen fest aufeinander, um möglichst leise zu sein. Als Andrew dann allerdings seine Finger einen Moment zurückzog, seinen Kopf zwischen meine Beine schob und an meiner empfindlichen Haut leckte, sah ich Sterne.

Sein Name kam mir stöhnend über die Lippen.

»Fuck, du schmeckst so gut«, raunte Andrew. Nie hätte ich damit gerechnet, dass schmutzige Worte mich so erregen könnten, aber sie lösten eine weitere Welle der Lust in mir aus. Seine Zunge drang so schnell in mich ein, dass ich erzitterte. Mein Becken bäumte sich auf, passte sich den rhythmischen Bewegungen von Andrews Zunge an.

Ich schlug mir eine Hand über den Mund, da ich befürchtete, meine Laute nicht weiter zurückhalten zu können. Meine Atmung ging schnell, und mein gesamter Körper vibrierte.

Andrew verlangsamte seine Bewegungen, aber nur um meinen Kitzler erst mit seiner Zungenspitze zu necken, dann gierig daran zu saugen. Etwas in mir explodierte.

Als er dann auch noch die Finger wieder zu Hilfe nahm, sie erst langsam, dann immer schneller in mich eindringen ließ, konnte ich nicht mehr an mir halten. Ich wand mich unter ihm, keuchte und stöhnte.

Auch Andrews Atem ging schwer, und er machte lustvolle Geräusche, als würde er das hier ebenso genießen wie ich. Was ich mir kaum vorstellen konnte. Seine Berührungen, seine Liebkosungen und die Worte, die er mir zwischendurch zuraunte, trieben mich an den Abgrund. Es fühlte sich so gut an. So etwas hatte ich noch nie gespürt.

Hingebungsvoll schloss ich die Augen, kostete jeden einzelnen Moment vollends aus. Vergaß alles um mich herum. Schweiß perlte von meiner Stirn. Es fiel mir zunehmend schwerer, die Kontrolle nicht gänzlich zu verlieren.

Ich erbebte unter jeder Berührung. Spürte eine weitere Hitzewelle durch meinen Körper pulsieren.

»Drew«, hauchte ich wieder und wieder.

Ich stand unter Strom. Lust durchzuckte mich von Kopf bis zur Fußspitze. Ich versuchte, irgendetwas zu greifen, um den Halt nicht zu verlieren.

Andrew stand auf, seine Finger bewegten sich weiterhin in mir. Jedes Eindringen ließ mich lustvoll aufstöhnen. Er legte seine Stirn an meine. Unser Schweiß und unser Atem vermischten sich miteinander. Mit dem Daumen kreiste er um meinen Kitzler, sodass ich genüsslich Luft einsog.

Er küsste sich meinen Kiefer entlang, legte die Lippen an mein Ohr. »Komm für mich, Baby«, raunte er mir zu, dann stöhnte er meinen Namen. Immer und immer wieder.

Die Intensität dieses Augenblicks sorgte dafür, dass mich der Orgasmus mit einem Mal überrollte. Ich zog Andrew unsanft an den Haaren zu mir und presste meine Lippen auf seine, um den sich anbahnenden Aufschrei abzudämpfen. Stattdessen stöhnte ich in seinen Mund, während er seine Bewegungen anpasste, sie verlangsamte, bis auch das letzte Zittern meines Körpers abgeebbt war.

Er löste sich von mir, fing meinen Blick auf und lächelte. In seinen Augen lagen so viel Lust und Leidenschaft, dass ich ihn am liebsten angefleht hätte weiterzumachen. Doch er zog ganz sacht seine Finger zurück, schob meinen Slip wieder hoch und richtete mein Kleid.

Mein Herz hämmerte mir unaufhörlich gegen meine Rippen. Meine Haut glühte, und ich rang nach Atem.

Ich wusste nicht, was ich sagen sollte. Noch immer lag eine greifbare Spannung in der Luft, und ich hatte das Gefühl, würde ich jetzt zu laufen versuchen, würden meine Beine unter mir nachgeben.

Was tat man nach so einem Erlebnis? Es totschweigen? Darüber reden? Das hier war so intensiv gewesen, dass ich das Gefühl hatte, etwas sagen zu *müssen*.

Sich schnell nähernde Schritte nahmen mir die Entscheidung ab. Andrew und ich fuhren auseinander, in dem Moment, als die Empfangsmitarbeiterin in den Gang trat. Überrascht blieb sie stehen. »Oh, ich wusste nicht, dass noch jemand hier ist. Wir schließen gleich.«

»Ja, natürlich. Wir räumen schnell auf«, sagte ich mit weiterhin zittriger Stimme.

Sie lächelte und verschwand Richtung Wendeltreppe ins Archiv, um ihre Runde fortzusetzen. Ich wich Andrews Blick aus und drehte mich zum Tisch, auf dem der Stapel Bücher lag. Doch Andrew griff nach meiner Hand und drehte mich wieder zu sich, bevor ich überhaupt nach dem obersten Buch greifen konnte.

Er legte mir die Hand an die Wange und strich mit dem Daumen über meine Haut. »Ich weiß, du sprichst nicht gern über Dinge, die dir unangenehm sind. Ich will nur, dass du eines weißt.« Andrew schluckte.

»Was?«, fragte ich hauchend.

»Das eben war für mich keine einmalige Sache. Ich wollte *dir* etwas Gutes tun. Aber ich erwarte nichts im Gegenzug von dir. Ich will nicht, dass du dich zu irgendetwas gedrängt fühlst.

Ich habe das gerade ebenso genossen wie du augenscheinlich.« Ein verschmitztes Grinsen legte sich auf seine Lippen, das dazu führte, dass meine Wangen abermals zu glühen begannen. Andrew lachte leise. »Ich will nicht, dass dir in meiner Gegenwart Dinge unangenehm sind. Bedürfnisse zu haben, ist keine Schande. Okay?«

Ich nickte. »Ich versuche es.«

»Gut. Dann lass uns deine Bücher wegräumen und einen Abflug machen.«

Andrew hatte keine Ahnung, wie viel mir seine Worte bedeuteten. Es war ihm hierbei nur um mich gegangen, und dieser Gedanke ließ mich erneut wohlig erschaudern. Binnen weniger Wochen war es ihm gelungen, mein Leben auf den Kopf zu stellen.

28

Charlotte

»Wir müssen nicht immer spazieren gehen, sondern können auch gern mal Dinge tun, auf die *du* Lust hast.« Die lauwarme Brise blies mir durch die Haare. Der Himmel war bedeckt, trotzdem war es heute angenehm.

»Viel Auswahl hat man hier nicht.« Andrews Arm lag auf meiner Schulter, während wir durch den Japanischen Garten schlenderten. »Außerdem sind meine Hobbys nicht darauf ausgelegt, sie zu zweit auszuüben.« Dann lehnte er sich zu mir herunter und raunte: »Nun, bis auf eines natürlich.«

Ich schüttelte den Kopf und lachte leise. »Was tust du denn so neben dem Motocross?« Zugegeben, mit Rennsport konnte ich noch nie viel anfangen. Aber Andrew an jenem Tag dabei zuzusehen, wie er die Strecke gefahren war, hatte meinen Puls in ungeahnte Höhen getrieben. Er hatte dabei eine unglaublich gute Figur gemacht, und ich konnte es nicht erwarten, ihn irgendwann ein weiteres Mal bei einem Rennen zu sehen. Dann hoffentlich, ohne dass er einen Unfall baute.

»Nichts Besonderes.« Andrew zuckte mit den Schultern. »An meiner Maschine schrauben, Sport treiben.«

»Wir könnten zusammen joggen gehen«, schlug ich vor.

Doch Andrew zog die Nase kraus. »Ich bin mehr für Kraftsport.«

»Mhm«, machte ich. »Guckst du gern Filme oder Serien?«

»Nicht wirklich.«

Ich seufzte. »Es muss doch irgendetwas geben, das wir beide gern tun.« Wie sollte das zwischen uns Bestand haben, wenn wir bis auf unsere kaputten Familien nichts gemeinsam hatten? Früher oder später würde das sicher zu Problemen führen.

Andrew lachte leise. »Mach dir nicht so einen Kopf, Lotti.« Er war gut darin, meine Gedanken zu erraten. Wobei ich vermutlich einen grüblerischen Ausdruck auf dem Gesicht trug. »Ich bin einfach nicht mehr sonderlich begeisterungsfähig. Ist doch nichts dabei.«

»War es dann mal anders?«

»Mit Mum, ja.« Er hielt einen Augenblick inne, als überlegte er, ob er das Thema weiter vertiefen oder es lieber auf sich beruhen lassen sollte. »Sie war für alles zu begeistern gewesen, das war ansteckend. Früher waren wir beispielsweise oft unterwegs, kurze Trips oder längere Urlaube.«

»Das stelle ich mir schön vor«, sagte ich träumerisch.

Andrew brummte zustimmend. »Warst du nie woanders?«

»Nur einmal in Finnland. Ansonsten musste ich in den Ferien lernen. Aber ich wollte schon lange gern ein bisschen mehr von Europa sehen.«

»Das wirst du bald. Schließlich bekommst du den Praktikumsplatz und fliegst dann nach Italien.« Andrew legte die Lippen für einen sanften Kuss an meine Stirn.

Der Gedanke daran, den Sommer über nicht in Andrews Nähe zu sein, war kein schöner. Ich wollte dieses Praktikum mehr als alles andere auf der Welt. Das war es, worauf ich so lange hingearbeitet hatte. Aber die Vorstellung, wir würden uns zwei Monate nicht sehen … das war nichts, an das ich denken wollte. Daher war ich dankbar, als mein Handy vibrierte.

»Warte mal kurz.« Ich blieb stehen und löste mich von Andrew, um nachzusehen, wer es war. Als ich die eingegangene Nachricht las, ging meine Atmung schneller. »Nein, nein, nein«, sagte ich und las die Worte ein weiteres Mal mit zittrigen Fingern.

»Was ist los?«

»Jonah ist krank. Er ist das Kindermodel für mein Shooting. Wo soll ich denn jetzt einen neuen Jungen herbekommen?«

»Aus dem Kinderheim ausleihen?«

»Drew! Das ist nicht witzig«, blaffte ich ihn an.

Er lachte nichtsdestotrotz. »Ich wollte dich nur aufheitern. Wann ist denn das Shooting?«

Ich warf einen Blick auf die Handyuhr. »In sechs Stunden. Was mache ich denn nun? Es absagen? Aber ich habe kaum noch Zeit für die Bilder.«

»In erster Linie solltest du atmen«, sagte Andrew ruhig und legte seine Hand auf meine Schulter. Ich atmete mehrere Male tief ein und wieder aus, bis sich mein Herzschlag halbwegs stabilisiert hatte. »Gut. Wo findet das Shooting statt?«

»Bei Setham. Dort gibt es eine kleine Brücke an einem Bach.«

»Okay.« Andrew nickte. »Wir gehen jetzt in dein Zimmer, und du gibst mir das Outfit, in Ordnung?«

»Was? Nein. Wieso sollte ich?«

»Vertrau mir. Du gehst mit deinen Freunden zu der Location, und ich werde pünktlich dort hinkommen und dir deinen süßen Hintern retten.«

Ich legte die Stirn in Falten. »Drew … Ich mag dich wirklich sehr. Aber solltest du ins Kinderheim einbrechen und einen Jungen entführen, werde ich nie wieder ein Wort mit dir sprechen.«

Ein raues Lachen drang aus seiner Kehle. »Und das wollen wir ja nicht.« Er gab mir einen flüchtigen Kuss als Versprechen. »Na, dann los.«

Ich kaute auf meiner Unterlippe und spielte am Saum meiner Bluse herum. Dabei lief ich auf der von Wasser durchnässten Brücke nach Setham auf und ab.

Andrew war nicht hier, und ich konnte ihn nicht erreichen. Er hatte versprochen, pünktlich zu sein. Aber er war es nicht. Und ich wusste einfach nicht, was ich tun sollte.

Die Location war bereit, eine große karierte Decke, auf der ein hölzerner Campingtisch aufgestellt war. Darauf befanden sich neben einem Korb natürlich unterschiedliche Lebensmittel und Getränke. Alles, was man für einen solchen Ausflug mit der Familie brauchte. Dass die Wolken aufgerissen waren und die Sonne ungehindert auf uns herabschien, kam dazu wie gerufen.

Mila und Josh waren bereits fertig angezogen und sahen wirklich großartig aus. Viel besser noch als in meiner Vorstellung. Durch die Sonne funkelten die Glitzerbänder in Milas Haaren bei jeder kleinen Bewegung.

Aber auch Josh sah fantastisch neben ihr aus. Das helle Hemd in Kombination mit der etwas dunkleren Hose. Dazu schicke Lackschuhe und einen passenden Gürtel, der durch seine bronzefarbene Glitzerschnalle herausstach.

»Es ist so heiß«, sagte Josh stöhnend und lehnte sich gegen den Tisch.

Mila verdrehte die Augen. »Mach dir mal nicht ins Hemd, du Baby.«

»Können wir nicht einfach schon anfangen?«, fragte er und ignorierte Milas bissigen Kommentar geflissentlich.

Ich blieb auf der Brücke stehen und wandte mich ihm zu. Schweiß benetzte seine Stirn, und ich befürchtete, dass er dunkle Flecken auf dem hellen Hemd hinterlassen könnte. Der Stoff war zwar leicht und luftdurchlässig, aber riskieren wollte ich es ungern.

Ich setzte zu einer Erwiderung an, als sich plötzlich ein rotes Auto in rasender Geschwindigkeit näherte. Zügig sprang ich auf das Feld am Bachufer. Doch der Wagen wollte die Brücke nicht überqueren. Er hielt ein paar Meter von uns entfernt an.

Die Beifahrertür öffnete sich. Mein Herz hämmerte aufgeregt gegen meine Brust, als Andrew grinsend ausstieg. Anschließend trat eine Frau aus dem Wagen, die Fahrerin. Andrew ging zu ihr, unterhielt sich einen Moment mit ihr und gab ihr dann einen Kuss auf die Wange. Ich spürte einen fiesen kleinen Stich und war von mir selbst genervt. Eifersucht war etwas Irrationales. Sie ergab keinen Sinn. Entweder vertraute man seinem Partner oder nicht. Wobei Andrew und ich kein Paar waren, oder?

Bevor ich den Gedanken weiterspinnen konnte, winkte die blonde Frau in unsere Richtung und stieg wieder ein.

»Was hat er vor?«, fragte Mila.

Ich schüttelte den Kopf. »Wenn ich das wüsste!«

Dann ging Andrew zur Hintertür und öffnete sie. Wenig später kam ein Junge heraus. Und er trug mein Outfit! Andrew legte dem Jungen die Hand auf den Rücken und führte ihn in unsere Richtung. Das Auto fuhr weiter Richtung Setham.

Das Grinsen auf meinem Gesicht wurde breiter, zugleich überkam mich Panik, woher er das Kind hatte.

»Ich habe doch versprochen, dir deinen süßen Hintern zu retten«, sagte Andrew, als uns nur noch eine kurze Distanz trennte. Der Junge kicherte. Ich betrachtete ihn genauer. Seine wuscheligen dunkelblonden Haare wurden vom Wind zerzaust, und wenn er lachte, dann strahlten seine blauen Augen förmlich wie der wolkenlose Himmel. Als er sich abwendete und zu Andrew hochschaute, bemerkte ich, wie ähnlich sich die beiden aus dem Profil sahen.

»Ist das dein Bruder?«, fragte ich.

Andrew nickte und blieb stehen. Dabei legte er seinem Bruder die Hände auf die Schulter. »Genau, mein Mini Me, Cody.«

»Ey!«, beschwerte der sich lachend.

»Sorry, Kleiner«, sagte Andrew und wuschelte ihm durch die Haare, woraufhin er lauter lachte und versuchte, die Hand seines Bruders wegzuschlagen. Das Lächeln auf Andrews Lippen war so herzerwärmend, dass ich mein Seufzen schwer zurückhalten konnte. »Und jetzt sag Hallo.«

Cody streckte mir seine Hand entgegen. »Hallo, ich bin Cody.«

Ich ergriff und schüttelte sie. »Freut mich sehr. Ich bin Charlotte. Danke, dass du das machst.«

»Drew hat versprochen, mit mir ins Legoland dafür zu fahren«, erklärte er grinsend.

»Da hast du aber einen netten Bruder.«

Cody nickte stolz. »Ja, den besten!«

Mein Blick glitt zu Andrew, dem man in jedem seiner Züge ansehen konnte, wie sehr er seinen kleinen Bruder liebte. Es machte mich glücklich, dass er wenigstens eine Person in seiner Familie hatte, die ihm etwas bedeutete.

»Können wir jetzt *bitte* anfangen?«, fragte Josh, der sich weiterhin Luft mit beiden Händen zufächelte und am Campingtisch stand.

Mila stöhnte. »Du bist so eine Diva.«

»Liegt wohl daran, dass wir zu viel Zeit zusammen verbringen. Du färbst ab.«

»Schön wäre es. Nur leider bin ich mehr Kerl, als du es je sein könntest.«

»Das sagt mehr über dich aus als über mich. Immerhin hast du dich mir trotzdem an den Hals geworfen.«

»Ich habe was?« Mila schnappte empört nach Luft. »Du bist wohl nicht ganz knusper in der Birne!«

»Geht das immer so?«, fragte Andrew leise.

Ich presste die Lippen aufeinander und nickte. »Leider ja.« Dann richtete ich das Wort an Cody. »Ihr müsstet eine glückliche Familie spielen. Meinst du, das schaffst du?«

Er riss die Augen weit auf. Andrew verstärkte den Griff um Codys Schulter, woraufhin sein Gesicht sich wieder entspannte und er eifrig nickte. »Na klar!«

»Das freut mich. Dann komm, wir bringen dich in Position.« Andrew ließ von seinem Bruder ab, und ich führte ihn zum Campingtisch, an dem Mila und Josh sich die Köpfe einschlugen. Als ich ihnen aber mitteilte, dass es losging, schwiegen sie und gingen in Position.

»Kann ich davon was?« Cody deutete auf die Kekse auf dem Tisch.

»Natürlich«, sagte ich. »Ich werde einige Bilder machen, und ihr könnt euch an allem bedienen.«

Ich gab ihnen noch einige weitere Instruktionen, die sie abnickten, ehe ich Stellung nahm und die Kamera hob. Erst machte ich ein paar Testfotos. Da es vorhin noch bewölkt gewesen war, musste ich die Einstellungen anpassen, aber dann konnte es auch schon losgehen.

Es war erstaunlich, wie schnell Mila und Josh von *einander hassen* in ihre Rollen schlüpfen konnten. Sie lachten, aßen, bezogen Cody mit ein. Nichts wirkte auch nur den kürzesten Augenblick so, dass sie sich eben noch Gemeinheiten an die Köpfe geworfen hatten. Das bestätigte einmal mehr meine Vermutung, dass aus ihnen ganz fabelhafte Schauspieler werden würden. Und dass Cody alles so kommentarlos mitmachte, erstaunte und erfreute mich gleichermaßen. Von einem Neunjährigen hätte ich erwartet, dass er rebellieren würde, aber er beschwerte sich kein einziges Mal.

Wir wechselten die Szene. Josh und Cody spielten Frisbee, während Mila die beiden beobachtete. Ich wollte möglichst viele unterschiedliche Szenen abbilden, um zu zeigen, wie vielfältig einsetzbar die Kollektion war.

Andrew stand all die Zeit überwiegend ruhig hinter mir und schaute zu. Doch ich spürte seine Anwesenheit deutlich im

Rücken. Sobald er in der Nähe war, stellten sich mir die Nackenhärchen auf, und ein angenehmer Schauder überkam mich.

Als Nächstes holte ich eine Angel und eine Felsrequisite aus Joshs Auto, in dem wir alles hergefahren hatten. Den Pappmachéfelsen legte ich ans Bachufer und wies Cody an, sich darauf zu setzen und so zu tun, als würde er angeln. Grinsend nahm er mir die Rute aus der Hand. »Du machst das wirklich super«, sagte ich.

»Danke, Charlotte. Vielleicht werde ich mal Model!«

»Das kannst du bestimmt.«

Mila und Josh sollten sich an den Tisch setzen und die verliebten Eltern spielen.

»Also, dafür, dass sie sich nicht leiden können, sieht das ziemlich überzeugend aus«, sagte Andrew leise an mein Ohr.

Ich kicherte. »Ich denke, sie sind ineinander verliebt, trauen sich aber nicht, etwas zu sagen.«

Josh reichte Mila ein Stück Kuchen, und sie biss davon ab. Denn strich er ihr ein paar Krümel von den Lippen und schob sie sich in den Mund.

»Oder sie sind wirklich gute Schauspieler.« Andrew zuckte mit den Schultern.

Aber nein, mir konnten die beiden nichts vormachen. Die Fotos waren der Beweis dafür. Das Funkeln in ihren Augen konnte nicht gespielt sein. Es kam von Herzen. Ob sie es wahrhaben wollten oder nicht.

Es verging noch etwa eine halbe Stunde, bis wir endlich mit sämtlichen Szenen fertig waren. Mir war warm, und ich war ausgelaugt. Aber ebenso dankbar, dass es geschafft war. Und die Bilder waren unglaublich geworden. Meine Mappe würde die mit Abstand beste werden, da war ich mir sicher.

Gemeinsam packten wir alles zusammen.

»Danke«, sagte ich zu Andrew. »Du hast mich wirklich gerettet.«

»Ist doch klar.« Er strich mir eine Strähne hinters Ohr und küsste mich.

Codys Kichern sorgte dafür, dass Andrew sich viel zu schnell von mir löste. »Du hast eine Freundin! Du hattest noch nie eine Freundin! Aber ich mag sie.«

Ich wollte etwas erwidern. Cody sagen, dass Andrew und ich kein Paar waren, sondern sehen wollten, wohin sich das entwickelte. Aber wie erklärte man so etwas einem Jungen in seinem Alter?

Andrew wuschelte seinem Bruder durch die Haare. »Ja, ich mag sie auch.« Dann fing er meinen Blick auf und lächelte.

Wir packten die Sachen und beluden das Auto. Wenig später wurde auch Cody wieder eingesammelt und erinnerte Andrew an das Versprechen, mit ihm ins Legoland zu gehen. Er zog sich hinten im Wagen um, damit ich das Outfit wieder mitnehmen konnte. Ich war froh, dass sie daran gedacht hatten. Die Fahrerin war Maxine, Codys Nanny, was mich erleichtert aufatmen ließ.

»Er ist ein fantastischer Junge«, sagte ich.

Andrew nickte. »Auf jeden Fall. Das ist alles Maxines Verdienst. Sie ist schon seit sechs Jahren für ihn ein Mutterersatz.« Für einen Moment verzog er schmerzverzerrt den Mund, sodass ich die Arme um seine Hüfte schlang und mich an ihn schmiegte. »Dad fährt nur jedes zweite Wochenende nach Hause, und Loretta ist Anwältin mit einer großen Kanzlei. Keine Ahnung, wann Cody sie das letzte Mal zu Gesicht bekommen hat.«

»Das tut mir so leid.«

»Mir auch. Aber dafür ist er ein echter Sonnenschein. Ich hoffe, dass es so bleiben wird.«

»Ganz bestimmt. Vor allem mit dir als großen Bruder.«

»Danke.« Andrew drückte mir einen Kuss auf die Stirn und zog mich so fest an sich, als wollte er mich so schnell nicht wieder loslassen. Und wenn es nach mir gegangen wäre, hätte er mich für immer halten können.

»Los, ihr Turteltäubchen, ich hab Hunger!«, rief Mila und winkte uns zum Wagen heran.

Widerwillig ließen wir voneinander ab und schlenderten zu Joshs Auto. Während dieser gesamten Zeit lächelte ich. Auch dann noch, als Mila und Josh sich im Wagen auf dem Rückweg zur Academy wieder stritten.

Andrew und ich saßen auf der Rückbank. Seine Hand ruhte auf meinem Oberschenkel. Und es fühlte sich gut an. Ich umschloss seine Hand mit meiner und drückte sie. Dann lehnte ich den Kopf an seine Schulter und atmete tief durch. Ja, das hier fühlte sich gut an. Es fühlte sich richtig an.

29

Drew

Wäre Cody nicht mein kleiner Bruder, hätte ich ganz schön eifersüchtig werden können. Bei unserem gestrigen Telefonat hatte er andauernd gesagt, wie hübsch Charlotte sei. Sie erinnerte ihn wohl an die Zeichentrickfee aus *Peter Pan*. Außerdem hatte er gefragt, ob sie mit ins Legoland kommen würde. Eine Frage, auf die ich keine Antwort hatte.

Ich wusste schließlich nicht, was nächsten Monat sein würde. Und zum ersten Mal in meinem Leben fand ich es ätzend, es nicht zu wissen. Bisher war es mir egal gewesen, was die Zukunft für mich bereithielt. Ich hatte nie einen Grund, mir darum einen Kopf zu machen, da mein Leben nur aus meinem Bike und Partys bestanden hatte. Aber jetzt mit Charlotte …

Keine Ahnung, wie es weitergehen sollte. Ob es überhaupt weitergehen konnte. Ich hatte einfach absolut keinen Plan. Ich wusste ja noch nicht mal, was ich tun sollte, sobald meine Sozialstunden abgeleistet waren. Zurück an die Uni konnte ich nicht, auch nicht, wenn ich wollte. Was eh nicht der Fall war. Aber wo sollte ich unterkommen? Meine Großeltern mütterlicherseits lebten in den Staaten. Sie würden mich sicher aufnehmen, und ich würde den *amerikanischen Traum* leben können, von dem immer die Rede war. Aber ich könnte niemals

Cody zurücklassen. Ich konnte sicher eine Weile auf Floyds Couch pennen. Aber was dann?

Fuck! Zum ersten Mal brauchte ich einen verdammten Plan. War das dieses Erwachsenenleben, von dem man andauernd hörte? Wenn ja, dann hatte ich darauf absolut keinen Bock. Aber es ging nicht anders. Ich brauchte eine Wohnung, also brauchte ich Kohle, demnach einen Job …

Laut scheppernd warf ich die zerbrochene Flasche in den Sack zu den anderen Glasresten und fluchte vor mich hin. Das war alles echt beschissen. Doch es gab einen Menschen, der mich auf andere Gedanken bringen konnte: Charlotte.

In ihrer Gegenwart fühlte ich etwas, von dem ich nie geglaubt hatte, es je fühlen zu können. Und nun verstand ich auch nach all den Jahren, was Mum meinte, wenn sie gesagt hatte, sie wollte, dass ich glücklich war. Ich war glücklich, wenn ich bei Charlotte war.

Es ergab zwar keinen Sinn, wir hatten nur wenig gemeinsam – etwas, das ihr augenscheinlich Sorgen bereitete. Aber mir nicht. Es war egal, wie ähnlich oder verschieden wir waren. Darauf kam es nicht an. Es kam nur darauf an, was wir fühlten, wenn wir zusammen waren, oder?

Waren es vor wenigen Wochen nur die anstehenden Telefonate mit Cody gewesen, die meine Laune hatten heben können, war es nun der Gedanke daran, Charlotte zu sehen. Sie zum Lächeln oder Erröten zu bringen. Sie an mich zu ziehen und zu küssen. Ihr diese genüsslichen Seufzer zu entlocken, wenn ich sie berührte. Ich war verdammt scharf auf sie, das war kein Geheimnis. Aber ich konnte warten. Solange ich dazu beitragen konnte, dass *sie* sich gut fühlte, reichte das vorerst.

Softie. Jap, eindeutig.

Ich streifte die versifften Arbeitshandschuhe ab und warf sie auf den Boden neben mich. Rowan war früher abgehauen, um sich um Jonah zu kümmern, der immer noch krank war.

Dafür musste ich die Nachmittagsschicht allein bestreiten. Zum Glück war der Azubi des Gärtners wenigstens wieder da, sonst wäre ich in all der Arbeit erstickt.

Mit geschlossenen Augen lehnte ich mich gegen das Außenglas des Gewächshauses. Doch nicht mal hier am anderen Ende des verdammten Geländes hatte man seine Ruhe. Knirschende Schritte näherten sich. Ich atmete tief durch und sah nach, wer meinen Frieden störte.

»Hey, Cavanaugh.« Es war dieser Idiot aus Charlottes Kurs, Benedict.

»Was?«

Der Kerl grinste bescheuert und blieb ein paar Meter entfernt stehen. Keine Ahnung, was sie jemals in so einem schmierigen Lappen gesehen hatte.

»Rede oder zieh Leine, ich hab zu tun.«

Sein Blick glitt über meine Arbeitshandschuhe zu dem Sack daneben. »Das sehe ich.« Angewidert zog er die Nase kraus. Vermutlich hatte er in seinem gesamten Leben noch nicht ein einziges Mal einen Finger krumm gemacht. Kerle wie er hatten keine Ahnung, was es bedeutete zu arbeiten. Man sollte meinen, es ginge mir nicht anders, weil mein Vater in Geld schwamm. Aber ich hatte seine Almosen nie gewollt.

Da ich keinen Bock darauf hatte, mich weiter mit meinem Gegenüber zu befassen, nahm ich meinen Kram und drehte mich um.

»Ich wollte mich nur bedanken«, rief er, als ich mich in Bewegung gesetzt hatte. »Dafür, dass du die kleine Jungfrau Maria ein bisschen lockerer gemacht hast.«

Zähneknirschend festigte ich den Griff um den Sack und drehte mich langsam um. »Was hast du gesagt?«

»Ach, du weißt schon. Sie war immer so prüde.« Er zuckte die Achseln. »Jetzt, wo sie auf den Geschmack gekommen ist, habe ich leichtes Spiel.«

»Halt dich verdammt noch mal von ihr fern«, sagte ich mit einem Knurren in der Stimme.

Er schnaubte. »Was? Denkst du wirklich, unsere Jungfrau Maria hat ernsthaft Interesse an jemandem wie dir? Spätestens wenn du wieder weg bist, mache ich mit ihr, was ich will.«

Ich warf meine Sachen auf den Boden und ging auf ihn zu. Dann packte ich ihn am Kragen seines beschissenen Hemdes. »Wage es, sie anzufassen, und du wirst es bereuen.«

Entgegen meiner Erwartung hielt er meinem Blick stand und legte die Hände um meine Handgelenke. »Das denke ich nicht«, sagte er grinsend. »Ich denke, ich werde so richtig viel Spaß dabei haben.« Mein Puls raste. Dieser Kerl war das Allerletzte und widerte mich an. Aber ich war bereits vorbestraft. Ich wusste, dass er mich absichtlich provozierte. Normalerweise waren das keine Spielchen, auf die ich mich einließ. »Und sie auch, wenn sie meinen Namen schreit.«

Dann sah ich rot. Ich ließ seinen Kragen los, aber nur um ihm meine Faust ins Gesicht zu schlagen. Er war so überrascht, dass er nicht reagieren konnte. Stattdessen taumelte er einige Schritte zurück und griff an seinen Kiefer. Als er den Blick wieder hob, lag ein wütendes Funkeln in seinen Augen. Er nahm Anlauf und rannte auf mich zu. Nun war ich derjenige, der überrascht war, als er mir in die Rippen stieß und ich rückwärts gegen das Gewächshaus knallte.

Ich schubste den Kerl von mir, verpasste ihm einen weiteren Hieb. Er duckte sich, weshalb ich lediglich seine Schläfe traf. Keine Ahnung, wann ich zuletzt so in Rage gewesen war. Mein Herz hämmerte wie wild, und das Einzige, was ich vor Augen hatte, war, wie dieser Widerling Charlotte bedrängte und sie mit seinen schmierigen Griffeln betatschen wollte.

Wir schlugen aufeinander ein, Stoff riss, und ich schmeckte Blut an meiner Lippe. Aber das war mir verdammt egal. Ich wollte, dass er seine Worte bereute. Ich wollte ihm jeden Gedanken an Charlotte aus dem Hirn prügeln.

Daraus wurde aber leider nichts, denn nach kurzer Zeit wurde ich von hinten grob an den Armen gepackt. Ein weiterer Mann kam und riss Benedict von mir los, griff ebenso unsanft nach seinen Armen.

»Fuck, lass mich los!«, sagte ich und versuchte, mich zu befreien.

»Hey, sei ruhig. Schlägereien werden an der Academy nicht toleriert.« Ich kannte die Stimme nicht. Aber vermutlich kam sie von einer Lehrkraft. Ich entspannte meine Haltung, damit er mich losließ. Er lockerte seinen Griff zwar, packte mich aber weiterhin am Ellenbogen.

»Was ist hier los?«, fragte der andere Mann, der nun auch langsam von Benedict abließ.

Dieser riss entsetzt die Augen auf und schüttelte den Kopf. »Ich habe keine Ahnung. Er ist einfach ohne Grund auf mich losgegangen. Ich habe mich nur verteidigt.«

Beide Lehrkräfte schauten mich an, warteten auf eine Erklärung. Dieses verdammte Arschloch! Ich wusste, dass es völlig egal war, was ich sagte. Ich wurde ohnehin schon als Verbrecher abgestempelt. Natürlich war es dann naheliegend, dass ich auch grundlos andere Kerle verprügelte. Daher schnaubte ich lediglich und schüttelte den Kopf.

»Ihr werdet euch beide vor dem Rektor verantworten müssen. Los jetzt.« Der Mann hinter mit festigte seinen Griff um meinen Arm wieder und zog mich Richtung Hauptgebäude.

In einem kurzen Moment, in dem die beiden Lehrer nicht hinsahen, grinste Benedict so gehässig, dass ich ihm am liebsten noch eine verpasst hätte. Ich war nie ein Schlägertyp gewesen. Prügeleien waren im Grunde sinnlos. Aber dieser Kerl war einfach ein Riesenarschloch.

Zahlreiche Köpfe drehten sich in unsere Richtung. Es

wurde getuschelt, während wir in die erste Etage geschleift wurden.

»Du gehst zuerst rein«, wies mich der Mann an.

Benedict wurde währenddessen ins Krankenzimmer geführt. Seine Schläfe war aufgeplatzt und sein Auge geschwollen. Keine Ahnung, wie ich aussah, ich fühlte mich jedenfalls wie ausgekotzt.

Der Mann klopfte an die Bürotür meines Vaters. »Herein.«

Er öffnete und schob mich durch die Tür. Als Dad mich sah, biss er die Zähne fest zusammen. »Er hat sich mit einem unserer Studenten, Benedict Fraser, geprügelt. Mr Fraser befindet sich im Krankenzimmer und kommt danach zu Ihnen.«

»Gut. Danke.« Es kostete meinen Vater alle Mühe, die Fassung zu bewahren. Das war deutlich. Sein Kopf nahm eine tiefrote Farbe an, und als der Dozent das Büro verlassen hatte, stieß er schnaufend den Atem aus.

Wie bestellt und nicht abgeholt stand ich inmitten des Büros, das schon immer mehr sein Zuhause gewesen war als das Haus, in dem wir alle zusammen in Sunderland gelebt hatten.

»Was ist nur los mit dir, Andrew? Wieso kannst du dich nicht ein einziges Mal in deinem Leben benehmen?«, brüllte er so plötzlich, dass ich zusammenzuckte.

Mein Kiefer mahlte. »Es ist dir wirklich scheißegal, was ich zu sagen habe, oder? In deinen Augen bin ohnehin ich an allem schuld.«

»Ja! Weil es noch nie anders war.«

»Dieser Kerl belästigt Studentinnen. Er ist widerlich und hat es nicht anders verdient.«

»Mr Fraser ist einer unserer angesehensten Studenten. Er wird von allen gemocht, und es hat noch nie eine Beschwerde über ihn gegeben. Ich weiß nicht, woher du diesen Unsinn schon wieder hast, Andrew. Aber es reicht mir langsam endgültig.« Jedes einzelne seiner Worte legte sich wie ein dumpfer Donnerschlag über das Büro.

»Lass mich raten, seine Familie überhäuft diese Drecksuni mit Geld. Das ist doch das Einzige, was dich interessiert. Du hast dich noch nie für *irgendetwas* anderes interessiert«, entgegnete ich zähneknirschend.

Dad schlug die flachen Hände auf seinen Bürotisch und stemmte sich hoch. »Rede nicht in diesem Ton mit mir.«

Ich verdrehte die Augen. »Ach, die alte Leier, ja? Fällt dir nichts Neues ein?«

»Es reicht!« Ein weiteres Mal schlug er auf den Bürotisch und funkelte mich wütend an. »Du wirst dich bei Mr Fraser entschuldigen und ihn auf Knien anflehen, dich nicht wegen Körperverletzung anzuzeigen. Sonst war's das für dich. Kein Kontakt mehr zu Cody. Haben wir uns verstanden?«

Ich ballte die Hände zu Fäusten. Meine Knöchel brannten höllisch, trotzdem hätte ich am liebsten ein weiteres Mal auf irgendwen eingeprügelt. »Du weißt so gut wie ich, dass du ihn nicht von mir fernhalten kannst.«

»Doch, das kann ich. Ich bin sein Vater.«

Schnaubend schüttelte ich den Kopf. »Weil du auch so oft zu Hause und für ihn da bist. Wer hilft ihm bei den Hausaufgaben? Wer geht zu seinen Fußballspielen? Wer guckt mit ihm seine Lieblingssendungen? Weißt du überhaupt, *was* er gerne guckt? Sicher nicht. Weil bis auf Maxine und ich niemand für ihn da ist. Weder du noch Loretta.«

Ehe er etwas erwidern konnte, drehte ich mich um und schlug die Tür hinter mir zu. Ich hörte ein lautes Rumpeln durch das Holz. Vermutlich hatte er seine Wut an einem der Möbelstücke ausgelassen.

Zahlreiche Studenten hatten sich im Flur versammelt, um sich das Spektakel nicht entgehen zu lassen. Ich schenkte ihnen keine Beachtung. Am liebsten hätte ich diese Scheißacademy auf direktem Weg verlassen. Kurz überlegte ich, Floyd anzuhauen, mich abzuholen. Den Gedanken verwarf ich aber schnell wieder. Er arbeitete in Birmingham. Ich konnte ihn nicht jedes Mal herzitieren, wenn Dad und ich uns wieder die Köpfe einschlugen. Also steuerte ich mein Zimmer an.

Die Musik dröhnte aus meiner Bluetooth-Box. Mit den Fingerspitzen trommelte ich den Rhythmus auf die Matratze und wippte den Kopf im Takt.

Reggae entspannte mich normalerweise. Aber heute erzielte selbst die Musik nicht die gewünschte Wirkung. Mein Stresspegel war so weit ausgeschlagen wie noch nie. Dazu war ich verdammt wütend.

Ich hielt in der Bewegung inne und betrachtete meine geschwollenen Fingerknöchel. Morgen würden sie bestimmt eine blaugrüne Farbe angenommen haben, genau wie mein Auge, von dem ich nicht mal bemerkt hatte, dass es einen Schlag abbekommen hatte. Erst als ich ins Bad gegangen und einen Blick in den Spiegel geworfen hatte. Die Schwellung glühte und pochte, aber ich würde es überleben. Beim Motocross hatte ich mir über die Jahre schon weitaus schlimmere Verletzungen zugezogen. Dagegen waren das hier nur Kratzer.

Der Song wechselte, und ich meinte, ein leises Klopfen zu hören. »Ja?«

Die Tür wurde einen Spalt geöffnet, und Charlotte schob ihren Kopf ins Zimmer. Ich richtete mich auf und schaltete die Musik ab. Charlottes Blick glitt über meinen Körper. Da ich nicht mit Besuch gerechnet hatte, trug ich bloß eines meiner Muskelshirts und Sweatpants.

»Darf ich reinkommen?«, fragte sie etwas verlegen.

»Klar. Aber ich bin heute nicht bester Laune.«

Sie nickte, trat ein und lehnte die Tür hinter sich an. Die Hände verschränkte sie hinter ihrem Rücken. »Kann ich mir vorstellen. Ich habe gehört, was passiert ist.«

Ich schnaubte. »Natürlich hast du das.«

Sie legte den Kopf schief und hob den rechten Mundwinkel. Der traurige Blick auf ihrem Gesicht sorgte dafür, dass ich sie am liebsten in die Arme gezogen hätte. »Benedict erzählt überall herum, dass du einfach grundlos auf ihn eingeschlagen hast.«

»War mir klar. Und du? Glaubst du das auch?«

Sie fing meinen Blick auf. »Nein, so etwas würdest du nicht tun.« Ihre Brust hob sich, als sie tief einatmete. »Was ist passiert?«

Ich biss die Zähne fest zusammen. Das war nichts, was ich ihr erzählen wollte. Es genügte schon, dass er sie andauernd bedrängte. Würde ich ihr von dem Gespräch erzählen, würde sie nur noch mehr Angst vor ihm haben.

Charlotte schien meinen Zwiespalt zu bemerken. »Ging es um mich?« Ich nickte. »Das habe ich mir gedacht.« Sie machte ein paar zügige Schritte auf mich zu. Der Rock ihres kurzen Kleides schwang hin und her. Die Matratze gab nach, als sie sich zu mir auf die Bettkante setzte. Als sie die Hand von hinter ihrem Rücken hervorzog, hielt sie einen Eisbeutel darin.

»Woher hast du den denn?«, fragte ich lachend.

»Aus dem Krankenzimmer geliehen.« Sie zuckte mit den Schultern und lehnte sich zu mir. Vorsichtig drückte sie mir den Beutel ans Auge. Er war verdammt kalt, aber es fühlte sich gut an, weil sie es war.

»Schon zum zweiten Mal in so kurzer Zeit werde ich von einer heißen Schwester verarztet. Ich muss im Himmel sein«, sagte ich leise.

Charlotte lachte und schüttelte den Kopf. »Ich hoffe nicht, dass das zum Dauerzustand wird. Ich hätte gern noch eine Weile etwas von dir.«

»Ach, ist das so?«

»Ja.« Sie biss sich auf die Unterlippe, während sie den Eisbeutel weiterhin auf mein Auge gedrückt hielt.

»Gib's doch zu, du willst nur meinen Körper.«

Sie wiegte den Kopf hin und her, dann glitt ihr Blick an mir hinab. Durch den Stoff ihres Kleides erkannte ich, wie ihr Puls in die Höhe ging. »Nicht nur.«

Fuck! Mit dieser Reaktion hatte ich nicht gerechnet, und es machte mich verdammt scharf.

Charlotte senkte die Hand und schluckte. Dann fing sie meinen Blick auf. »Danke«, sagte sie ruhig. »Du hast mein Fotoshooting gerettet. Und jetzt die Sache mit Benedict. Ich …«

»Schh, ist doch alles kein Ding«, entgegnete ich. »Wirklich, ist keine große Sache.«

»Für mich ist es eine große Sache. Du kannst dir nicht vorstellen, wie viel mir das bedeutet. So etwas hat noch nie jemand für mich getan.« Ihre braunen Augen schimmerten. Wenn ich eines nicht wollte, dann, dass sie in meiner Gegenwart Tränen vergoss.

Ich legte ihr die Hand an die Wange und zog sie zu mir herunter, um ihr einen sanften Kuss zu geben. Charlottes Lippen waren so weich, fühlten sich so verdammt gut an. Und sie schmeckte süß, nach Kirsche. Als ich mich wieder von ihr löste, strich ich ihr mit dem Daumen über die Wange.

Einen Moment sah sie mich einfach nur an, lächelnd mit so viel Glück in den Augen, dass es mich mit Stolz erfüllte, dafür verantwortlich zu sein. Das sorgte dafür, dass auch mein Herz schneller schlug – für sie.

Dann sprang Charlotte plötzlich auf die Beine, lief durch das Zimmer und schloss die Tür.

»Was machst …?« Bevor ich meine Frage beenden konnte, war sie schon wieder bei mir, setzte sich auf meinen Schoß und küsste mich. Ein überraschtes Raunen drang aus meiner Kehle, als sie sich an mich presste. Sie knabberte an meiner Unterlippe, was ich zum Anlass nahm, den Kuss zu intensivieren.

Meine Hände glitten wie von selbst über ihren Rücken. Charlotte war so zierlich, so verdammt perfekt. Während wir uns küssten, drückte sie mich hinunter, bis ich wieder im Kissen lag. Ihre Haare fielen in mein Gesicht. Ich strich sie zur Seite und griff in ihren Nacken. Ich liebte diese leisen, zurückhaltenden Laute, die sie von sich gab. Noch mehr würde es mir aber gefallen, würde sie richtig aus sich herauskommen.

Ich festigte den Griff um ihren Nacken, drang mit meiner Zunge tiefer in ihren Mund. Ihr entfuhr ein ersticktes Keuchen, aber sie zog nicht zurück. Nein, stattdessen krallte sie sich in mein Muskelshirt und bewegte sich mit kreisenden Hüften auf mir. Fuck, sie musste doch spüren, wie sehr ich sie wollte. Aber das hinderte sie nicht daran weiterzumachen, sich an meiner Erektion zu reiben.

Mit der rechten Hand fuhr ich ihre Bauchseite hinauf. Ihr Körper erbebte unter der Berührung. Als ich ihre Brust umfasste und leicht massierte, seufzte Charlotte auf. Sie löste ihre Lippen von meinen und atmete schnell. Ihr Atem kitzelte auf meiner Haut.

»Charlotte, Baby, du musst jetzt aufhören, dich so zu bewegen«, sagte ich an ihrem Mund.

Sie öffnete die Augen. »Wieso?« Mehr als ein Keuchen brachte sie kaum zustande, und das machte mich nur noch wilder.

Ich griff an ihre Taille und hob mein Becken. Sie atmete keuchend ein, als ich meine Erektion an ihre Mitte drückte. »Deshalb.« Ich presste ihr einen weiteren Kuss auf, während ich das Becken erneut hob. Wieder keuchte sie, suchte Halt am Stoff meines Shirts. »Du machst mich so verdammt heiß.« Ich wiederholte meine Bewegung und genoss es, dass ihr ganzer Körper vibrierte und die Laute nur leise zitternd aus ihrem Mund drangen. »Und wenn du nicht aufhörst, kann ich für nichts mehr garantieren. Dann werfe ich dich gleich auf die Matratze und zeige dir, *wie* scharf ich auf dich bin. Willst du das etwa?«

Ihre Wangen glühten, ihre Atmung ging stoßweise. Sie befeuchtete die Lippen und fing meinen Blick auf. In ihren Augen erkannte ich nichts weiter als pure Lust, die auch mich durchfuhr. Dann nickte sie. »Ja.«

Ich packte sie an der Hüfte, presste meine Lippen hart auf ihre und drehte uns beide um. Ihr entfuhr ein erstickter Laut, als sie um meinen Hals griff und ihre Zunge in meinen Mund gleiten ließ.

Charlotte hatte die Beine um meine Hüfte geschlungen und zog mich so näher an sich heran. Wann immer meine Erektion auf ihren Slip traf, stöhnte sie leise. Und auch ich konnte mich nicht länger zurückhalten. Ich löste meine Lippen von ihren, küsste mich ihren Hals entlang und knabberte sacht an ihrem Ohrläppchen. Charlotte unter mir bäumte sich auf. Ihre Hände wanderten meinen Rücken hinunter, zogen wie wild an meinem Shirt. Widerwillig richtete ich mich kurz auf, warf das Shirt von mir, ehe ich ihren Hals weiter mit Küssen bedeckte.

»Drew«, keuchte sie schwer atmend, während ihre Finger meinen Oberkörper erforschten, meine Muskeln nachfuhren. Jede Berührung von ihr fühlte sich so verdammt gut an.

Meine Hände glitten ihre Schenkel entlang. Sie erschauderte am ganzen Körper. Vorsichtig schob ich den Stoff ihres Kleides hoch, hakte die Finger um ihren Slip. Doch ich hielt einen Moment inne. »Bist du sicher, dass du das willst?«

»Ja«, sagte sie und wand sich unter mir. Ich stand einen Moment auf und holte die Kondome aus meiner Tasche.

Als ich mich wieder zum Bett umdrehte, hatte Charlotte sich aufgesetzt und war gerade dabei, den Reißverschluss ihres

Kleides zu öffnen. Ich griff nach ihrem Handgelenk und zwang sie so, innezuhalten. »Vergiss es. Es wird mein Vergnügen sein, dieses scharfe Geschenk auszupacken«, sagte ich und küsste sie.

Sie senkte die Hände und überließ es mir, ihr Kleid zu öffnen. Quälend langsam zog ich den Reißverschluss hinunter und schob ihr den Stoff von den Schultern. Mit den Lippen küsste ich jeden Zentimeter ihrer Haut, der eben noch von Stoff bedeckt war. Charlotte schloss die Augen, legte den Kopf in den Nacken und gab genießerische Laute von sich. Als ich ihren Oberkörper des Kleides entledigt hatte, hob sie die Hüfte, sodass es zu Boden glitt.

»Fuck, du bist so schön«, raunte ich und knabberte an ihrem Hals. Langsam glitt sie zurück auf die Matratze. Es kostete mich alles an Selbstbeherrschung, nicht sofort ihren Slip herunterzureißen und das mit ihr zu tun, wovon ich seit Wochen träumte.

Ich küsste mich ihr Dekolleté hinab und griff an ihren Rücken, um den roten BH zu öffnen, den sie auch an jenem Abend in der Schwimmhalle getragen hatte. Als die Haken sich lösten, zog ich ihr das Stück Stoff aus und widmete mich diesen wundervollen Brüsten, die perfekt in meine Hand passten. Ich umschloss sie, massierte sie, während ich mit der Zunge darüberfuhr. Charlottes Körper bäumte sich auf, sie stöhnte meinen Namen immer und immer wieder, was mich nur umso schärfer machte.

Während ich behutsam an ihren Brustwarzen knabberte, fuhr ich mit der anderen Hand ihren Bauch hinunter. Sie erschaudere. Noch mehr, als ich die Finger unter den Bund ihres ebenfalls roten Spitzenslips gleiten ließ.

Sie griff in meine Haare, krallte sich darin fest, als forderte sie mehr. Und mehr würde sie bekommen, wenn ich gleich mit ihr fertig war. Ich schob erst einen, dann zwei Finger in sie, um sicherzugehen, dass sie bereit für mich war. Und fuck, ja, das war sie auf jeden Fall.

Als ich mich aus ihr zurückzog, protestierte sie leise, was mir ein Lachen entlockte. »Keine Sorge«, raunte ich und küsste die Innenseite ihrer Schenkel, »ich bin noch lange nicht fertig mit dir.«

Langsam richtete ich mich auf und zog meine Jogger inklusive Boxershorts aus. Charlotte sog scharf Luft zwischen den Zähnen ein, als ich beides zu unseren übrigen Klamotten auf den Boden warf. Dann griff ich nach ihrem Slip und zog auch das letzte bisschen Stoff hinunter, das noch zwischen uns lag. Bereitwillig hob Charlotte ihr Becken und ließ mich gewähren.

Mit den Fingern ertastete ich ihren gesamten Körper, hauchte ihr zu, wie verdammt schön sie sei, während meine Berührungen sie erschaudern ließen. Sie schloss die Augen, genoss es, dass ich sie erforschte. Und auch ich konnte mir kaum ein schöneres Gefühl vorstellen.

Kaum eines.

Zügig streifte ich mir das Kondom über und lehnte mich über sie. Ich strich ihr eine Strähne aus dem Gesicht und küsste sie. Ihre Lippen bewegten sich so perfekt auf meinen, als hätten wir unser ganzes Leben nichts anderes getan. Ganz langsam drang ich in sie ein. Sie stöhnte an meinem Mund, krallte sich mit der einen Hand im Laken, mit der anderen in meinen Haaren fest.

»Du fühlst dich so gut an«, raunte ich ihr zu. Ich wartete einen Moment, ließ ihr Zeit, sich an das Gefühl zu gewöhnen. Dann bewegte ich mich rhythmisch in ihr.

Ich konnte an nichts anderes denken als daran, wie viel Glück ich hatte, eine so wundervolle Frau unter mir zu haben. Jedes leise Stöhnen, das von ihren Lippen drang, ließ Lust durch meinen Körper strömen. Das Gefühl überwältigte mich, riss mich mit, sodass ich den Rhythmus meiner Hüften weiter beschleunigte. Meine Hände wanderten über ihre aufgeheizte Haut. Sie erzitterte unter der Berührung.

Heiser stöhnte sie meinen Namen. Ich presste meine Lippen auf ihre, drang forsch mit meiner Zunge in ihren Mund ein. Ihre Finger glitten über meine Schulter und krallten sich in meinen Rücken. Ich stöhnte in ihren Mund, war kurz davor, die Kontrolle zu verlieren.

Ich löste meine Lippen von ihren, zog mich aus ihr zurück. Fordernd hob Charlotte das Becken an. »Nicht aufhören«, hauchte sie.

»Keine Sorge, Baby.« Ich küsste mich von ihrem Hals bis zum Nabel. Wann immer meine Lippen auf ihre Haut trafen, bäumte sie sich unter mir auf. »Ich muss nur dafür sorgen, dass auch du auf deine Kosten kommst.« Mit der Zunge glitt ich über ihre Scham, saugte und knabberte an ihrer Klitoris.

Es war so verdammt heiß, wie Charlotte sich erneut ins Laken krallte, sich stöhnend hingab. Ihr Körper reckte sich mir entgegen. Ich griff an ihren Hintern, spürte ihre zitternden Schenkel, während ich sie weiter mit meiner Zunge verwöhnte. Als ihre Atmung schneller und stoßweise ging, näherte sich ihr Höhepunkt.

Ich küsste mich meinen Weg wieder nach oben und drang mit einem harten Stoß in sie ein. Keuchend griff sie in meinen Nacken. Unser Atem vermischte ich.

»Sieh mich an.«

Charlotte fing meinen Blick auf, nichts als pure Lust in den Augen. Es dauerte nicht lange, ehe unsere Muskeln zu zittern begannen und wir uns gleichzeitig dem erlösenden Orgasmus hingaben. Und wie Charlotte in jenem Moment meinen Namen schrie, war das Schönste, was ich je gehört hatte.

30

Charlotte

Das Gerücht, Andrew hätte Benedict grundlos zusammengeschlagen, hatte sich verbreitet wie ein Lauffeuer. Es wunderte mich nicht. Doch was mich schmerzte, war, wie leichtfertig jeder von ihnen Andrew einen Stempel verpasste. Niemand hatte je *ihn* gefragt. Sich seine Version der Geschichte angehört. Ihm war es egal, und das war etwas, worum ich ihn sehr beneidete.

Trotzdem hätte ich die Sache nur allzu gern klargestellt, doch damit würde ich mich selbst wieder ins Zentrum aller Aufmerksamkeit rücken. Die anderen redeten auch so schon über mich. Erst war ich diejenige, die sich beim Sohn des Rektors einschleimte, um sich den Praktikumsplatz zu sichern, nun war ich diejenige, die mit einem Schläger ausging und ihn in Schutz nahm.

Die Welt wäre ein weitaus besserer Ort, wenn jeder sich an die eigene Nase fassen würde. Aber eine solche Welt würde ich wohl nie erleben.

Aber das war okay. Denn meine eigene Welt war momentan der wundervollste Ort, an dem ich mich aufhalten konnte. Seit Tagen ging ich wie auf Wolken. Das Lächeln verließ meine Lippen nicht einmal in trüben Momenten. Wann immer ich an Andrew dachte, klopfte mein Herz wie wild, und meine Beine wurden zittrig.

Ungeachtet dessen, dass wir nie über *uns* gesprochen hatten, bereute ich es keine Sekunde, mit ihm geschlafen zu haben. Es hatte sich richtig angefühlt und war einer der schönsten Abende meines Lebens gewesen. Andrew ging so sanft mit mir um und behandelte mich, als läge ihm wirklich etwas an mir. Er brauchte es nicht auszusprechen, denn seine Taten sprachen mehr, als tausend Worte es je könnten.

In Momenten wie diesen fragte ich mich, ob man vor Glück platzen konnte. Mein gesamter Körper stand in Flammen, und ich hatte das Gefühl, dass es nichts und niemanden geben konnte, um mich noch mehr Glück empfinden zu lassen. Am liebsten hätte ich die ganze Welt umarmt. Und Andrew gesagt, wie viel er mir wirklich bedeutete. Aber ich befürchtete, ich könnte ihn damit bedrängen und in die Flucht schlagen. Daher schluckte ich die Worte runter und genoss stattdessen die wundervollen Augenblicke, die wir teilten.

Ein Studentenstrom zwängte sich in die erste Etage Richtung Sekretariat. Unsanft wurde ich hin und her geschoben und mitgerissen. Heute war der Tag, an dem die Raumzuteilung für die Semesterabschlussprüfungen erfolgte. Das Lernen hatte ich in den letzten Tagen etwas schleifen lassen, doch da ich bereits viel Vorarbeit geleistet hatte, brachte mich das noch nicht in die Bredouille. Trotzdem musste ich mich demnächst wieder hinsetzen und ordentlich pauken. Freddy und ich hatten unsere alte Lerngruppe wieder aufleben lassen wollen. Das sollten wir nun wirklich endlich in Angriff nehmen.

Irgendjemand rempelte mich an. Ich geriet ins Stolpern, sodass mir die Tasche von den Schultern glitt. Eine weitere Person blieb am Träger hängen und trat sie einige Meter weit weg.

»Entschuldigung«, sagte ich und schob mich in die entgegengesetzte Richtung. Eher widerwillig wurde ich vorbeigelassen. Als ich mich bückte und nach meiner Tasche griff, bemerkte ich, dass die Wasserflasche herausgefallen war. »Ach, Mist«, murmelte ich und schaute zwischen mehrere Beine hindurch, bis ich sie in der Ferne ausmachen konnte. Schnell drängelte ich mich auf sie zu und bekam sie im letzten Moment zu greifen, bevor sie die Stufen hinunterkullern konnte.

Naserümpfend wischte ich über die Verschmutzungen meiner rosafarbenen Neoprenhülle, aber die dunklen Flecken ließen sich nicht entfernen. Da half wohl nur eine Waschmaschine. Darum würde ich mich ein andermal kümmern müssen. Ich verstaute die Flasche wieder an ihrem Platz, ehe auch ich mich zum Raumplan vorkämpfte. Die Körperwärme der anderen Studenten erhitzte den Flur so sehr, dass ich ins Schwitzen geriet. Daher schrieb ich die jeweiligen Nummern schnell ab, ehe ich mich zur Brücke ins Designgebäude begab.

Endlich konnte ich wieder tief Luft holen.

Vorhin hatte Mr Slater uns darum gebeten, unsere bisherigen Entwürfe noch einmal in den Showroom zu bringen. Er wollte sehen, wie weit wir gekommen waren, seit Nino Caruso die Rosefield besucht hatte. Glücklicherweise waren meine Outfits insoweit fertig, dass ich nur noch hier und da eine Naht ausbessern musste, die sich beim Fotoshooting gelöst hatte. Ich hatte befürchtet, dass ich anschließend auch noch einige Flecken aus dem Stoff würde entfernen müssen, aber die Kleidung war erstaunlich sauber geblieben.

»Ah, Ms Barton, da sind Sie ja. Möchten Sie Ihre Entwürfe wieder mitnehmen oder hierlassen?«, fragte Mr Slater, als ich wieder in den Showroom trat.

»Ich wollte sie gerade abholen«, entgegnete ich. Zwar waren in letzter Zeit keine meiner Arbeitsmittel mehr weggekommen, doch ich traute dem Frieden nicht.

Mr Slater nickte. »Das verstehe ich. Könnten Sie mir einen Gefallen tun?« Er öffnete seine Aktentasche und holte einen kleinen Schlüsselbund heraus, den er mir reichte. »Ich habe es leider eilig. Würden Sie hinter sich abschließen und den Schlüssel dann wieder in mein Fach legen lassen?«

»Selbstverständlich.« Ich nahm die Schlüssel und schob sie zügig in das vorderste Fach meiner Tasche.

»Vielen Dank.« Ein freundliches Lächeln lag auf Mr Slaters Lippen. »Ich kann nur noch einmal betonen, wie grandios Ihre Entwürfe sind. Sie können sehr stolz auf sich sein.«

Meine Wangen wurden heiß. »Danke, das bedeutet mir viel.«

Daraufhin verabschiedete Mr Slater sich und verschwand aus der Tür. Langsam trat ich in den Raum und drehte mich um meine eigene Achse. Dieser Ort löste ein Gefühl der puren Freude in mir aus. Ich stellte mir vor, wie eines Tages der komplette Showroom mit meiner eigenen Mode gefüllt sein würde. Torsos von Schneiderpuppen, eingehüllt in meinen eigens kreierten Oberteilen und Jacken.

Vorsichtig strich ich über den apricotfarbenen Crop-Blazer meines Outfits. Unzählige Bilder spielten sich vor meinem geistigen Auge ab. Models, die ihn bei den größten Modeschauen der Welt präsentierten, Schauspielerinnen, die ihn auf dem roten Teppich trugen und sich darin ablichten ließen, und elegante Frauen, die ihn bei einem gemütlichen Cocktailabend mit ihren Freundinnen umgelegt hatten.

Eines Tages, da war ich mir sicher, würde jeder meine Mode tragen wollen. Nicht nur Mr Slaters und Nino Carusos Worte hatten mich dahingehend beflügelt, auch Andrew trug einen wesentlichen Teil dazu bei. Und zwar nur, weil er da war, an meiner Seite. Das allein gab mir schon die Kraft, an meinen Träumen festzuhalten.

Ich stellte meine Tasche auf einen der kleinen Tische, die unter dem Fenster standen, und nahm dann die Kleidung vorsichtig von den Schneiderpuppen. Anschließend trank ich mein Wasser in einem Zug aus, da meine Kehle bereits vollkommen ausgetrocknet war. Es war warm und abgestanden, erfüllte aber seinen Zweck.

Da ich Mr Slater nicht unnötig Mehrarbeit aufhalsen wollte, entschied ich, die Schneiderpuppen selbst schnell wegzuräumen. Eine große Kammer grenzte an den Showroom, dort wurden neben den Puppen auch sämtliche andere Materialien gelagert.

Die Kammer war relativ groß, aber da sie so vollgestopft war, nichtsdestotrotz beengend. Daher beeilte ich mich. Die Puppen waren ziemlich schwer, weshalb ich sie nur nacheinander ans hintere Ende der Kammer bringen konnte. Bereits der erste Weg hatte mich wieder ins Schwitzen gebracht. Für einen Moment lehnte ich mich in den Türrahmen und fächelte mir Luft zu. Mir war etwas schwummerig, und ich fühlte mich leicht benommen.

Wenn ich so darüber nachdachte, hatte ich heute auch nicht sehr viel gegessen. Das war nicht sehr klug gewesen, aber ich hatte mittags noch einen losen Knopf neu fixiert und nach weiteren kleinen Schönheitsfehlern an der Kleidung gesucht. Dabei hatte ich die Zeit völlig vergessen und war nicht mehr zum Essen gekommen.

Ich stützte mich wieder vom Türrahmen ab und schob die zweite Puppe in die Kammer. Aber jeder meiner Schritte war mühselig. Meine Augen wurden schwer, und alles schien in weite Ferne zu rücken. Ich musste mich dringend einen Moment setzen, konnte mich aber kaum auf den Beinen halten.

Langsam drehte ich mich um. Meine Knie zitterten, und ich stieß mit der Schulter gegen einen der Schränke. Ein pochender Schmerz durchzuckte mich. Mit den Fingern tastete ich nach etwas, woran ich mich festhalten konnte, und krallte mich an eines der Regalbretter.

Mit aller Kraft versuchte ich stehen zu bleiben, aber ich hatte das Gefühl, dass mit einem Mal sämtliche Energie aus meinem Körper gewichen war. Nur mit kleinen schlurfenden Schritten konnte ich mich weiter Richtung Tür vorkämpfen. Das Pochen in meinem Kopf verstärkte sich, und die Welt um mich herum schien sich plötzlich zu drehen, als säße ich in einem Kettenkarussell.

Sosehr ich es auch versuchte, ich konnte mein eigenes Gewicht nicht mehr halten. Meine Beine sackten unter mir weg, und ich landete unsanft auf dem Boden der Kammer. Ich krümmte mich, wollte zurück in den Showroom krauchen, aber ich konnte nicht. Meine Glieder erschlafften.

Und dann wurde alles um mich herum schwarz.

31

Drew

Die heiße Dusche hatte verdammt gutgetan. Rowan hatte sich vorhin kaputtgelacht, als ich in einer riesigen Pfütze irgendeiner Gülle ausgerutscht war und mich von oben bis unten eingesaut hatte. Keinen Schimmer, was das gewesen war, so genau hatte ich es auch nicht wissen wollen. Aber ich hatte sicher eine Stunde unter der Dusche gestanden, um mir diesen Gestank von Haaren und Körper zu waschen. Und auch jetzt fühlte ich mich noch abstoßend.

Ich wickelte das Handtuch um meine Hüfte und trat aus dem Bad. Der heiße Dampf war ins Zimmer gezogen, sodass ich kaum Luft bekam. Na super!

Gerade als ich nach sauberen Boxershorts griff, klopfte es an der Tür. Es war kurz vor 23 Uhr. Es gab niemanden, der um diese Zeit hier reinschneien würde. Nun … vielleicht gab es doch eine Person.

Ruckartig zog ich die Tür auf in der Erwartung, Charlotte vor mir zu sehen. Stattdessen waren es aber ihre beiden Mitbewohnerinnen.

»Echt jetzt? Was wollt ihr schon wieder von mir?«, fragte ich genervt und stellte mich schon auf eine weitere ihrer Moralpredigten ein.

Die Rothaarige, Mila, betrachtete mich eingehend von

oben bis unten. Ihr Blick blieb an meinem Bauch haften. »Wow, sind die echt oder aufgemalt?« Sie deutete auf mein Sixpack.

Hazel stieß ihr den Ellenbogen in die Rippen. »Spinnst du? Hör auf, Charlottes Freund so anzugeiern, und such dir einen eigenen.«

»Sorry«, nuschelte Mila und räusperte sich. »Eigentlich wollten wir nur schauen, ob Charlotte hier ist.«

»Nein, ist sie nicht. Ihr wolltet doch heute einen Mädelsabend machen.«

Hazel presste die Lippen aufeinander und atmete tief durch. Irgendetwas an ihrem Gesichtsausdruck versetzte mich sofort in Alarmbereitschaft. »Sie ist nicht aufgetaucht und hat sich nicht mehr gemeldet. Ihre letzte Nachricht ist fünf Stunden her. Wir dachten, vielleicht ist sie bei dir.«

»Was?« Ich nahm mein Handy vom Schreibtisch und wählte Charlottes Nummer, aber hier unten war kein Scheißempfang. »Fuck«, zischte ich und drehte mich zurück zu den beiden. »Was hat sie vor eurem Treffen gemacht?«

»Sie wollte ihre Entwürfe holen und sich die Raumzuteilung für die Abschlussprüfungen ansehen«, erklärte Hazel sachlich. »Im Designgebäude ist alles verschlossen, wir waren schon gucken.«

»Ich habe Schlüssel«, sagte ich und kramte sie aus der Sporttasche, in die ich all meinen Krempel warf. »Kommt.«

»Ähm … Vielleicht solltest du dir erst was anziehen.« Mila deutete auf das Handtuch. »Wir warten so lange.«

Ich warf mir die erstbesten Sachen über, nahm Handy und Schlüssel und rannte aus dem Zimmer. Hazel und Mila warteten im Flur. Mein Herz raste. Ich hatte furchtbare Angst, dass Charlotte etwas passiert sein könnte.

Kaum waren wir oben, wählte ich ein weiteres Mal ihre Nummer. Ein Freizeichen ertönte, was mich schon mal erleichtert aufatmen ließ. Aber sie nahm nicht ab. Ich versuchte es noch mal und dann ein drittes Mal, aber nichts. »Shit!«

»Bestimmt ist alles in Ordnung«, sagte Mila. Dafür, dass sie Schauspielstudentin war, klang sie alles andere als überzeugend.

»Ja, womöglich hat sie beim Lernen die Zeit vergessen. Sie schreibt morgen Nachmittag so einen kurzen Test, vielleicht ist sie den Stoff noch mal durchgegangen«, pflichtete Hazel ihr bei.

Ich äußerte mich nicht zu ihren dämlichen Theorien. Nein, hier ging etwas anderes vor sich. Es sah Charlotte nicht ähnlich, Verabredungen sausen zu lassen und sich dann bei niemandem mehr zu melden. Es musste etwas passiert sein. Und wenn ich herausfand, wer dahintersteckte, konnte ich für nichts mehr garantieren.

»Entspann dich, Knastboy.« Mila lachte. »Du siehst aus, als würdest du gleich wieder auf jemanden einschlagen.«

Ich funkelte sie an, dann beschleunigte ich meine Schritte. Wir traten aus dem Hauptgebäude und folgten dem Pfad zum Designgebäude. Auf dem Weg suchte ich nach dem richtigen Schlüssel und schob ihn ins Schloss.

Die Flure waren stockduster, kein Fünkchen Licht brannte.

»Charlotte?«, rief Hazel. Ihre Stimme hallte wie ein Echo von den hohen kahlen Wänden.

Wir lauschten nach einer Antwort, aber es war nicht zu hören. Nacheinander schloss ich sämtliche Türen mit dem Generalschlüssel auf. Aber von Charlotte fehlte jede Spur. Auch im Keller bei den Schließfächern war sie nicht, weshalb wir in den ersten Stock rannten.

Erneut legten Hazel und Mila ihre Hände trichterförmig an die Lippen und riefen Charlottes Namen. Die einzige Antwort, die sie erhielten, war ihr eigenes Echo. Mein gesamter Körper stand unter Strom, und mein Herz klopfte mir bis zum

Hals. Das hier war verdammter Mist. Sie musste hier irgendwo sein, verdammt!

Doch auch die Räume in der ersten Etage lagen verlassen da.

»Das muss der Showroom sein«, sagte Mila und deutete auf die große Doppelflügeltür zu unserer Rechten. Ich öffnete sie und stieß sie laut scheppernd auf.

»Charlotte, bist du hier?«, rief Hazel und marschierte durch den Raum, Mila ihr dicht auf den Fersen.

Ich steuerte das andere Ende an. Eine große Fensterfront ließ ein wenig spärliches Mondlicht von draußen hineinscheinen. Ich scannte den Boden, dann die Wand, bis mein Blick auf einen kleinen Tisch fiel, auf dem eine Tasche lag. »Hier ist was«, rief ich und steuerte darauf zu.

Es war Charlottes Umhängetasche. Sie war umgefallen, das Handy auf dem Tisch. Unzählige eingegangene Nachrichten und verpasste Anrufe blinkten auf dem Display. Ich warf es zurück in die Tasche und reichte sie Hazel und Mila, die gerade bei mir angekommen waren.

»Wo ist sie nur?«, fragte Hazel grübelnd.

Mein Blick fiel auf eine schwarze Tür, die mit den Schatten verschwamm und mir daher beinahe entgangen war. »Was ist dahinter?« Ich griff nach der Klinke und rüttelte daran. Sie war verschlossen, aber mein verdammter Schlüssel passte nicht.

»Vielleicht ein Lagerraum«, schlug Mila vor.

»Charlotte, Baby, bist du da drin?«, fragte ich und legte mein Ohr an die Tür. »Bitte, wenn du da drin bist, sag irgendwas.« Ich schluckte, hörte meinen eigenen Herzschlag verdammt laut hämmern.

»Ich glaube nicht, dass …« Ich unterbrach Hazel, indem ich die Hand hob und sie so zum Schweigen brachte. Ein Wimmern hinter der Tür. Es war so leise, dass es kaum zu hören war.

»Fuck!«, zischte ich und rüttelte weiter an der Tür. »Wir holen dich da raus, warte einen Moment.«

Hazel holte ihr Handy aus der Hosentasche. »Ich schreibe Tristan, er kann Schlösser knacken.«

»Dafür ist keine Zeit«, sagte ich entschlossen. »Charlotte, geh von der Tür weg.« Ich wartete einen Moment, um ihr Zeit zu geben, in Deckung zu gehen. Dann trat ich gegen das Holz. Ein stechender Schmerz schoss durch mein Bein, doch das war egal. Ich trat gegen die Tür.

Zweimal. Dreimal. Viermal.

Bis sie endlich aufschwang. Es war stockdunkel in der Kammer. Ich tastete nach einem Lichtschalter und betätigte ihn. Es waren nur wenige dunkle Lampen, aber sie genügten, damit ich zumindest etwas erkennen konnte. Ein Lagerraum mit unzähligen Stoffen, anderen kaum zuzuordnenden Materialien und Puppen, die gespenstische Schatten auf den Boden warfen. Und unter all dem Charlotte.

Ich warf mich zu ihr auf den Boden, zog sie fest an mich. Ihr zierlicher Körper zitterte, und wimmernde Laute drangen von ihren Lippen. »Schh«, machte ich und strich ihr durch die Haare. »Alles ist gut, wir sind da.«

Hazel und Mila standen in der Tür, sichtlich erleichtert, dass es ihrer Freundin gut ging. Und auch ich war unglaublich dankbar, dass wir sie gefunden hatten. Aber ihr Zustand bereitete mir Sorgen.

Ich drückte ihr einen Kuss auf den Scheitel. »Alles ist gut, okay?«

Sie nickte, weiterhin wimmernd, krallte sich an mir fest. Sie fühlte sich so verdammt zerbrechlich in meinen Armen an, dass es mir die Kehle zuschnürte.

»Bist du verletzt?« Sie schüttelte den Kopf, dann nickte sie. Mein Herz setzte aus, und ich biss die Zähne zusammen. »Was ist passiert?«

Schluchzend hob sie den Kopf. Ihre Augen waren geschwollen, und Tränen rannen über ihre Wangen. Ich fühlte mich so verdammt hilflos, da ich die Trauer nicht einfach von ihr nehmen konnte. »Ich … weiß nicht.«

»Brauchst du einen Arzt?« Sie sagte nichts, bewegte sich nicht. Ich zog sie auf meinen Schoß und presste sie fester an mich, so fest, als wollte ich sie nie mehr loslassen.

»Wir könnten den Arzt zur Krankenstation holen«, sagte Hazel leise. Ich nickte, woraufhin sie und Mila verschwanden. Glücklicherweise hatte die Academy zu jeder Tages- und Nachtzeit einen Bereitschaftsarzt auf dem Gelände.

Noch ein paar Minuten blieben Charlotte und ich auf dem Boden der Kammer sitzen. Sie schmiegte sich an mich und weinte so lange, bis keine Tränen mehr übrig waren. Während all der Zeit strich ich ihr über Haare und Rücken und versicherte ihr, dass alles wieder gut werden würde. Obwohl ich das nicht wissen konnte. Doch ich glaubte daran.

»Kannst du aufstehen?«, fragte ich irgendwann.

»Ich versuche es.« Ihre Stimme war so verdammt zittrig, dass es mir das Herz brach. Ganz vorsichtig stand ich auf und reichte ihr die Hand, um ihr auf die Beine zu helfen. Doch sie wackelte lediglich unbeholfen und krallte sich an mir fest.

»Alles gut. Halt dich einfach fest.« Ich legte ihren Arm um meine Schultern und griff um ihre Taille und unter ihre Beine, um sie anzuheben. Sie schien fast nichts zu wiegen.

Ich trug sie aus der Kammer und aus dem Showroom Richtung Brücke ins Hauptgebäude.

»Mir war plötzlich schwindelig«, sagte sie leise und legte ihren Kopf auf meine Schulter. »Ich wurde ohnmächtig, und als ich aufgewacht bin …« Ihr Schniefen wurde wieder lauter. »Jemand hat mich eingeschlossen, und ich konnte keine Hilfe rufen.«

Ich atmete tief durch. »Du bist jetzt in Sicherheit. Ich lass nicht zu, dass dir etwas passiert.«

»Ich weiß.« Sie legte ihre Arme noch fester um meine Schultern, als wollte sie mir so nahe wie möglich sein. Ich spürte ihren schnellen Atem und das Zittern ihres Körpers, als würde sie schrecklich frieren.

Hazel und Mila standen im Flur vor der Krankenstation. »Der Arzt ist da.«

»Danke«, sagte ich und stieß die Tür mit Charlotte auf dem Arm auf.

Sofort stand der Arzt von seinem Stuhl auf. Dunkle Schatten lagen unter seinen Augen, und seine Haare standen ihm wild zu Berge. Er musste eben aus dem Bett gefallen sein. »Legen Sie sie dort ab.«

Behutsam bettete ich Charlotte auf die Praxisliege. In dem grellen Licht wirkte ihre Haut noch fahler als sonst. Sie griff nach meiner Hand.

Der Arzt räusperte sich. »Ich würde mich nun gern mit der Patientin unterhalten, um herauszufinden, was geschehen ist. Würden Sie bitte draußen warten?«

Charlotte drückte meine Hand fester, riss die Augen panisch auf.

»Nein«, sagte ich mit harter Stimme. »Sie ist meine Freundin, und ich werde hierbleiben, ob es Ihnen passt oder nicht.«

Der Arzt atmete tief durch, schaute zwischen Charlotte und mir hin und her und rieb sich dann über den Nasenrücken. »Schön, aber treten Sie wenigstens zur Seite.«

Ich hob Charlottes Hand an meine Lippen und drückte ihr einen sanften Kuss auf. »Keine Sorge, ich setze mich da drüben hin.«

Sie befeuchtete die Lippen, schluckte schwer, aber nickte.

»Wie lautet Ihr Name?«, fragte der Arzt.

»Charlotte Barton.«

»Freut mich. Ich bin Dr Cadwick. Können Sie mir sagen, was genau passiert ist?« Sie wiederholte die wenigen Worte, die sie mir eben bereits erzählt hatte. Aus dem Profil sah ich, dass Dr Cadwick die Stirn in Falten legte. »Haben Sie so etwas schon mal gehabt?« Charlotte schüttelte den Kopf. »Haben Sie genügend gegessen und getrunken?«

»Getrunken ja, gegessen nicht so viel.«

»Mhm«, machte Dr Cadwick. »Die Symptome, die Sie beschreiben … haben Sie irgendwelche Beruhigungsmittel zu sich genommen?« Wieder schüttelte sie den Kopf. »Das Semester neigt sich dem Ende zu, viele Studenten leiden aufgrund des hohen Arbeitspensums unter Stress und Schlaflosigkeit. Es wäre keine Schande, würden Sie zu Medikamenten greifen. Aber Sie müssen mir die Wahrheit sagen.«

»Nein.« Charlottes Stimme überschlug sich. »Ich nehme keine Medikamente.«

»In Ordnung, Ms Barton. Ich müsste jetzt noch ein paar Tests machen.« Er drehte sich zu mir um. Mein Bein wippte unkontrolliert. »Könnten Sie dafür *bitte* rausgehen?«

Charlotte atmete erschrocken auf. Mit wenigen Schritten war ich bei ihr und drückte ihre Hand. »Ich bin nicht weit weg, okay? Du bist hier in den besten Händen, vertraust du mir?« Sie nickte, weshalb ich ihr einen Kuss auf den Scheitel gab und aus der Tür trat.

»Was ist los?«

»Erzähl schon, was sagt der Arzt?«

Ich atmete tief durch. »Er macht ein paar Tests. Keine Ahnung, ich sollte raus.«

In den nächsten Minuten redeten Hazel und Mila ununterbrochen und stellten die wildesten Theorien auf, zu denen ich aber schwieg. Ich hatte keinen Bock darauf zu spekulieren, was passiert sein *könnte*. Ich wollte verdammt noch mal Antworten.

Es verging viel zu viel Zeit. Wieso zur Hölle dauerte das so ewig?

Mehrere Schritte ertönten aus dem Foyer unter uns und kamen die Treppen hoch. Zeitgleich drehten wir drei uns in die Richtung der näher kommenden Stimmen. Vier Personen. Zwei vom Rettungsdienst, ein Polizeibeamter und mein Vater, der ausnahmsweise nicht die Uniform der Academy trug.

Augenblicklich brach mir der Schweiß aus. Das konnte nichts Gutes verheißen.

»Was ist hier los?«, fragte Hazel leise.

Dads Blick glitt über unsere Gesichter, doch er presste die Lippen aufeinander und sagte nichts. Stattdessen steuerten sie alle das Krankenzimmer an und verschwanden darin.

Wieder fingen Mila und Hazel an zu spekulieren. Ich hingegen ballte die Hände zu Fäusten und versuchte, meine Wut im Zaum zu halten. Nicht vom Schlimmsten auszugehen. Was verdammt schwer war.

Eine viel zu lange Zeit passierte nichts, dann öffnete sich die Tür, und sie alle traten hinaus. Mit einem Satz war ich bei Charlotte und zog sie fest an mich. Sie legte ihre zittrigen Arme um meine Taille und schniefte. »Sie nehmen mich mit ins Krankenhaus für ein paar Tests.« Charlotte hob den Kopf, ihre Augen schimmerten glasig.

»Was? Wieso? Was ist los?«, fragte ich und strich ihr über die Wange.

»Jemand … der Schnelltest war positiv auf Beruhigungsmittel.«

Ich biss die Zähne so fest zusammen, dass mir der Kiefer schmerzte.

»Ms Barton«, sagte der Rettungssanitäter und legte seine Hand an ihre Schulter, um sie zu stabilisieren.

»Ich begleite dich.«

Charlotte schüttelte den Kopf. »Sie haben Fragen an euch.

Ich komme klar.« Langsam ließ sie von mir ab. Nur widerwillig senkte ich die Arme. »Danke, Drew.« Daraufhin verschwand sie.

Der Polizeibeamte sprach mit Hazel und Mila, und die beiden schilderten ihm die Ereignisse der vergangenen Stunden. Dad steuerte sein Büro an. Ich folgte ihm hinein, schloss die Tür lautstark hinter mir. Er zuckte zusammen.

»Das ist verdammt noch mal deine Schuld«, knurrte ich und blieb vor seinem Tisch stehen. Er fing meinen Blick auf, faltete die Hände ineinander und legte sie ab. »Hättest du deinen Scheißjob gemacht, wäre das alles nicht passiert. Sie hat dir gesagt, dass jemand sie bestiehlt, und du wolltest ihr nicht glauben. Ich habe dir gesagt, dass dieser schmierige Drecksack herumrennt und Studentinnen belästigt, aber dir war es egal!« Ich schlug die Fäuste auf die Tischplatte. »Wenn ihr etwas passiert, dann schwöre ich, wirst du dafür bezahlen.«

Dad schwieg. Er stützte die Ellenbogen auf den Tisch und fuhr sich über das Gesicht. »Bisher wissen wir nicht, was genau passiert ist«, sagte er schließlich ruhig. »Das werden die Labortests ergeben.«

»Ist das dein Ernst? Sie wurde ohnmächtig in einer beschissenen Kammer eingeschlossen und du redest es immer noch klein? Was stimmt verdammt noch mal nicht mit dir?« Ich packte den Stuhl bei der Lehne und schleuderte ihn durch das Büro. Er schepperte gegen das Regal, aus dem einige Bücher fielen.

Dad massierte sich die Schläfen und atmete tief durch. »Du solltest an die Rosefield kommen, um deine Sozialstunden dort abzuleisten, wo ich dich im Auge haben kann. Stattdessen verführst du eine meiner besten Studentinnen.« Er hielt einen Moment inne und schaute mich an. Ich hatte mit Wut in seinen Augen gerechnet, aber davon erkannte ich nichts. »Aber ich bin dir sehr dankbar, dass du Ms Barton gefunden und gerettet hast, bevor etwas Schlimmeres passieren konnte.«

»Natürlich«, presste ich zwischen den Zähnen hervor. »Ich würde alles für sie tun.«

Sein Mundwinkel zuckte. »Gut. Dann lass die Polizei ihre Arbeit machen. Falls Fremdeinwirkung im Spiel war, finden die Beamten heraus, was passiert ist. Und keine Sorge, sie kommt wieder auf die Beine.«

Ich wusste nicht, was ich sagen sollte. Es war ungewöhnlich, nicht von Dad angeschrien zu werden. Eine Situation, mit der ich nicht umgehen konnte. Deshalb nickte ich nur und trat zurück in den Flur, wo der Beamte bereits auf mich wartete, um meine Version der Ereignisse aufzunehmen.

Kommentarlos beantwortete ich jede Frage. Dabei dachte ich nur an Charlotte und all die Dinge, die hätten passieren können. An ihren zierlichen Körper, der so zerbrechlich in meinen Armen lag, ihr leises Wimmern und Zittern, die Angst in ihren großen braunen Augen und wie sie sich Schutz suchend an mich geklammert hatte.

Und ich dachte daran, was ich mit der Person tun würde, die für das Ganze verantwortlich war. Denn eines stand fest: Ungeschoren würde sie nicht davonkommen.

32

Charlotte

Fürchterliche Albträume ließen mich Nacht für Nacht hochschrecken. Dann riss ich die Augen auf und klammerte mich an Andrew, der mir so lange beruhigende Worte zumurmelte, bis ich wieder einschlief. Er war immer da. Jede Nacht. Ein Regelbruch, der mir ausnahmsweise recht war, denn nur mit ihm an meiner Seite fühlte ich mich sicher.

Die Labortests hatten ergeben, dass ich eine hohe Dosis Benzodiazepine im Blut hatte. Keine lebensgefährliche Dosis, aber sie war hoch genug, um mich binnen weniger Minuten außer Gefecht zu setzen. Man ging davon aus, dass jemand mir das Mittel in die Wasserflasche getan hatte, denn ich hatte sie nur wenige Minuten vorher in einem Zug geleert.

Diese Vermutung hatte mich in Angst und Schrecken versetzt. Ich hatte meine Flasche an diesem Tag nur kurz aus den Augen verloren, als mir die Tasche im Gedrängel von der Schulter gerissen wurde. Nun musste ich befürchten, dass der Stoß in meinen Rücken Absicht gewesen war.

Das Ganze war nicht nur surreal, sondern zutiefst verstörend. Hinzu kam das immerwährende Gerede der anderen, das ich nicht ausblenden konnte. Ich war in meine Seminare gegangen, hatte den Test in Schnittgestaltung bei Mr Hartley nachgeholt und erledigte pflichtbewusst meine Hausaufgaben.

Körperlich war ich anwesend, aber meine Gedanken drifteten stets ab. In jedem meiner Kurse blickte ich in die Gesichter meiner Kommilitonen und fragte mich, wer von ihnen zu solch einer Tat in der Lage war. War es Alana, die mir unterstellt hatte, mir das Praktikum durch Andrew erschleichen zu wollen, Mona, die mich bereits bestohlen und mir weiter eins auswischen wollte, vielleicht Jeffrey, der sich bei den Schließfächern sonderbar verhalten hatte, oder doch Benedict, der mich einfach nicht in Ruhe lassen wollte?

Vollkommen gleich, wer von ihnen es war, es war ein furchtbares Gefühl zu wissen, dieselbe Luft wie so jemand zu atmen. Nicht zu wissen, wann die Person ein weiteres Mal zuschlagen würde.

In den ersten Stunden nach den Laborergebnissen hatte ich versucht, eine andere Erklärung zu finden. Ich wollte einfach nicht daran glauben, dass jemand so weit gehen würde. Doch egal, wie ich es auch gedreht und gewendet hatte, es gab keine andere Erklärung.

Mila hatte wieder die versteckten Kameras in den Raum geworfen, während Hazel der Meinung war, die Polizei würde das regeln und den oder die Täter zur Rechenschaft ziehen. Ich wusste nicht, was ich denken oder fühlen sollte. Seit jenem Tag fühlte ich eine Leere wie schon lange nicht mehr. Und Andrew war der Einzige, dem es durch seine schiere Anwesenheit gelang, diese Leere zu füllen.

Sein gleichmäßiger Atem kitzelte an meiner Stirn. Andrew sah im Schlaf unglaublich friedlich aus. Seine sonst so harten Gesichtszüge waren dann jungenhaft weich. Und manchmal erwischte ich ihn dabei, wie er im Schlaf lächelte.

Ich festigte den Griff um sein Shirt und schmiegte den Kopf an seine Schulter. Für einen Moment rührte er sich, zog mich näher an sich und hielt mich. Ich atmete tief ein, und wenig später gelang es mir, wieder in den Schlaf abzudriften.

Eineinhalb Wochen später ging es zumindest teilweise bergauf. Die Nächte waren weiterhin kurz, aber ich verspürte nicht mehr bei jedem einzelnen Schritt diese schreckliche Angst, dass etwas passieren konnte. Ich war wachsam, aß und trank nichts, was ich nicht eigenhändig zubereitet hatte. Aber dieser minimale Mehraufwand war es wert, denn er sorgte dafür, dass es mir besser ging.

Einige Polizeibeamte kamen zwischendurch an die Rosefield und unterhielten sich mit einigen Studenten. Die Schließfächer und Zimmer waren kontrolliert worden, aber gefunden hatte man nichts. Es war einem Schlag in die Magengrube gleichgekommen, aber ich hatte eigentlich nichts anderes erwartet. An der Rosefield studierten nur die Besten ihres Fachs, wir zeichneten uns alle durch Talent und Intelligenz aus. Niemand wäre so dumm, Beweise bei sich zu tragen, wenn Polizisten auf dem Gelände unterwegs waren. Womöglich waren sämtliche Spuren im See versenkt oder woandershin geschafft worden.

»Geht es dir gut? Kann ich dir irgendetwas bringen?«, fragte Mila und riss mich damit aus den Gedanken. Wie lange ich vor mich hin gestarrt hatte, wusste ich nicht.

Ich hob den Kopf und lächelte. »Nein, danke. Alles bestens.«

»Wirklich?« Sie klang nicht überzeugt. Verübeln konnte ich es ihr nicht. Aber allmählich wünschte ich, es würde etwas mehr Normalität einkehren.

»Ja, wirklich.« Ich stand vom Sessel auf und strich mir das Kleid glatt. »Möchtest du ein paar Spiegeleier? Ich habe Hunger.«

»Wir waren in der Kantine essen, daher bin ich noch ziemlich voll.« Mila stieß den Atem aus den aufgeplusterten Wangen aus und rieb sich den Bauch. »Fish-and-Chips-Tag!« Ich wusste, wie sie sich an diesen Tagen den Bauch vollschlug. Manchmal aß sie so viel, dass sie den restlichen Tag nicht mehr von der Couch aufstand, sondern sich über Magenschmerzen beschwerte und sich schwor, nie wieder so viel zu essen. Nur um es in der darauffolgenden Woche genauso zu handhaben.

Während ich die Spiegeleier briet, ging ich gedanklich einige Aufgabenstellungen durch, die in den Abschlussprüfungen drankommen könnten. Jeden Abend vor dem Schlafengehen studierte ich sämtliche Arbeitsblätter, die wir in diesem Semester durchgegangen waren, wälzte Bücher und lernte möglichst viel auswendig. Manchmal fragte Andrew mich ab, dann regte er sich aber meistens darüber auf, dass wir so viel Kram lernen mussten.

Er hatte sich ein Studium in Fashion Design anders vorgestellt. Weniger Theorie, mehr Praxis. Aber ohne die Theorie war die Praxis schwer auszuführen.

»Wir sind wieder da!«, rief Hazel, kaum dass die Tür zu unserem Apartment aufschwang. Tristan und Josh trotteten hinter ihr ins Wohnzimmer und fühlten sich wie zu Hause.

»Uhhh, Eier! Bekomme ich auch welche?«, fragte Josh schnuppernd.

»Damit du auch endlich mal welche hast?«

»Natürlich, wie viele möchtest du?«, fragte ich und überging Milas Kommentar.

»Drei. Du bist die Beste, Charlotte.«

Ich fragte auch Hazel und Tristan, aber sie hatten wie Mila keinen Hunger.

Seit einigen Tagen herrschte bei uns volles Haus. Es kam nie zur Sprache, aber ich wusste, dass sie meinetwegen hier waren. Um mir damit zu verdeutlichen, dass ich auf sie zählen konnte, dass ich nicht allein war in dieser Situation. Auch das sorgte dafür, dass ich mich deutlich besser fühlte.

Ich stellte die Eier auf den Tisch. Augenblicklich machte Josh sich über den Teller her und inhalierte das Essen, als hätte er seit Wochen nichts zwischen die Zähne bekommen.

»In den nächsten Tagen sollten die Fotos fertig sein«, sagte ich, nachdem auch ich mich wieder gesetzt hatte. »Ihr bekommt selbstverständlich einige Abzüge.«

Milas Augen glitzerten. »Großartig!«

»Ja, super«, sagte Josh schmatzend und drehte sich zu Mila. »Ob die Fotos dein wahres Ich zum Vorschein bringen und Teufelshörner zeigen?« Ehe Josh wusste, wie ihm geschah, hatte er ein Kissen im Gesicht. Die Gabel glitt ihm aus der Hand und fiel klirrend auf den Boden und verschwand unter dem Tisch. »Siehst du? Teufel«, grummelte er und strich sich die Haare wieder glatt, ehe er sich nach der Gabel bückte.

»Und, habt ihr Pläne fürs Wochenende?«, fragte ich Hazel und Tristan, um mich aus den Streitereien von den anderen beiden auszuklinken.

Das Grinsen auf Hazels Gesicht wurde breiter, beinahe schon diabolisch, während Tristans Mundwinkel sich wie von selbst senkten und er das Zimmer nach einer Fluchtmöglichkeit scannte. Das konnte nur bedeuten, dass Hazel wieder einmal etwas Abenteuerliches im Sinn hatte.

»Wir machen die *Jack the Ripper*-Horrortour in London!«, stieß sie aufgeregt hervor und vergrub die Fingernägel in Tristans Arm, sodass er leise zischte. »Ist das nicht cool? Ich freue mich so!«

»Ja, absolut cool. Und es ist auch total normal und auf keinen Fall beängstigend, dass man so viel Spaß bei so was hat wie du.« Jedes seiner Worte triefte vor Sarkasmus.

Hazel verdrehte nur die Augen und stöhnte. »Männer sind manchmal solche Weicheier.«

Ich kicherte. Ein Laut, den ich seit Tagen nicht von mir gegeben hatte. Aber es fühlte sich gut an. Normal.

Noch eine Weile saßen wir zusammen vor dem Fernseher. Andrew war heute spät dran, aber das war okay. Er hatte sich noch nicht daran gewöhnt, so viele Menschen um sich herum zu haben. Daher gingen wir direkt in mein Zimmer, als er da war.

»Du hast mir gefehlt«, sagte er und gab mir einen Kuss auf die Stirn.

»Du mir auch.« Ich bettete den Kopf an seine Brust und atmete tief durch. Mit einem Mal hatte ich das Gefühl, dass eine enorme Last von mir abfiel. Als wäre Andrew da, um mir einen Teil meiner Probleme abzunehmen, damit ich nicht unter ihrem Gewicht begraben wurde.

Sacht strich er mir durch die Haare, legte sein Kinn auf meinem Kopf ab. »Dir scheint es etwas besser zu gehen.« Es war eine Feststellung, keine Frage.

Ich nickte. »Ja, es geht bergauf.«

»Das ist gut. Gestern hattest du auch keine Albträume.«

»Dank dir«, sagte ich und ließ langsam von ihm ab. Sein schwarzes Shirt war vom Schweiß feucht. Er arbeitete viel, und es war die meisten Tage warm, und die Sonne knallte herab. Daher sprang er für gewöhnlich sofort unter die Dusche, aber mich störte es nicht, wenn er das nicht tat.

»Ich habe dir schon mal gesagt, dass das für mich selbstverständlich ist.«

»Und vor wenigen Wochen sagtest du noch, du seist kein guter Umgang.« Langsam schüttelte ich den Kopf. »Ich weiß nicht, wie du je darauf gekommen bist. Du bist so ein guter Mensch.« Ich legte meine Hand an seine linke Brust. »Du hast das Herz am rechten Fleck.« Ich spürte jeden Schlag an meiner Haut.

Andrew bedeckte meine Hand mit seiner und schluckte. Sein Adamsapfel trat dabei hervor – eine Bewegung, die ich gern beobachtete. In seinen Augen spiegelten sich unterschiedliche Emotionen, der Grünton darin wechselte dann jedes Mal. Es waren diese kleinen Besonderheiten, die mir im Speziellen an ihm gefielen.

»Ich versuche einfach das Gegenteil von dem zu tun, was mein Vater immer getan hat. Nicht nur, dass er nie da war, wenn wir ihn gebraucht haben … er hat Mum betrogen, oft. Auch dann noch, als sie im Sterben lag.« Andrew wich meinem Blick aus.

Ich legte ihm beruhigend die Hand auf seine Wange. »Du musst mir nicht davon erzählen.«

»Ich weiß«, sagte er. »Aber ich will es. Mir wurde all die Jahre vorgelebt, dass man Frauen wie Dreck behandeln kann. Mein Freundeskreis war da nicht anders, woran ich selbst schuld bin. Ich hab Dads Aufmerksamkeit nur dann bekommen, wenn ich Scheiße gebaut habe. Dann war er plötzlich da, um mir die Hölle heiß zu machen. Aber der Ärger war mir damals egal, weil ich so wenigstens mal was von meinem Vater hatte. Irgendwann wurde ich aber wirklich zu diesem Rebellen, habe mir Freunde gesucht, die andauernd mit dem Gesetz in Konflikt geraten sind.« Er zuckte mit den Schultern und schnaufte. »Aber es gab immer eine Sache, die ich mir geschworen habe – Frauen niemals etwas vorzumachen. Ich habe gesehen, wie sehr Mum gelitten hat. Das ist nichts, was ich einem anderen Menschen antun will.«

Einen Moment schwieg Andrew. Dann fing er meinen Blick wieder auf, und ich erkannte Glück in seinen Augen. »Deshalb wollte ich mich nie auf mehr einlassen. Wenn man sein Herz nicht verschenkt und auch niemanden hineinlässt, besteht keine Verletzungsgefahr.«

»Also wolltest du nie jemanden in dein Leben lassen, um nicht verletzt zu werden?«

Er schüttelte den Kopf. »Nein, sondern weil *ich* niemanden verletzen will. Ich habe eine verkorkste Familie, breche viele

Regeln, und momentan wird mir auch ein Aggressionsproblem nachgesagt. Die Chancen stehen gut, dass ich es verbocke.«

»Das …« Mir fehlten die Worte, daher stellte ich mich auf die Zehenspitzen und küsste ihn. Sanft und leidenschaftlich. »Du bist …«

»… ein Softie?«, schlug er vor und lachte leise. »Schlimm, oder?«

Kopfschüttelnd stimmte ich mit ein. »Nein, du bist wundervoll.«

»Ich muss echt mein Image wiederherstellen.«

»Keine Sorge, du bist immer noch ein ganz harter Kerl.«

Er wackelte mit den Augenbrauen, ein neckisches Lächeln legte sich dabei um seine Lippen. »Ich kann dir gerne zeigen, *wie* hart, Lotti.«

Grinsend verdrehte ich die Augen. »Siehst du, du hast dich kein bisschen geändert.«

»Aber genau das hat dich doch in meine Arme getrieben.«

»Das hat es«, entgegnete ich und küsste ihn ein weiteres Mal.

Mein Herz schwoll in meiner Brust, denn ich war glücklich und dankbar darüber, dass Andrew sich mir auf diese Weise geöffnet hatte. Ich wusste, wie schwer es ihm fiel und dass er dafür über seinen Schatten hatte springen müssen. Aber er hatte mir damit einmal mehr verdeutlicht, wie wichtig ihm das hier war. Wie wichtig *ich* ihm war.

Und damit war es ihm gelungen, all die trüben Gedanken der letzten Tage zu vertreiben. Was in diesem Moment zählte, waren nur wir beide, und daran würde ich mich klammern.

33

Charlotte

Das Plastik des Spurensicherungsbeutels knisterte, als ich mit zittrigen Fingern darüberfuhr.

Es dauerte einen Augenblick, ehe ich meine Stimme wiedergefunden hatte. Ich räusperte mich und hob den Kopf. Detective Matherson betrachtete mich aus dunkelbraunen Augen, in denen keine einzige Emotion zu erkennen war. »Ja, das sind meine Sachen.«

Nickend kritzelte er etwas auf seinen Notizblock. Das Geräusch der Mine auf Papier war ohrenbetäubend. Er zog die Brauen zusammen. »Ist das alles, oder wurde Ihnen sonst noch etwas gestohlen?«

Ich lehnte mich über den Tisch und scannte die Beutel. Meine Schere, die Stoffe, Skizze, Stifte, alles war wieder da. »Das ist alles.«

»In Ordnung. Wir werden der Sache nachgehen. Danke, Ms Barton.« Als ich ihm dieses Mal ins Gesicht blickte, lächelte er aufrichtig und nahm die Beweismittel wieder an sich, bevor er ging.

Vor einer halben Stunde war ich ins Büro von Rektor Cavanaugh zitiert worden. Nun, man hatte mich aus dem Seminar geholt und hergebracht, um mir mitzuteilen, dass meine Sachen gefunden worden waren. Jemand hatte sie in einen

Beutel gestopft und im Gewächshaus zwischen einigen Pflanzen versteckt, in der Hoffnung, dort würde niemand suchen.

»Es tut mir leid, Ms Barton«, sagte Rektor Cavanaugh mit fester Stimme. Seine Lippen waren zu einem schmalen Spalt zusammengepresst und die Stirn in Falten gelegt. Bis vor Kurzem hatte ich in ihm einen netten Mann gesehen, den strengen, doch gutherzigen Rektor dieser Academy. Aber all die Dinge, die Andrew mir erzählt hatte, hatten dieses Bild zerstört. »Ich hätte Ihnen glauben und der Sache von Anfang an nachgehen sollen.«

»Das stimmt«, entgegnete ich schroffer als beabsichtigt. Dann schloss ich einen Moment die Lider, atmete tief durch und setzte mein einstudiertes Lächeln auf. »Aber man kann die Zeit nicht zurückdrehen. Ich bin dankbar, dass sich der Sache nun angenommen wird, und hoffe, dass sich alles zum Guten wenden wird.«

Rektor Cavanaughs Mundwinkel hoben sich, wobei die Fältchen um seine Augen herum tiefer wurden. »Da haben Sie recht. Und ich glaube fest daran, dass wir herausfinden werden, wer hinter alldem steckt. An der Rosefield Academy of Arts legen wir viel Wert auf den Schutz unserer Studenten. Daher wird der Täter seine gerechte Strafe erhalten.«

»Sicher.« Ich schob den Stuhl ihm gegenüber zurück und stand auf. »Benötigen Sie noch etwas von mir? Sonst würde ich gern wieder in mein Seminar, in drei Wochen finden die Prüfungen statt, daher möchte ich ungern allzu viel versäumen.«

Rektor Cavanaughs tiefes Lachen erfüllte den kleinen Raum. »Selbst jetzt sind Sie noch eine unserer gewissenhaftesten Studentinnen. Das ist bemerkenswert.«

»Selbstverständlich. Ich bin weiterhin gewillt, einen guten Abschluss zu machen.«

»Und das werden Sie auch bestimmt.« Rektor Cavanaugh erhob sich ebenfalls von seinem Bürostuhl. Das lederne Polster gab dabei einen unangenehmen Quietschlaut von sich. Er trat um den Tisch und öffnete mir die Bürotür. Dabei bemerkte ich einen fehlenden Knopf an seinem Jackett, äußerte mich dazu aber nicht. »Dann wünsche ich Ihnen viel Erfolg bei Ihren Prüfungen. Machen Sie uns stolz.«

»Das werde ich.« Kaum war ich in den Flur getreten, fiel die Tür hinter mir ins Schloss. Meine Finger waren noch immer zittrig, weshalb ich sie mehrmals hintereinander zur Faust ballte und wieder lockerte, um dem entgegenzuwirken. So lange, bis die leichte Bewegung kaum noch wahrzunehmen war. Dann trat ich den Rückweg in den Kurs von Mr Slater an.

Ich klopfte leise und schob mich in den Kursraum. Alle Köpfe drehten sich gleichzeitig zu mir um. Hitze stieg mir in die Wangen, und ich wünschte mir zum ersten Mal eine Superkraft – unsichtbar zu werden. Ich fühlte mich wie auf dem Präsentierteller. Selbst als ich meinen Platz ansteuerte, spürte ich die bohrenden Blicke. Mit Mr Slater zwanzig Augenpaare, die auf mir hafteten.

Ich umschlang den Oberkörper mit den Armen, als ich mich hinsetzte. Auf diese Weise hatte ich zumindest teilweise das Gefühl, mich vor den Blicken abzuschirmen, auch wenn dem eigentlich nicht so war.

»Schön, dass Sie zurück sind«, sagte Mr Slater schließlich und warf mir ein aufmunterndes Lächeln zu. Anschließend reichte er mir einen Stapel Arbeitsblätter, die er in meiner Abwesenheit ausgehändigt haben musste. »Wir sind eben diese Beispiele durchgegangen und haben die Zusammenhänge von Schnitt, Entwurf und Material besprochen. Schauen Sie es sich in Ruhe an, und sollten Sie Fragen haben, sagen Sie Bescheid.«

»Danke«, entgegnete ich leise und schob mir die Blätter so zurecht, dass ich sie mir genauer ansehen konnte. Seit dem Vorfall vor zwei Wochen war Mr Slater noch aufmerksamer als ohnehin. Mehrfach hatte er sich bei mir dafür entschuldigt, mich an jenem Tag gebeten zu haben abzuschließen. Er hatte sich große Vorwürfe gemacht, obwohl ich ihm versichert hatte, dass er keine Schuld trug. Auch war er nicht einmal verärgert darüber, dass seine Schlüssel weggekommen waren. Denn wer mich in der Kammer eingeschlossen hatte, hatte dafür den kleinen Bund aus meiner Tasche gestohlen. Dieser war bisher nicht wieder aufgetaucht.

Mr Slater fuhr fort und besprach die nächsten Aufgaben. Als er die Prüfungsrelevanz betonte, ging ein Raunen durch den Raum. Ich verstand nicht recht, wieso die anderen so genervt davon waren, denn die theoretische Prüfung nahm nur zehn Prozent der Gesamtnote ein, da in diesem Kurs der Fokus auf unseren Kollektionen lag. Selbst wenn man nicht für die Prüfung lernen würde oder nur wenig, fiel das kaum ins Gewicht. Natürlich war ich den meisten Stoff bereits durchgegangen, konzentrierte mich aber eher auf die Fertigstellung meiner Mappe.

Die Fotos waren bereits angekommen, und die Qualität hatte mir den Atem geraubt. Ich hatte nicht damit gerechnet, dass sie so gut werden würden, da ich noch nie die beste Fotografin gewesen war. Außerhalb des Studiums nahm ich eher selten die Kamera in die Hand, höchstens um ein paar Erinnerungsbilder zu knipsen.

Aber möglicherweise lag die hohe Qualität auch an meinen fantastischen Models. Besonders fasziniert hatte mich Cody, der auf kaum einem Bild gelangweilt ausgesehen hatte, sondern so, als befände er sich in seinem Element. Sollte er wirklich irgendwann eine Karriere als Model anstreben, war ich sicher, dass er das hinbekommen würde. Doch auch Mila und Josh waren nicht zu verachten gewesen. Und die Blicke, die sie einander zugeworfen hatten …

Als die Stunde wenig später für beendet erklärt wurde, konnte ich es kaum erwarten, den Raum zu verlassen.

Ich ignorierte die Blicke, ignorierte das Getuschel. Zumindest bis sich eine Stimme über die anderen erhob.

»Jetzt betäubt sie sich schon selbst, um im Mittelpunkt zu stehen. So armselig«, nuschelte Mona einer ihrer Freundinnen zu.

Abrupt blieb ich stehen und wandte mich um. Ich wollte nichts tun, nichts sagen. Vor allem nicht, nachdem die Polizei mich zur Identifizierung meiner gestohlenen Sachen befragt hatte. Würde ich jetzt die Kontrolle verlieren, könnte das Konsequenzen für die Ermittlungen haben. Aber Monas Verhalten machte mich wütend. Ihre rot bemalten Mundwinkel kräuselten sich amüsiert, als sie ihre langen Locken über die Schultern warf. Die Mädchen hinter ihr kicherten.

»Was, reicht dir die Aufmerksamkeit von deinem Schlägerfreund nicht?«, stichelte Mona weiter, ein gehässiges Grinsen auf ihrem Gesicht.

Mein Kiefer mahlte. »Lass Andrew da raus, er hat damit nichts zu tun.«

Mona schnaubte, schnalzte kopfschüttelnd mit der Zunge. »Du bist erbärmlich, Maria. Glaubst du wirklich, jemand kauft dir diese Märchen ab? Du machst dich einfach nur lächerlich.«

Erneut kicherten die Mädchen hinter ihr. Mein Herz raste, und das Adrenalin rauschte durch meinen Körper.

»Erst bestiehlst du mich, und jetzt verbreitest du solche Lügen? Hast du nichts Besseres zu tun? Ist dein eigenes Leben so langweilig?« Ich wusste nicht, was mich dazu gebracht hatte, aber ich marschierte direkt auf Mona zu und stieß ihr so hart gegen die Schulter, dass sie einen erschrockenen Schrei ausstieß, ehe sie auf dem Boden landete. Meine Kinnlade verselbstständigte sich, und ich nuschelte eine Entschuldigung, bevor ich mich umdrehte und so schnell es ging das Gebäude verließ.

Ich steuerte die Gärten an, ohne mich noch einmal umzudrehen. Erst als der Schutz der Hecken mich umgab, blieb ich stehen, atmete mehrmals tief ein und wieder aus, bis mein Herzschlag sich beruhigt hatte. Tränen brannten in meinen Augen, eine einzelne lief meine Wange hinunter, auf der sie sofort vom Wind getrocknet wurde.

Was passierte, wenn Mona mich bei Rektor Cavanaugh für mein Fehlverhalten anzeigte? Ich hatte die Beherrschung verloren. So etwas passierte mir nicht. Normalerweise wäre ich einfach gegangen, hätte die Worte an mir abprallen lassen. Aber es war in den letzten Tagen zu viel geworden.

»Lotti?« Knirschende Schritte näherten sich.

Ich trat auf Andrew zu und schlang die Arme um seine Taille. »Der Tag war blöd.«

»Hab ich gehört«, entgegnete er mit rauer Stimme, aus der ich allerdings ein Lachen heraushörte. »Du hast diese eingebildete Tussi umgestoßen wie einen Bowlingkegel, ja?«

Sofort löste ich mich von Andrew und schaute ihn fassungslos an. »Was? Wie? Das ist doch erst fünfzehn Minuten her!«

Er lachte. »Ja und schon redet hier jeder drüber. Diese Uni ist schlimmer als jede Oberschule.«

Hitze stieg mir in die Wangen, und ich fächelte mir Luft zu, um Ruhe zu bewahren. Andrew legte mir behutsam eine Hand auf die Schulter und ließ den Daumen über meine Haut kreisen. Wann immer er das tat, legte sich ein Gefühl von Entspannung über mich.

»Meinst du, das gibt Ärger?«

Kopfschüttelnd winkte er ab. »Sicher nicht. Du hast vielen Leuten damit einen Gefallen getan.«

Ich presste die Lippen aufeinander und betrachtete ihn argwöhnisch. »Das ist gar nicht lustig. Aber mir sind die Sicherungen durchgebrannt. So etwas ist mir noch nie passiert.«

»Ist doch in Ordnung. Aber erzähl mir, was vorgefallen ist.«

Einen Moment sammelte ich meine Gedanken und berichtete Andrew von den letzten Stunden, der Polizei und dem Fund.

Bei jedem meiner Worte veränderte sich seine Mimik von überrascht über entsetzt bis hin zu wütend. Als ich fertig war, stieß er einen Fluch aus und trat in den Kies. Staub und Steinchen wirbelten auf, legten sich wie ein sanfter Nebel über den Boden, ehe sie vom Wind davongetragen wurden.

»Du solltest das selbst in die Hand nehmen«, sagte Andrew schließlich mit purer Entschlossenheit. »Ich traue den Bullen nicht über den Weg.«

»Was soll ich denn deiner Meinung nach tun?«

Er legte Zeigefinger und Daumen grüblerisch ans Kinn, dann zuckte er mit den Schultern. »Dich irgendwie rächen. Es muss doch etwas geben, wie du es ihr heimzahlen kannst.«

»Nein, so etwas tu ich nicht. Außerdem glaube ich nicht, dass sie mich betäubt hat. Ich traue Mona viel zu, aber das nicht.«

»Da stimme ich dir sogar zu. Aber es reicht doch, wie sie dich seit Monaten behandelt. Willst du ihr das echt einfach so durchgehen lassen?« Andrew lehnte sich an den Stamm des Kiefernbaumes.

»Ja«, entgegnete ich ruhig. »Ich kann mich nicht auf dasselbe Niveau begeben.«

»Und wieso nicht?«

»Weil …« Ich hielt inne und überlegte nach der passenden Antwort. »… es verstößt gegen die Regeln. Außerdem hat Rektor Cavanaugh gesagt, dass sich alles zum Guten wenden wird.«

Plötzlich brach Andrew in Gelächter aus. »Weil mein Vater auch so gut darin ist, dafür zu sorgen, dass sich Dinge zum Guten wenden. Solltest du es dir anders überlegen, können wir gern darüber nachdenken, wie wir es dieser Kuh heimzahlen.«

»Das wird nicht nötig sein. Trotzdem danke.«

»Alles klar.« Andrew stieß sich vom Baumstamm ab und legte mir den Arm um die Schultern. Mit einem Kuss auf die Stirn gab er mir zu verstehen, für mich da zu sein. »Jetzt machen wir uns erst mal einen schönen Abend, okay?«

»Klingt gut.« Das tat es wirklich, und nach diesem Tag konnte ich auch nichts anderes gebrauchen.

34

Charlotte

»Ich finde, Knastboy hat recht«, sagte Mila und schaufelte sich die aufgedrehten Spaghetti schmatzend in den Mund. Etwas Bolognesesoße blieb dabei an ihrem Kinn kleben. Unbeholfen versuchte sie, diese mit der Zunge abzulecken, kam aber nicht heran, weshalb ich ihr eine meiner Servietten reichte. »Danke.«

»Du sollst ihn doch nicht so nennen.«

Sie stöhnte. »Ja, ja, ich weiß.« Sie wischte sich die Soße ab, zerknüllte die Serviette und warf sie auf das Tablett.

Hazel saß neben ihr und streckte sich ausgiebig. In den letzten Tagen hatte sie nur wenig geschlafen, da sie bis spät in die Nacht für die Prüfungen gelernt hatte. Mittlerweile hatte sie sich relativ gut an der Rosefield eingelebt und nahm das Studium sehr ernst. Sie war eine wirklich bemerkenswerte Pianistin, und wann immer ich sie spielen hörte, hatte ich das Gefühl, dass sie besser war als das Mal zuvor. Obgleich Klassik nie meine bevorzugte Musikrichtung war, könnte ich Hazel stundenlang zuhören.

»Die Polizei wird das regeln«, sagte sie und gähnte in ihre Hand. »Ihr wisst doch noch, wie das bei Tristan und mir war.«

»Mhm«, stimmte ich zu. Sie hatten zwar die Sache selbst in die Hand genommen und hätten dafür von der Academy geworfen werden können, schlussendlich war aber die Polizei dazugekommen und hatte den restlichen Fall aufgeklärt. Daher vertraute ich auch dieses Mal darauf.

Mila lachte leise und schüttelte den Kopf. Die Art und Weise, wie ihre dünnen geflochtenen Zöpfe dabei hin und her schwangen, hatte etwas Hypnotisierendes. »Rektor Cavanaugh muss unser Apartment für verflucht halten.«

Hazel stimmte mit ein, und auch ich musste prusten. »Das ist wohl wahr.«

»Als Nächstes musst du noch irgendeinen Blödsinn verzapfen, dann sind wir durch«, sagte Hazel und stieß Mila freundschaftlich gegen den Oberarm.

Sie hob abwehrend die Hände. »Auf keinen Fall. Es reicht, dass ich in eure Dramen verstrickt bin.«

»Du liebst doch Dramen.«

»Ja, da hast du vielleicht nicht so ganz unrecht.«

Ich faltete die Hände und legte sie auf den Tisch in der Kantine. Ich selbst hatte heute bloß einen Apfel gegessen. Noch immer war mir unwohl bei dem Gedanken, etwas zu essen, das ich nicht selbst zubereitet hatte. Es war lächerlich, das wusste ich selbst, schließlich würde die Kantinendame Edith mich sicher nicht unter Drogen setzen. Und auch von den anderen Studenten hatte niemand Symptome gezeigt, weshalb ich sicher sein konnte, dass das Essen in Ordnung war. Nichtsdestotrotz hatte ich diese irrationale Furcht vor dem Was-wäre-wenn.

»Hast du eigentlich mittlerweile mit Andrew gesprochen?« Hazels Frage riss mich aus meinen Gedanken.

Ich schüttelte den Kopf und kaute auf meiner Unterlippe. »Nein. Ich wüsste auch gar nicht, wie ich anfangen sollte.«

»Einfach geradeheraus sagen, was Sache ist«, schlug Mila schulterzuckend vor, bevor sie sich mit einem schmollenden Blick eine imaginäre Träne aus dem Augenwinkel wischte. »So wie du es bei mir getan hast, als du mir verboten hast, dich weiterhin Ms Perfect zu nennen.«

»Ich habe dich nur darum gebeten«, stellte ich klar. »Aber ich bin dir dankbar, dass du meinen Wunsch respektierst.«

»Aber jetzt im Ernst, sag ihm einfach, was du fühlst. Was soll schon schiefgehen? Der Kerl ist verrückt nach dir.« Ihre Ausführung ließ mich erröten.

»Ich weiß nicht …«

»Bist du wirklich so blind, Charlotte!?«, stieß Hazel so laut hervor, dass sich die Gruppe Mädchen und Jungen vom Nachbartisch in unsere Richtung drehte. »Du bist der einzige Grund, warum er überhaupt noch hier ist.«

Ich hob das Kinn und betrachtete sie stirnrunzelnd. »Das ist doch nicht wahr. Er muss seine Sozialstunden noch ableisten.«

Hazel und Mila tauschten einen undeutbaren Blick miteinander aus und seufzten. »Dir muss doch aufgefallen sein, dass er in letzter Zeit deutlich weniger gearbeitet hat, andauernd schon am frühen Nachmittag zu uns gekommen ist, um dich im Auge zu haben?«

Mila nickte. »Ja, er zieht die Stunden absichtlich in die Länge, um noch mehr Zeit an deiner Seite zu verbringen.«

»So ein Blödsinn«, sagte ich und ließ die letzten beiden Wochen Revue passieren. Doch ich war anscheinend gedanklich so weit weg gewesen, dass mir das nicht aufgefallen war.

»Rede mit ihm«, beharrte Hazel.

Ich zuckte mit den Schultern. Im Grunde hatte ich ohnehin keine Wahl.

Das Ende der Stunde hatte heute ziemlich lange auf sich warten lassen. Normalerweise genoss ich meine Seminare, aber wir waren in den vergangenen neunzig Minuten lediglich den Lehrstoff des Semesters durchgegangen, weshalb ich die meiste

Zeit damit verbracht hatte, aus dem Fenster zu schauen und die Wolken dabei zu beobachten, wie sie Richtung Süden zogen. Zwischendurch brachen sie auf, ließen wenige Sonnenstrahlen hindurch, nur um sich wenig später wieder zusammenzuziehen wie eine große graue Masse.

Währenddessen hatte ich mir die passenden Worte für Andrew zurechtgelegt. Ich hatte bisher noch nie ein *Wie-soll-es-weitergehen?*-Gespräch geführt, weshalb ich unsicher war, wie ich das Ganze angehen sollte, ohne ihn zu verschrecken. Aber in den letzten drei Tagen war mir aufgefallen, dass Mila und Hazel recht damit hatten, dass er deutlich weniger arbeitete als noch vor einem Monat. Doch das musste nichts zu bedeuten haben. Es war gut möglich, dass einfach kaum etwas zu tun war, schließlich gab es an der Academy genug fest angestelltes Personal.

»Ms Barton?«, hörte ich Mr Slater rufen, bevor ich den Raum verließ. Ich drehte mich um und schaute ihn an.

»Ja?«

»Denken Sie bitte daran, bis spätestens 20 Uhr Ihre Kollektion im Showroom auszustellen. Das Sekretariat öffnet dann für Sie. Am Wochenende beschäftige ich mich mit der Notenvergabe.« Ein wohlwollendes Lächeln lag auf seinem Gesicht.

Ich jedoch zog die Stirn kraus. »Das habe ich bereits vor der Stunde erledigt.«

»Sind Sie sicher?«, hakte er vorsichtig nach.

»Natürlich.«

»In Ordnung, dann wünsche ich Ihnen ein wunderschönes Wochenende.«

»Gleichfalls«, sagte ich und trat gemeinsam mit Mr Slater erst aus dem Kursraum, dann aus dem Gebäude. Aber vor der Tür hielt ich inne, meine Beine wollten sich nicht mehr vorwärtsbewegen. Verunsicherung überkam mich, und das Herz klopfte mir bis zum Hals. Ich machte auf dem Absatz kehrt und rannte zurück ins Gebäude, am Ende des Flurs die Treppe hoch und hechtete in den Showroom.

Ich griff nach den Klinken, die sich eigentlich nicht hätten rühren sollen. Aber die Türen schwangen auf und donnerten gegen die dahinterliegende Wand. Der Raum war nicht verschlossen. Er sollte es aber sein.

Mit rasendem Puls lief ich in den Raum hinein, scannte die zahlreichen aufgereihten Schneiderpuppen, die in teilweise sehr elegante Gewänder gehüllt waren. Zwanzig Kollektionen aus jeweils drei Outfits sollten es sein.

Doch es waren keine zwanzig. Es waren nur neunzehn.

»Nein, nein, nein«, sagte ich laut zu mir selbst, lief von Puppe zu Puppe, hob die Kleidung an, um zu sehen, was darunterlag. Möglicherweise hatte sich jemand einen Scherz daraus gemacht, meine Outfits zu verstecken. Aber sie waren nicht hier.

Ich schaute unter jeden Tisch, in jede Ecke, warf selbst einen Blick in die Kammer, obwohl sich alles in mir dagegen sträubte, dort hineinzugehen. Doch ich tat es – aber auch hier blieb meine Suche erfolglos. Meine Augen brannten, mein Puls ging so schnell, dass ich stehen bleiben und die Hände auf den Oberschenkeln aufstützen musste, um zu Atem zu kommen. Panik durchströmte mich.

Dann tat ich das einzig Sinnvolle und hechtete über die Brücke ins Hauptgebäude und stürmte ohne anzuklopfen in Rektor Cavanaughs Büro. Perplex blinzelnd stand er auf und deutete auf den Stuhl vor sich. »Ms Barton, was ist los? Setzen Sie sich.«

Ich hob die Hand, schüttelte den Kopf. Mit der anderen hielt ich mir die stechende Bauchseite. »Meine Kollektion wurde gestohlen!«, sagte ich, als ich meine Stimme wiederfand. »Der Showroom hätte abgeschlossen sein sollen, war er aber nicht, und jetzt ist meine Arbeit weg.«

»Sind Sie sicher?«

»Natürlich bin ich das!«, entfuhr es mir lauter als beabsichtigt. Aber ich konnte nicht glauben, dass mir dieselbe Frage zum nunmehr zweiten Mal gestellt wurde. Ich war Charlotte Barton. Ich hatte immer alles im Griff, war organisiert, strukturiert und verlegte nicht ganze Outfits.

»Beruhigen Sie sich erst mal«, versuchte Rektor Cavanaugh mich zu besänftigen.

»Wie soll ich mich beruhigen, wenn jemand meine Kollektion gestohlen hat? Das ist meine Semesterabschlussarbeit!«

»Ich weiß, und Mr Slater wird sicher Verständnis haben. Doch es bringt Ihnen nichts, jetzt die Fassung zu verlieren.«

Ich krallte die Finger in den Stuhl vor mir und kämpfte weiterhin mit den Tränen. Das hier war alles zu viel für mich. Wie hatte es so weit kommen können? Noch vor wenigen Monaten war ich gewissenhaft, aber unscheinbar gewesen, hatte keine Feinde und mit Ärger nichts am Hut. Aber die letzten Wochen … Ich wollte doch nur in Ruhe gelassen werden.

»Hätten Sie Mona für ihr Fehlverhalten abgemahnt, wäre es gar nicht hierzu gekommen.«

»Ms Barton, es reicht jetzt.« Das Verständnis aus seiner Stimme war fort, stattdessen drangen seine Worte als dunkles Grollen aus seiner Kehle, das mir das Gefühl verlieh, der Boden würde unter meinen Füßen vibrieren.

Instinktiv festige ich den Griff um den Stuhl, betrachtete das dunkel lackierte Holz unter meinen Fingern. Einige Stellen waren leicht abgeplatzt, als hätte dieser Stuhl schon vieles durchmachen müssen. »Was gedenken Sie zu tun?«, fragte ich und fing den Blick des Rektors auf. »Durchsuchen Sie ihr Schließfach, ihr Zimmer! Sie werden sicher etwas finden!«

»Seien Sie sicher, ich werde etwas unternehmen. Lassen Sie mich meine Arbeit machen.«

»Wann?«, hakte ich nach. »Wann werden Sie etwas tun?«

»Ms Barton, ich sage es Ihnen noch einmal: Es reicht. Ich danke Ihnen dafür, mir dieses Mal sofort von dem Diebstahl berichtet zu haben. Nun lassen Sie mich die Angelegenheit in Ruhe regeln, und tun mir den Gefallen, die Sache nicht selbst in die Hand nehmen zu wollen.« Er lehnte sich in seinem Stuhl zurück. Sein Blick glitt an mir vorbei zur Tür. Das war ein eindeutiger Rauswurf.

Ich stieß ein genervtes Schnauben aus und ging in unser Apartment, wo ich sofort nach Putzeimer und Lappen griff und meinen Frust rausließ. Aber ich war zu wütend. Zu enttäuscht. Zu traurig.

Was würde Mr Slater tun? Würde er ein Auge zudrücken, weil er meine Kollektion bereits gesehen und für gut befunden hatte? Er wusste, dass ich fertig war und unglaublich viel Mühe in jedes Detail hatte einfließen lassen. Aber das änderte nichts daran, dass meine Entwürfe weg waren. Gestohlen. Selbst wenn ich das Praktikum bekommen sollte, würde ich sie dort nicht präsentieren können, da ich niemals in so kurzer Zeit noch mal von vorn beginnen könnte.

Ich wischte mir über Augen und Nase, versuchte, meine Frustration zurückzuhalten, aber es funktionierte nicht. Wenig später waren Hazel und Mila aus dem Unterricht zurück, Andrew folgte lediglich zehn Minuten später und fand mich als weinendes Häufchen auf der Couch vor. Er zog mich in die Arme, ich vergrub den Kopf in seinem Shirt und weinte hinein. Ihn schien das aber nicht zu stören.

»Du solltest dir wirklich überlegen, doch selbst zu handeln. Es kann nicht sein, dass sie ungestraft davonkommt, nur weil mein *Dad*«, er spie das Wort förmlich aus, »den Arsch nicht hochkriegt.«

Hazel und Mila stimmten ihm zu, aber ich schüttelte den Kopf. »Das geht nicht.«

»Doch«, beharrte Andrew. Sein Kiefer mahlte, und sein gesamter Körper schien angespannt zu sein. »Natürlich geht das. Manchmal ist Rache der einzig sinnvolle Weg. Außerdem ist es echt befriedigend, zwischendurch mal den Frust an jemandem auszulassen.«

»So wie du bei Benedict?«, stichelte Mila.

Andrew biss die Zähne zusammen und stieß den Atem aus. Unwillkürlich ballte er die Hände zu Fäusten. »Ganz genau so.«

»Ich bin so aber nicht«, sagte ich seufzend.

Da die anderen wussten, dass jegliche Diskussion in diesem Fall zwecklos war, schwiegen sie und wechselten stattdessen das Thema. Ich entschuldigte mich, um eine heiße Dusche zu nehmen. Nachdem ich fertig war und in meinem pinken Plüschbademantel in mein Zimmer ging, lag Andrew bereits mit unter dem Kopf verschränkten Armen auf dem Bett.

Mein Puls ging automatisch in die Höhe, und ich fragte mich, ob ich mich jemals an diesen Anblick gewöhnen würde. Seine definierten Muskeln zeichneten sich unter dem Stoff seines Oberteils ab, und ich stellte mir vor, sie mit dem Finger nachzuzeichnen.

»Du sabberst, Lotti«, neckte Andrew mich mit rauer Stimme und lachte.

»Sehr witzig.« Ich setzte mich kopfschüttelnd zu ihm auf die Bettkante. Sofort griff er nach meiner Hand, die ich in meinen Schoß gebettet hatte, und drückte sie sanft. Ein warmes Gefühl von Geborgenheit legte sich über mich.

Andrew richtete den Oberkörper auf und schlang den freien Arm um meine Taille. Dann legte er die Lippen an meinen Hals und bedeckte ihn mit zahlreichen Küssen, die mich wohlig seufzen ließen.

»Wie wäre es«, sagte er und küsste mich weiter, »wenn wir die Tür zumachen und uns etwas entspannen, hm? Klingt das gut?«

»Ich weiß nicht recht«, entgegnete ich leise, da ich gedanklich nicht bei der Sache war. Das hinderte meinen Körper aber in keiner Weise daran, auf Andrews sanfte Küsse zu reagieren. Als er dann noch von meiner Hand abließ und seine Finger auf Wanderschaft schickte, nickte ich. »Das klingt vielleicht doch nicht so schlecht.«

»Wusste ich's doch«, raunte er und ließ mich aufstehen, um die Tür zu schließen.

Eigentlich war ich fest entschlossen gewesen, heute mit Andrew über uns zu sprechen. Darüber, was aus uns werden sollte, sobald er die Academy verlassen hatte. Doch als ich zurück ans Bett trat und er mich küssend in die Arme zog, war alles andere vergessen. Morgen war auch noch ein Tag für das Gespräch. Heute hatte ich dafür ohnehin keinen Kopf.

35

Charlotte

Nachdem die Albträume einige Tage fortgeblieben waren, überrollten sie mich in dieser Nacht wie eine Lawine. Mein Herz klopfte so laut in meiner Brust, dass ich befürchtete, Hazel und Mila in ihren Zimmern zu wecken. Aber unsere Wohnung blieb ruhig. Nur die leisen Geräusche, die Andrew während des Schlafens von sich gab, waren zu hören.

Heute war es ein anderer Traum gewesen, keiner, in dem ich schreiend in einer dunklen Kammer aufgewacht war, aus der es kein Entkommen gab. Nein. Dieser Traum war auf eine andere Weise erschreckend gewesen. Ich hatte Mona gesehen, wie Mr Slater ihr stolz verkündete, das Praktikum bei Nino Caruso antreten zu dürfen, da sie nach der ersten Feedbackrunde so hart an ihren Entwürfen gearbeitet hatte, dass sie es verdient hatte. All das sah ich als weit entfernte Zuschauerin, sah, wie Mona sich in Mailand feiern ließ, wie die Menge applaudierte und sie unzählige Angebote für Kooperationen und von Sponsoren erhielt. Ich wollte schreien, auf mich aufmerksam machen. Jedem erzählen, dass ich es sein sollte, die dort stand. Aber kein Laut war aus meiner Kehle gedrungen. Stattdessen hüllte mich die Dunkelheit ein und zog mich in einen niemals endenden Strudel.

Als mein Herzschlag sich beruhigt hatte, versuchte ich

erneut zu schlafen. Aber kaum schloss ich die Augen, tauchten die Bilder wieder auf. Schweiß benetzte meine Haut, meine Atmung ging schnell.

Andrew lag auf der Seite. Ich schmiegte mich an seinen Rücken, in der Hoffnung, dass seine Nähe mir Trost spendete, aber ich kam nicht mehr zur Ruhe. Und ich würde auch niemals Ruhe finden können, solange ich wusste, dass Mona meine Zukunft ruiniert hatte und niemand etwas dagegen unternommen hatte.

Wütend warf ich die Decke von mir und schwang mich aus dem Bett. Ich legte Andrew eine Hand auf den Unterarm, drückte ihn sanft, um ihn zu wecken, aber er schlief tief und fest. Möglicherweise war es auch besser so. Ich würde allein handeln.

Ich konnte schon gar nicht mehr zählen, wie oft Andrew mir gesagt hatte, ich solle Rache nehmen. Mir etwas einfallen lassen, um es ihr heimzuzahlen. All die Zeit hatte ich geglaubt, dazu nicht in der Lage zu sein. Aber die Wut war allmählich dabei, mich von innen heraus aufzufressen. Zu lange hatte ich hart gearbeitet. Zu lange hatte ich an meinen Träumen festgehalten, dafür gekämpft, gelernt, damit ich an der Spitze war. Die Beste war. Und nun sollte ich mir das alles einfach so wegnehmen lassen? Sollte dabei zusehen, wie jemand anderes das Leben lebte, das *mir* vorbestimmt war?

Nein, das konnte ich nicht zulassen. Schnell zog ich mir das nächstgelegene Kleid an und nahm eine Handtasche. Aus der Schublade meines Sekretärs holte ich eine meine Schneiderscheren und zog Andrews Schlüsselbund aus der Gesäßtasche seiner Jeans, die er vorhin achtlos zum Rest unserer Kleidung auf den Boden geworfen hatte. Beides verstaute ich und holte tief Luft. Dann warf ich einen letzten Blick über meine Schulter zum Bett, in dem Andrew seelenruhig schlief.

Es war kurz vor Mitternacht, als ich das Wohnheim schnellen Schrittes verließ. Für den Bruchteil einer Sekunde war ich versucht, wieder umzudrehen und zurück ins Bett zu schlüpfen. Aber dieser Gedanke verflüchtigte sich so schnell wieder wie der sanfte Rosenduft, den die leichte Brise zu mir herübertrug. Die Nacht war wolkenlos, Sterne glitzerten am Firmament um die Wette. Die Sichel des zunehmenden Mondes spendete hingegen nur wenig Licht. Nichtsdestotrotz war dies ein Anblick, der meine Lebensgeister mit neuer Energie, neuem Tatendrang erfüllte.

Anstatt dem durch Laternen beleuchteten Pfad zu nehmen, lief ich am Waldrand entlang Richtung Designgebäude. Es war erschreckend still. Nur die entfernten Lieder der Nachtigallen erklangen aus den Baumkronen.

Je weiter ich lief, desto mehr Panik überkam mich. War das die richtige Entscheidung? Konnte und sollte ich wirklich so weit gehen? Dann flackerten wieder die Bilder der Nacht vor meinem geistigen Auge auf, und jeder Anflug von Unsicherheit verpuffte.

Zügig öffnete ich die Tür des Gebäudes und schlüpfte hinein. Der Klang des einrastenden Schlosses war überraschend laut, sodass ich zusammenzuckte und anschließend über mich selbst lachen musste. Im Gegensatz zu Hazel war ich eindeutig nicht für ein solches Leben gemacht.

Doch das Adrenalin pumpte durch meinen Körper und trieb mich an. Begleitet wurden meine ruhigen Schritte lediglich von dem schnellen Klopfen meines Herzens.

Das Gebäude lag verlassen da. Ich war noch nie um diese Uhrzeit durch die Flure gestreift und würde es nach heute definitiv kein zweites Mal tun. Jedes noch so leise Geräusch ließ mich vor Schreck zusammenfahren, mich wild um meine eigene Achse drehen, um sicherzugehen, dass ich noch allein war. Da ich keine Aufmerksamkeit erregen wollte, konnte ich keine Lichter einschalten und musste mich auf das der Sterne und des Mondes verlassen. Mein eigener dunkler Schatten ragte vor mir am Boden auf und versetzte mich zusätzlich in Angst und Schrecken.

Als ich mit zittrigen Beinen schließlich am Showroom ankam, schloss ich auch diesen auf und ging hinein. Dieses Mal lehnte ich die Tür leise an, damit ich vor dem lauten Scheppern nicht erschrak.

Instinktiv hielt ich auf Monas Kollektion zu. Sie war in der Mitte des Showrooms aufgebaut zwischen ihrer Gefolgschaft. Ihre Kollektion war nichts Besonderes. Outfits angelehnt an die 80er-Jahre mit schrillen Farben, Puffärmeln und Schulterpolstern. Keine Entwürfe, die es verdient hätten, diesen Praktikumsplatz zu bekommen.

Ich befeuchtete meine Lippen und lauschte in die Dunkelheit. Bis auf meinen Herzschlag war es still. Jetzt oder nie. Ich holte die Schere aus meiner Tasche und umrundete Monas Kollektion. Langsam kratzte ich mit der Spitze über den Stoff, während ich überlegte, wie ich überhaupt vorgehen sollte. Ich war kein rachsüchtiger Mensch, ich tat solche Dinge nicht. Woher also sollte ich wissen, was genau ich überhaupt tun sollte? Die Trainingsjacke zu Konfetti zerschneiden? Mich systematisch vorarbeiten und erst ein paar Nähte lösen?

Zu viele Gedanken kreisten in meinem Kopf, während ich mit noch immer zittrigen Fingern die Schere umklammert hielt.

Manchmal ist Rache der einzig sinnvolle Weg. Andrews Worte kamen mir wieder in den Sinn. Ja, manchmal gab es keinen anderen Weg. Wenn man vom Rest der Welt im Stich gelassen wurde, musste man selbst handeln.

Daher atmete ich tief durch und setzte die Schere an.

»Ey, du da, was machst du hier um diese Uhrzeit?«, ertönte eine tiefe Stimme hinter mir. Vor Schreck fiel mir die Schere aus der Hand und landete scheppernd auf dem Boden. Ein

Lichtkegel blendete mir in die Augen, als schnelle Schritte sich näherten.

»Ich …«, stammelte ich. Mein ganzer Körper begann zu zittern, meine Lippen wollten keine Worte mehr formen. Ich versuchte, mit der Schuhspitze die Schere zu ertasten, um sie aus dem Weg zu schaffen, aber das grelle Licht blendete mich so sehr, dass mir schwummerig wurde.

»Was du hier machst?«, fragte der Mann ein weiteres Mal und senkte die Taschenlampe. Bunte Punkte tanzten vor meinen Augen, während Schweiß von meiner Stirn perlte.

»Ich … wollte noch was am Outfit ändern.« Meine Stimme war leise, klang weit entfernt und nicht, wie meine eigene.

»Ach ja?« Der Mann bückte sich und griff nach der Schere. »Mitten in der Nacht hiermit?«

»Ja …«

»Das kannst du Rektor Cavanaugh erklären«, sagte er entschlossen und legte seine Hand an meine Schulter.

»Nein, bitte.« Ich riss mich von ihm los, aber er packte mich grob am Arm und zog mich mit sich. »Bitte«, wimmerte ich ein weiteres Mal, aber der Nachtwächter war unbeeindruckt. Zittrig vor Angst stolperte ich neben ihm her.

Er öffnete das Sekretariat mit einem seiner Schlüssel und setzte mich auf einen der Stühle, die vor dem breiten Tresen aufgebaut waren. Anschließend holte er ein Klapphandy heraus und rief jemanden an.

Aber ich verstand kein Wort. Meine Beine wippten unkontrolliert, mein Puls raste, und mir war mit einem Mal speiübel. Ich wollte nur noch weg. Mich wieder ins Bett legen, morgen früh aufwachen und feststellen, dass das alles hier nichts weiter als ein böser Traum war. Dass ich nie die Sicherheit meiner eigenen vier Wände verlassen hatte. Dass ich nicht so dumm gewesen war, etwas Verbotenes tun zu wollen, obwohl es meinen Prinzipien widersprach.

»Ms Barton, wieso werde ich in letzter Zeit andauernd wegen Ihnen aus dem Bett geklingelt?« Ich hatte nicht bemerkt, dass Rektor Cavanaugh hereingekommen war. Er klang wütend.

»Ich habe sie hiermit im Showroom angetroffen«, sagte der Nachtwächter und reichte Rektor Cavanaugh die Schere. Dieser biss die Zähne so fest zusammen, dass ich glaubte, sein Kiefer würde brechen.

»In mein Büro. Sofort!« Seine Stimme ließ keinen Widerspruch zu.

Er lief vor, ich trottete hinter ihm her. Fixierte meine zitternden Finger, die ich hinter dem Tränenschleier kaum zu erkennen vermochte. Kaum hatte ich mich gesetzt, ging Rektor Cavanaugh in die Luft.

»Ich habe Ihnen gesagt, wir kümmern uns um die Angelegenheit, und was tun Sie bei der erstbesten Gelegenheit? Ich kann es nicht glauben, dass ausgerechnet *Sie* zu einem Einbruch und Sachbeschädigung fähig sind, Ms Barton!« Bei jedem Wort zuckte ich zusammen. Ich hatte ihn noch nie so laut schreien hören.

Rektor Cavanaugh lief in seinem Büro auf und ab. Er war sichtlich aufgebracht, und ich trug die Schuld daran. »Ich wünschte, ich hätte eine andere Wahl, als Sie von den Kursen auszuschließen, bis ich mit dem Rat eine Übereinkunft getroffen habe.«

Bis zu diesem Moment war ich seinem Blick ausgewichen, nun schnellte mein Kopf in die Höhe. »Was? Das können Sie nicht tun!«

»Oh, ich kann und ich werde, Ms Barton. Was denn, haben Sie geglaubt, Ihr kleiner nächtlicher Ausflug bleibt ohne Konsequenzen?«

»Ich …« Meine Stimme brach, mein Puls stieg in ungeahnte Höhen, und die Tränen rannen unkontrolliert aus meinen Augen. Ich vergrub das Gesicht schluchzend in meinen Händen. Gar nichts hatte ich gedacht. Ich hatte gehandelt, ohne nachzudenken. Einmal in meinem Leben war ich nicht jedes Szenario vorab gedanklich durchgegangen.

»Es tut mir leid, Ms Barton«, sagte Rektor Cavanaugh und räusperte sich. »Sie sind bei Ihrem Onkel ansässig? Ich werde dafür sorgen, dass man Sie abholt.« Zu mehr als einem Nicken war ich nicht in der Lage. Was war nur passiert? Wie hatte es so weit kommen können? Von dem Telefonat bekam ich nichts mit, zu sehr kreisten unzählige Gedanken in meinem Kopf. Ich hatte meine Zukunft zerstört. Ich!

Nach einem Moment der Stille räusperte Rektor Cavanaugh sich ein weiteres Mal. »Sie können nebenan warten, bis Ihr Onkel hier ist.« Mechanisch folgte ich ihm zurück ins Sekretariat. »Ich werde dafür sorgen, dass man Ihnen Ihre Wertsachen mitgibt.« In der Tür blieb er stehen und drehte sich noch einmal zu mir um. »Ich hoffe, Sie werden sich in Zukunft zweimal überlegen, mit welcher Art von Menschen Sie sich umgeben. Noch vor wenigen Monaten wären Sie nie auf eine solche Idee gekommen.« Daraufhin verschwand er und ließ mich mit dem Nachtwächter zurück.

Erneut brachen schluchzend die Tränen aus mir heraus. Ich weinte bitterlich, Minute um Minute und vielleicht sogar Stunden. Mir war jegliches Zeitgefühl abhandengekommen. Alles, woran ich denken konnte, war, wie dumm ich gewesen war. Wie leichtfertig ich alles aufgegeben hatte, was ich mir all die Jahre unter harter Arbeit aufgebaut hatte. Alles. Und aus welchem Grund?

»Charlotte!« Die Tür schwang auf, Andrew stürmte herein, setzte sich neben mich und zog mich in die Arme. Ich versteifte unter der Berührung. »Fuck, was ist passiert?«

Ich antwortete nicht, rührte mich nicht.

»Charlotte?«

»*Du* hast gesagt, ich soll mich rächen«, sagte ich leise und schob Andrew von mir. Er schaute mich entsetzt aus diesen schönen grünen Augen an. Aber heute würde ich ihnen nicht verfallen.

»Ich … Du solltest nicht mitten in der Nacht meine Schlüssel stehlen und weiß Gott was tun.« Seine Stimme war ruhig, besonnen.

Das machte mich nur noch wütender. Rektor Cavanaugh hatte recht. Vor wenigen Monaten wäre ich nie auf die Idee gekommen, so etwas zu tun.

»Du gibst mir die Schuld?«, fragte Andrew, der eins und eins zusammengezählt haben musste. Er schüttelte den Kopf. »Ich fasse es nicht!«

»Ich auch nicht. Ich fasse es nicht, wie du mich dazu bringen konntest.«

»Hey, nur weil ich dir etwas vorschlage, musst du es noch lange nicht tun. Mach mich nicht für deine undurchdachten Entscheidungen verantwortlich.«

Mein Atem ging stoßweise, meine Sicht war noch immer verschwommen. »Nur wegen dir habe ich überhaupt damit angefangen, Regeln zu brechen.«

Als er die Zähne fest zusammenbiss, hatte er mehr Ähnlichkeit mit seinem Vater, als ihm vermutlich bewusst war. Er ballte die Hände zu Fäusten, und kurz glaubte ich, er würde auf irgendetwas einschlagen, doch er entspannte seine Haltung wieder und schaute mir in die Augen.

»Du bist aufgelöst und wütend. Aber lass das nicht an mir aus. Du hast mir den ganzen Scheiß, den ich verbockt habe, verziehen, schon vergessen?« In seinem Blick schimmerte Mitgefühl.

Ich ertrug es nicht, ihn anzusehen, senkte den Kopf, fixierte meine wie wild wippenden Beine. »Möglicherweise war auch das eine meine unklugeren Entscheidungen.«

Andrew schnaubte. »Das meinst du nicht ernst.«

Ich zuckte mit den Schultern, weil ich im Moment fast gar nichts mehr wusste. Ich wusste nur, dass ich die Charlotte von Anfang des Jahres vermisste. Die Charlotte, die stets einen kühlen Kopf bewahrt und nie aus dem Bauch heraus gehandelt hatte. Die Charlotte, deren einziges Ziel es war, die Beste zu sein.

»Charlotte, wir werden einen Weg finden«, sagte Andrew. »Du kannst gerade nicht klar denken.«

»Sag du mir nicht, was ich kann oder nicht kann!«, entgegnete ich wütend. »Ich meine jedes Wort genau so, wie ich es gesagt habe.«

»Ist das wirklich dein Ernst?«

Schniefend nickte ich.

»Okay.« Andrew legte meine Umhängetasche neben mir auf den Stuhl. Ich hatte nicht mal bemerkt, dass er sie mitgebracht hatte. Aber aus diesem Grund musste er überhaupt hier gewesen sein, schließlich hieß es, jemand würde mir meine Wertsachen bringen. Vermutlich würde er sich Ärger damit einhandeln, in meinem Zimmer gewesen zu sein. Oder Rektor Cavanaugh hatte es sich ohnehin bereits gedacht und nur aufgrund der Umstände nichts gesagt. Wer wusste das schon so genau?

Andrews Schritte entfernten sich. Er griff nach der Türklinke, doch bevor er sie herunterdrückte, warf er noch einen Blick über die Schulter. »Danke, dass du es mir gesagt hast. Ich wünschte nur, du hättest damit nicht gewartet, bis ich mich in dich verliebt habe.«

Auch Minuten, nachdem er gegangen war, starrte ich noch auf die Stelle, an der er bis eben gestanden hatte. Und dann brach ich erneut in Tränen aus.

36

Drew

Fluchend feuerte ich meinen wenigen Krempel in die Sporttasche, die in den letzten Monaten so was wie mein Kleiderschrank gewesen war. Eigentlich hätte ich diesen beschissenen Ort schon vor zwei Wochen verlassen können.

Eigentlich.

Aber nein, ich war geblieben. Wegen ihr. Charlotte. Nur um feststellen zu müssen, dass sie mir die ganze Scheiße nie verziehen hatte und mich für alles, was momentan in ihrem Leben schiefging, verantwortlich machte. Als wüsste ich das nicht, auch ohne es mir von ihr an den Kopf werfen zu lassen.

Nachdem Rowan mir meine letzten Stunden abgezeichnet hatte, war ich sofort hergekommen, um mein Zeug zusammenzupacken. Floyd würde mich mit dem Wagen seines Geschäftspartners abholen. Zwei Stunden blieben mir noch, dann konnte ich diese beschissene Academy endlich verlassen und würde nie wieder auch nur einen Gedanken an die Zeit hier verschwenden.

Einfach nach vorne blicken und fertig.

Ich schwang mir die Tasche über und knallte die Tür hinter mir zu. Dar Laut echote im stickigen Heizungskeller, aber das war mir egal. Oben angekommen, drängelte ich mich an den Studenten vorbei und ignorierte ihre Protestrufe, als ich unsanft gegen einige von ihnen prallte.

Wenig später ließ ich das Gelände hinter mir. Ich würde an der Bushaltestelle auf Floyd warten. Ich ertrug es nicht, noch länger die gleiche Luft wie diese Snobs zu atmen, die mir vom ersten Tag an zuwider gewesen waren.

Die Haltestelle hatte keine Sitzgelegenheit, weshalb ich meine Tasche ins feuchte Gras warf und mich draufsetzte. Die Sonne knallte vom Himmel herab, Schweiß rann mir von der Stirn. Mit zusammengebissenen Zähnen fixierte ich die Straße, verschloss meine Gedanken. Versuchte, nicht an *sie* zu denken. An ihre großen braunen Augen, ihre seidigen blonden Haare und ihr wunderschönes Feengesicht.

Shit.

Ich warf mich rücklings ins Gras und verschränkte die Arme hinter dem Kopf. Konzentrierte mich auf meine Atmung und darauf, wie sich meine Lunge mit Sauerstoff füllte. Dann lenkte ich meine Gedanken zu meinem Bike und daran, dass ich spätestens ab morgen wieder daran herumschrauben und durch die Gegend fahren konnte. Einfach auf die Maschine schwingen und all die Scheiße hinter mir lassen. Einen Moment lang brachte mich diese Überlegung zum Lächeln, aber als ein verdammter Schmetterling neben mir im Gras landete und die Flügel ausgebreitet Richtung Sonne streckte, sah ich wieder Charlotte vor mir.

»Na, ziehst du lieber den Schwanz ein, anstatt dich deinen Problemen zu stellen?« Milas Schatten bäumte sich über mir auf, und sofort bekam ich wieder schlechte Laune.

»Was willst du?«

Kopfschüttelnd seufzte sie und streckte mir ihre Hand ins Gesicht. »Dass du aufstehst und mitkommst.«

Ich schlug ihre Hand zur Seite, nicht so stark, dass ich ihr wehtun konnte. »Vergiss es. Ich bin gleich weg.«

Nun trat auch Hazel hervor. Ich hätte wissen müssen, dass die beiden mir im Doppelpack auf die Nerven gehen würden.

»Wir müssen dafür sorgen, dass Charlotte wieder an die Rosefield darf.«

»Dann viel Spaß.«

Hazel schnaufte und rieb sich den Nasenrücken. »Okay, lass es mich anders ausdrücken: Du wirst dafür sorgen, dass Charlotte zurückkommen darf.«

Mila nickte und streckte mir ihre Hand erneut entgegen. »Schlag mich noch mal, und ich mache dir dein Leben zur Hölle.«

»Tut sie wirklich. Josh nennt sie nicht ohne Grund Teufel.«

»Geht mir einfach aus der Sonne.« Ich drehte mich auf die Seite, um die beiden nicht länger ansehen zu müssen. Aber wie es nicht anders hätte sein können, umrundeten sie mich und störten weiterhin meinen Frieden. »Wenn ich mir anhöre, was ihr von mir wollt, lasst ihr mich dann in Ruhe?«

»Ja«, sagte Hazel, während Mila Nein sagte.

Ich verdrehte die Augen und richtete mich auf, stemmte die Hände in das Gras hinter mir. »Los.«

»Du musst mit deinem Vater sprechen«, sagte Hazel. »Bring ihn dazu, seine Entscheidung noch mal zu überdenken.«

»Ja, er soll sich mal nicht so anstellen. Sie hat doch nur so gehandelt, weil sie sich nicht mehr anders zu helfen wusste«, stimmte Mila ihr zu. Während sie sprach, spielte sie an einem dieser Bänder in ihren Haaren herum.

»Und dann redest du mit Charlotte«, fügte Hazel hinzu.

Stöhnend warf ich mich zurück ins Gras und schüttelte den Kopf. »Sie will nicht mit mir reden.«

»Natürlich will sie das.« Hazel setzte sich im Schneidersitz neben mich und zupfte einzelne Grashalme von der Wiese.

Mila tat es ihr gleich und setzte sich auf meine andere Seite. Allmählich glaubte ich nicht mehr daran, die beiden heute noch loszuwerden. Blöd nur, dass Floyd noch mindestens eine Stunde brauchte.

»Nein«, sagte ich noch einmal mit Nachdruck. Ich hatte Charlotte in den letzten Tagen mehrfach versucht zu erreichen. Sie drückte meine Anrufe weg und reagierte auf keine meiner Nachrichten. Etwas anderes hatte ich auch nicht erwartet, trotzdem hätte ich die Sache gern noch mal geklärt, wenn jeder von uns eine Nacht über das alles geschlafen hatte. Sie wollte nicht mit mir reden? Okay, dann nicht. Scheiß drauf. Ich war sicher kein Kerl, der irgendeinem Mädchen hinterherheulen würde.

Nur dass sie nicht irgendein Mädchen war …

Mila stupste mich in die Seite und zwang mich so, sie anzusehen. Sie grinste mich blöd an. »Ihr ergänzt euch gut, weißt du? Du bist zehn Prozent weniger Arschloch geworden und sie fünfzig Prozent weniger regelfixiert.«

»In Mathe hast du wohl nicht aufgepasst«, entgegnete ich genervt. Mila streckte mir die Zunge heraus, als wären wir wieder im Kindergarten.

Hazel lachte. »Du weißt doch, worauf sie hinauswill. Sie ist so verrückt nach dir, natürlich will sie mit dir reden. Sicher braucht sie nur ein paar Tage, um einen klaren Kopf zu kriegen.«

»Also redest du jetzt mit deinem Vater?« Mila zupfte an meinem T-Shirt-Ärmel.

Ich verdrehte die Augen. »Wenn du mich nett darum bittest.«

»*Bitte?*« Es kostete sie sichtlich Mühe, das Wort auszusprechen.

Trotzdem schüttelte ich den Kopf. »Meinem Dad ist es scheißegal, was ich sage. Seine Meinung wird er eh nicht ändern. Also sorry, ich kann euch nicht helfen.«

Hazel schnappte nach Luft. »Liebst du sie denn nicht?«

»Spielt keine Rolle.«

Mit einem Mal sprang sie auf die Füße und beugte sich

über mich. »Und ob das eine Rolle spielt! Du willst, dass sie glücklich ist, oder nicht? Dann hilf ihr, zurück an die Rosefield zu kommen, dieses Praktikum an Land zu ziehen und dann …«

»… lassen wir euch zwei allein, und du kannst mit ihr machen, was du willst. Nun, oder eben alles, was sie mit sich machen lässt«, beendete Mila den Satz und erntete dafür einen von Hazels bösen Blicken.

Ich schaute zwischen Hazel und Mila hin und her. Entschlossen und hoffnungsvoll sahen sie mich an. Charlotte hatte eindeutig die zwei nervigsten Mitbewohnerinnen überhaupt. Aber mit einer Sache hatten sie recht: Ich wollte natürlich, dass Charlotte glücklich war. Auch wenn mein Verstand nichts weiter wollte, als sie schleunigst aus meinem Gedächtnis zu verbannen und nach vorn zu blicken, wusste ich, dass das verdammt noch mal nicht so einfach war.

Nicht, nachdem ich sie in mein Herz gelassen hatte.

»Also?«, hakte Hazel nach und reichte mir die Hand.

Seufzend ergriff ich sie und ließ mir von ihr auf die Beine helfen. »Wie gesagt, mein Dad und ich stehen uns nicht sehr nahe.«

Mila prustete. »Das ist wohl die Untertreibung des Jahrtausends! Schon vergessen, du hast in den letzten Wochen die meiste Zeit bei uns verbracht, und die Wände sind ziemlich dünn, daher haben wir viel mitbekommen.«

»Sicher, dass das an den dünnen Wänden liegt oder daran, dass du dein Ohr wie eine Spannerin ans Holz gedrückt hast?«

Milas Kinnlade öffnete sich. Doch bevor sie etwas sagen konnte, schritt Hazel ein. »Genug davon. Irgendwann werdet ihr beiden sicher noch die besten Freunde werden. Aber dafür bleibt ein andermal Zeit. Jetzt müssen wir erst mal überlegen, wie wir Rektor Cavanaugh davon überzeugen können, Charlotte wieder an die Uni zu lassen.« Sie rieb sich die Hände aneinander und begann wie wild mit Ideen um sich zu werfen. Mila stimmte schnell mit ein und die beiden kauten mir ein Ohr mit all ihren Vorschlägen ab. Zustimmend brummend hörte ich mir alles an, aber wirklich darauf konzentrieren konnte ich mich nicht.

Ich nahm meine Tasche, und wir gingen zurück Richtung Rosefield, obwohl ich mir vor einer halben Stunde noch geschworen hatte, dieses Gelände nie wieder zu betreten. Aber es ging um Charlotte. Wenn jemand es wert war, dass ich mich wegen ihm in die Höhle des Löwen begab, dann war es sie.

37

Charlotte

Seit zwanzig Minuten stocherte ich mit der Gabel auf meinem Teller herum, schob die Möhren von einer Seite zur anderen. Gegessen hatte ich bisher keine.

»Schmeckt es dir nicht?«, fragte Tante Elodie mit Besorgnis in der Stimme.

»Ich habe keinen Hunger.«

»Aber du musst doch etwas essen, Charlotte.« Es tat mir leid, dass sie sich seit Tagen so viel Mühe gab, ich aber keinen Bissen herunterbekam. Tante Elodie und Onkel Rupert taten so viel für mich. Sie hatten mich nicht ausgeschimpft, weil ich vorläufig von der Uni geflogen war und mir womöglich sogar eine Anzeige drohte. Vorbestraft. Ich. Aber auch das war mittlerweile egal, denn ich hatte alles in den Sand gesetzt.

Trotzdem machten mein Onkel und meine Tante mir keine Vorwürfe, waren kommentarlos für mich da, nahmen mich in den Arm, umsorgten mich. Sie waren mir mehr Eltern, als meine leiblichen Eltern es je hätten sein können. Bei ihnen wäre ich schon in mein Zimmer gesperrt worden, ohne Aussicht auf Essen oder Dinge, die mir Freude bereiteten. Nichts anderes hätte ich verdient.

Onkel Rupert legte seiner Frau die Hand auf den Unterarm. »Ihr Appetit wird schon wieder zurückkommen.« Ich liebte seine Stimme. Sie hatte einen dunklen Klang, war dabei aber so freundlich und sanft, dass man das Gefühl hatte, mit dem liebsten und flauschigsten Teddybären zu sprechen. Und ganz genau so war auch sein Charakter – er war durch und durch ein guter Mensch.

»Danke«, nuschelte ich und schob weiterhin die Möhre auf meinem Teller herum, bis ich mit der Gabel abrutschte, die so unangenehm auf dem Porzellan quietschte, dass ich sie auf den Tisch legte und aufhörte, mit dem Essen zu spielen.

»Möchtest du heute etwas unternehmen?«, fragte Onkel Rupert. Ich hob den Blick und schaute in seine warmherzigen blauen Augen, die von vielen kleinen Lachfalten umrahmt waren. Sein dichter Bart war mittlerweile ergraut, und mit dem karierten Hemd, das er trug, wirkte er ein wenig wie ein Holzfäller. Als wir uns das letzte Mal gesehen hatten, hatte er seine braungrauen Haare noch in einem kurzen Zopf getragen, den er sich in der Zwischenzeit abgeschnitten hatte.

»Eigentlich nicht, nein.« Tante Elodie seufzte auf meine Antwort hin und lehnte sich im Stuhl zurück. Mit hinabgesenkten Mundwinkeln betrachtete sie mich besorgt. Mit einer schnellen Handbewegung strich sie sich eine losgelöste blonde Strähne aus dem Gesicht. »Vielleicht morgen«, fügte ich hinzu, um ihr ein wenig Hoffnung zu machen.

»In Ordnung«, sagte Onkel Rupert und schob den Stuhl knarzend über den gefliesten Küchenboden. »Wenn du Lust hast, kannst du uns Gesellschaft leisten. Wir schauen uns gleich das Spiel an.« Er deutete auf den Manchester-City-Wimpel, der über der Tür zum Wohnzimmer hing.

Naserümpfend schüttelte ich den Kopf. Ich war noch nie ein sonderlich großer Fußballfan gewesen, ganz zu Onkel Ruperts Leidwesen. Denn sobald die Premier-League- und Champions-League-Saison losging, war er kaum vom Fernseher wegzubekommen. Irgendwann hatte er mit seiner Leidenschaft auch Tante Elodie angesteckt, aber diese Liebe war nie auf mich übergegangen.

Unglücklicherweise lag das kleine Zweifamilienhaus, in dem wir lebten, in der Hallam Road in Manchester, unweit des Heimstadions des Fußballvereins, weshalb es während der Saison oft laut wurde. Doch dann setzte ich mir meine Noise-Cancelling-Kopfhörer auf und schlug eines meiner Lehrbücher auf. Die Lehrbücher, die ich jetzt nicht mehr benötigte, weil ich die Prüfungen in zwei Wochen nicht mitschreiben würde.

»Ich lege mich hin«, sagte ich und verließ die Küche. Zwar sagten Onkel Rupert und Tante Elodie nichts mehr, doch ich spürte ihre Blicke im Rücken noch, als ich in den Flur trat. Ich betrachtete den bereits ausgeblichenen grünen Teppich, um nicht instinktiv die Motivationssprüche an den Wänden durchzulesen. Sie würden mich nur an mein Scheitern erinnern, an mein Versagen.

Mein Zimmer war das erste rechts neben der Treppe im ersten Stock. Mit einem großen Fenster, das zum Garten hin ausgerichtet war, den wir uns mit der Familie Wynfield von nebenan teilten. Ihr fünfjähriger Sohn war gerade draußen und spielte mit seinem Vater Ball. Ich hörte deren Lachen durch das geschlossene Fenster und fragte mich, ob ich je wieder einen Grund zum Lachen haben würde.

Seufzend legte ich mich aufs Bett. Aus dem Augenwinkel sah ich das nervige Blinken der eingegangenen Nachrichten und verpassten Anrufe auf meinem Handy. Ich tastete danach und drehte es mit dem Display nach unten.

Es war nicht fair von mir, meine Freundinnen zu ignorieren. Seit Tagen versuchten sie, mich zu erreichen. Einige der Nachrichten hatte ich überflogen, aber nicht darauf reagiert. Ich hatte einfach keinen Kopf dafür. Ich brauchte Abstand von allem, was mit der Rosefield zu tun hatte, um herauszufinden, wer ich ohne die Uni war. Ob ich überhaupt irgendjemand ohne die Uni und das Leben, das ich mir erträumt hatte, sein *konnte*.

Es hatte nie einen Plan B gegeben, da ich nie auch nur im Entferntesten daran gedacht hatte, dass ich meine Ziele *nicht* erreichen könnte. Nun plötzlich ohne alles dazustehen, presste mir förmlich den Sauerstoff aus der Lunge.

Aber ich war selbst schuld.

Ich.

Ein weiterer Grund, aus dem ich das Handy nicht in die Hand nehmen wollte, war der, dass ich Andrew weiterhin aus dem Weg gehen wollte. Nicht seinetwegen, sondern wegen mir. Ich schämte mich für mein Verhalten, hatte ihm Dinge an den Kopf geworfen, die ich nicht eine Sekunde so gemeint hatte. Ich war einfach so wütend, frustriert, enttäuscht und traurig in jenem Moment gewesen. Und ihn hatte es getroffen, weil er anwesend war. Ich hatte alles einfach an ihm ausgelassen und ihm Vorwürfe gemacht. Ich war ein furchtbarer Mensch.

Vermutlich war es das Beste, mich hier in meinem Zimmer einzuschließen und nie mehr herauszukommen. Andrew würde mich schnell vergessen haben und sein Leben wie gewohnt fortführen können. Er fehlte mir, keine Frage. Aber wie fair wäre es, ihn um eine zweite Chance anzubetteln und ihn dann womöglich irgendwann wieder zu verletzen, nur weil ich geneigt war, meine Frustration an der erstbesten anwesenden Person auszulassen? Das hatte er nicht verdient. Er war schon lange genug wie ein Punchingball behandelt worden.

Ich wusste nicht, wie lange ich im Bett lag und an die Decke starrte, aber irgendwann driftete ich in einen unruhigen Schlaf.

Die nächsten Tage verliefen alle nach demselben Schema. Ich war erst eine Woche bei Onkel Rupert und Tante Elodie, hatte aber das Gefühl, es wären schon Monate. Jeder Tag ohne die Uni, meine Freundinnen und Andrew fühlte sich an wie eine Ewigkeit.

Tante Elodie stand in der Küche und summte ein Lied, während sie das Geschirr spülte. Ich schlurfte zum Kühlschrank und nahm mir einen Joghurt, damit ich wenigstens eine Kleinigkeit im Magen hatte.

»Soll ich dir ein paar Eier braten?«, fragte meine Tante fröhlich. Von ihr hatte ich das Rezept für die perfekten Spiegeleier überhaupt erst erhalten. Generell hatte sie mir sehr viele schnelle Rezepte beigebracht in den Monaten, bevor ich an die Rosefield gegangen war. Damit ich nie hungern musste, hatte sie gesagt. Der Gedanke trieb mir die Tränen in die Augen.

»Nein, der Joghurt reicht«, sagte ich und schob mir den Stuhl zurecht. Mit wenigen Löffeln war der Becher bereits leer. Als mein Magen leise grummelte, wurde mir erst so richtig bewusst, wie wenig ich in den letzten Tagen gegessen hatte. Kein Wunder, dass ich kaum aus dem Bett kam.

Ich warf den Becher weg, nahm mir ein Handtuch und trocknete das Geschirr, das Tante Elodie spülte. Das dankbare Lächeln auf ihren Lippen ließ ihre Augen wie flüssige Schokolade schimmern.

Eine halbe Stunde später kam Onkel Rupert schwer bepackt nach Hause. Er stellte die Einkäufe auf den Tisch, und gemeinsam räumten wir alles ein. Es war ein gutes Gefühl, etwas zu tun. Auf diese Weise fühlte ich mich nicht komplett nutzlos.

»So, Charlotte, wir machen jetzt einen Ausflug«, entschied Onkel Rupert.

»Wohin?«, fragte ich skeptisch.

Er lachte sein tiefes, melodisches Lachen und schüttelte den Kopf. »Du musst nicht immer alles wissen. Jetzt komm.«

Hilfe suchend blickte ich zu Tante Elodie, aber sie versiegelte ihre Lippen mit einem imaginären Schlüssel.

»Schön«, seufzte ich. »Brauch ich noch etwas?«

»Nimm am besten deine Tasche mit. Handy und so. Ich warte im Auto.«

Widerwillig holte ich meine Sachen aus dem Zimmer und scannte es noch mal, um sicherzugehen, nichts Wichtiges liegen gelassen zu haben. Aber wenn schon, nachher wären wir ohnehin wieder da.

Ich ging hinunter, stieg ins Auto, und wir fuhren los. Die Fahrt dauerte eine Weile. Ich hatte das Beifahrerfenster hinuntergelassen und genoss es, wie der Wind durch meine Haare blies. Einige Sonnenstrahlen kitzelten meine Nase, und deren intensive Wärme führte mir vor Augen, dass der Sommer bald da war.

»Sagst du mir jetzt, wohin wir fahren?« Mein Blick glitt zum Autowecker, der mittlerweile halb eins am frühen Nachmittag anzeigte. Wir waren also schon seit mehr als neunzig Minuten unterwegs Richtung Osten. Ich wüsste nicht, was dort … Mein Kopf schnellte zu Onkel Rupert, der eine schuldbewusste Miene aufsetzte und versuchte, in seinem kurzärmeligen Hemd zu verschwinden. »Wieso fahren wir zur Rosefield?«

Er holte tief Luft und stieß den Atem zwischen den Zähnen aus. »Rektor Cavanaugh hat angerufen und mich darum gebeten.« Onkel Rupert zuckte mit den Schultern. »Du wirst gleich erfahren, weshalb er mit dir sprechen möchte.«

Ich wischte meine plötzlich feuchten Handflächen an meinem Rock ab und versuchte, das Zittern meiner Finger zu unterbinden. Meine Atmung beschleunigte sich, und mein Blick zuckte nervös über das wechselnde Landschaftsbild vor dem Fenster. Hätte ich genauer auf meine Umgebung geachtet, wäre mir schon vor einer halben Stunde aufgefallen, wohin wir fuhren. Aber ich war zu sehr damit beschäftigt gewesen, *nichts* zu denken oder zu fühlen.

Eigentlich gab es keinen Grund für meine Aufregung, denn ich wusste, was mich erwartete. Ich hatte in nur einer einzigen Stunde gegen zahlreiche Regeln der Academy verstoßen. Mir konnte also nur ein Wunder helfen.

Vierzig Minuten später hielt Onkel Rupert den Wagen unten an der Straße des Hügels und stieg mit mir aus. Als ich den Pfad zur Academy allerdings ansteuerte, bemerkte ich, dass mein Onkel mir nicht folgte.

»Was ist los?«, fragte ich.

»Ich komme nicht mit, aber fahre nach Market Rasen. Ruf mich einfach an, wenn ich zurückkommen … oder nach Hause fahren soll.« Sein Mundwinkel zuckte, dann trat er auf mich zu und zog mich in eine feste Umarmung, die sich nach Heimat anfühlte.

Ich holte tief Luft, inhalierte das herbe Parfüm, das mein Onkel schon trug, seitdem ich denken konnte. »Okay. Danke.«

Wir ließen voneinander ab, und ich beobachtete, wie er denselben Weg zurückfuhr. Mit Wackelpuddingbeinen steuerte ich die Academy an, die mir heute besonders groß und angsteinflößend vorkam. Vor Rektor Cavanaughs Büro hielt ich inne und sammelte mich einen Moment. Dann klopfte ich an und trat auf seine Bitte hin ein.

In der Uniform gekleidet, saß er hinter seinem majestätischen Mahagonischreibtisch und betrachtete mich mit einem undurchdringlichen Ausdruck auf dem Gesicht. »Setzen Sie sich doch bitte, Ms Barton.« Er deutete auf den Stuhl vor sich, und ich tat wie geheißen. »Sie wissen, weshalb ich Sie hergebeten habe?«

Meine Kehle wurde eng. »Damit ich meine Uniformen, die Lehrbücher und den Wohnheimschlüssel abgebe?«

Rektor Cavanaugh presste die Lippen aufeinander und

nickte. »Das ist die einzig sinnvolle Bestrafung für Ihr Fehlverhalten, nicht wahr?«

»Ja, ist es.«

»Sie wissen, dass wir an der Rosefield sehr viel Wert auf unsere Regeln legen, um ein harmonisches Miteinander zu generieren.« Er räusperte sich, dann fuhr er fort: »Ich toleriere es nicht, wenn man diese Regeln mit Füßen tritt, genauso wenig, wie der Rat dies toleriert. Aber Fehler sind menschlich.«

Ich legte den Kopf schief und betrachtete ihn stirnrunzelnd. »Ich verstehe nicht ...«

»Wissen Sie, Ms Barton, ich hielt es für die richtige Entscheidung, Sie der Rosefield zu verweisen, das gebe ich offen zu. Aber nicht jeder hat diese Auffassung geteilt.«

Ich lachte kurz auf. »Hazel und Mila können sehr hartnäckig sein.«

Rektor Cavanaugh nickte. »In der Tat, aber ich sprach von meinem Sohn.«

»Andrew?«, fragte ich überrascht. Nach allem, was ich ihm an den Kopf geworfen hatte, hätte ich nicht damit gerechnet, dass er sich noch für mich einsetzen würde.

»Ich glaube, er hätte mein Büro nur in Handschellen verlassen, hätte ich ihn nicht angehört.« Ja, das klang nach Andrew. »Nun, er hat mir ziemlich überzeugend klargemacht, dass auch ich schon viele Fehler in meinem Leben gemacht habe. Und dass ich, da es Ihre erste Verfehlung war, ein Auge zudrücken soll. Es war ein langer Kampf, aber mein Sohn hat diesen gewonnen.«

Die Informationen sackten nur langsam in mein Gehirn. »Ich ... darf bleiben?«

»Ja, Sie dürfen bleiben.« Mit einem Freudenschrei sprang ich vom Stuhl und war drauf und dran, Rektor Cavanaugh um den Hals zu fallen, konnte mich aber gerade noch zurückhalten.

Er lachte leise und hob die Hände abwehrend. »Nicht so überschwänglich, Ms Barton. Es gibt noch etwas. Moment!« Einen Augenblick lang verschwand er durch die angrenzende Tür ins Sekretariat. Als er wieder ins Büro trat, hielt er einige Kleidersäcke in der Hand. Ich sah einen apricotfarbenen Schimmer durch das Plastik und atmete laut auf.

»Ist das ...?«

Er nickte. »Die Academy wurde auf den Kopf gestellt, und letztendlich hat man ihre Entwürfe in einem der unvermieteten Schließfächer gefunden. Ihre Note müssen Sie sich selbst bei Mr Slater einholen.«

Tränen brannten in meinen Augen, und ich konnte sie nicht zurückhalten, als ich mit zittrigen Fingern nach den Entwürfen griff. »Danke«, flüsterte ich. »Für Ihr Vertrauen und die zweite Chance. Ich werde Sie nie wieder enttäuschen.«

Rektor Cavanaugh legte mir eine Hand auf die Schulter. Eine freundliche und beruhigende Geste. »Bedanken Sie sich bei Andrew.«

»Das werde ich.«

»Gut. Und nun gehen Sie zurück ins Wohnheim. Willkommen zurück, Ms Barton.«

Lächelnd und mit schnell klopfendem Herzen trat ich aus der Tür und ging ins Wohnheim. Auf dem Weg tippte ich eine schnelle Nachricht an Onkel Rupert, dass er sich keine Sorgen zu machen brauchte. Einen Moment überlegte ich, Andrew direkt zu schreiben und mich zu bedanken. Aber ich entschied mich dazu, das in Ruhe zu tun. Das war ein Gespräch, das ein wenig mehr Zeit benötigte. Und ich wusste auch nicht, ob er überhaupt abnehmen würde.

»Überraschung!«, schrien Mila und Hazel, als ich unsere Tür aufgeschlossen hatte. Überschwänglich sprangen sie mir in die Arme, wobei ich die Kleidersäcke fallen ließ. Aber das war mir in diesem Augenblick egal. Ich war wieder hier an der

Rosefield. Bei den besten Freundinnen, die sich jemand wünschen konnte. Etwas unbeholfen lösten wir uns voneinander, und die beiden schoben mich ins Wohnzimmer, wo sie mich sofort auf den neuesten Stand der Dinge brachten.

»Es sind wohl ein paar anonyme Hinweise eingegangen, weshalb die Polizei hier wieder herumschnüffelt«, sagte Hazel ganz aufgeregt. »Es hat wohl mehrere ähnliche Vorfälle gegeben.«

»Ja, einige Opfer haben wohl davon berichtet, ebenfalls unter Drogen gesetzt worden zu sein. Meist bei illegalen Partys auf dem Gelände«, fügte Mila hinzu.

Hazel nickte. »Deshalb hat bisher niemand was gesagt. Aus Angst, von der Uni zu fliegen. Aber allem Anschein nach haben sie begriffen, dass es schlimmere Dinge gibt und man einem solchen Täter unbedingt auf die Schliche kommen muss.«

Mir schwirrte der Kopf. Das waren ziemlich viele neue Informationen, die ich zu verarbeiten hatte. Erneut hatte ich das Gefühl, es wären Monate vergangen, seit ich das letzte Mal hier gewesen war. Erstaunlich, wie vieles in so kurzer Zeit passieren konnte. Am liebsten hätte ich mich direkt schlafen gelegt, aber es gab etwas, was ich noch zu erledigen hatte. Mit nervösen Fingern nahm ich mein Handy in die Hand und entsperrte es.

»Eine Sache haben wir noch für dich!«, sagte Mila.

»Ich muss erst kurz telefonieren, wenn das okay ist?«

Mila und Hazel grinsten breit und nickten. »Los, los, los.«

Ich stand von der Couch auf und lief vor dem Fernseher auf und ab, das Handy noch immer fest umklammert. »Was, wenn er nicht mit mir sprechen will?«

Mila stöhnte. »Er wird mit dir reden wollen.«

»Und wenn nicht?«

»Wird er«, sagte Hazel nun noch nachdrücklicher. »Ruf an.«

»Aber …«

»Los jetzt!«, riefen die beiden gleichzeitig aus und fingen an zu lachen.

»Okay.« Ich wählte Andrews Nummer. Es klingelte. Einmal. Zweimal. Dreimal. Dann ertönte ein leises Rascheln. »Drew?«

»Lotti«, sagte er. Aber seine Stimme kam nicht aus dem Hörer. Verwirrt blinzelnd senkte ich das Handy und drehte mich um. Hazel und Mila kicherten, während ich mit geöffnetem Mund zu meinem Zimmer blickte, in dessen Türrahmen Andrew lehnte und mich anlächelte. »Ich dachte schon, die beiden hören nie auf zu quatschen.«

»Was machst du hier?«, fragte ich nach wie vor irritiert, obwohl das eigentlich nicht das Erste war, das mir auf der Zunge gelegen hatte.

Andrews Blick glitt über mich hinweg zu Hazel und Mila. Dann schaute er zur Diele, woraufhin die beiden seufzend aufstanden. »Wir sind ja schon weg«, sagte Hazel.

»Aber welche Sauerei ihr auch veranstaltet, wir wollen keine Spuren entdecken!«, rief Mila, bevor sie die Tür hinter ihnen zuzog und Andrew und mich allein in unserem Apartment ließ.

»Du siehst gut aus«, sagte er und kam näher, woraufhin mein Herz wie wild zu klopfen begann.

»Du auch.« Er trug dieselbe Kombination wie immer, aber diese ließ mich auch heute noch schwach werden. Wenige Schritte von mir entfernt blieb Andrew stehen. Ich wartete darauf, dass er etwas sagte. Doch das war dumm. Ich war diejenige, die ihn angerufen hatte. Ich war diejenige, die etwas zu sagen hatte.

Ich setzte mich auf die Lehne des Sessels, da ich befürchtete, dass ich ansonsten vor Nervosität einfach umkippen würde. »Danke, dass du dafür gesorgt hast, dass ich wieder an die Rosefield darf. Das bedeutet mir wirklich viel.«

Andrew lehnte sich gegen die Wand und zuckte mit den Schultern. »Schon okay. Ich weiß doch, wie sehr du dein Studium liebst. Außerdem hätte Mila meinen Kronjuwelen schreckliche Dinge angetan, hätte ich nicht mit meinem Vater geredet.«

Instinktiv schmunzelte ich. »Das glaube ich.« Einen Moment später wurde ich wieder ernst. »Und ich wollte dir sagen, dass es mir leidtut. Ich habe meinen Frust an dir ausgelassen, was dir gegenüber absolut nicht fair war. Das war wirklich dumm von mir. Du hast es nicht verdient, so behandelt zu werden.«

Eine Weile herrschte nichts als Stille im Apartment. Mein Puls raste, und ich wartete auf irgendeine Reaktion seinerseits. Aber es dauerte eine gefühlte Ewigkeit, bis Andrew sich rührte und auf mich zukam. »Hast du mir wirklich nicht verziehen?«, fragte er schließlich. Eine kleine Falte zog sich durch seine sonst so makellose Stirn.

»Doch, natürlich.« Ich stand von der Lehne auf, um Andrew besser ansehen zu können. Sacht legte ich ihm die Hand auf die Wange. Seine Haut war so weich und warm, dass es mich Mühe kostete, mich nicht auf der Stelle an ihn zu schmiegen. »Ich habe es nicht so gemeint. Ich habe dir schon lange verziehen. Du bedeutest mir so viel, dass es kaum in Worte zu fassen ist. Ich wollte dich nie verletzen, Drew. Aber ich verstehe es voll und ganz, wenn du mir nicht verzeihen kannst.«

»Versuch es in Worte zu fassen«, sagte er.

»Was?«

Er befeuchtete seine Lippen und lächelte so breit, dass es seine Augen zum Strahlen brachte. »Versuch in Worte zu fassen, wie viel ich dir bedeute.«

Meine Wangen wurden heiß, ich senkte meine Hand und wollte nach meinem Kleid greifen, um am Stoff herumzuspielen, wie ich es oft tat, wenn ich nervös war. Aber Andrew griff nach meiner Hand und bettete sie an seine Brust, in der ich seinen schnellen Herzschlag spürte.

Ich wusste, dass, wenn ich die Worte aussprechen würde, würden sie meine Gefühle real machen. Wobei sie das ohnehin schon waren. Es war kein Geheimnis, wie viel Andrew mir bedeutete. Er wusste es, ich wusste es, und vermutlich wusste es auch der Rest der Welt.

Ich sah ihm tief in die Augen und nahm all meinen Mut zusammen. »Ich liebe dich, Drew.«

Er umfasste mein Gesicht und küsste mich voller Leidenschaft. Erst als er sich von mir löste und über meine Wange strich, sagte er: »Ich liebe dich auch, Lotti.«

Es waren nur wenige Worte, doch diese lösten einen Wirbelwind an Gefühlen in mir aus, die mich mitrissen und überwältigten. Ich schlang meine Arme um Andrews Hals und legte meine Lippen ein weiteres Mal auf seine. Und es war das schönste Gefühl von allen.

Epilog

Drew

Zwölf Wochen später

Die letzten zwei Monate ohne Charlotte waren verdammt hart. Wir hatten zwar mehrmals pro Woche telefoniert, aber das war nicht dasselbe gewesen. Wenigstens die Arbeit hatte mich halbwegs abgelenkt.

Floyd hatte mir einen Job in seiner Werkstatt in Birmingham besorgt. Anfangs hatte ich nicht geglaubt, dass ich das sonderlich lange durchziehen würde, aber Fehlanzeige. Da ich eh schon immer gern an meiner eigenen Maschine herumgeschraubt hatte, war dieser Job genau das Richtige für mich. Und eventuell würde ich sogar noch einmal die Schulbank drücken und eine Ausbildung machen. Aber mal sehen, was die Zukunft brachte.

Auch Dad hatte mir einen festen Job an der Academy angeboten. Charlotte wäre der einzige Grund für mich gewesen, diesen anzunehmen, denn ich hatte ehrlich gesagt die Schnauze voll von Hausmeisterarbeiten. Außerdem wollte ich nicht, dass das Verhältnis zwischen meinem Vater und mir direkt wieder für die Tonne war, weil wir uns täglich auf die Pelle rückten. Nach dem Gespräch, das dafür gesorgt hatte, dass Charlotte zurück an die Rosefield durfte, hatten auch wir uns ausgesprochen, lange und ausgiebig. Keine Ahnung, ob er sich wirklich ändern und Cody mehr ein Vater sein würde, als er es für mich je gewesen war. Doch ich hoffte einfach das Beste. Für meinen kleinen Bruder.

Aber am Wochenende war jetzt erst mal Charlottes großer Tag, und ich war verdammt stolz auf sie. Natürlich hatte sie das Praktikum bekommen, von dem sie die ganze Zeit geträumt hatte. Der Kerl scheuchte sie zwar von morgens bis abends herum, aber das schien ihr nur wenig auszumachen, denn sie ging so richtig in der Arbeit auf.

Leider hatte dieses Mädchen, Mona, keine Strafe dafür bekommen, Charlotte das Leben zur Hölle gemacht zu haben, da man ihr nichts nachweisen konnte. Es hatte mich rasend gemacht, als ich davon erfahren hatte. Aber so lief es manchmal nun mal. Wenigstens waren nicht alle Leute ungestraft davongekommen.

Augenblicklich überkam mich wieder diese Wut, wie jedes Mal, wenn ich daran dachte. Denn nach einigen eingegangenen Hinweisen wurde in Benedict Frasers Vergangenheit nachgeforscht. Charlotte war wohl nicht das erste Mädchen, das er unter Drogen gesetzt hatte. Zu seinen geplanten Absichten schwieg er bis heute, aber es war gar nicht auszumalen, was ihm durch seinen kranken Kopf gegangen war. Glücklicherweise würde man ihn anklagen, ansonsten hätte ich Selbstjustiz üben müssen.

Aber dieses Kapitel war nun endgültig vorüber. Wir brauchten uns nur noch auf die Zukunft zu konzentrieren. Und diese begann jetzt.

Für die große Modenschau hatte Charlotte Freunde und Familie einladen dürfen. Das hatte ich mir kein zweites Mal sagen lassen und war nach Mailand geflogen. Um sie zu unterstützen und sie endlich wieder an mich ziehen und mit Küssen bedecken zu können.

Sie musste auch jeden Moment hier sein. Wir hatten uns an der Piazza della Scala vor dem Mailänder Operntempel verabredet, da ihr Apartment ganz in der Nähe lag. Sie teilte sich die Wohnung mit einigen anderen Praktikanten, die wohl den ganzen Tag ohne Punkt und Komma quasselten, aber das sollte sie von ihren Freundinnen an der Rosefield schon gewöhnt sein. Ich war ganz froh drum, dass die beiden erst übermorgen anreisten, sodass wir noch ein wenig Zweisamkeit genießen konnten.

»Drew! Drew! Drew!« Charlotte rannte über den Platz. Instinktiv grinste ich von einem Ohr zum anderen. Ihre blonden Haare waren in einen Zopf gebunden – den Look hatte ich bisher selten bei ihr gesehen, aber es sah verdammt sexy aus. Ohne das Tempo zu drosseln, rannte sie auf mich zu, weshalb ich ihr ein Stück entgegenkam. Dabei stieß sie einige Passanten an, entschuldigte sich mit hochrotem Kopf auf Italienisch. Als sie bei mir angekommen war, sprang sie mir in die Arme und küsste mich.

Taumelnd hielt ich sie fest und genoss es, ihre Lippen endlich wieder auf meinen zu spüren. Sie schmeckte nach Zimt mit einer leichten Haselnussnote – das musste der Kaffee sein, von dem sie in den letzten Wochen andauernd geschwärmt hatte, obwohl sie sonst eher Teetrinkerin war. Sie vergrub die Hände in meinen Haaren, zog mich noch näher an sich heran und vergaß dabei allem Anschein nach, wo wir waren. Aber das war auch mir gerade verdammt egal. Die Freude darüber, Charlotte wieder in den Armen zu halten, überwog.

Als sie sich schließlich doch von mir löste, atmete sie schwer und strahlte übers ganze Gesicht. Die Sonne brachte ihre Augen zum Schimmern wie Gold, und als sie sich verführerisch auf die Unterlippe biss, hätte ich ihr am liebsten an Ort und Stelle dieses heiße rote Etuikleid vom Leib gerissen. Aber dafür war auch später noch Zeit.

»Du hast mir so gefehlt«, hauchte sie und küsste mich ein weiteres Mal, ehe sie sich wieder von mir absetzen ließ.

Ich strich ihr eine Strähne aus dem Gesicht und genoss es, wie sie unter der leichten Berührung bereits erschauderte. »Du mir auch.«

Sie griff nach meiner Hand, und gemeinsam liefen wir eine Weile durch die Straßen von Mailand.

Hatte ich meinen Dad zunächst noch dafür verflucht, mich zu zwingen, meine Sozialstunden an der Rosefield abzuleisten, war ich ihm heute dankbarer denn je. Denn ansonsten hätte ich Charlotte niemals kennengelernt. Das Mädchen, das es geschafft hatte, meine harte Schale zu knacken und mein Herz für die wirklich wichtigen Dinge im Leben zu öffnen.

Wir waren ziemlich verschieden, aber komplettierten einander. Erst seit Charlotte an meiner Seite war, hatte ich das Gefühl, endlich diese Leere gefüllt zu haben, von der ich nicht mal wirklich gewusst hatte, dass sie da gewesen war. Aber sie hatte mir gezeigt, was es bedeutete, zu lieben und glücklich zu sein.

Während ich sie weiterhin darin ermutigte, aus sich herauszukommen und nicht sofort das Ende der Welt darin zu sehen, sollte mal etwas schieflaufen, holte sie mich runter, wenn ich mal wieder wütend auf alles und jeden war. Allein der Klang ihrer Stimme sorgte dafür, dass ich mich beruhigte. Außerdem war Charlotte ein so leidenschaftlicher Mensch, dass ihre Begeisterung für all die kleinen Dinge langsam auf mich überging.

Ich hob Charlottes Hand und drückte ihr einen sanften Kuss auf. Sie lächelte so strahlend, dass ein Glücksgefühl durch meinen Körper strömte. Ich war unglaublich dankbar, dass sie sich trotz all unserer Unterschiede und der Scheiße, die wir durchgemacht hatten, für mich entschieden hatte und ich sie lieben durfte. Denn das tat ich von ganzem Herzen. An jedem verdammten Tag.

ENDE

Danksagung

Nach Band 1 hätte ich nicht damit gerechnet, dass mir auch das zweite Buch so gut von der Hand gehen würde. Mit jeder Seite sind mir Charlotte und Andrew mehr ans Herz gewachsen, weshalb es fast schon schade ist, dass ihre Geschichte nun auserzählt ist. Gern hätte ich noch viele weitere Seiten mit ihnen verbracht, aber nun ist es an der Zeit, Abschied zu nehmen.

Auf diesem Weg haben mich viele Menschen begleitet. Danke an den Everlove Verlag, der der Reihe ein so fabelhaftes Zuhause gegeben hat.

Danke an Michelle Stöger für den letzten Feinschliff.

Und ein besonders großes Dankeschön geht an all die Menschen, die mich schon seit Jahren begleiten und zu einem wichtigen Bestandteil meines Lebens geworden sind. Ich bin unendlich glücklich darüber, wie viele wundervolle Menschen ich in meiner Zeit als Autorin kennenlernen durfte. Danke, Ivonne, dass du jedes meiner Bücher vorab liest und liebst, lange bevor andere es tun können. Es freut mich so sehr, dass du dein Herz ebenfalls an Andrew verloren hast.

Ohne zahlreiche meiner Kolleginnen wäre ich heute nicht dort, wo ich bin. Ohne Laura Labas hätte ich die Hälfte meiner Bücher vermutlich gar nicht beendet. Aber das virtuelle Peitscheschwingen und In-den-Hintern-Treten hilft ungemein!

Ohne Rune L. Green wären zahlreiche Ideen gar nicht entstanden, da viele meiner Geistesblitze durch unsere Gespräche kommen.

Auch ohne Isabel Clivia wäre vieles ziemlich öde – ich erinnere mich schon gar nicht mehr an die Zeit, bevor wir uns kannten!

Ferner gilt mein Dank meiner Familie und meinen Freunden, meinem Freund und Pepe, der sich immer gleich vernachlässigt fühlt, wenn ich mal weniger oder keine Zeit habe, mit ihm zu spielen. Als Entschädigung sollte ich wohl mal ein Buch über ihn schreiben – wenn ihr also bald ein Dackel-Abenteuer zu lesen bekommt, wisst ihr, wem ihr das zu verdanken habt.

Danke an meine Patreon-Crew, allen voran Jacqueline – ihr unterstützt mich teilweise schon seit Jahren. Das ist absolut keine Selbstverständlichkeit, und ich weiß nicht, wie ich euch je angemessen dafür danken kann.

Zuletzt danke ich dir. Danke, dass du die Geschichte von Charlotte und Andrew gelesen und hoffentlich geliebt hast. Ohne dich könnte ich meinen Traum nicht leben.

Bis ganz bald.
Ana

everlove

Die Liebe ist wunderbar und
unendlich vielseitig!
Deshalb finden bei everlove auch alle
Facetten der Liebe einen Platz.

WERDE TEIL UNSERER COMMUNITY

#allyouneediseverlove

everlove.verlag everloveverlag

everloveverlag everlove-verlag.de

VERPASSE KEINE NEUIGKEITEN MEHR

Melde dich jetzt für unseren Romance-Newsletter an!

piper.de/newsletter

DU HAST WÜNSCHE, ANMERKUNGEN
ODER FEEDBACK?

Schreib uns gerne!

everlove@piper.de